本书为黑龙江省哲学社会科学基金项目"中俄跨界通古斯民族英雄史诗比较研究"（项目编号：20ZWB005）的结项成果。
本书出版受哈尔滨师范大学外国语言文学一级学科资助。

俄罗斯埃文基英雄史诗研究

A STUDY ON THE HEROIC EPIC OF EVENKI IN RUSSIA

李颖 ◎ 著

中国社会科学出版社

图书在版编目（CIP）数据

俄罗斯埃文基英雄史诗研究/李颖著. —北京：中国社会科学出版社，2023.8
ISBN 978-7-5227-2277-1

Ⅰ.①俄… Ⅱ.①李… Ⅲ.①少数民族文学—英雄史诗—诗歌研究—俄罗斯 Ⅳ.①I512.079

中国国家版本馆 CIP 数据核字（2023）第 133797 号

出 版 人	赵剑英
责任编辑	郭晓鸿
特约编辑	杜若佳
责任校对	师敏革
责任印制	戴　宽

出　　版	中国社会科学出版社
社　　址	北京鼓楼西大街甲 158 号
邮　　编	100720
网　　址	http://www.csspw.cn
发 行 部	010-84083685
门 市 部	010-84029450
经　　销	新华书店及其他书店

印　　刷	北京明恒达印务有限公司
装　　订	廊坊市广阳区广增装订厂
版　　次	2023 年 8 月第 1 版
印　　次	2023 年 8 月第 1 次印刷

开　　本	710×1000　1/16
印　　张	28.25
插　　页	2
字　　数	369 千字
定　　价	156.00 元

凡购买中国社会科学出版社图书，如有质量问题请与本社营销中心联系调换
电话：010-84083683
版权所有　侵权必究

目 录

序言 …………………………………………………………（1）

前言 …………………………………………………………（1）

绪论 …………………………………………………………（1）

第一章 俄罗斯埃文基史诗概述 ……………………………（35）
 第一节 埃文基"尼姆恩加堪"及其相关术语阐释 ………（35）
  一 "尼姆恩加堪"一词溯源 ………………………（35）
  二 "尼姆恩加堪"的类型与内涵 …………………（39）
  三 "尼姆恩加堪"相关术语阐释 …………………（43）
 第二节 埃文基史诗的地方性 ………………………（45）
  一 东部埃文基的英雄故事 …………………………（45）
  二 西部和后贝加尔埃文基的英雄故事 ……………（50）
 第三节 史诗讲唱者 ……………………………………（51）
  一 史诗讲唱者"尼姆恩加卡兰" ……………………（51）
  二 史诗讲唱家族 ………………………………（52）
  三 史诗讲唱者的成长历程及其表演 ………………（57）

— 1 —

第二章 史诗《德沃尔钦》的母题与形象研究 …………（60）
第一节 《德沃尔钦》的文本来源与情节结构 …………（60）
一 《德沃尔钦》的文本来源 …………………………（60）
二 《德沃尔钦》的情节结构 …………………………（62）
第二节 史诗《德沃尔钦》的母题 ………………………（65）
一 孤独与神奇出生 ……………………………………（67）
二 英雄出征 ……………………………………………（75）
三 英雄对决 ……………………………………………（85）
四 上界娶亲 ……………………………………………（95）
五 神奇生长 ……………………………………………（98）
六 母亲赐名 ……………………………………………（101）
第三节 埃文基史诗中的形象 ……………………………（108）
一 英雄形象 ……………………………………………（108）
二 魔鬼形象 ……………………………………………（118）
三 女性形象 ……………………………………………（122）
四 动物形象 ……………………………………………（128）
五 "上、中、下"三界形象 …………………………（134）

第三章 史诗《德沃尔钦》的艺术特色 …………………（143）
第一节 史诗《德沃尔钦》的语言艺术特点 ……………（143）
一 史诗《德沃尔钦》的语词用法 ……………………（144）
二 史诗《德沃尔钦》的修辞手法 ……………………（172）
第二节 史诗《德沃尔钦》的音乐性 ……………………（180）
一 韵律和韵脚 …………………………………………（181）
二 引子歌 ………………………………………………（183）
第三节 史诗《德沃尔钦》的结构特色 …………………（189）
一 史诗的启句 …………………………………………（189）
二 史诗的程式 …………………………………………（200）

第四章　史诗《德沃尔钦》的文化释析……………………(221)

第一节　史诗《德沃尔钦》中的习俗文化……………………(221)
　　一　婚姻习俗……………………………………………(222)
　　二　女性生子习俗………………………………………(227)
　　三　葬礼习俗……………………………………………(235)

第二节　史诗《德沃尔钦》中的狩猎文化……………………(237)
　　一　狩猎生产方式………………………………………(237)
　　二　狩猎工具……………………………………………(241)
　　三　狩猎禁忌和仪式……………………………………(246)

第三节　史诗《德沃尔钦》中的宗教文化……………………(248)
　　一　史诗中出现的神灵…………………………………(249)
　　二　史诗中的宗教仪式…………………………………(252)
　　三　史诗中的祈祷词……………………………………(259)

第四节　埃文基人及其史诗的世界观…………………………(262)
　　一　对天空和大地的认识………………………………(262)
　　二　对日月星辰的认识…………………………………(264)
　　三　对风雨雷电的认识…………………………………(267)
　　四　对血液和灵魂的认识………………………………(271)
　　五　对上、中、下三界的认识…………………………(280)

第五章　俄罗斯埃文基史诗与埃文基现当代文学…………(283)

第一节　埃文基史诗的传承……………………………………(283)
　　一　埃文基史诗在现当代的传承与发展………………(284)
　　二　埃文基语现状………………………………………(289)

第二节　埃文基现当代文学与史诗的关系……………………(293)
　　一　埃文基现当代文学特征……………………………(293)
　　二　埃文基书面文学对史诗的继承……………………(298)

结语 …………………………………………………………（304）

附录　衣饰华丽力大无比的勇士德沃尔钦 ………………（306）

参考文献 ……………………………………………………（420）

序　言

提起号称"森林之舟"的驯鹿，就会让人想到生活在我国东北大兴安岭敖鲁古雅牧养驯鹿的少数民族——鄂温克族。该族在历史上曾经有"古沃沮""北室韦""安居骨部""鞠部""粟末乌素国""索伦""通古斯""雅库特"等族称，直到1957年才统一族称为鄂温克族，现有人口30875人（2010年统计数据）。该族是跨境民族，在俄罗斯曾称为通古斯人、雅库特人，现称埃文基人，主要居住在西伯利亚地区，人口有77000人。另外，在蒙古国也有3000多名鄂温克人。

1995年，我承担国家课题《鄂温克族文学》时，对国内鄂温克人聚居地内蒙古呼伦贝尔盟南屯鄂温克族自治旗，黑龙江省纳河、嫩江、漠河、齐齐哈尔等市县的鄂温克村屯进行田野调查，关于史诗，只听到"尼姆堪"这个词，很遗憾没有搜集到有关史诗的作品。

史诗是一种古老的源远流长的韵体叙事文学，一般篇幅较长，围绕主人公的迁徙、征战、婚姻等古老母题，歌颂其英雄业绩；是民族历史文化发展中的口头艺术集大成，是民族瑰宝和口碑历史，具有多重文化价值；是人口较少民族原始信仰、人生礼仪、渔猎知识、母语表达和传统教育的重要载体；是人类精神生活的重要产物，本质上是国家以及民族精神财富的组成部分，具有多学科综合价值和社会功能。

我国少数民族著名"三大英雄史诗"有：藏蒙史诗《格萨尔》、柯尔克孜族史诗《玛纳斯》、蒙古族史诗《江格尔》，在东北满—通古斯史诗带有赫哲族史诗伊玛堪长篇作品《希尔达鲁莫日根》《木竹林莫日根》《香叟莫日根》《马尔托莫日根》《希特莫日根》，有鄂伦春族史诗摩苏昆长篇作品《格帕欠莫日根》《波尔卡内莫日根》，等等。这些史诗作品不仅是国家级非物质文化遗产保护项目，还是联合国教科文组织批准的"急需保护的非物质文化遗产名录"中的项目。

最近哈尔滨师范大学李颖打电话告诉我：她的博士论著《俄罗斯埃文基英雄史诗研究》即将由中国社会科学出版社出版，邀请我为她的书写序。李颖是中央民族大学汪立珍教授的博士研究生，我们在参加北京、大连、佳木斯等地的学术研讨会上相识。后来她还专门到我哈尔滨家中拜访，与我一起探讨关于通古斯民族中赫哲族史诗伊玛堪的学术问题。

我用了一周的时间读完了李颖博士的学术专著，感觉该书有以下几点特色。

第一，作者在俄语书籍资料中首次发现了埃文基史诗尼姆恩加堪作品《德沃尔钦》，该族史诗长达3143行，由民间歌手尼古拉·盖尔莫盖诺维奇·特罗菲莫夫（1915—1971）演唱并记录。作者用汉语全文翻译了这部史诗，对今后该族的史诗研究具有重要意义和学术价值。

第二，作者运用史诗学、文学人类学、史诗母题分析等理论，对埃文基史诗的情节母题、艺术形象、艺术特色进行了深入分析，并对史诗中涉及的狩猎文化、习俗文化、宗教文化与埃文基人对周围自然世界的认识等方面进行系统的探索，开了国内对埃文基史诗研究的先河，填补了国内学术界对鄂温克族史诗研究的空白。

第三，作者把埃文基史诗作品与满—通古斯民族的史诗作品进行详细比较研究，重点分析了它们之间的相同性与不同性，以及共性特征和不同的具体原因。此项研究具有科研价值、社会价值、应用价值，还具有抢救少数民族文化瑰宝、抢救濒临消失的埃文基史诗的历史意义和现实意义。

第四，作者在结合中外学者对史诗研究成果的基础上，以埃文基史诗《德沃尔钦》为例，从内容到结构，进行多层次、多视角、多学科、多元化的研究，从其神话、英雄故事和史诗的整合中，认识其民族文化内涵，再从其民族文化内涵分析其民族史诗，逐步形成自己的认识和观点，剖析史诗的民族性和独特性，在史诗内容中寻找到其民族迁徙和社会发展的轨迹。

我十分欣喜地向广大读者推荐李颖的这本博士论著《俄罗斯埃文基英雄史诗研究》。它的出版，必将极大地推进中国鄂温克族史诗研究，推进中国少数民族英雄史诗研究，也一定会在国际学术界产生深远的影响。

黄任远
2022 年 10 月于哈尔滨社科家园
（作者系中国人类学民族学研究会人口较少民族研究会专业
委员会专家委员，黑龙江省社会科学院研究员）

前　言

对于我国来说，俄罗斯埃文基民族是一个特殊的群体，它与我国的鄂温克民族同宗同源。然而，由于历史的原因，俄罗斯埃文基民族成为今天的跨界民族。埃文基—鄂温克这个群体居住在北极圈附近，又与欧亚文化相交融，因而形成了与众不同的民族文化与民族文学。但是一直以来，少数民族文学，尤其是少数民族民间文学极少受到关注，往往被边缘化，埃文基—鄂温克的史诗便是其中之一。

史诗是一种古老而又源远流长的韵体叙事文学样式，在人类文化史上占有重要位置。正如郎樱所说："一部宏伟的民族史诗是一座民族民间的文学宝库，是认识一个民族的百科全书。"[①] 流传至今的俄罗斯埃文基英雄史诗，作为一个民族历史的缩影、一部民族信奉的"圣经"，是该民族最真实的口耳相传的"天籁之音"，是最宝贵的民族历史记忆，是民族文化的精髓，值得珍视和研究。

近几十年来，我国政府十分重视对少数民族文学的保护、传承和发展。自 20 世纪 80 年代起，黑龙江流域少数民族地区先后发现了赫哲族的"伊玛堪"、鄂伦春族的"摩苏昆"、满族的"说

---

① 郎樱：《论北方民族的英雄史诗》，《社会科学战线》1999 年第 4 期。

部"等史诗类民间文学类型，它们相继成为"国家级非物质文化遗产"，其中赫哲族的"伊玛堪"被列入"世界级非物质文化遗产"名录。根据马名超先生划定的"东北亚史诗带"，紧邻赫哲族、鄂伦春族的通古斯主体民族——鄂温克应该存在类似"伊玛堪"和"摩苏昆"的说唱文学，但在我国境内始终没有搜集到，通古斯民族英雄史诗的地图不够完整。然而，民族文化、民族艺术等学科的发展，必然要走向跨地域、跨国界的综合比较研究。通过大量的俄文文献检索和田野访谈，我们认为，俄罗斯埃文基民族的史诗类说唱文学"尼姆恩加堪"应该是通古斯民族英雄史诗"地图"中的一部分。"东北亚史诗带"有了俄罗斯埃文基民间文学的加入，这张地图才会变得完整，而俄罗斯埃文基英雄史诗的研究在我国才刚刚起步。

《俄罗斯埃文基英雄史诗研究》一书以埃文基经典史诗文本《衣饰华丽力大无比的勇士德沃尔钦》为主要研究对象，结合埃文基民族的其他史诗，带领读者品鉴史诗中优美的韵律和厚重的文化，它是在博士学位论文《俄罗斯人口较少民族埃文基史诗研究——以〈以衣饰华丽力大无比的勇士德沃尔钦〉为例》[①]的基础上，以丰富的史诗文本为依据，对原有观点的进一步分析和阐释。希望该书的出版能将埃文基的民族文化和文学分享给更多的民族文学爱好者，更希望能够以此为引玉之砖，吸引更多学者关注埃文基的史诗文化。

[①] 李颖：《俄罗斯人口较少民族埃文基史诗研究——以〈以衣饰华丽力大无比的勇士德沃尔钦〉为例》，博士学位论文，中央民族大学，2019年。

绪　论

俄罗斯人口较少民族埃文基（Эвенки，Evenki）是东西伯利亚原住民族，旧称通古斯，1931年被俄罗斯正式称为Эвенки，译为"埃文基"。作为一个跨境民族，埃文基人主要分布在俄罗斯联邦、蒙古国和中国的东北地区。

一　俄罗斯埃文基史诗相关的历史文化要素

埃文基人长期以来一直被称为通古斯人，族称"通古斯"不是满—通古斯民族中任何一个民族的自称。在很多埃文基人的群体中，族称"通古斯"与民族自称"埃文基"同样使用，此时，所有的埃文基人都意识到"通古斯"不是自称，像固定在语言学和民族学的"满—通古斯"群体一样，所以，1931年后"埃文基"这个族称正式进入科学的分类法中，用来指称曾经被称为通古斯的人群。

埃文基人分为奥罗奇人（орочен）、毕拉尔人（鄂伦春旧称，бирарчены）、马涅格尔人（манегры）、索伦人（солон）等，使用埃文基语。埃文基语属于阿尔泰语系满—通古斯语族，共分成三个方言区：北部方言区、南部方言区和东部方言区，每一种方言都有次方言。现在俄罗斯埃文基人生活的地区通用俄语，有些埃文基人与雅库特人和布里亚特人杂居在一起，受这两个民族的影响，埃文基人也使用雅库特语或布里亚特语。

（一）埃文基人口分布

据统计，全世界埃文基人的总数量大约为77000人（2010年数据），俄罗斯埃文基人主要生活在远东西伯利亚地区。根据2010年的统计，俄罗斯联邦境内的埃文基人有37116人，分布在东起鄂霍次克海沿岸，西到叶尼塞河流域，北从北冰洋沿岸，南到阿穆尔河和贝加尔湖沿岸的广袤土地上。在雅库特自治区生活的埃文基人有21008人，克拉斯诺雅尔斯克区的埃文基人有4372人，哈巴罗夫斯克边疆区有4101人，布里亚特自治区有2974人，伊尔库茨克州有1272人，后贝加尔地区有1387人，布拉戈维申斯克有1481人，此外，在南萨哈林岛、托木斯克和秋明州附近也有少部分埃文基人，这些数据来源于2010年俄罗斯的人口普查数据（详见图0-1），由此可见，俄罗斯埃文基人主要生活在雅库特自治区。

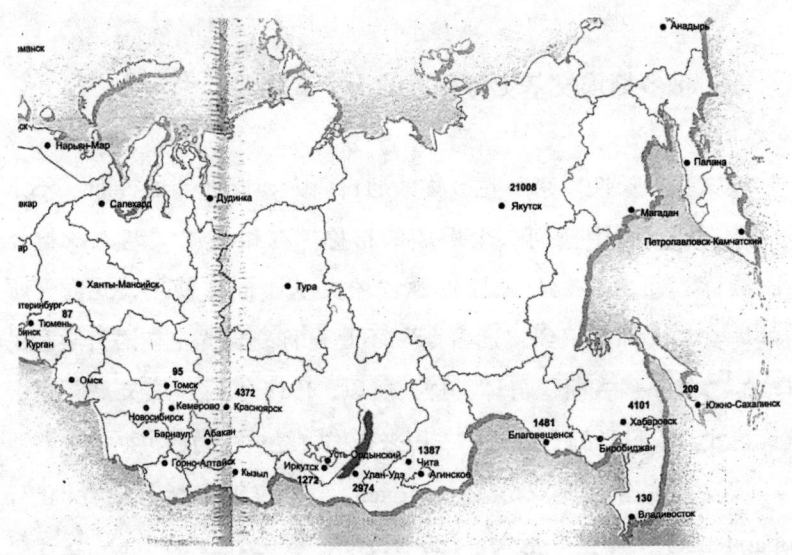

图0-1　2010年俄罗斯埃文基人口分布[①]

---

① Мыреева А. Н. Дулин буга Торгандунин-Торгандун среднего мира. -Новосибирск: Наука, 2013. С. 1.

埃文基族是跨境民族，生活在中国的埃文基人包括鄂温克和鄂伦春两个民族。据我国2010年人口普查统计，详见表0-1。两个民族群体共计39534人，总数超过了俄罗斯，其中鄂温克族30875人、鄂伦春族8659人，主要分布在内蒙古自治区和黑龙江省。

表0-1　　中国鄂温克族、鄂伦春族历次普查人口数据[①]

单位：人

人口	1953年	1964年	1982年	1990年	2000年	2010年
鄂温克族	4957	9681	19389	26379	30505	30875
鄂伦春族	2262	2709	4103	7004	8196	8659

鄂伦春族中有少数人会讲鄂伦春语，其余的人讲汉语。鄂温克族主要分布在内蒙古的呼伦贝尔草原和大兴安岭的原始森林地区，从事农业、游牧和养鹿业，《鄂温克族的起源》[②]中说，1957年，把族名"索伦""通古斯"统一为"鄂温克"。"雅库特"是对敖鲁古雅鄂温克民族乡鄂温克人的称呼，这部分鄂温克人因曾在勒拿河流域与雅库特人相邻而居，而被称为"雅库特"，后也在1957年统一族称为"鄂温克"。分布在内蒙古呼伦贝尔盟鄂温克旗从事牧业生产的大部分鄂温克人会讲鄂温克语，生活在黑龙江从事农业生产的鄂温克人已经不会讲鄂温克语了，生活在敖鲁古雅鄂温克民族乡的雅库特鄂温克人使用额尔古纳敖鲁古雅方言，且是中国唯一从事养鹿业的人。

蒙古国境内的埃文基人被称为哈穆尼堪人，这是一个被蒙古化的群体，使用哈穆尼堪语（埃文基语的一种方言）和蒙古语。哈穆尼堪人是在十月革命之后从俄罗斯侨居到蒙古国的，大约有2500人[③]，

[①] 国家民族事务委员会经济发展司、国家统计局国民经济综合统计司编：《中国民族统计年鉴2017》，中国统计出版社2018年版，第745页。

[②] 乌云达赉著，乌热尔图整理：《鄂温克族的起源》，内蒙古大学出版社1998年版，第11页。

[③] "Creative Commons Attribution-Share Alike", https://ru.wikipedia.org/wiki/Эвенки：2018-11-15/2018-11-29.

现生活在蒙古国东方省、肯特省尤热河上游和布伊尔—奴尔湖附近。

(二) 埃文基人的语言

埃文基语属于阿尔泰语系满—通古斯语族，其方言可以分为三个群体：北部方言、南部方言和东部方言。北部方言使用的区域在下通古斯和下维季姆河以北，下通古斯和下维季姆河以南的地区使用南部方言，东部方言区则是维季姆河和勒拿河以东的地区。同时，俄罗斯埃文基人还广泛使用俄语（55.7%的埃文基人能熟练运用俄语，只会说俄语的占28.3%）、雅库特语和布里亚特语。俄罗斯的埃文基人文字使用西里尔字母，蒙古国的哈穆尼堪人使用蒙文和西里尔字母，而生活在中国的鄂温克和鄂伦春人则使用蒙文和汉字。

(三) 埃文基人的族称

埃文基人族称的形成是一个复杂的过程。在1931年以前，俄罗斯将埃文基人和埃文人统称为通古斯人，"通古斯"这个词的来源直到现在还不是很明确，说法不一：一说它产生于通古斯语"кунгу"，意思是"缝线外露的短鹿皮衣"；二说它来自蒙古语"тунг"，意思是"森林中的人"；三说它来自雅库特语"тонгуос"，直译是"长着冻嘴唇的人"，指的是"讲着让人听不懂的语言的人"；还有人认为，"通古斯"是土库曼—突厥语的民族对那些吃猪肉民族的称呼，以及"通古，通古斯"①（тонго，тунггос）词来源于涅涅茨人对埃文基人的称呼；等等。因此不管怎样，直到现在还有一些研究者用"通古斯"这个称呼来称埃文基人。

俄罗斯1931年在克拉斯诺雅尔斯克州东北部地区成立了埃文基民族自治区，作为一个特别的行政单位，从而统一了埃文基的族称。"埃文基"是这个民族最普及的自称之一，"埃文基"的词

---

① Варламов А. Н. К вопросу о происхождении этнонима "тунгус", Северо-восточный гуманитарный вестник, 2020 (01), C. 71 – 76.

源比"通古斯"更加神秘。一些学者认为，该词来源于古代贝加尔湖的部落乌丸（увань），埃文基人的产生与乌丸部落有密切的关系；另一些人则拒绝探讨"埃文基"的词源，只指出这个词大约产生于两千年前。

埃文基人还有一个非常普及的自称——奥罗奇人（орочен），意为养鹿、使鹿的人，从后贝加尔到杰伊斯基区（Зейский район）的埃文基人把自己称为使鹿埃文基。但是，当代阿穆尔埃文基的一些人认为"埃文基"的称呼更好，"奥罗奇"总被认为是绰号或者别称。除了这些称呼，在埃文基的各个群体中，还有一些人自称"库玛尔千"（кумарчены, манегры）；"伊莱人"（илэ）是勒拿河上游埃文基和石下通古斯人的自称；"基列恩人"（килен）是从勒拿河到萨哈林的通古斯人的自称；"毕拉尔千"（бирарчены）意为：沿河生活的人；"浑德萨尔人"（хундысал）意为："狗的主人"，即称自己为"不养鹿的下通古斯人"；还有"索伦人"（солон）等以及其他一些称呼。可以看出，并不是所有的埃文基人都是养鹿、使鹿的人，例如，生活在外贝加尔湖南部和阿穆尔河流域的埃文基人是使马的部落。还有一些埃文基人过着定居生活，主要从事狩猎和渔业。总之，在20世纪之前，埃文基人还没有形成统一的民族，而是一系列个别的部落群，居住在彼此距离很远的地方。即便如此，他们的联系是非常密切的，有统一的语言、风俗和信仰，这说明所有的埃文基人有着共同的民族起源。

（四）埃文基人的文化特征

埃文基人的主要生产活动是狩猎，狩猎的主要对象是：驯鹿、驼鹿、狍子、熊、香獐子等大型野兽，后期以猎获毛皮制品为主。从秋天到春天以捕猎为主要生产方式，每2—3人组成一组，养鹿埃文基骑鹿去打猎并用鹿驮运货物。狩猎季节结束后，几个埃文基的家庭通常联合在一起，搬迁到其他地方。一些群体使用各种类型的爬犁。埃文基人不仅用鹿运货，而且用马、骆驼和羊运货。一些地方的埃文基人还猎捕海豹和鱼类,还有的埃文基人加工兽皮、桦树皮、锻造工具,在外贝加尔和阿穆尔沿岸的埃文基人甚至转向了农耕和饲养大型牲畜。从 1930 年开始,埃文基人创建鹿产品加工工业,逐渐形成一些固定的村镇。

埃文基人传统的食物是鱼和兽肉,受生活的地理环境的影响,他们在很多食物中加入浆果和蘑菇,而定居的埃文基人有自己的蔬菜种植园。埃文基人基本的饮料是茶,有时用鹿奶加盐煮茶。

埃文基人的传统住所叫作丘姆（Чум 或者 Дю）,即帐篷,中国鄂温克人把它们称为撮罗子。这种帐篷用细杆做圆锥形主体,冬天盖上兽皮,夏天用白桦树枝做顶。帐篷中间有一个炉灶,炉灶的上面横放着铜杆,杆上挂着锅。

埃文基人的传统服装用鹿皮制成,膝盖以下带绑腿,长衫里面穿着特殊的胸甲。女性胸甲用珠子装饰,并且胸甲的底边是直线形的。男人把刀鞘戴在皮带上,女人在皮带上带着针线包和荷包,里面装有打火器等。他们用毛皮、穗子、刺绣、小块金属、小珠子等做装饰。埃文基的氏族是由几个亲属家庭组成的埃文基共同体,人数从 15 人到 150 人不等,这是在 20 世纪之前保持的风俗。根据这个风俗习惯,捕获的猎物要分给共同体的成员。对于埃文基人来说,以前的一些部落存在一夫多妻制,但目前典型的家庭是一夫一妻制。

二 研究的目的、意义与方法

俄罗斯埃文基人生活的地理位置和自然环境较为独特,他们的口头传统因此在该民族文化中具有特别的地位。俄罗斯埃文基的史诗属于口头传统"尼姆恩加堪"中主要而且重要的一部分,埃文基人对它持有特殊的态度,因为其中保存了埃文基人关于族源的记忆,包括祖先的居住地、宗教信仰、生活习俗等重要信息，而这些信息对于在泰加林中游猎、不断迁徙，与其他民族或族群经常接触的埃文基人来说具有重要意义。

（一）研究目的和意义

本书旨在研究俄罗斯埃文基口头传统中的英雄史诗（以下简称史诗），它是该民族最具代表性的作品，是尼姆恩加堪中的主要和重要的部分。本书拟从母题、形象、艺术特色入手，分析埃文基史诗的独特性，阐释史诗呈现的主要民族文化特征和埃文基人的世界观，为我国鄂温克和鄂伦春族史及民族身份认同等提供理论话语和借鉴参考。

首先，埃文基的史诗是该民族的语言、智慧、历史文化的活化石，史诗中渗透着关于宇宙产生、人类始祖、宗教习俗、历史变迁等一系列重要元素，对埃文基英雄史诗进行研究，可为研究俄罗斯埃文基人的族源历史、文化、风俗习惯等提供重要的学术依据和参考。

其次，埃文基民族是跨境民族，俄罗斯埃文基人与中国的鄂温克人、鄂伦春人一衣带水，同根同族，同宗同源，研究俄罗斯埃文基的民间文学，可为我国鄂温克族、鄂伦春族民间文学的研究和发展提供新思路，也为研究我国鄂伦春族"摩苏昆"和赫哲族"伊玛堪"提供新视角。

再次，研究俄罗斯埃文基史诗对于研究与埃文基人毗邻的雅库特、布里亚特人的民间文学有重要的意义。梅列金斯基认为，"雅库特人的'奥仑霍'部分地取材于北方雅库特人的那些与埃文基人特别接近的史诗"[①]。所以研究埃文基人的英雄史诗对研究蒙古族及中亚地区民族的史诗有促进作用。

（二）研究的迫切性

基于埃文基史诗的研究价值以及埃文基史诗的现存状况，对

---

① ［俄］梅列金斯基：《英雄史诗的起源》，王亚民、张淑明、刘玉琴译，商务印书馆2007年版，第226页。

埃文基史诗的研究处在一个迫切的状况中。首先，埃文基民族作为跨境民族，历史上的根基处于东西方文化和文明的交会处，该民族的民间文学"尼姆恩加堪"属于民族瑰宝，是独特的民族文化，是历史的活化石。在满—通古斯的民间文学中，在整个阿尔泰地区，甚至在整个东北亚地带的文化圈内，埃文基史诗都有着重要的地位。其次，埃文基史诗具有独特的魅力，但是由于人口数量、居住区域、都市化以及现代化等多种因素的影响，其赖以生存的土壤逐渐被同化或者消亡，亟须保护和传承。再次，由于民族认同、人类命运共同体的需要，史诗中的文化元素对提高民族自信心和自豪感起着极大的推进作用。本书将从跨境民族的视角，在俄罗斯民俗学者研究的基础上，利用史诗学研究的学术方法，全面研究埃文基史诗的母题、形象、艺术特色和文化特征等，力图为加强东北亚民族认同、民族命运共同体的建设及保护民族优秀传统文化等方面提供理论支撑和资料参考。

（三）研究的理论与方法

正确的研究方法是研究文献的利器，本书采用普罗普、列维－斯特劳斯的结构主义诗学理论，研究埃文基史诗的结构特征；参照海西希教授制作的蒙古史诗母题类型表，研究埃文基史诗中母题元素，分析母题产生、发展过程和母题的功能；借助帕里－洛德的口头程式理论，研究史诗的程式、韵律等诗学特征；利用索绪尔的语言学理论，通过史诗中的词源、词素构成研究，结合考古学、文献学资料，研究史诗中蕴含的民族迁徙和民族传统等文化因素，探讨史诗产生的文化背景。

总的来说，本书主要运用母题研究、比较研究和文学人类学的研究方法，对埃文基史诗中的母题、形象和文化要素进行系统阐释。具体研究方法如下。

1. 母题研究方法

母题是国际民间文艺学界常用的术语。母题的研究方法也成为民间文学常用的一种研究方法。母题（motif）这个词源于拉丁文 moveo，是动机的意思，所以母题的意义与动机有关，后被借用到民间文学研究中，意指"构成故事的成分、要素"。民间文学作品中的母题，尤其是经常出现在史诗中的母题，在表层内容之下，往往深藏着丰富的文化内涵；这些母题是一些符号，在这些符号里包含着象征意义。本书借助母题研究方法，来探究史诗中这些符号的象征意义。在运用母题研究方法的过程中，可以将史诗分成若干个"情节母题"，再将母题进行归类，对埃文基史诗中的经典和特色母题进行研究，既可以研究不同时期母题的发展，又可以对同一时期不同地域的邻近民族间相同或相近的母题进行共性与特性的研究。

2. 比较研究方法

比较研究方法是比较文学的基本研究方法，包括影响研究和平行研究两个大的方面，母题的研究方法中渗透着比较研究法。埃文基史诗有独特的民族特点和地域风情，但研究一个民族民间文学的类型、内涵及本质，只把视线放在该民族范围内是远远不能充分透视这个民族精神文化全貌的。埃文基史诗的讲唱方式与鄂伦春族"摩苏昆"、赫哲"伊玛堪"等说唱兼具的文学形式有着紧密的关系，它们相互渗透，相互影响，为此，本书运用比较研究的方法对此予以阐释。

3. 文学人类学的研究方法

文学人类学强调文学与人类学彼此间的互相作用，它既注重从文化视野的角度对原有学科知识的梳理综合，又注重从史论结合、中外结合的角度追溯文学与人类学的关系。本书尝试借鉴文学人类学的视野和方法对埃文基史诗进行研究，借助诸多英雄故事和史诗的文本内容，挖掘隐含在文本背后的文化信息，如宗教、习俗、仪式和禁忌等，追根溯源，使史诗研究和文化研究相得益彰。

当然，对作品分析所用的理论和方法应该是多种多样的，对埃文基史诗的研究，既要从宏观上对史诗结构和框架进行研究，也要审视史诗的内部微观细节。因此，母题研究和比较研究两种方法在本书研究中并重。此外，本书还结合田野调查的实证研究方法，研究埃文基英雄史诗的传承与发展。

三　研究综述

对俄罗斯埃文基的民间文学研究，尤其是对史诗的研究，离不开对该民族社会、历史和文化的研究，该领域的研究是从作品的搜集和整理开始的，最早对埃文基地区开始关注的不仅有俄罗斯人，还有一些其他的欧洲人，如 И. 格奥尔吉（И. Георги，1729—1802）就是其中的典型代表。我国学者对俄罗斯埃文基地区的关注开始得比较晚，从20世纪80年代才开始。

（一）俄罗斯埃文基史诗研究现状

总体来看，俄罗斯对埃文基史诗的研究不多，相关成果较少，主要体现在对埃文基史诗的记录、整理和出版方面。埃文基史诗是埃文基人精神文化和物质文化的载体，因此对埃文基人生活状况的考察研究是史诗研究的基础。埃文基史诗作为民间文学的一个类型，对它的研究自然离不开对埃文基民间文学的总体研究，也就是说，埃文基史诗的研究是在埃文基民间文学研究的大框架之下展开的。

1. 俄罗斯和欧洲学者对埃文基地区的考察和研究

自17世纪起，沙俄就将目光转向东方，俄罗斯人越过乌拉尔山进入西伯利亚和远东地区。此后的几个世纪，进入这一地区的人不断增多，活动的领域逐渐扩大，这其中包括殖民者的征伐、商人的贸易活动、民族的迁移，还有一些地理学、地质学、生物学、人种学等学科的专家学者到此地进行科学考察。这些科考活动的重要内容之一，就是对当地民族的历史、语言和文化进行调查和研究。

И. 格奥尔吉是当时考察队的一员，他是德国人，随着各国考察队一起来到西伯利亚和远东地区。他搜集了俄罗斯土著民族的历史和人种学方面的资料，并出版了三卷本巨著《俄罗斯诸民族及其生活礼仪、信仰、习俗、住所、服装及其他值得记忆的事件》（圣彼得堡，1777）。

18—20世纪俄罗斯对埃文基人生活区域的考察不断，到苏联成立时，俄国学者已经对分布在叶尼塞河沿岸的埃文基人、分布在北方湖泊区和维柳伊河发源地的埃文基人、维季姆—奥廖克玛河（Витим-Олекма）沿岸的埃文基人、涅尔琴斯克—赤塔地区（Нерчинск-чита）的埃文基人、涅利坎—阿扬地区（Нелькан-Аян）的埃文基人，有了深入研究；对阿姆吉（Амги）、阿尔丹（Алдан）河发源地的埃文基人，乌丘尔（Учур）、图古尔（Тугур）、布列亚（Бурея）地区的埃文基人，结雅河中部的埃文基人，巴尔古津、巴温特及贝加尔的埃文基人的语言、历史、口头文学等方面的调查与研究也取得了进展；对中国的鄂温克族和鄂伦春族的研究也逐步展开。

С. П. 克拉舍宁尼科夫（Крашенинников，1713—1755）是考察队成员之一，他撰写并出版了享誉国际学术界的巨著《堪察加大地志》（Описание земли Камчатки，1755），介绍并研究了科里亚克人、阿伊努人、埃文基人和埃文人等民族的经济与历史文化。

1818—1824年，Г. И. 斯帕斯基（Г. И. Спасский，1783—1864）主持期刊《西伯利亚公报》（Сибирский вестник）（后改名《亚洲公报》（Азиатский вестник），发表有关埃文基人日常习惯、历史、社会制度和家庭关系等方面的文章。

1854年，Л. 什连科（Л. Шренк，1826—1894）对阿穆尔南

部进行了民族学考察，在其著作《关于阿穆尔边疆区的异族人》（卷一，1883；卷二，1899；卷三，1903）中描述了阿穆尔地区各民族的地理分布和不同历史时期的变化。与此同时，P. 马克（Р. маак，1825—1886）对生活在维柳伊河（Вилюй）流域的埃文基人进行了详细考察，并记录了一些埃文基词汇、民歌及口头文学，这些都是宝贵的语言学和民族学资料。Г. 拉德杰（Г. Радде，1831—1903）在 1855—1862 年展开的西伯利亚科学考察中，对贝加尔北部和东部进行了考察，并在《东西伯利亚之旅》（1861）中对玛涅格尔和毕拉尔人的语言、历史文化等进行了记述，奥尔洛夫（Орлов）对在鄂伦春人、玛涅格尔人生活的巴温特（Баунт）和阿穆尔河上游区域进行考察，在《巴温特和安加拉的游牧通古斯人》（1858）中详细记录了巴温特—维季姆地区（Баунт-витим）埃文基人的年生活周期；А. Ф. 乌索利采夫（А. Ф. Усольцев，1830—1909）沿结雅河的右支流进行考察。在同一时期，П. 克拉尔克（П. Кларк，1863—1940）考察了勒拿河上游的埃文基人的语言、宗教与历史变迁。①

除了以上文献，还有其他一些专著，例如，基里洛夫（Н. Кириллов，1897—1950）的《后贝加尔地区的狩猎业》（1900）；奥斯特洛夫斯基（П. Е. Островский，1870—1940）的《叶尼塞河之行》（1904）；普季岑（В. Птицын，1854—1908）的《通古斯语》（1903）；希罗科戈洛夫（С. М. Широкогоров，1887—1939，此人中国名字叫史禄国）的《北方通古斯人的社会组织》（1928）。这些著作从不同方面介绍了埃文基人生活的区域及生活方式等历史文献。

这些研究主要是对埃文基人生活区域的自然、地理、人文等方面的介绍和研究，但是为埃文基民间文学的研究奠定了基础，

---

① 王雪梅：《俄罗斯埃文基民族文化及保护研究》，硕士学位论文，中央民族大学，2016 年，第 5 页。

提供了宝贵的资料。

2. 俄罗斯学者对埃文基民间文学的研究

埃文基民间文学的研究可以分成三个历史阶段，分别是前苏联时期、苏联时期、现当代时期，不同历史阶段的研究视角和取得的成就各不相同。他们对民间文学的研究主要从苏联时期开始，一直到现代，并在埃文基民间文学的搜集、整理和研究方面取得了丰厚的成果。

（1）前苏联时期（1772—1922年）

在这一时期，埃文基民间文学的研究尚未形成体系，研究成果不多，资料较为零散，呈片段式、碎片式成果。一方面，埃文基民间文学还没有形成和出版完整的书面文本，只有零星的片段，例如埃文基民歌、萨满仪式歌、祈祷词，以及一些古老史诗的片段等；另一方面，民间文学研究性资料很少，只有零星的一些相关资料散见于各类出版物中，内容主要是对埃文基民间文学、文本的体裁等方面的简单介绍。

1775年，在 И. 格奥尔吉的考察记录中用德语出版的埃文基的英雄史诗《多罗达斯的故事》（"сказание о Долодас"）① 片段，这部史诗是后贝加尔埃文基民间文学中一部主要的史诗。此外，1901年古特（Г. Гут）在自己的论文《通古斯人民文学和它的民族学意义》（"Тунгусская народная лутература и её этнологическое значение"）中第一次用埃文基语记录了几个简短的民间文学文本，包括3首民歌、4段萨满祈祷词、英雄故事《迈莱乌尔》（"Мэрвул"）的唱词片段，其中《迈莱乌尔》的唱词片段是迈莱乌尔和他妻子对话的唱词；同时，他还指出埃文基人的诗与满族和蒙古族的诗具有相似性的特征。1908年和1909年，瓦西里耶夫（В. Н. Васильев，1880—1940）用俄文记录并发表的文章《鲜

---

① Bemerkugen einer Reise im Rbssischen Reich in jahre1772. -St-Petersburg 1775. -B. 1. -S. 288 – 295.

活的古代》(Живая старина)，部分记录了埃文基人的历史传说。1924年，马雷赫（П. П. Малых，生卒年不详）出版了《请你研究故乡的地区》(Изучайте родной край) 一书，书中记录了科梁甘人（Келянкане）（埃文基人的一个分支，生活远东符拉迪沃斯托克和赤塔地区）的古老神话、故事和传说，这些文章直到今天仍然广受关注。

最先对埃文基民间文学感兴趣的是一些民族学家，如瓦西里耶夫（В. Н. Васильев）、别卡尔斯基（Э. К. Пекарский）、托尔马切夫（А. А. Толмачев）、马雷赫（П. П. Малых）、扎姆纳罗诺（Ц. Ж. Жамнароно）等一些民族学者、地方志学家和语言学家，他们进入远东和西伯利亚的各个埃文基人生活地区，进行多次对史诗等民间文学科学考察。

可以看出，当时所有埃文基民间文学文本用埃文基语记录的不多，也没有对这些文本进行深入的分析和研究。

(2) 苏联时期（1925—1970）

在这一时期，苏联的埃文基民间文学研究较前一阶段有所发展，无论是文本搜集、整理、出版还是研究，都取得了比上一时期更为丰富的成果。在这一阶段积累和出版的民间文学资料，是现当代埃文基民间文学研究的基础。

苏联时期收集和出版的埃文基民间文学文本较为丰富。1925年列宁格勒创建了北方少数民族研究中心，该中心开始搜集、研究和出版北方民族民间文学，埃文基民间文学是其中重要的一部分。这一阶段出版的民间文学资料，为当代的文学家、人类学家、民族学者的勘察与研究奠定了基础。

这一时期具有代表性的主要出版物有1936年瓦西列维奇出版的《埃文基（通古斯）民间文学资料集》[*Сборник Материалов по поэвенкийскому（тунгусскому）фольклору*]，这是一本用埃文基语记录并翻译成俄语的双语文本，埃文基语使用拉丁语拼写。

该书共印刷 1400 册，由列宁格勒出版社出版，书中记录了埃文基的神话、传说和萨满歌、民歌和圈舞的引子歌、谜语和以散文形式记录的英雄故事片段。

1960 年，沃斯科博伊尼科夫（М. Г. Воскобойников，1912—1979）的著作《埃文基民间文学：教学用书》（Эвенкийский фольклор: учеб. Пособие для пед. училищ）由列宁格勒出版社出版，是埃文基语、俄语双语对照版本。这本书是针对中等师范院校学生而编写的教材，因此书中的文本做了一些改编。此外，1965 年沃斯科博伊尼科夫在其博士学位论文《埃文基民间文学的散文性体裁》（"Прозаические жанры эвенки-йского фольклора"）中专列一章论述埃文基的"尼姆恩加堪"，并将其视为一种专门的叙事文学体裁。

1966 年瓦西列维奇的《历史上的埃文基民间文学》（Истори-ческий фолькор эвенков-сказания и предания）在列宁格勒科学出版社出版，是埃文基语、俄语双语版本，埃文基文用西里尔字母按照语音拼写，共出版发行 1500 册。书中的英雄故事和历史传说是以对话的形式记录的，并对埃文基民族文化词汇进行注解。该书中收集了 20 篇"尼姆恩加堪"（神话和英雄故事）和 43 篇"乌勒古尔"（传说和故事），填补了我国境内对埃文基民间文学资料关于"尼姆恩加堪"和"乌勒古尔"的研究空白。瓦西列维奇把英雄故事看作埃文基民间文学尼姆恩加堪中主要的体裁，这种文学体裁是一种民族共同体的标志物。

这一时期最主要的具有代表性的学者是瓦西列维奇（Г. М. Василевич，1890—1942），她是埃文基的语言学家、民族学家、通古斯学家，她对研究埃文基史诗做出了不可估量的贡献。她一生对埃文基人生活的地区进行了 11 次学术考察，研究成果涉及埃文基人的语言、民族文化、社会制度、萨满教等方面。她的学术人生分为两个阶段：第一阶段是埃文基语的语言学研究；第二阶段主要是埃文基人的民族学研究。瓦西列维奇的《埃文基人：18世纪到20世纪初历史—民族学笔记》［Эвенки：Историко-этнографические очерки（XVIII – начало XX в.），1969］是迄今为止对埃文基民族文化研究最为全面、最为系统的著作，内容涵盖了埃文基人的民族形成过程、物质文化、精神文化和社会关系等各个方面的问题。

瓦西列维奇1936年出版的第一本埃文基民间文学集《埃文基（通古斯）民间文学资料集》收录了此前各个出版物中记录的所有故事和三个以前没有记录过的东部埃文基的英雄故事。该书收集了1925—1931年研究者们在西伯利亚埃文基地区记录和整理的全部文本。1935—1960年收集整理的英雄故事和传说，编进了瓦西列维奇的《历史上的埃文基民间文学》。给文集中所有作品的体裁属性定义是非常难的，因为很多文本并不是从有经验的讲唱者那里记录的，而是从听众或者是村民的转述中记录下来的，所以大多数文本都是片段或者简短的概括性的转述，有些文本失去了专门的民间文学艺术形式特征。

埃文基民间文学文本保留了埃文基语的特点，体现了口头文学的优势，没有被都市化时代侵袭和改变。以上提到的著作包含了一些沙俄时期收集却未出版的材料，但是其中没有提及传说和英雄故事的特点，没有提及与史诗相关的概念，苏联民族学者因此误认为埃文基还没有形成史诗。有鉴于此，梅列金斯基（Е. М. Мелетинский）在《英雄故事的起源》一书中指出，埃文基的民间文学受雅库特和布里亚特民间文学的影响，"通古斯、古亚细亚和乌戈尔—萨莫迪等民族的民间文学中只出现了史诗的萌芽，而西伯利亚的突厥人和布里亚特人（特别是雅库特和布里亚特人）则创作出了一批讴歌英雄事迹的早已成型的史诗"[1]。

---

[1] ［俄］梅列金斯基：《史诗的起源》，王亚民、张淑明、刘玉琴译，商务印书馆2007年版，第232页。

在这些出版物中，为确定民间文学文本的体裁，使用了埃文基的术语——尼姆恩加堪（Нимнгакан），作为文本的主要体裁名称来使用。

（3）现当代时期（1971年至今）

这一时期，俄罗斯埃文基民间文学的研究进入了一个新的发展阶段，收集、整理和出版的文集更为丰富和科学，研究逐步深入，不仅研究范围扩大，而且视角更多样化，出现了一些重要的研究成果。尤其需要指出的是，关注埃文基民间文学的研究者越来越多，埃文基民间文学研究领域在不断地涌现新人、新作。

实际上，1958年苏联社会科学院西伯利亚分部"北方语文部"和语言文学历史研究所在雅库特成立之后，梅列耶娃（А. Н. Мыреева，1930—2012）和罗曼诺娃（А. В. Романова，1931—2008）在埃文基人生活的地区进行多次考察，搜集语言学和民间文学资料，整理并出版了两部文集：《雅库特埃文基的民间文学》（Фальклор эвенков Якутии，1971）和《埃文基英雄故事》（Эвенкийские героические сказания，1990）。《雅库特埃文基的民间文学》一书由著名的埃文基研究者瓦西列维奇作序，列宁格勒科学出版社出版。书中收集了各种体裁的民间文学，如英雄故事、神话、传说、谜语、俗语、歌曲和引子歌等。该书是埃文基语、俄语双语版本，使用西里尔字母根据语音记录，共发行2300册。该文集具有如下三方面意义：第一，口头文学由专业的讲唱者表演；第二，用磁带做了录音；第三，该文集是早期出版物中最科学的一本民间文学资料。《埃文基英雄故事》是远东西伯利亚民间文学文献中的一部，由新西伯利亚科学出版社出版。该书是埃文基语、俄语双语版本，其中埃文基语用西里尔字母按照语音拼写，共发行16100册，是迄今为止印数最多的埃文基民间文学集。该文集是"远东西伯利亚民族民间文学最杰出的艺术代表，是埃文基民族文学口头创作的顶峰之作"①。埃文基的史诗首次呈现出其原貌，即韵律诗的形式，带有启句和引子歌。《埃文基英雄故事》中附有词语注释，还有梅列耶娃编的俄语埃文基语词典。

梅列耶娃作为埃文基民间文学的收集者、出版者、编者，不仅在文本的传播方面，而且在埃文基民间文学的研究方面做出了巨大的贡献，她从不同的视角对埃文基的英雄故事进行研究，提出埃文基的英雄故事就是史诗的观点。她发表了一系列的研究性文章，例如：《雅库特和埃文基双语条件下的讲唱事业》②《埃文基的讲唱者 Н. Г. 特罗菲莫夫》③《埃文基英雄故事的诗学特征》④《关于埃文基英雄故事的引子歌》⑤《埃文基英雄故事人名的语义和形态特征》⑥ 等。这些文章对于埃文基英雄史诗进行了详细的分析和深入的研究，为研究者提供了借鉴和参考。

瓦尔拉莫娃（Г. И. Варламова，1951）是民俗学家，埃文基人，她的埃文基名字叫戈丽娜·凯普图开（Г. Кэптукэ），埃文基民间文学事业的继承者，1986 年开始从事民间文学的研究。瓦尔拉莫娃的主要著作有：《埃文基的尼姆恩加堪：神话和英雄故事》（Эвенкийский нимнгакан：Миф и героические сказания，2000），与梅列耶娃合著的《叙事和仪式体裁的埃文基民间文学》（Эпические и

---

① Мыреева А. Н. Эвенкийские героические сказания. Новосибирск：Наука，1990. С. 7.

② Мыреева А. Н. Сказительство в условиях якутско-эвенкийского двуязычия//Эпическое творчество народов Сибири и Дальнего Востока，Якутск，1978. С. 190 – 201.

③ Мыреева А. Н. Н. Г. Трофимов（Бута）-эвенкийский сказатель//Тезисы докладов конференции фольклористов Сибири и Дальнего Востока，Улан-удэ，1966. С. 59 – 61.

④ Мыреева А. Н. Поэтические особенности эвенкийских сказаний//Фольклорное наследие народов Сибири и Дальнего Востока，Горно-Алтайск，1986. С. 177 – 182.

⑤ Мыреева А. Н. О запевах эвенкийских сказаний//Вопросы языка и фольклора народностей Севера，Якутск，1980. С. 93 – 103.

⑥ Мыреева А. Н. Семантическая и морфологическая характеристика собственных имен эвенкийских сказаний//Актуальные вопросы языков народностей Севера，Якутск，1986. С. 77 – 88.

обрядовые жанры эвенкийского фольклора，2002）和《埃文基英雄故事的类型》（Типы героических сказаний эвенков，2008），与罗别克（В. Роббек，1937）合著的《通古斯民族史诗》（Тунгусский архайческий эпос，2002），与瓦尔拉莫夫合著《东部埃文基的英雄故事》（Сказания восточных эвенков，2003）和《埃文基民间文学中的女讲唱者》（Женская исполнительская традиция эвенков，2008），等等。此外，她的文章《民间文学的历史性》[①] 和《埃文基史诗在苏联的流传特征》[②] 都是新时期比较有代表性的研究作品。

布拉多娃（Н. Я. Булатова）从事阿穆尔埃文基民间文学的收集和研究，她出版的《阿穆尔埃文基民间文学》（Фольклор Амурских эвенков，1987）收录了一些阿穆尔地区埃文基人的故事和传说，其中关于勇士胡录古桥和谢卡克的故事是阿穆尔埃文基民间文学中的一种典型形式。

此外，瓦尔拉莫夫（А. Н. Варламов）的博士学位论文《埃文基民间文学中的游戏》（"Игра в эвенкийском фольклоре"，2012）与雅科夫列娃（М. П. Яковлева）的博士学位论文《布特部落埃文基英雄故事的特征》（"Специфика эвенкийских героических сказаний в творчестве сказителей рода бута"，2016）是近年研究埃文基史诗的重要成果。

虽然埃文基民间文学研究在这一阶段取得了很多成果，但仍然存在不足。一些研究者更多地关注史诗的内容、故事情节，缺少对具体史诗的主题和母题的分类研究，而另一些学者则只研究史诗的音乐特征，很少有人将史诗的内容和音乐相结合进行研

[①] Об историзме фольклоре：по материалам фольклора эвенков，Известия Российского государственного педагогического университета им. А. И. Герцена，2009. №107. С. 112 – 119.

[②] Особенности бытования эвенкийского эпоса в советском пространстве，Актуальные проблемы гуманитарных и естественных наук. 2011. №11. С. 139 – 142.

究，忽略了埃文基人的口头文学是一种说唱结合的综合性艺术形式，并且研究者们多将埃文基的史诗与雅库特、布里亚特等土库曼民族和蒙古族的史诗进行比较，与通古斯其他民族史诗的比较并不多。

（二）中国学者对俄罗斯埃文基民间文学、民族学等相关领域研究

中国学者对俄罗斯埃文基历史文化等研究始自20世纪80年代，起步较晚，随着改革开放及一系列政策的制定和实施，学者们对边疆地区和跨境民族各个领域的研究逐步展开，其中包括对俄罗斯埃文基的民间文学、语言学、民族学和社会学（田野文化）、历史文化研究等各个方面的研究。总的来说，可以归纳为如下几个部分。

1. 埃文基民间文学的研究

埃文基民间文学与艺术研究的主要学术论文有：徐昌翰的《关于"伊玛堪"一词的语义、来源及其它》[①]，张嘉宾的《埃文基人的"尼姆纳堪"与赫哲人的"伊玛堪"》[②]《黑龙江流域的通古斯人及其传统文化》[③]，等等。从上述文献可以看出，我国学者对埃文基的民间文学研究不够多，也不够深入，主要是对埃文基人的"尼姆恩加堪"和赫哲人的"伊玛堪"这种相似的口头文学体裁进行比较研究，可见，我国学者对埃文基民间文学的关注度不高。

2. 埃文基语言学的研究

国内学者对埃文基语研究的主要文献有：《关于俄罗斯的涅吉达尔语、埃文语与埃文基语》[④]《俄罗斯境内满—通古斯民族及其

---

① 徐昌翰：《关于"伊玛堪"一词的语义、来源及其它》，《黑龙江民族丛刊》1992年第2期。
② 张嘉宾：《埃文基人的"尼姆纳堪"与赫哲人的"伊玛堪"》，《黑龙江民族丛刊》1996年第1期。
③ 张嘉宾：《黑龙江流域的通古斯人及其传统文化》，《黑龙江民族丛刊》2003年第2期。
④ 朝克：《关于俄罗斯的涅吉达尔语、埃文语与埃文基语》，《满语研究》2000年第2期。

语言现状》①《阿穆尔州的俄罗斯人与埃文基人：得到的与失去的》②《正在消失的语言——俄罗斯阿穆尔州埃文基人聚居区考察》③《试论埃文基语与俄语构词法之异同》④《黑龙江沿岸中俄跨界民族语言研究的特点》⑤《从词阶理论看满通古斯语族的语支分类》⑥《苏联时期俄罗斯埃文基语研究》⑦《俄罗斯学者关于埃文基语的研究译述（17世纪末至苏联解体前）》⑧《俄罗斯埃文基族语言教育模式探析》⑨等。埃文基语言学研究成果相对其他几个方面来讲最为丰硕，朝克和杨丽华的个别文章是对埃文基语言科学的研究，另外几篇文章中，学者们分别从少数民族语言、原住民民族语言、濒危语言和民族语言的教育问题等不同角度对埃文基人的语言及文化进行了深入研究，呼吁对人口较少民族濒危语言予以保护和传承，同时从语言、文化等不同的角度，阐释埃文基语独特的世界图景。

3. 埃文基民族学的研究

埃文基民族学研究的文献中，关于民族志和民族起源问题的论文有：《苏联对阿穆尔河下游及萨哈林岛土著民族的研究》⑩

---

① 杨衍春：《俄罗斯境内满—通古斯民族及其语言现状》，《满语研究》2008年第1期。
② 贝科娃、万红：《阿穆尔州的俄罗斯人与埃文基人：得到的与失去的》，《黑河学院学报》2010年第1期。
③ 杨立华：《正在消失的语言——俄罗斯阿穆尔州埃文基人聚居区考察》，《西伯利亚研究》2012年第12期。
④ 杨立华、T. E. 安德烈耶娃、K. H. 斯特鲁奇科夫：《试论埃文基语与俄语构词法之异同》，《满语研究》2014年第1期。
⑤ 邹继伟、张家丰：《黑龙江沿岸中俄跨界民族语言研究的特点》，《北方文物》2015年第4期。
⑥ 王国庆、赵杰：《从词阶理论看满通古斯语族的语支分类》，《北方民族大学学报》（哲学社会科学版）2016年第3期。
⑦ 张英姿：《苏联时期俄罗斯埃文基语研究》，《黑龙江史志》2017年第1期。
⑧ 张英姿：《俄罗斯学者关于埃文基语的研究译述（17世纪末至苏联解体前）》，《民族翻译》2017年第2期。
⑨ 杨立华：《俄罗斯埃文基族语言教育模式探析》，《西伯利亚研究》2017年第4期。
⑩ 姚凤、林树山：《苏联对阿穆尔河下游及萨哈林岛土著民族的研究》，《黑龙江文物丛刊》1982年第2期。

《苏联学者论通古斯满语民族起源》[1]《原苏联的北方部落》[2]《埃文克民族史志概述》[3]《俄罗斯埃文基人与中国鄂温克族民族起源探讨》[4]《俄罗斯远东土著民族与跨界民族研究》[5]《俄罗斯的满通古斯民族源流简考》[6]《俄罗斯学者的埃文基人研究》[7]《浅析俄罗斯阿穆尔州埃文基人俄罗斯化过程》[8] 等。以上文献分别从埃文基人历史上的称谓、民族迁徙的轨迹入手，主要探讨埃文基人的族源问题，追溯埃文基人的历史和文化渊源，进而追溯历史上通古斯民族的源头，介绍了外部人（族外人）对埃文基人的认识。

关于社会制度和生活方面问题的论文中，《埃文基人的民间知识》[9] 和《埃文基人的亲属制度》[10] 是专对俄罗斯埃文基民族社会认识的研究性论文；《中俄鄂温克人社会生活比较研究》[11] 和《俄罗斯埃文基人的生活状况》[12] 则是研究中俄埃文基人生活习惯差异和俄罗斯埃文基人的社会生活的文章；《中俄鄂伦春社会保障制度比较研究》[13] 从社会、医疗、住房、就业等多个角度探讨两国鄂伦春民族的居民社会保障体系的异同；《俄罗斯埃文基民族传统教育与社会变迁》[14] 探讨了民族在社会转型过程中从传统

---

[1] 林树山：《苏联学者论通古斯满语民族起源》，《黑龙江文物丛刊》1984年第3期。
[2] 张嘉宾：《原苏联的北方部落》，《学术交流》1992年第4期。
[3] 孙运来：《埃文克民族史志概述》，《东北史地》2004年第10期。
[4] 孙运来：《俄罗斯埃文基人与中国鄂温克族民族起源探讨》，《文化论坛》2015年第2期。
[5] 刘晓春：《俄罗斯远东土著民族与跨界民族研究》，《黑龙江民族丛刊》2014年第6期。
[6] 王国庆：《俄罗斯的满通古斯民族源流简考》，《长春教育学院学报》2015年第9期。
[7] 李娟：《俄罗斯学者的埃文基人研究》，硕士学位论文，黑龙江大学，2015年。
[8] 李娟：《浅析俄罗斯阿穆尔州埃文基人俄罗斯化过程》，《才智》2016年第28期。
[9] 张嘉宾：《埃文基人的民间知识》，《黑龙江民族丛刊》1995年第4期。
[10] 张嘉宾：《埃文基人的亲属制度》，《黑龙江民族丛刊》1995年第2期。
[11] 万红：《中俄鄂温克人社会生活比较研究》，《黑河学院学报》2015年第5期。
[12] 李红娟：《俄罗斯埃文基人的生活状况》，《环球人文地理》2014年第10期。
[13] 孙印峰：《中俄鄂伦春社会保障制度比较研究》，硕士学位论文，吉林大学，2010年。
[14] 李红娟：《俄罗斯埃文基民族传统教育与社会变迁》，《哈尔滨学院学报》2018年第5期。

教育到现代教育的过渡；《鄂温克人与埃文基人生计变迁之共性阐释》① 分析了埃文基人从游牧转向定居的生活方式改变，探讨埃文基人饲养驯鹿和农耕部落等不同生活方式。

关于地理学方面的文章《阿穆尔州腾达区埃文基地名探析》② 中，中俄两位学者共同梳理了埃文基这个跨境民族的地理名称体系，探讨了埃文基民族地名中的奥秘。

关于文化问题的研究性论文有：《苏联北方地区民间丧葬习俗之今昔》③《赫哲人与埃文基人的原始宗教信仰》④，这几篇论文介绍了俄罗斯北方少数原住民的习俗、宗教和文化；《中外学者的埃文基民族文化研究》⑤ 梳理了俄罗斯学者对埃文基的民族文化研究史；《俄罗斯埃文基人萨满教研究——兼与中国鄂温克族萨满教比较》⑥ 和《俄罗斯埃文基民族文化及保护研究》⑦ 两篇硕士学位论文则是对埃文基民族文化方面的深入研究。侯儒的文章主要比对中、俄两国埃文基民族的萨满文化异同，王雪梅的硕士学位论文则从民族理论、民族制度和文化研究等方面对埃文基悠久的北方文化进行探析，并呼吁政府和社会对这种濒危文化予以保护。

4. 埃文基的田野文化考察

进入 21 世纪，国内学者开始对俄罗斯埃文基人进行实地考

---

① 特日乐：《鄂温克人与埃文基人生计变迁之共性阐释》，《中南民族大学学报》（人文社会科学版）2018 年第 3 期。

② 杨立华、贝科娃：《阿穆尔州腾达区埃文基地名探析》，《黑河学院学报》2015 年第 2 期。

③ 周之求：《苏联北方地区民间丧葬习俗之今昔》，《苏联问题参考资料》1987 年第 4 期。

④ 张嘉宾：《赫哲人与埃文基人的原始宗教信仰》，《黑龙江民族丛刊》1998 年第 3 期。

⑤ 张娜、王雪梅：《中外学者的埃文基民族文化研究》，《广西师范学院学报》2016 年第 1 期。

⑥ 侯儒：《俄罗斯埃文基人萨满教研究——兼与中国鄂温克族萨满教比较》，硕士学位论文，中央民族大学，2012 年。

⑦ 王雪梅：《俄罗斯埃文基民族文化及保护研究》，硕士学位论文，中央民族大学，2016 年。

察，对埃文基有了更深刻的认识，主要学术成果有《俄罗斯埃文基人聚居区社会调查》①《走进俄罗斯阿穆尔州的埃文基人》②《小民族大生态——俄罗斯远东埃文基村落文化振兴考察》③ 等。近年来，随着两国关系的不断发展变化，中国学者逐渐深入俄罗斯埃文基地区进行实地考察，发表相关论文，唐楠的考察报告及他的硕士学位论文，从生态学角度，阐释俄罗斯远东小民族精英近30年来如何发挥主体能动性，依托国家政治制度和政策法规，跟地方及联邦政府协调行动有效抵制主流文化霸权，追求民族文化重建与社会权力结构再平衡的过程、成效及经验教训。

5. 埃文基历史文化研究的译著与译文

自20世纪70年代起，国内学者开始对埃文基人的权威研究成果进行编译，主要译著有：《黑龙江旅行记》④《黑龙江沿岸的部落》⑤《北方通古斯的社会组织》⑥《西伯利亚鄂温克民间故事和史诗》⑦《西伯利亚埃文克人的原始宗教（古代氏族宗教和萨满教）——论原始宗教观念的起源》⑧《民族译文集（第一辑）》⑨《黑龙江流域民族的造型艺术》⑩ 等。译文主要有：《古今西伯利

---

① 杨春河、杨立华：《俄罗斯埃文基人聚居区社会调查》，《满语研究》2013年第2期。
② 唐楠：《走进俄罗斯阿穆尔州的埃文基人》，《共识》2014年第12期。
③ 唐楠：《小民族大生态——俄罗斯远东埃文基村落文化振兴考察》，硕士学位论文，中央民族大学，2016年。
④ ［俄］P. 马克：《黑龙江旅行记》，吉林省哲学社会科学研究所翻译组译，商务印书馆1977年版。
⑤ ［俄］杰列维扬科：《黑龙江沿岸的部落》，林树山、姚凤译，吉林文史出版社1987年版。
⑥ ［俄］史禄国：《北方通古斯的社会组织》，吴有刚等译，内蒙古人民出版社1985年版。
⑦ 乌热尔图主编，纳·布拉托娃副主编：《西伯利亚鄂温克民间故事和史诗》，白杉译，内蒙古文化出版社2009年版。
⑧ ［俄］阿尼西莫夫：《西伯利亚埃文克人的原始宗教（古代氏族宗教和萨满教）——论原始宗教观念的起源》，于锦绣译，中国社会科学出版社2016年版。
⑨ 郭燕顺、孙运来译著：《民族译文集（第一辑）》，吉林省社会科学院苏联研究室，内部刊物，1983年。
⑩ 孙运来编译：《黑龙江流域民族的造型艺术》，天津古籍出版社1990年版。

亚民族概述》①《阿穆尔河下游和萨哈林岛各民族的经济共同特征》②《论埃文克人的宇宙传说》③《〈下阿穆尔和萨哈林岛各民族人民的传统经济和物质文化〉一书的前言》④《下阿穆尔及萨哈林岛各民族的夏季交通工具》⑤《鄂温克人的伊玛堪：民间口头创作体裁及其在文学作品中的反映》⑥《阿穆尔人语言世界图景中的"空白"》⑦等。从译介的这些文献中可以看出，我国学者关注的是埃文基人居住地区的地质学、民俗学、宗教文化学、民族学和人类学等方方面面的问题。这些资料引起国内很多学者的关注，成为国内学者从事埃文基研究的基础性资料。

从上述发表和出版的成果可以看出，我国对俄罗斯埃文基的研究有如下特点。

第一，国内学者从 20 世纪 80 年代开始关注埃文基民族，最初以翻译俄罗斯埃文基民族的研究成果为主，从所列举的科研成果可以看出，翻译的文献主要集中在 20 世纪 80—90 年代。

第二，21 世纪以来，中国学者对埃文基地区的关注度有很大提高，研究的成果逐渐扩展到中俄埃文基民族的历史、文化和艺术等方面的对比研究。

第三，中国学者对俄罗斯埃文基研究的对象主要集中在民族

---

① ［俄］奥克拉德尼科夫：《古今西伯利亚民族概述》，姚凤译，《黑河学刊》1985 年第 1 期。
② ［俄］A. B. 斯莫良科：《阿穆尔河下游和萨哈林岛各民族的经济共同特征》，冯维钦译，《黑河学刊》1986 年第 1 期。
③ ［俄］沃斯克博伊尼科夫：《论埃文克人的宇宙传说》，孙运来译，《黑河学刊》1987 年第 1 期。
④ ［俄］西姆良科：《〈下阿穆尔和萨哈林岛各民族人民的传统经济和物质文化〉一书的前言》，张嘉宾译，《黑龙江民族丛刊》1986 年第 1 期。
⑤ ［俄］斯莫里亚克：《下阿穆尔及萨哈林岛各民族的夏季交通工具》，冯季昌译，《黑龙江民族丛刊》1988 年第 2 期。
⑥ ［俄］安娜·阿纳托利耶夫娜：《鄂温克人的伊玛堪：民间口头创作体裁及其在文学作品中的反映》，程红泽译，《黑龙江社会科学》2012 年第 4 期。
⑦ ［俄］贝科娃：《阿穆尔人语言世界图景中的"空白"》，杨立华译，《黑河学院学报》2018 年第 2 期。

学、考古学、语言学及埃文基人的风俗习惯和宗教信仰等领域。

第四,总体来说,中国学者对俄罗斯埃文基研究起步比较晚,研究的成果不多,主要是地方出版社出版的一些译著。

第五,埃文基民间文学的研究成果不多,个别学者的文章和书籍涉及了埃文基的民间文学,如:张嘉宾将埃文基的"尼姆嘎堪"①与赫哲族的"伊玛堪"进行对比,孙运来翻译的关于埃文克人的宇宙传说,等等。而白杉翻译的《西伯利亚鄂温克民间故事和史诗》是国内唯一的埃文基民间文学集。截至目前,国内尚未出现研究埃文基民间文学的专著,至于史诗的研究更是无从谈起。

四 研究对象

埃文基民间文学非常丰富,几乎涵盖了所有的体裁:依肯(икэн)——民间舞配乐的即兴歌曲,达夫拉文(давлавун)——来自其他民族的翻译歌曲,塔吉夫卡(тагивка)——谜语,尼姆恩加堪(нимнакан)——神话、故事、史诗;乌尔古尔(улгур)——流传至今的短篇故事和传说,图雷奇夫克(турэчивкэ)——俗语,奥焦(одё)——禁忌,埃利文(эривун)——萨满歌曲。

埃文基人有三个方言区:北部、南部和东部方言区,每一种方言里还有若干种次方言。在保留方言地域,仍然存在自己的民间文学,而且体裁多样。埃文基民间文学中最典型的民间文学体裁是尼姆恩加堪,但是不同地区对它的称谓不同,雅库特地区的埃文基人、阿穆尔地区的埃文基人把这种文学形式叫作尼姆恩加堪,萨哈林地区的埃文基人称它为尼玛堪(нимкан),后贝加尔地区的埃文基人称它为乌勒古尔(улгур)。埃文基的其他群体把神话、英雄故事、史诗和所有其他的故事统称为"尼姆恩加堪"。尼姆恩加堪又

---

① 张嘉宾:《埃文基人的"尼姆嘎堪"与赫哲人的"伊玛堪"》,《黑龙江民族丛刊》1996年第1期。

分为讲唱的尼姆恩加堪和讲述的尼姆恩加堪，其中讲唱的尼姆恩加堪是埃文基的史诗，本书的研究对象是史诗，不做专业研究的人常常就用"尼姆恩加堪"这个词指代埃文基的史诗。

（一）西方学者对史诗的概念界定

"史诗"（俄语：эпос，英语：epic）一词是学术用语，源于西方。在《诗学》中，亚里士多德认为，史诗是用韵律模仿的严肃行为，韵律单一，采用叙述的方式。① 作为一种文学体裁，史诗发展至亚历山大时期的定义是"书写伟大、崇高行为的诗歌作品"。这一概念在法国得到发展的时间则稍晚些，从词源学角度而言，法文中作为名词的"史诗"（épopée）与其形容词"史诗的"（épique）衍生自希腊语，二者均于17世纪晚期才正式进入法国的文学视野中。② 其含义始终与中世纪的"英雄颂歌"或"英雄叙事诗"联系在一起，目的是讴歌值得称颂的英雄人物之行为。18世纪后半叶的文艺理论家对自亚里士多德时代至伏尔泰时代的史诗定义进行了总结，马蒙泰尔认为史诗是"一种对有意义的，或值得纪念之行为的模仿，存在于叙事中"③。这种定义被后期的文学理论家继承下来，1835年法兰西学院词典对"史诗"一词给出的定义是："规模宏大的诗体作品，诗人歌颂某种英雄功绩，辅以各种插曲、虚构和奇幻成分。"④

在有关史诗长篇形式的要求上，美国文学理论家艾伯拉姆斯（M. H. Abrams）认为，史诗至少应该符合长篇叙事体诗歌，主题崇高，富有庄严性、典雅性，描述一个能决定部落命运或人类命运的英雄或神话般的人物。⑤ 劳里·航柯（Lauri Honko）也认为

---

① ［德］亚里士多德：《诗学》，陈中梅译，商务印书馆1996年版，第58页。
② DERIVE, Jean: L'Epopée, Unité et diversité d'un genre, Paris: karthala, 2002, p. 5.
③ MADELENAT, Danitl: L'Epopée, Paris: PUF, 1986, p. 6.
④ MADELENAT, Danitl: L'Epopée, Paris: PUF, 1986, p. 8.
⑤ M. H. Abrams: *A Glossary of Literary Terms* (Seventh Edition), New York: Holt, Rinehart and Winston, 1999, p. 76.

超级故事及叙事是史诗非常重要的特征。①

俄罗斯学者普罗普认为,史诗不是仅仅靠一两个要素就能立刻决定它的本质的。它本身具有许多要素,而且这些要素只有聚拢在一起,才能提供一个正确、完备且反映它要义的观点。史诗最重要的要素是其中的英雄人物,史诗显示了被人们视作英雄的人物和他们的业绩,英雄内容仅仅是史诗区别于其他作品的决定性要素之一;俄罗斯英雄史诗的一个主要因素是:其表现形式不是为了阅读而是为了配乐表演,音乐、演唱、表演对史诗来说如此重要,以至于对这些作品而言,不唱就意味着没有史诗的品质;史诗的另外一个重要因素在于和它的音韵密切相连的韵律形式,这个形式不是一下子冒出来的,它是经过了几个世纪才从散文形式中成长和发展起来的。上述各点是俄罗斯史诗最一般和最重要的要素,但史诗还同时具有如下的特征:完整的情节内容、人物形象和英雄构成的世界、叙述的主题、诗歌固有的整个体系和特别的风格等。②

欧洲文学传统中的"史诗"是希腊史诗,如:荷马的《伊利亚特》和《奥德赛》,之后的古罗马史诗,维吉尔的《艾奈德》、法兰西史诗《罗兰之歌》、日耳曼史诗《尼伯龙根之歌》、弥尔顿的《失乐园》等作品。

俄罗斯人的史诗称为"勇士歌"或者"壮士歌",卡勒瓦拉—芬兰人的史诗称为"芬兰语诗歌",雅库特的史诗称为"奥伦霍",布里亚特的叫作"乌力格尔",乌兹别克的叫作"达斯坦",埃文基人的史诗也有类似的术语叫作"尼姆恩加堪"。

我国史诗学家郎樱在《哈萨克英雄史诗》一书的序言中说道:"在我国的一些少数民族地区,除少数知识分子用'史诗'

---

① [芬兰]劳里·航柯:《史诗与认同表达》,孟慧英译,《民族文学研究》2001年第1期。
② [俄]普罗普:《英雄史诗的定义》,李连荣译,《民族文学研究》2000年第2期。

绪 论

之外，人民群众对史诗一词并不认同。每个民族对史诗都有自己传统的称谓，如柯尔克孜人民称史诗为'交毛克'（jomok，故事），维吾尔人民称史诗为'达斯坦'（dastan，叙事诗），哈萨克民众称史诗为'吉尔'（jir，古老的歌），蒙古族人民称史诗为'陶兀里'（tuuli，故事），藏族人民称史诗为'仲'（sgrung，故事）等。"① 此外，我国北方民族对史诗还有其他一些称谓，如赫哲人民称史诗演唱形式为"伊玛堪"（imakan，故事），鄂伦春族人民称史诗演唱形式为"摩苏昆"（morsuk'un，说唱），等等。从这个意义上说，埃文基人把尼姆恩加堪（nimgakan 或 nimgakawun，英雄故事）称为史诗很符合东北亚及中亚，甚至包括俄罗斯、芬兰等地民族对史诗的认识。

从上述学者们的定义可以看出，史诗有原始史诗（民间形成，无确切作者）和文人史诗（有确切作者创作的）两类。在有关史诗的吟唱者和被吟唱者方面，从古典史诗内容来看，专业或半专业的游吟诗人（有些是盲人歌手）是吟唱者，史诗中被吟唱的对象具有超人的素质和能力，是"英雄"，故事的展开围绕着英雄人物的出生、成长、战争、成功等几个方面的内容，从史诗的韵律来讲，史诗应该具有音韵相连的韵律形式，从史诗的篇幅来讲，史诗应该是叙事的长篇。

本书要研究的是俄罗斯埃文基的史诗，俄罗斯埃文基的尼姆恩加堪中，讲唱的尼姆恩加堪是史诗。首先，埃文基的尼姆恩加堪讲述的是埃文基的始祖英雄出征拯救氏族、救出亲人与下界魔鬼"阿瓦希"决斗的故事，有的还带有出征上界娶亲的情节，这是被称为史诗的关键性因素；其次，埃文基是新近才形成文字的民族，尼姆恩加堪是一种古老的、口口相传的民间文学体裁，它无疑是一种口头传统，它有专门的讲唱者"尼姆恩加卡兰"；最

---

① 郎樱：《国内首部系统研究哈萨克史诗的专著——〈哈萨克英雄史诗与草原文化〉序》，《伊犁师范学院学报》（社会科学版）2008 年第 1 期。

后，无论从文本长度、内容、形式，还是从母题、程式、韵律等各个方面来讲，都能肯定地确认埃文基讲唱的尼姆恩加堪是史诗。在俄罗斯学界，学者们承认埃文基史诗的存在，也经历了一个漫长的过程。

(三) 俄罗斯学者对埃文基史诗的认识

1936 年第一本埃文基民间文学集《埃文基（通古斯）民间文学资料集》出版时，并没有收录完整的埃文基英雄故事，而只有几个英雄故事的片段，但是并非以韵律诗的形式呈现。有鉴于此，当时的学术界认为，史诗作为一种体裁，在埃文基民间文学中还没有真正形成。

1966 年第二本文集《历史上的埃文基民间文学》出版后，埃文基民间文学研究者的看法有所改变，他们虽然没有承认埃文基史诗已经成熟，但是已经认可埃文基史诗处于古老的阶段，与突厥语族民族和蒙古语族民族发达的史诗相比，还不能把它称为完全意义上的史诗。瓦西列维奇在《历史上的埃文基民间文学》这本书的序言里写道："……我们认为，东部埃文基的英雄故事要比英雄神话更接近史诗。"[1] 也就是说，英雄故事只是"近似"史诗，但还不是史诗。

1971 年第三本文集《雅库特埃文基民间文学》中收录的英雄故事已经具有鲜明的史诗特征，但学者们认为，埃文基英雄故事很多方面与雅库特史诗相似。民间文学研究者在了解埃文基史诗之前，早就了解雅库特的史诗，他们认为二者之间相似，是因为埃文基的英雄故事在很多方面借用了雅库特史诗的元素。

1990 年《远东西伯利亚民间文学文献集》中的《埃文基英雄故事》出版，其卷首摘要明确指出，这是"两篇独一无二的、从

---

[1] Василевич Г. М. Исторический фольклор эвенков: сказания и предания. Лениград: Изд. Наука, 1966. С. 15.

杰出的行吟诗人特洛菲莫夫那里记录的埃文基史诗——尼姆恩加堪"①，这种论断成为当时埃文基民间文学研究界一件轰动的事情。从此，俄罗斯学界正式承认埃文基有自己民族的史诗这一事实。

从已出版的民间文学材料中可以看出，并不是所有地区都存在尼姆恩加堪这种体裁，只有生活在东部的埃文基人才能听到这种被称为英雄故事的史诗，即在阿穆尔州、哈巴罗夫斯克州、雅库特自治区和萨哈林地区才会有史诗流传。按照语言学家和民间文学收集者梅列耶娃、布拉多娃的观点："只有在东部埃文基地区才有更为完整的埃文基史诗的活形态。该地区记录和出版的史诗，比西部和后贝加尔的总和还要多。"②梅列耶娃为《埃文基英雄故事》一书所作的序言，也是《远东西伯利亚民间文学集》的序言，可以看出，埃文基民间文学，尤其是埃文基英雄史诗，在远东西伯利亚地区民间文学中居于重要的地位，是远东西伯利亚地区非常具有代表性的民间文学。

埃文基英雄史诗主要分布在阿尔泰—乌丘尔—结雅—谢列姆日一线向东一直到达鄂霍次克海沿岸，包括萨哈林的部分地区，如图0-2③所示。图中阴影部分是埃文基英雄史诗流传的区域，用数字1—6图例标识出来：1为远东区地区，2为上阿尔丹斯克—结雅地区，3为本书主要研究的英雄史诗所在区域，4为北部区域，5为南部区域。英雄史诗《衣饰华丽力大无比的勇士德沃尔钦》是从著名讲唱者尼古拉·特罗菲莫夫那里记录整理出来的，用6标记出记录的地区。

（三）本书的研究对象

本书的研究对象是埃文基的英雄史诗，以《衣饰华丽力大无比的勇士德沃尔钦》（以下简称《德沃尔钦》）为中心，这部英雄

---

① Мыреева А. Н. Эвенкийские героические сказания, Новосибирск：Наука，1990. С. 6.
② Мыреева А. Н. Эвенкийские героические сказания, Новосибирск：Наука，1990. С. 8.
③ Мыреева А. Н. Эвенкийские героические сказания, Новосибирск：Наука，1990. С. 76.

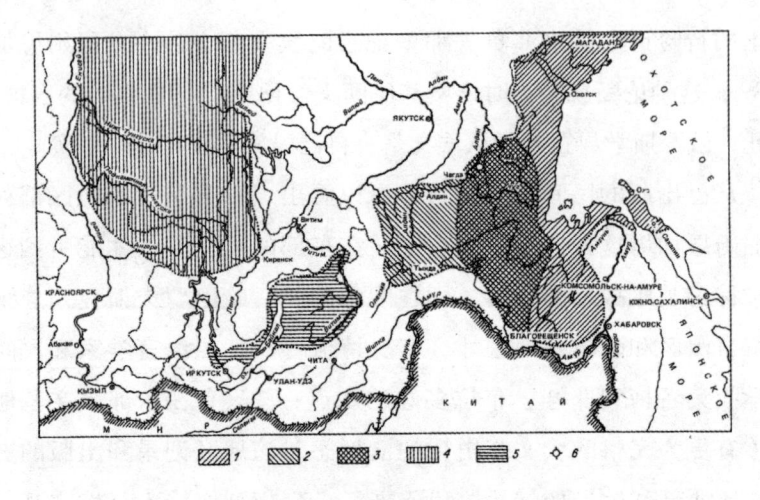

图0-2 埃文基英雄史诗流传的地区

史诗是《埃文基英雄故事》中的一篇。《埃文基英雄故事》收录了《力大的索达尼勇士》(以下简称《索达尼》)和《德沃尔钦》两篇英雄史诗。

本书选择英雄史诗《德沃尔钦》作为主要研究对象的理由如下。

第一,该英雄史诗是俄罗斯民族学家、英雄史诗研究者梅列耶娃收录并整理的,她记录的英雄史诗具有埃文基英雄史诗的典型性特征,该部英雄史诗的出版标志埃文基英雄故事被正式称为英雄史诗(以下简称"史诗")。

第二,史诗讲唱者是著名的天才讲唱者特罗菲莫夫,他能用雅库特语和埃文基语两种语言演唱,发展了东部埃文基人的史诗,他的演唱为东部埃文基人史诗奠定了雄厚基础,使尼姆恩加堪发展到了顶峰。

第三,史诗结构完整,用雅库特语和埃文基语两种语言记录,以对话诗行的形式呈现,共3143行,出版近16100本,是至今发行册数最多、流传最广的两个史诗文本。

第四,该史诗较其他史诗而言,包含大量的埃文基人的风俗习惯、宗教信仰和日常生活方面的信息,尤其在描述埃文基妇女的生产、孩子的出生和命名等方面尤为细致，该史诗在某种程度上是埃文基人日常和精神生活的百科全书。

第五，该史诗包含了丰富的情节母题，既有英雄出征下界与阿瓦希的决战，又有英雄出征上界娶妻与未婚妻子兄弟的决战，故事情节跌宕起伏，战斗惨烈悲壮，英雄可歌可泣，可谓史诗中的绝唱；史诗中出现了典型的埃文基人的"上、中、下"三界的世界图景，反映了埃文基人对周围世界的独特认识，这在埃文基的史诗中不常有，可以称其为该史诗独特的一面；史诗中运用了大量的俗语、谚语、箴言等该民族特色词语和传统的比喻及大量的夸张，这些都是民族智慧的结晶，是埃文基民族生活的百科全书。

可见，史诗《德沃尔钦》是埃文基史诗的经典之作，虽不能涵盖埃文基史诗的所有特征，但是它丰富的情节结构、精彩的语言艺术和大量的历史文化信息，使之无愧为该民族的"瑰宝"。

史诗《德沃尔钦》的文本，是讲唱者用埃文基语和雅库特语两种语言记录的，梅列耶娃整理并将其中的埃文基语译为俄语。这部史诗开辟了集音符记录、注释、文本于一身的形式。本书以《德沃尔钦》为研究基础，以其本研究的主要研究对象和切入点，兼以《索达尼》、《伊尔基斯莫姜勇士》（Иркисмондян – богатырь）、《中间世界的多尔甘敦》（Дулин Буга Торгандун）以及其他埃文基史诗文本为补充，以微见著，系统研究俄罗斯埃文基史诗的形象、母题、结构、传承人等内部与外部特征。

五 创新之处

本书开了国内研究俄罗斯埃文基史诗的先河，而俄罗斯学者对埃文基史诗的研究虽然相对较多，但是还不够深入和完善。有鉴于此，本书在如下几个方面有所创新。

首先，本书对具体的俄罗斯人口较少民族埃文基史诗作品

《德沃尔钦》进行了汉语翻译，并对其中的母题和形象进行了详细的解读。

其次，将埃文基的史诗与通古斯民族的史诗进行了比较，例如将埃文基的"尼姆恩加堪"与赫哲族的"伊玛堪"和鄂伦春族的"摩苏昆"进行比较，力争总结通古斯民族史诗的共性特征。

最后，从跨境民族的视角，对俄罗斯埃文基民族文化进行研究，力争从民间文学中探寻更多的埃文基民族文化特征，为研究和发展我国鄂温克和鄂伦春族的传统文化提供借鉴和参考。

第一章 俄罗斯埃文基史诗概述

俄罗斯埃文基史诗是一种古老的民间文学体裁,被视为北方民族的文化瑰宝。本章主要详细阐述俄罗斯埃文基史诗与"尼姆恩加堪"的关系,明确讲唱的尼姆恩加堪是史诗的概念,分析尼姆恩加堪与英雄故事、神话和故事等一系列民间文学体裁样式之间的联系和区别,探讨史诗和英雄故事之间的内在联系。

第一节 埃文基"尼姆恩加堪"及其相关术语阐释

如前所述,埃文基的民间文学体裁非常丰富,各类民间文学体裁是合乎规律的历史认识的表达形式。古老的埃文基民间文学中反映和描写真实的政治历史事件和人物的故事不多,只有一些传说讲述了个别历史人物的故事,但是在历史发展过程中,集体的社会生活存在了相当长的时期,而且相当准确地反映在相应的埃文基民间文学体裁当中。埃文基人生活的历史进程,就像他们民族共同体形成的过程一样,与埃文基民间文学体裁体系的形成和发展直接相关。

一 "尼姆恩加堪"一词溯源

埃文基人将族群生活的历史进程分成三个主要的时期:第

一,远古时期;第二,战乱和游牧时期;第三,现代族群形成时期(形成了一些族群和氏族,例如:安加拉尔人——生活在安加拉河流域的居民;杰尤切尔人——生活在结雅河流域的居民;等等)。

这三个时期与民间文学的三个阶段相对应。也就是说,埃文基人"按照神话、传说和故事"① 确定各个历史发展阶段。

在埃文基人的意识里,民族共同体发展的历史进程与民间文学各个阶段相对应。表1-1中,"远古时期"是创世纪和大地发展和繁荣时期,这一时期的民间文学主要是神话和英雄故事——"尼姆恩加堪"。"战乱和游牧时期"是埃文基人与昌吉人(也可译为昌吉特"魔鬼")和捷普季吉尔人争战时期,描写这些事件的文学体裁叫"乌勒古尔"。描写埃文基现阶段族群形成事件的体裁,受布里亚特民间文学"乌力格尔"(Улигэр)的影响,仍然叫作"乌勒古尔"。

表1-1　　　埃文基民间文学与该民族历史发展进程对应②

历史时期	民间文学体裁名称（埃文基语）	直译	体裁名称
远古时期	Нимнгакан бингэхин, нимнгакан бингэн	在尼姆恩加堪时期,出现了尼姆恩加堪	尼姆恩加堪
战乱和游牧时期	Булэмэкит: чангитыл, Дептыгирил биденкитын	在战乱时期:与昌吉特人和捷普季吉尔人争战时期	乌勒古尔
现代族群形成时期	Эвэски	离我们近的时代	乌勒古尔

除了宗教仪式诗、民歌和民间文学的小型体裁(谚语、俗

---

① Васильевич Г. М. Эвенки//Историко-этнографические очерки (XVIII - начало XX в.). -Л.: Наука, 1969. С. 191.

② Кэптукэ Г. И. Эвенкийский нимнгакан: миф и героическое сказание. Якутск: изд-во Северовед, 2000. С. 5.

语、谜语等）之外，叙事的民间文学类别只有两种——尼姆恩加堪和乌勒古尔。民俗学家认为，尼姆恩加堪包含各种民间文学体裁样式：神话、史诗和故事等。"乌勒古尔"是与"尼姆恩加堪"相对的术语，指的是"历史的传说"。

从表演的形式来看，尼姆恩加堪中有唱的部分，而乌勒古尔没有。从事件发生的时间来看，尼姆恩加堪讲的是过去的事情、古老的事情，乌勒古尔讲的是现在的事情。尼姆恩加堪讲述的是远古的、很久以前的事情，是古老而神圣的故事。

尼姆恩加堪是埃文基人普遍接受的文学体裁样式。"尼姆恩加堪"用西里尔字母标注的埃文基语是 нимнакан，或者写成 нимнгакан，国际音标是 nimŋakan。徐昌翰是我国最先翻译该词语的学者，在 1992 年《黑龙江民族丛刊》第 2 期上发表《关于"伊玛堪"一词的语义、来源及其它》文章中，他提到埃文基的 nimŋakan 是"故事、神话、传说"，并将该词翻译成"尼姆纳堪"，同时探讨了在埃文基语、赫哲语、奥罗奇语等满—通古斯语中该词根共同的词义："那乃族的'宁曼'（n'iŋma）、埃文基人的'尼姆纳堪'（nimŋakan）、埃文人的'尼姆堪'（nimkan）、奥罗克人的'宁玛'（n'iŋma）、奥罗奇人的'尼玛'（n'ima）也莫不如此。"[①] 徐昌翰并没有提及尼姆恩加堪中含有史诗，但是他指出埃文基语中的 nimŋakan 是神话、故事的意思，并在意义上与其他满—通古斯民族的口头文学相对比，得出他们都是同一类民间文学体裁的结论。

张嘉宾在 2003 年《黑龙江民族丛刊》第 2 期发表文章《黑龙江流域的通古斯人及其传统文化》中提到"埃文基人称史诗类的说唱文学为'尼姆干堪'，鄂伦春人称之为'摩苏昆'，赫哲人称之为'伊玛堪'，那乃人称之为'宁格曼'，乌尔奇人称之为

[①] 徐昌翰：《关于"伊玛堪"一词的语义、来源及其它》，《黑龙江民族丛刊》1992 年第 2 期。

'雅雅宁格曼',奥罗奇人称之为'宁曼',乌德盖人也有类似的作品"①。文中将埃文基的这种民间文学形式称为"尼姆嘎堪"。之后,张嘉宾又在《黑龙江民族丛刊》1996年第1期发表文章《埃文基人的"尼姆嘎堪"与赫哲人的"伊玛堪"》,从题目中我们可以看到,张嘉宾将埃文基人的这种说唱文学形式先后翻译为"尼姆干堪"和"尼姆嘎堪",并在文中指出埃文基人的"尼姆干堪"是一种"史诗类的说唱文学",这是国内学者对这种文学体裁认识的进一步发展。

2009年,在乌热尔图主编,白杉翻译的《西伯利亚鄂温克民间故事和史诗》中,将埃文基英雄故事称为"说唱英雄故事",后又在注释中称为"尼玛堪"。②

埃文基语"尼姆恩加堪"(нимнакан)的词根有智慧、萨满的意思。通古斯语中的 nimŋakan(故事)、nimŋakattʃ(讲故事)等词,与萨满跳神的意思在词源上都有密切的联系,"在埃文基的方言中,nimŋakattʃ,既是讲故事的意思,同时也是萨满跳神的意思"③。由此可见,该词与萨满有着不解的渊源。埃文基的尼姆恩加堪作为一种民间文学的重要体裁,则表示它是埃文基人说唱的文学形式。参照前人的翻译基础,并根据西里尔字母与汉语音译的对应规则,本书将其统一翻译为"尼姆恩加堪"。在俄罗斯埃文基人中,"尼姆恩加堪"属于独特的文学体裁,包括神话、故事和英雄故事、史诗等体裁,而尼姆恩加堪中讲唱的尼姆恩加堪被俄罗斯的民俗学家们认为是尼姆恩加堪的顶峰,并视为史诗(Эпос)。

---

① 张嘉宾:《黑龙江流域的通古斯人及其传统文化》,《黑龙江民族丛刊》2003年第2期。
② 乌热尔图主编,纳·布拉托娃副主编:《西伯利亚鄂温克民间故事和史诗》,白杉译,内蒙古文化出版社2009年版,第173页。
③ 徐昌翰:《关于"伊玛堪"一词的语义、来源及其它》,《黑龙江民族丛刊》1992年第2期。

二 "尼姆恩加堪"的类型与内涵

如前所述,"尼姆恩加堪"分成讲唱的尼姆恩加堪和讲述的尼姆恩加堪。讲唱的尼姆恩加堪是埃文基的史诗,叫作"尼姆恩加卡玛-尼姆恩加堪"(埃文基语表示为 Нимнгакама нимнгакан,以下同),意思是真正的尼姆恩加堪。其他的尼姆恩加堪被看作讲述的尼姆恩加堪,叫作"古玛-尼姆纳卡尔"(гума нимнакар)或者叫"古玛-尼姆恩加堪"(гума нимнгакан)。

Г. И. 瓦尔拉莫娃进行的田野调查资料中,讲唱者科拉弗吉娅·巴普洛夫娜·阿法纳西耶娃(俄语名:Кладия Павловна Афанасьева)(哈巴罗夫斯克区)非常了解"尼姆恩加堪"。她将史诗归入"真正的尼姆恩加堪"当中,准确地说,"尼姆恩加卡玛-尼姆恩加堪是真正的尼姆恩加堪"[1],是神圣的,需要萨满来演唱的,而其他尼姆恩加堪用术语"古玛-尼姆恩加堪"来表示,是讲述的尼姆恩加堪,也就是"不唱的尼姆恩加堪",[2] 它是所有知道故事的人都可以讲述的。所调查区域的埃文基人中,人们称科拉弗吉娅·阿法纳西耶娃是专业的尼姆恩加堪的表演者,一方面因为,她作为讲唱者具有专业的埃文基口头传统知识;另一方面因为,她是"天选之人",即按照埃文基人的传统,讲唱者注定有特殊使命,是上天安排她来给人们说唱尼姆恩加堪的。

其他讲唱人同样认为,希望能找到一个更准确的词来给这些文本一个准确的概念。阿穆尔州的一位讲唱者阿普罗尼西亚·谢梅诺夫娜·雅科夫列娃(Апросинья Семеновна Яковлена)讲述了一个故事《人是怎样获得弓箭的》,她指出:"这不是真正的尼姆恩加堪(也就是说这不是史诗),这大概是'讲述(рассказ)'。"

---

[1] Кэптукэ Г. Эвенкийский нимнгакан—Миф и героические сказание. Якутск, 2000. С. 5.
[2] Кэптукэ Г. Эвенкийский нимнгакан—Миф и героические сказание. Якутск, 2000. С. 5.

从体裁上说，这实际上是一篇神话，但是这位讲唱者不知道"神话"这个概念，她知道"故事"（сказка）这个概念，她直接拒绝用"故事"这个词来定义尼姆恩加堪，同时补充道："这也是尼姆恩加堪，但这个尼姆恩加堪是不唱的，这类的都不唱。"①

埃文基的"尼姆恩加堪"类似我国鄂伦春族的"摩苏昆"，其中的史诗只是说唱文学体裁的一部分，我国学者汪立珍在对"摩苏昆"的国家级传承人孟淑珍进行采访时，也与传承人探讨了"摩苏昆"这种民间文学体裁（见下文的录音材料）②。他们一致认为：无论是埃文基的"尼姆恩加堪"，还是赫哲族的"伊玛堪"，抑或鄂伦春族的"摩苏昆"，都是一种文学形式，这种文学中包含史诗、神话、故事等很多体裁，不能说"摩苏昆就是鄂伦春族的史诗"，同样也不能说"埃文基的尼姆恩加堪就是史诗"，应该说尼姆恩加堪中包含了史诗这种体裁。

汪立珍：现在在学术界上，有些学者把鄂伦春族的"摩苏昆"叫鄂伦春族史诗，这种说法确切吗？

孟淑珍："摩苏昆"本身这种形式不叫史诗，它是鄂伦春族口头文学的一种说唱形式。它包括鄂伦春的民间故事、民间说唱等民间文学各种体裁形式的作品，但是它这个作品里面包含了史诗。

汪立珍：也就是说，摩苏昆中有史诗的作品，也包括一些短篇的神话、故事和史诗？

孟淑珍：对……

汪立珍：所以说，我们需要本民族学者的声音。一些没

---

① Кэптукэ Г. Эвенкийский нимнгакан—Миф и героические сказание. Якутск, 2000. С. 5.
② 2018年11月16—18日，2018年国家社科基金重大项目《东北人口较少民族口头文学抢救性整理与研究》田野调查小组汪立珍老师、李颖博士、何其迪博士、索努尔硕士、吕洋硕士在海拉尔的田野调查资料，由李颖根据录音整理，课题编号：18ZDA269。

有经过田野调查的学者直接说"摩苏昆"就是史诗。

以上资料是笔者在内蒙古海拉尔进行田野调查中被访谈人孟淑珍讲述的部分内容,由本书作者整理,从中可以看出鄂伦春族"摩苏昆"的内涵与俄罗斯人口较少民族埃文基"尼姆恩加堪"有一定的切合性,本书借此来探讨鄂伦春的"摩苏昆"与埃文基的"尼姆恩加堪"的关系:中国的鄂伦春和鄂温克族与俄罗斯的埃文基人历史上是同一个民族,中国的鄂伦春族主要分布在黑龙江黑河和内蒙古呼伦贝尔一带,而鄂伦春族的"摩苏昆"是只有在黑龙江黑河一带居住的鄂伦春族群中才存在的一种文学体裁,从地理位置上属于远东地区阿穆尔河流域,包含在绪论图0-2《埃文基英雄史诗流传的地区》所示的范围内。笔者认为,摩苏昆的发现,发展了埃文基史诗流传区域图,所以在体裁上,"尼姆恩加堪"就像"摩苏昆"和"伊玛堪",是同一个通古斯民族共同体的说唱文学体裁,其中包含了史诗、故事、神话等类型。

(一)尼姆恩加堪中神话和英雄故事的关系

在埃文基尼姆恩加堪中,神话和英雄故事没有明显的界限,只是学术界早期推测,神话是很多英雄故事的基础。

瓦西列维奇的《埃文基(通古斯)民间文学资料集》中有"动物故事"和"日常生活故事"的专栏,这些以故事命名的尼姆恩加堪大部分都有神话性质,以解释自然现象为主要功能。所有的"动物故事"讲述的都是动物原始本真的特征,例如《野猪和麝》的故事解释了野猪犬牙非常大而麝的犬牙很小的原因,《熊和鲫鱼》的故事是解释鲫鱼身体为什么是扁的,关于熊和老人的几个故事从不同的角度解释熊和人的关系,松鸡的眼睛和眉毛都为红色是松鸡不能跟随候鸟们南飞而长时间哭泣所致。可见,该文集记录的动物故事,实质上是关于动物的神话,是古时埃文基的先民们对大自然的认识和解释,是一种

"原创作"。

此外,只有远东的埃文基人把神话视为讲述的尼姆恩加堪——古玛-尼姆恩加堪,区分出讲唱的尼姆恩加堪——英雄故事。但是在多数情况下,只有专业的讲唱者能够区分这些细微差别。神话是英雄故事的基础,神话是构成英雄故事的重要的、不可分割的一部分,所以,二者有共同的名称——尼姆恩加堪。无论神话,还是英雄故事,都可以被称为"尼姆恩加堪"。

(二)尼姆恩加堪中英雄故事与故事及史诗的关系

英雄故事(героическое сказание)讲述的是曾经发生的事情,故事的主人公是非凡的人物,是英雄。无论尼姆恩加堪中描写的事件多么神乎其神,多么非同寻常,埃文基人总是相信或者曾经相信,这些事件在某时某地真的发生过。也就是说,民间文学中的英雄故事具有神圣和真实的意义。而故事(сказка)与英雄故事不同,普罗普在总结"故事"概念时说:"人们倾向认为,故事是具有很大想象成分的口头叙事形式,我们把这种形式称之为'故事',是因为故事里充满了在我们看来与生活真实有别的内容——那些离奇的、非同寻常的人和事。"[1]

通过前面绪论研究对象中史诗的定义,以及学者们对埃文基史诗的认定过程可以看出,埃文基的史诗都冠以英雄故事的头衔。如本书的主要研究对象是史诗《德沃尔钦》,它与史诗《索达尼》一同被梅列耶娃收入《埃文基英雄故事》中,再如讲述四代人英雄故事的史诗《伊尔基斯莫姜勇士》被罗曼诺娃和梅列耶娃收入《雅库特埃文基民间文学集》中,2013年出版的《中间世界的多尔甘敦》,由著名的讲唱者特罗菲莫夫记录,梅列耶娃整理并翻译的长达16060行的埃文基史诗,梅列耶娃同样说它是英雄故事。

---

[1] 赵晓彬:《普罗普民间文艺学思想体系研究》,黑龙江出版社2007年版,第5—6页。

也正是安娜·梅列耶娃正式提出埃文基的这些英雄故事是埃文基的史诗的论断①，在埃文基的民间文学学者的概念中，他们习惯性地称这样的史诗为英雄故事。正如俄罗斯民间文学家梅列金斯基所说："至于远古史诗的研究，则一定要注意原始社会两种形式的史诗，一是关于文明使者（先祖或创始者）的传说，二是早期的勇士（英雄）民间故事。"② 这说明，远古史诗包括早期的勇士（英雄）故事。

三 "尼姆恩加堪"相关术语阐释

如前所述，埃文基的尼姆恩加堪分为讲唱的尼姆恩加堪和讲述的尼姆恩加堪，讲唱的尼姆恩加堪是埃文基的史诗。唱调部分作为表演形式在尼姆恩加堪中非常重要。尼姆恩加堪中，与唱相联系的术语有三个，一个是讲唱尼姆恩加堪的人叫作"尼姆恩加卡兰"，另一个是史诗中人物特有的唱调——"引子歌"，另外，还有"启句"。

（一）尼姆恩加卡兰

在埃文基的民间叙事活动中，只讲不唱的乌勒古尔的表演者没有专门的称呼，埃文基人把讲唱尼姆恩加堪的人称为"尼姆恩加卡兰"（нимнакалан，埃文基语，以下括号内同是埃文基语注释），意思是"永不改变的唱尼姆恩加堪的人"。同理，唱民歌"伊凯恩"（икэн）的人叫作"伊凯兰"（икэлэн），唱祈祷词或者唱神歌的人称为"阿尔加兰"（алгалāн）和"希尔凯兰"（хиргэлэн）。这些术语说明，唱调部分在埃文基口头传统中具有特别的意义。

在埃文基的口头传统中只有尼姆恩加堪的讲唱者有专门的称

---

① Мыреева А. Н. Эвенкийские героические сказания，Новосибирск：Наука，1990. С. 5.
② ［俄］梅列金斯基：《英雄史诗的起源》，王亚民、张淑明、刘玉琴译，商务印书馆 2007 年版，第 20 页。

谓——"尼姆恩加卡兰"，在埃文基语中，借助后缀（兰、龙 лан/лэн，лон）可以构成名词，表示从事某些固定的事情并且掌握相应技能的人。尼姆恩加卡兰在远东、阿穆尔州、伊尔库茨克州和赤塔州等地区的埃文基人中使用广泛。"尼姆恩加兰"（нимналан）是用来称谓萨满的，这个词与唱尼姆恩加堪的人"尼姆恩加卡兰"用了一个共同的词根。

讲述乌勒古尔的人是不可以叫"尼姆恩加卡兰"的，因为乌勒古尔不是唱的，也没有加唱词的地方。人们把讲述乌勒古尔的人叫作"知道事情的人"。乌勒古尔（传说和口头讲述）至今在埃文基人居住地区非常流行，它仍然是埃文基的民间文学中极为活跃的形式，但是没有专门的术语来称呼讲乌勒古尔的人。

（二）引子歌

史诗中，人物对白之前的开场有固定的唱调，其中领唱的部分是非常有特色的，为了叙述方便，笔者将这个领唱的特色部分称为"引子歌"。作为埃文基史诗的引子歌，具有如下特点：首先，它们不止一次重复，就像副歌一样；其次，每一个史诗中的人物都有自己的引子歌，它成为人物的一个代表，固定的人物使用固定的引子歌，就连史诗中可以说话的动物都有自己固定的引子歌；再次，引子歌不仅出现在史诗人物的对白领唱部分，还出现在埃文基很多即兴歌曲的领唱部分，或者是圈舞的领唱部分，成为埃文基口头传统中独特的标志。本书第三章史诗《德沃尔钦》语言艺术特点中将详细介绍引子歌的特征，此处不作赘述。

（三）启句

埃文基的史诗绝大部分有传统的开头表演，埃文基人把这种传统的开头表演叫作"史诗的根"，在本书中，笔者将这个传统的表演部分称为"启句"，它是史诗的标志性实体。"启句"这种史诗的标志性实体类似蒙古—突厥史诗中的"序诗",但是相比较来讲略短些。埃文基史诗的启句中描绘了创世纪的画面,故事发生的远古时代和三个世界的产生。正是因为中间世界大地的出现,在大地上出现了山川、河流和草木,进而出现了埃文基人。按照埃文基人的观念,启句中应该指出故事发生的时间,故事往往发生在遥远的古代,还要指出事件发生的地点以及故事的主人公,因为故事的主人公是埃文基人的祖先,所以,把启句称为史诗的根。本书第三章史诗的结构特色部分详细介绍启句的特征。

第二节 埃文基史诗的地方性

埃文基的史诗是尼姆恩加堪的主要部分,按照文本的搜集区域和特点不同,把埃文基尼姆恩加堪文本分成三个部分:东部埃文基的英雄故事、西部埃文基的英雄故事和后贝加尔埃文基的英雄故事。东部埃文基人发展了英雄故事的体裁,使这种文学体裁达到了顶峰。

一 东部埃文基的英雄故事

截至目前,俄罗斯的民俗学家在东部埃文基地区共搜集并出版的史诗 40 余部,其中居住在雅库特地区和阿穆尔河流域的埃文基史诗,即东部埃文基史诗最为典型。

瓦西列维奇于 1936 年出版的《埃文基(通古斯)民间文学资料集》中仅有 5 个英雄故事:《索都·索尔多其诺战士》[①](*Coдy сордончо Солданы*),79 号作品,从东部乌尔米区的庄稼女中记录

---

① Васильевич Г. М. Сборник матеьалов по эвенкийскому (тунгусскому) фольклору. Л., 1936. C. 99 – 103.

来的。《基利德纳坎——灵巧的人》(Кильдынакан ——Ловный человек)①，80 号作品，是萨哈林埃文基人奇·斯列普措瓦伊 (Ч. Слепцовой) 讲唱的。《中间世界的乌姆斯尼江》(Средней земли Умуснидян)②，81 号作品，是萨哈林埃文基人安东妮娜·阿法纳西耶娃 (Антонина Афанасьва) 讲唱的。《尼玛堪》(Нимкан)③，1 号作品，哈巴罗夫斯克边疆区阿扬斯克埃文基人讲唱的。《通古斯的故事》(тунгусское сказание)④ 是从 1775 年伊·格奥尔吉 (И. Георги) 用德语写的三卷本的旅行记录中摘录出来的，瓦西列维奇将其翻译成俄语并出版在了她的民间文学资料集中，而具体这篇英雄故事是由谁讲述的已经不知道了，只知道格奥尔吉记录的这个故事是由后贝加尔埃文基人讲唱的。上述的其余 4 个故事都是从东部埃文基人生活的地区搜集和整理而成。

《埃文基历史上的民间文学：英雄故事和传说》是瓦西列维奇继 1936 年出版《埃文基（通古斯）民间文学资料集》后，历经 30 年时间，即 1966 年，出版的第二本文集，其中介绍了两种文学体裁：一个是英雄故事，另一个是历史传说（исторические предания）。该文集第一次把埃文基的英雄故事和历史传说作为科学的研究对象，其中收录的 12 个英雄故事都属于东部埃文基地区的。

1960 年末语言学家和语言传承人罗曼诺娃与梅列耶娃开始搜集和准备出版埃文基的英雄故事，他们的文集《雅库特埃文基民间文学》于 1971 年得以出版，它是这项工作的最终成果。文集

---

① Васильевич Г. М. Сборник матеьалов по эвенкийскому（тунгусскому）фольклору. Л., 1936. С. 104 – 115.

② Васильевич Г. М. Сборник матеьалов по эвенкийскому（тунгусскому）фольклору. Л., 1936. С. 115 – 116.

③ Васильевич Г. М. Сборник матеьалов по эвенкийскому（тунгусскому）фольклору. Л., 1936. С. 215 – 221.

④ Васильевич Г. М. Сборник матеьалов по эвенкийскому（тунгусскому）фольклору. Л., 1936. С. 233 – 235.

中共包含了 19 个英雄故事，其中有三部作品非常重要，它们是罗曼诺娃记录的两部史诗和梅列耶娃记录的一部史诗。

罗曼诺娃在 1960 年记录了两个故事，一个是尼古拉·特罗菲莫夫（1908 年出生在哈巴罗夫斯克边疆区阿伊姆村）讲唱的史诗《孤儿纽恩古尔莫克》（Сиротка Нюнгурмок），另一个是艾加人（埃文基人中的部落之一）С. В. 基多夫（С. В. Титов，1890 年出生在哈巴罗夫斯克区的咕噜嗯各 - 乌梁赫镇）讲唱的《勇士达姆纳尼和交罗玛 - 交奴伊甘》（Богатырь Тамнани и Дёломо-Дёнуйкан）。讲唱者特罗菲莫夫兄弟把尼姆恩加堪《孤儿纽恩古尔莫克》编排成节目。特罗菲莫夫兄弟的老师是著名的埃文基讲唱人谢苗·扎勃罗茨基（Семен Заболоцкий）（阿穆尔布特人种，是埃文基人的部落之一），谢苗·扎勃罗茨基当时生活在乌丘尔河流域和杰伊河的上游。史诗《孤儿纽恩古尔莫克》出版时没有拆分成诗行，但是当时在尼古拉·特罗菲莫夫的独白中能观察到明显的韵律。在故事中具有传统史诗的所有要素，是典型的东部埃文基史诗；第二个故事《勇士达姆纳尼和交罗玛 - 交奴伊甘》的叙事风格发生了变化，故事开头有些像童话（在河边住着一个老头和老太太），但是总体来看，仍然具有史诗的基本要素：独白唱词，复杂的人名，勇士神奇地出生，等等。该史诗由两部分组成，每一部分各讲述一个兄弟的冒险故事：第一部分讲述的是英雄达姆纳尼的故事，第二部分讲述的是英雄交罗玛 - 交奴伊甘的故事。

《雅库特埃文基民间文学集》中最主要的部分是罗曼诺娃从民间艺人尼古拉·特罗菲莫夫那里搜集记录而成的埃文基史诗《伊尔基斯莫姜勇士》（Иркисмондян-богатырь）[1]。这部史诗讲述了四代英雄主人公的故事，是一部长篇巨著，该史诗的录音

---

[1] Романова А. В. Мыреева А. Н. Фольклор эвенков Якутии. - Л.: Наука. Ленингр. Отд-ние, 1971. С. 99 - 306.

时长达 18 个小时，但出版的书中仅收录了三代主人公的故事，第四代主人公的精彩故事是讲唱者尼古拉·特罗菲莫夫后来才讲述的，所以没有收录在文集中。

俄罗斯社会科学院西伯利亚分部雅库特研究中心的档案馆保存的埃文基史诗①主要有：1965 年安·梅列耶娃记录于雅库特自治共和国阿尔丹斯克乌嘎扬村的《忒夫古乃－乌尔盖甘》(Тывгунай-уркэнэн)；1972 年阿·罗曼诺娃记录于哈巴罗夫斯克边疆区古甘村的《胡鲁古琼》(Хуругучон)；1973 年安·梅列耶娃记录于阿穆尔边疆区乌利格尔村的《奥达尼玛达》(Отани-богатырь)，又译为《奥达尼－勇士》；1975 年纳·布拉多娃记录于瓦尔镇萨哈林区的《杜林布哈胡录古桥》(Дулин буга Хуругучонин)，又译为《中世界的胡录古桥》；1986 年苏联科学院西伯利亚分院历史语言和哲学研究所、语言文学和历史研究所三方联合考察团在雅库特共和国阿尔丹斯克哈特斯特尔村记录的《托尔加纳伊》(Торганай)。1987 年格·瓦尔拉莫娃于哈巴罗夫斯克区奥西本科镇记录的四部史诗分别为：《乌姆斯林加－索宁格》(Умуслиндя-богатыр)，又名《乌姆斯林加－勇士》；《门葛伦加－玛塔》(Мэнгрундя-богатырь)，又名《门葛伦加－勇士》；《焦萝莉·梅哇甘·焦罗尼甘－玛塔》(Дёлори мевалкан Дёлоникан-мата)，又名《焦罗尼甘－勇士长着石头心》；《加尔帕里坎》(Гарпарикан)。

上面提及的史诗都是 60—85 岁埃文基老人用民族语讲唱的，记录的文本质量不高，表现在：有的故事只有片段或者提纲，史诗程式不稳定，插入现代语言成分，借用很多其他语种的词汇——主要是俄语、雅库特语以及其他语言。尽管如此，这些故事还保留着传统的史诗元素：传统的启句（交代史诗故事产生的时间、空间以及人物的专门部分），主人公特有的复杂的名

---

① Мыреева А. Н. Эвенкийские героические сказания, Новосибирск: Наука, 1990. С. 78.

字，独白引子歌，行为的夸张，大量修饰语的运用，史诗程式，等等。例如，《胡鲁古琼》（Хуругучон）是60岁的艾加人谢苗诺娃讲唱的，有传统的唱词格罗噶捏－格罗噶捏（героканен-героканен）和戈鸟－戈鸟伊（генё-генёй），主人公名字的修饰语特别复杂："长大了的、梳着六个六股辫子的纽古尔莫克姑娘"，纽古尔莫克意思为"六股辫的人"，类似名字的史诗还有《纽古尔莫克老奶奶》，故事主人公的名字叫作"寒冷的早晨出生在八个冰冻柱子的裂缝中的赫尔塔宁加勇士"，赫尔塔宁加的意思是"数九寒天清晨的酷寒"。史诗中主人公的这些名字在很多东部埃文基的史诗中都出现过。

1990年在《远东西伯利亚文学集——埃文基英雄故事》中出版了两篇由梅列耶娃整理的史诗《索达尼》和《德沃尔钦》。2003年 Г. И. 瓦尔拉莫娃夫妇出版了他们在东部埃文基地区收录的英雄故事《东部埃文基的英雄故事》，共收录了7部埃文基东部地区的史诗：《巨人奇纳那伊——埃文基人的祖先》（Чинанайще-первопредок эвенков）、《多尔加纳伊》（Торганай）、《门葛伦加－勇士》（Мэнгрундя-богатырь）、《孤单单一个人出生的乌姆斯利孔勇士》（Одиноким родившийся Умусликон-богатырь）、《哥哥奥尔多内加与她的姐妹纽古尔莫克和乌尼亚普图科》（Старший Олдонында-брат и его сестры Нюнгурдок и Уняптук）、《加尔帕尼坎》、《巨人埃利内加勇士》（Могучий человек Эринында-богатырь）。

2013年由尼古拉·特罗菲莫夫讲唱，梅列耶娃整理的史诗《中间世界的多尔甘敦》问世了。该史诗是目前埃文基活态史诗中最长的一部巨著，文字长达300页，共有16060诗行。故事由讲唱者自己用西里尔字母按语音拼音记录，其中混有拉丁—俄语字母，史诗主要讲述了英雄多尔甘敦历经磨难，增长诸多见闻，到达上界并最终寻找命中注定的妻子，返回中间世界并建立幸福生活的故事。

综上所述，东部埃文基的英雄故事作为埃文基民间文学的一个独立分支，是最典型的、最具有代表性的埃文基的英雄史诗。瓦西列维奇认为，"东部埃文基有着与其他埃文基群体不同的英雄故事，可以说是其单独的发展道路，反映了古代通古斯人从贝加尔湖南部地区向东迁徙阶段的历史"①，所以说，东部埃文基人发展了尼姆恩加堪的口头文学体裁，区分出了史诗——尼姆恩加卡玛－尼姆恩加堪（*Нимнакама нимнакан*）独特的、说唱结合的表演形式。

二 西部和后贝加尔埃文基的英雄故事

在苏联时期，莫·戈·沃斯科博伊尼科夫从事后贝加尔埃文基的语言学和民间文学研究，他出版的两个作品集《后贝加尔埃文基的民间文学》（Фольклор эвенков Прибайкалья，1967）和《布里亚特埃文基的民间文学》（Фольклор эвенков Бурятии，1958）中记录了四个篇幅不长的英雄故事：《古拉达伊·莫日根》（*Куладай Мэргэн*）②、《亚特盖》（*Ятэкэ*）、《戴莱杜尔》（*Дэлэдур*）和《三个年轻人》（*Три юноши*）。后贝加尔地区的埃文基英雄故事吸收了布里亚特史诗的元素，故事主人公的名字都是典型的布里亚特人的人名，如阿克什赍·巴克什莱（*Акширэ Бакширэ*）、哈尼·盖海尔·勃格多（*Хани Гэхэр Богдо*）、古拉达伊·莫日根（*Куладай Мэргэн*）、阿尔萨兰－巴克什（*Арсалан-бакши*）。

在西北部埃文基人生活的广阔地域里（埃文基语言北方方言传播区域）没有关于英雄故事的记录。莫·戈·沃斯科博伊

---

① Василевич Г. М. Исторический фольклор эвенков: сказания и предания. Ленинград: Изд. Наука, 1966. С. 13.

② Воскобойников М. Г. Фольклор эвенков Бурятии. —Улан-Удэ: Бурят. кн. Изд-во, 1958. С. 156.

尼科夫认为，这里"类似于萨哈林埃文基人歌曲的史诗已经完全消失了"①。瓦西列维奇在这一带记录了很多传说和神话，但它们不属于英雄史诗之列。

埃文基英雄故事的分类法是合理的，西部和后贝加尔的英雄故事只有少数人知道，记录和出版的作品数量不多。这些记录下来的英雄故事大多数不是用埃文基语出版的，而是从德语翻译成俄语的后贝加尔埃文基人的作品，或者是从雅库特语翻译成俄语（叶尼塞埃文基人的作品）出版的。

至今，埃文基史诗的活形态形式，只在东部埃文基人生活的区域里才存在，从这一带的记录和出版的史诗来看，东部区域的史诗要比西部和后贝加尔的总和还多。

第三节 史诗讲唱者

尼姆恩加堪分为讲述的尼姆恩加堪和讲唱结合的尼姆恩加堪，讲唱的尼姆恩加堪被称为史诗，主要靠史诗讲唱者代代传承。然而，并不是所有的人都可以讲唱尼姆恩加堪，讲唱尼姆恩加堪的人需要有一定的天赋，而且必须是上天注定安排的人。历史上，埃文基人当中出现过很多优秀的讲唱者，例如以尼古拉·盖尔莫盖诺维奇·特罗菲莫夫为代表的特罗菲莫夫家族，以尼古拉和叶果尔最为突出，始终为埃文基史诗的传承竭尽全力，使得埃文基史诗流传至今。

一 史诗讲唱者"尼姆恩加卡兰"

如前所述，史诗中唱的部分，作为表演形式在埃文基的尼姆

---

① Воскобойников М. Г. Фольклор Эвенков Прибайкалья. —улан-удэ: Бурят. кн. Изд-во, 1967. С. 180 – 182.

恩加堪中极为重要,人们把尼姆恩加堪的讲唱者称为"尼姆恩加卡兰"。

尼姆恩加堪非常受埃文基人的喜爱,讲唱尼姆恩加堪是神圣和令人愉快的事情。埃文基人一直极为喜欢和尊重这些天才的讲唱者,因为可以从他们那里得知埃文基的氏族祖先是从什么地方游牧过来的。埃文基著名的讲唱者有阿巴纳斯·普多夫（*Апанас Пудов*）、伊凡·罗曼诺夫（*Иван Романов*）、巴普洛夫·伊凡·彼德罗维奇（*Павлов Иван Петрович*）、尼古拉·尼古拉耶维奇·普多夫（*Николай Николаевич Пудов*）、科拉弗吉娅·巴普洛夫娜·阿法纳西耶娃（*Кладия Павловна Афанасьева*）、叶果尔·盖尔莫盖诺维奇·特罗菲莫夫（*Егор Гермогенович Трофимов*）和他的兄弟尼古拉·盖尔莫盖诺维奇·特罗菲莫夫（*Николай Гермогенович Трофимов*）等。这些讲唱者有一个共同的特征,即他们都生活在东部埃文基的不同群体里。

每一个讲唱者评价自己讲唱的尼姆恩加堪的角度不同,但是通常把他们分为"有趣的"和"非常有趣的"两种故事。讲唱者以能讲唱这些史诗为荣,用生动的词语详细描绘主人公的外貌、功绩、行为和上等的驯鹿或者马匹,讲唱者把各种鲜活的词语汇集起来,再与程式和韵律相结合。相反,对待其他不喜欢的事物,尤其是不符合心意的反面角色、勇士的敌人、下界或者上界恶势力的代表,讲唱者们明显持蔑视的态度,讲述时比较简略。

讲唱者中最突出的是特罗菲莫夫一家,其中以尼古拉·盖尔莫盖诺维奇·特罗菲莫夫最为有名,被称为天才的口头行吟诗人。

二　史诗讲唱家族

特罗菲莫夫一家人都是优秀的讲唱者,其中最有名的是尼古拉·盖尔莫盖诺维奇·特罗菲莫夫,此外他的母亲、两个姐姐、哥哥叶果尔·盖尔莫盖诺维奇·特罗菲莫夫和瓦西里·盖尔莫盖诺维奇·特罗菲莫夫也都具有讲唱史诗的天赋，为埃文基史诗的流传做出了贡献。尼古拉·盖尔莫盖诺维奇·特罗菲莫夫从童年起接触和学习埃文基史诗的讲唱，目前俄罗斯出版的很多重要的埃文基史诗都是由他讲唱的，本书的主要研究对象《德沃尔钦》便是他的代表作之一。

（一）尼古拉·盖尔莫盖诺维奇·特罗菲莫夫

尼古拉·盖尔莫盖诺维奇·特罗菲莫夫（1915—1971，见图1-1）是最后一批埃文基英雄故事讲唱人之一，很多优秀的民族史诗都保存在他的记忆之中。他的老师索罗姬奇是一位来自埃文基布特氏族的讲唱者。布特氏族是埃文基人中比较大的一支，最早在17世纪的书面文献中提及，当时生活在阿尔丹地区的中部，18世纪中叶布特人游牧到乌斯季埃文基人中间，19世纪中叶他们沿布列河和谢列姆兹河在萨哈林和阿扬附近游牧，到了20世纪50年代，则沿阿尔丹河的支流（乌丘尔河和阿尔果玛河）、阿尔丹河和乌丘尔河的下游游牧，最后到达乌得河和阿扬区。[1] 有鉴于此，这些领域内流传的大部分史诗都是尼古拉·特罗菲莫夫讲唱的内容，由他讲唱的史诗有《伊尔基斯莫姜勇士》《中间世界的多尔甘敦》《索达尼》《德沃尔钦》等。

尼古拉·特罗菲莫夫10岁的时候，第一次听到了尼姆恩加堪《伊尔基斯莫姜勇士》，当时的讲唱者阿穆尔的埃文基人谢苗·扎勃罗茨基（Семен заболоцкий，布特氏族的人名）成了特罗菲莫夫的第一位老师。《伊尔基斯莫姜勇士》要讲唱几个晚上才能讲完，尼古拉·特罗菲莫夫在第二次听这个故事的时候，就能够复述他喜欢的一些部分。第三次听这个故事的时候，他坐在离讲唱者稍远一点的地方，闭上眼睛，走进自己的内心，"留下的只有

---

[1] Васильевич Г. М. Эвенки: Историко-этнографические очерки (XVIII-начало XX в.) - Л., 1969. С. 265.

耳朵"，小声地跟着讲唱者就可以重复整个故事了，表现出非凡的讲唱才能。一年以后，尼古拉·特罗菲莫夫已经能独立给自己的同龄人讲唱整个故事了。从《伊尔基斯莫姜勇士》的讲唱者谢苗·扎勃罗茨基那里，尼古拉·特罗菲莫夫还学会了《中间世界的多尔甘敦》和《索达尼》两部史诗。

图1-1 尼古拉·盖尔莫盖诺维奇·特罗菲莫夫[①]

13岁的时候，尼古拉·特罗菲莫夫跟随讲唱者阿·扩列索夫学习。在无数个冬天的晚上，他讲唱这些史诗给自己的父母和亲人听。与同族人在乌丘尔河的上游过夜、一起打猎的时候，他也讲唱这些故事。从14岁起，尼古拉·特罗菲莫夫就开始在很多听众面前讲唱了，狩猎季节之后，埃文基人聚集在大宿营地里听他讲唱。20世纪30年代，即苏维埃时期，雅库特游牧的埃文基人开始联合成以手工业为生的合作社，这种集体生活也给讲唱者的发展提供了机会。在这里，讲唱人经常表演尼姆恩加堪，也正是此时，讲唱人尼古拉·特罗菲莫夫完善了自己的讲唱艺术，成为

---

① Мыреева А. Н. Эвенкийские героические сказания. Новосибирск: Наука, 1990. С. 79.

最杰出的史诗讲唱者。

（二）叶果尔·盖尔莫盖诺维奇·特罗菲莫夫

1908 年，叶果尔·盖尔莫盖诺维奇·特罗菲莫夫（Егор Гермогенович Трофимов，见图 1-2）出生于今萨哈共和国雅库茨克自治区阿尔丹斯克区邱尔博村（原乌邱尔斯基），曾经是共产党员，集体农庄的一员，猎人的翻译。从 1936 年起，生活在哈巴洛夫斯克区阿洋诺-马伊斯基区阿依木村。他 18 岁起开始讲故事，深受人们喜欢的《纽古尔莫克老太太》就出自他之口，该故事被收录在罗曼诺娃记录和出版的《雅库科埃文基民间文学》（1971）中。在 15 岁时，他第一次听到罗曼扎波罗茨基讲这个故事。1989 年梅列耶娃和瓦尔拉莫娃在一次田野调查中深入哈巴罗夫斯克州的埃文基人中，并用录音机记录了关于纽古尔莫克的英雄故事文本。英雄故事的全名叫作《有六个六尺长发辫的纽古尔莫克孤女》。在当时，讲唱者住在儿子家，病得很重，不能从床

图 1-2　叶果尔·盖尔莫盖诺维奇·特罗菲莫夫[1]

---

[1] Мыреева А. Н. Эвенкийские героические сказания. Новосибирск：Наука，1990. С. 79.

上起来唱自己喜欢的故事,不能全身心地去唱。讲唱者遭受的折磨不仅是体力上的,还有精神上的,眼泪沿着他长满皱纹的脖子流淌。梅列耶娃在后来的回忆中说道:"我们非常心痛,同情地看着他,默默地坐在那里,无法抑制住自己眼泪,听着他最后的诀别式的讲唱尼姆恩加堪。在这之后,他没活多久,就离开了人世。再也没人听过这个故事了,因为再没有人会用埃文基语讲唱这部史诗了。"① 非常遗憾,讲唱者不能讲述完他所知道的全部情节,因为当时他病得太重了,这首史诗就这样一直停滞下来。

(三) 特罗菲莫夫家族

尼古拉·特罗菲莫夫的埃文基名字叫作纽库昌(Нюкучан),他成为尼姆恩加卡兰并不偶然,他的全家和亲属很多都是具有这方面天赋的人,姐姐叶莲娜给自己的兄弟姐妹们讲唱英雄故事,她的这些故事是在哈巴罗夫斯克州秋明坎斯基和阿杨斯基的埃文基人那里学习的。母亲和他的二姐也喜欢唱埃文基的歌,他的两个哥哥也有一副好嗓子,也讲唱尼姆恩加堪。尼古拉在讲述自己的哥哥时是这样说的:"瓦西里有一副嘹亮而又动听的嗓子,在他去参战(卫国战争)之前的那次讲唱尼姆恩加堪时,由于他的歌声,树上的树枝断裂了,同时外面刮起大风。古老的泰加林用这种方式告别了自己亲爱的儿子(瓦西里),告别了埃文基的勇士——索宁格,故乡的土地好像知道:她的天才的儿子(瓦西里)将不能再返回家乡,再也不能讲唱尼姆恩加堪了。"② 瓦西里牺牲在了战场上,他的歌声永远留在兄弟的记忆里。

可见,特罗菲莫夫的一家人都是优秀的讲唱者,他们讲唱埃文基的史诗一直到生命的最后时刻。史诗在埃文基人中间非常流

---

① Варломова Г. И. Мыреева. А. И. Типы героических сказаний эвеков. Новосибирск: Наука, 2008. С. 105.

② Варломова Г. И. Мыреева. А. И. Типы героических сказаний эвеков. Новосибирск: Наука, 2008. С. 105.

行，经常是在节日时讲唱尼姆恩加堪。人们喜欢或者是评价他们自己的天才的讲唱者，总是从很远的地方聚到这里听他们的讲唱。

三 史诗讲唱者的成长历程及其表演

很多埃文基史诗讲唱者都有独特的经历，成为埃文基史诗的讲唱者的过程类似成为萨满的过程。成为尼姆恩加堪的讲唱者通常要经过常人无法承受的病痛，承诺以后要一直讲唱尼姆恩加堪，才能摆脱这种病痛。每一个尼姆恩加堪的表演者——尼姆恩加卡兰都有一个或者几个神灵庇护着，就和萨满一样。在埃文基的很多仪式里，他们能完成萨满的职能，史诗的表演传统也和萨满的表演传统相似，他们把这种讲唱的天赋以一种遗产的方式传承。

科拉弗吉娅·巴普洛夫娜·阿法纳西耶娃是瓦尔拉莫娃在哈巴罗夫斯克州采访的讲唱者，前面也提到过她对"尼姆恩加堪"概念的解释。她讲述了自己成为尼姆恩加卡兰的过程：她在童年时就喜欢听自己的祖母讲唱尼姆恩加堪，当时她的祖母在当地唱尼姆恩加堪很有名，她经常模仿祖母的样子讲唱，这在孩子中间被视为一种游戏。在年轻的时候，她也尝试过讲唱尼姆恩加堪，但是没有经过严格的培训，她本人对此也没有特别重视，因为当时当地有很多非常出色的讲唱者。直到 29 岁的时候，她得了一种病，开始阶段性癫痫发作，祖母领她去找一个非常有名的大萨满瓦西里·费多托夫（*Василий Федотов*），她们步行走了整整 4 天，才到达这个萨满所住的营地，萨满给她做了萨满仪式，并且问她说：

"你会讲唱尼姆恩加堪吗？"

"我会，我小时候自己学过一些，后来结婚就不再唱了。"

"你回家以后，讲唱 7 个晚上的尼姆恩加堪，那时候你的病就好了。"

阿法纳西耶娃回来按照萨满的指示做了，她的病的确也就好了，她说："直到现在，即使我生活很困难的时候，我的癫痫病一次也没再发作。"①

从讲唱者的个人生平及其成为讲唱者的过程可以看出，讲唱尼姆恩加堪与萨满的修炼过程十分相似，被埃文基人认为是上天赋予和选派的，是命中注定的，都有神保护他们。讲唱者伊凡·巴甫洛夫和德米特里·尼古拉耶维奇·索洛维耶夫两个人都相信，经过了伟大的卫国战争，他们没有负伤，安然无恙地返回家乡，是因为他们都是尼姆恩加卡兰，有保护神的保护才免遭不幸。伊凡·巴甫洛夫说："尼姆恩加堪就像是祈祷词、魔法和咒语一样，神灵保护着讲唱者，我能绕过子弹，并且能战胜法西斯。"②

史诗的讲唱一般是在重大的节日里进行，人们从四面八方来听著名的讲唱者讲唱尼姆恩加堪。讲唱通常是在晚上开始，一般要持续几个晚上，如果讲唱者是外来的人，那么他下榻的丘姆（帐篷）的主人一定要杀一头鹿，款待讲唱者，同时款待来听讲唱的客人。从其他露营地赶来听讲尼姆恩加堪的人，也应该杀头鹿来款待众人。这是一种习俗，反映了讲唱者拥有极高的荣誉，是世世代代留下的传统。

讲唱者中的一些人本身就是萨满，另一些人也与萨满有着血缘关系，正是这些萨满继承了讲唱尼姆恩加堪的能力。瓦西列维奇指出了讲唱传统与萨满之间的密切联系③，具体如下：

1. 讲唱者就像萨满一样，有时用头巾遮住头；

2. 模仿动物的声音，模拟它们的动作；

3. 故事（史诗）就像咒语或者祈祷词一样，一般在晚上开始讲唱；

---

① Варломова Г. И. ВарломовА. И. Сказания Восточных Эвенков. Якутск, 2003. C. 5.
② Варломова Г. И. ВарломовА. И. Сказания Восточных Эвенков. Якутск, 2003. C. 5.
③ Василевич Г. М. Исторический фольклор эвенков: сказания и предания. Ленинград: Изд. Наука, 1966. C. 7.

4. 在微弱的灯光下进行，讲唱者一般闭着眼睛；

5. 听众有时会给讲唱者伴唱，就像给萨满的祈祷词伴唱一样。

史诗的表演是讲唱者独特的一个人的舞台。天才的讲唱者不是简单叙述内容，而是利用所有可能的手段，如歌唱、各种手势、各种表情模仿故事中的每一个人物：无论勇士的鹿还是马，或者所有可能的神以及其他的行为人物，从而带领听众进入故事的世界。入迷的听众时不时呼喊，表达自己对那些故事主人公发生的事情的态度："戴戴！"（真的吗?）、"得干－得！"（对劲，太好了！）、"艾洛伊！"（应该这样！）。①

按照尼古拉·特罗菲莫夫的说法，表演尼姆恩加堪通常是在晚上开始，在一天的生产劳动和晚饭之后，听众有老年人，也有儿童，聚在讲唱人旁边，是在埃文基的帐篷里。讲唱人坐在尊位——玛鲁上（正位，摆放玛鲁神的位置），坐的毛毯叫库玛兰，他闭着眼睛，一段时间集中思想、不说话。所有的出席者都应该静静坐着，不分散他的注意力。在一片寂静中，讲唱者开始用高昂而隆重的音调唱出史诗的引子（启句），渐渐加快语速和增强声音的力量。

本章从术语学的角度，详细介绍了俄罗斯埃文基民间文学"尼姆恩加堪"的类型及其与"英雄故事""史诗"等文学体裁的关系，并对尼姆恩加堪中的相关概念进行了阐释。此外对现今搜集并记录的埃文基史诗文本进行分类整理，介绍主要的东部埃文基的史诗、西部埃文基的英雄故事和后贝加尔地区的英雄故事文本。最后研究尼姆恩加堪的著名的讲唱者尼古拉·特罗菲莫夫及其家族，研究讲唱者与众不同的特殊的群体地位、成为讲唱者的经历及讲唱者在口头传承中所起到的重要作用。

---

① Новикова К. А. Савельева В. Г. К вопросу о языках коренных народностей Сахалина// языки и история народной словесности монгольский племен. -Л. , 1953. C. 93－94.

第二章 史诗《德沃尔钦》的母题与形象研究

如前所述，埃文基的史诗文本非常丰富，埃文基史诗的典型代表《德沃尔钦》是民族的文化瑰宝，本章以该史诗为主，兼及其他重要的史诗作品，对该史诗进行全方位、系统的母题与形象研究。

第一节 《德沃尔钦》的文本来源与情节结构

《德沃尔钦》在埃文基史诗乃至民间文学中居于重要的地位，无论从故事的内容、主题、母题还是艺术结构上看，它都是具有代表性的一部作品。《德沃尔钦》经数代讲唱者的传承流传至今，埃文基民间文学研究者梅列耶娃整理了讲唱人尼古拉·特罗菲莫夫记录的手稿并将其出版，收入《远东西伯利亚民间文学集》，对该史诗的传播和研究具有重要意义。

一 《德沃尔钦》的文本来源

俄罗斯社会科学院雅库茨克分院的安娜·梅列耶娃于1960年在阿尔泰区古塔纳村出差，当时认识了《德沃尔钦》的讲唱者尼古拉·特罗菲莫夫，在他们共同工作的一个月时间里，梅列耶娃只完成了史诗《伊尔基斯莫姜勇士》的记录，由于时间问题，梅列耶娃只好请求尼古拉·特罗菲莫夫来记录自己的史诗，而这首《德沃尔钦》就是梅列耶娃收到的尼古拉·特罗菲莫夫亲自记录的手稿之一，经梅列耶娃整理后出版，成为《远东西伯利亚民间文学集》中的一部分，原文鉴定工作和翻译工作由梅列耶娃进行。

史诗《德沃尔钦》是特罗菲莫夫兄弟（瓦西里、叶果尔和尼古拉）跟随史诗艺人亚历山大·科列索夫（Алексаандр Колесов）习得的，讲唱者亚历山大·科列索夫是特罗菲莫夫兄弟们的老师，他是生活在乌斯季-马伊斯基区埃托姆齐村的埃文基人，埃文基人把他亲切地称为萨尼卡（滑雪橇的意思）。讲唱者扎伊洛夫斯基和科列索夫从特罗菲莫夫兄弟的亲叔叔、阿尔泰埃文基人阿巴纳斯·布多夫那里学来了这个故事，历经多次传承创新，变成了自己的曲目。在阿巴纳斯死后，《德沃尔钦》由他的学生扎伊洛夫斯基和科列索夫讲唱，特罗菲莫夫兄弟以此二人为师，通过他们模仿了叔叔阿巴纳斯的讲唱风格，赋予这个尼姆恩加堪以新的生命。后来这个史诗由特罗菲莫夫自己记录，连同《索达尼》一起邮寄给梅列耶娃。

从史诗《德沃尔钦》的文本形成过程以及特罗菲莫夫一家对史诗的讲唱，可以看出，史诗传承的特点一般都是家族性的，史诗的传承也是非常久远的，要经过几代人，世代相传，还要经过讲唱者自己的理解、加工和提炼，才成为我们今天见到的文本。

从题目来看，《德沃尔钦》是以故事的英雄主人公的名字来命名的。德沃尔钦（Дэвэлчэн）来源于词根"得为"（девэ-）、"德维尔"（дэвэр），意为"用颜色鲜艳的矿石来修饰的"[①]，人名之前还有很多修饰语：绣有花纹的、彩饰的，说明史诗产生的年代已经用鲜艳的石头、绣工的手艺等来装饰。史诗中又有银质、

---

① Мыреева А. Н. Словарь собственных имён. //Энкийские героические сказание, 1990. C. 386.

铜质和铁质三种不同制品的工具出现，说明史诗历经的年代非常久远。用铁或者铜雕刻的金属图形，最初是加在绣成的或是绘制的图形上的，有关锻造业的术语也在史诗中出现，如史诗中魔鬼的"铁的部族"，这是埃文基人和蒙古史诗中共有的。这些词汇同蒙古语有共同的词根，因而这也反映了蒙古族和通古斯民族古代相互交流、相互交融的历史联系。

如前所述，1990 年梅列耶娃出版的《埃文基英雄故事》中包含了史诗《索达尼》和《德沃尔钦》，本书研究依据该书中《德沃尔钦》的俄语—埃文基语双语文本，并在通读大量埃文基史诗俄文研究性文献的基础上，参考白杉翻译的《索达尼》的中文译文，将史诗《德沃尔钦》翻译成汉语，现代汉语译文将附在本书之后一同发表。汉语译文与俄语译文逐行对应，原文共 3143 行，译文诗行也是 3143 行，由于不同语言文化的特点，为符合汉语思维和语言习惯，个别的语序稍有调整。史诗译文中的一些专有名词是音译的，并在括号内加上注解。笔者将诗行中出现的不可译的词尾"阿伊"（-aŭ）保存下来，读者可以领略和揣度其中的含义。

本书研究因以《德沃尔钦》为主要参考资料，其他史诗为辅助参考，故书中涉及的《德沃尔钦》相关诗行均出自梅列耶娃的《埃文基英雄故事》，本书标明了其所在史诗的具体诗行，且在书后附录了参考译文。由于作者水平有限，译文难免存在谬误，权作抛砖引玉。

二 《德沃尔钦》的情节结构

从内容上看，史诗《德沃尔钦》讲述的故事并不复杂，其主要情节线索如下。

远古的时候，世界分成上、中、下三界。在中间世界，生活着哥哥德沃尔钦和妹妹索尔阔多尔，他们以德沃尔钦捕获的各种野兽的肉为食,哥哥和妹妹不知道自己从何而来,除了自己,不知道世界上是否还有其他人。他们认为,如果自己来自上界,那么头上就应该有露水,用手摸摸头,他们没有找到露水。如果他们来自下界,是在奥根加(Огенга,下层世界魔鬼老首领的称呼)生活的大地上出生,那么他们的脚后跟就应该沾满黏土,但是摸摸脚后跟,没有黏土。德沃尔钦非常悲伤,他说:"我没有父母双亲,任何一个世界也没有出生过两条腿的、脸上光滑的勇士,也没有勇士来拜访我,这是多么令人难过!"他们两个产生于中间世界,没有人来拜访他们,但这件事并没有使妹妹感到不安。妹妹是个有力量、有智慧的姑娘,小事不慌、大事不怕。上界的姑娘缅贡坎(Менгункан)是艾坚·耶加克西特(Эден Едяксит)和阿伊希特曼姜(айхитмандя)的女儿,有一次,她从乌云里露出上半身说:"不要赤手空拳与来侵犯的大力士打仗,对这种人要用你的狡猾战胜他的狡猾,用你的阴险战胜他的阴险,用你的陷阱战胜他的陷阱。"听完这些话,德沃尔钦非常生气,他说:"哪有像我这样的人来?这个来自上界的姑娘,她把我看扁了,因此我要向她复仇。"听完这些话,妹妹索尔阔多尔说:"你为什么会生缅贡坎—艾坚·耶加克西特的女儿的气呢?他指引埃文基的祖先朝好的方向走。你哪也不要去了,姑娘说的那个大力士必然会来,如果你离开了,我一个人留在这里,他们来了,会捣毁炉灶,化为灰烬。"德沃尔钦没有听妹妹的劝阻就离开了,他晚上回来的时候,妹妹不见了踪影,下层世界的阿瓦希(魔鬼)已经把她抓走了。德沃尔钦去寻找妹妹。在中间世界和下界之间的边境线,德沃尔钦看见了戴着锁链的三头鹰,他射死了这只三头鹰。鹰在临死之际说:"拔掉我的绒毛和羽翎,躺在它们上面睡三天三夜,那时,你将成为更有力量的人,你将能够穿行上中下三界,才能和下界的大力士战斗。"德沃尔钦那样做了,战胜了下界的大力士魔鬼,把妹妹索尔阔多尔放在兜里带出了下界。这之后，德沃尔钦又出发去了上界，为了迎娶老人艾坚·耶加克西特和阿伊希特曼姜的小女儿。在途中与老人的儿子（未婚妻的兄弟）搏斗，取得了胜利。未婚妻的兄弟把妹妹基拉吉许配给他做妻子，作为对自己性命的交换。按照习俗，老人艾坚·耶加克西特和阿伊希特曼姜为德沃尔钦与基拉吉举行结婚盛宴，并把自己一半的牲畜鹿、牛和马分给了德沃尔钦。德沃尔钦与基拉吉返回中间世界生活，生了两个儿子，第一个儿子赠给了老人艾坚·耶加克西特和阿伊希特曼姜，第二个儿子由基拉吉取了名字，他们过上了幸福的生活。

史诗具有传统的启句开头，包括故事发生的时间、地点和主人公。很久很久以前，三个世界产生了德沃尔钦和他的妹妹索尔阔多尔，他们无父无母，孤单地生活在中间世界大地上。

开端是史诗中故事的起点，介绍故事发生、发展的缘起。史诗《德沃尔钦》的开端包含两方面的内容：一是主人公表达了探索世界的愿望；二是发生了不幸的事情，妹妹被魔鬼抢走了。

在埃文基的史诗中，情节的发展经常与主人公的出征联系在一起。史诗《德沃尔钦》描写了英雄两次主要的出征，第一次出征是为了救出妹妹，第二次出征是德沃尔钦救出妹妹后欲去寻找命中注定的新娘。

《德沃尔钦》故事的发展和高潮紧密相连，德沃尔钦为了救出妹妹与下界的阿瓦希决战，战胜了阿瓦希的首领，救出了妹妹；德沃尔钦为了娶妻去上界，与未来妻子的兄弟交战，将情节发展推向了故事的高潮。中间世界的勇士、埃文基的祖先德沃尔钦取得胜利并得到了岳父母的允许，与命中注定的新娘举行了隆重的婚礼。

史诗《德沃尔钦》的结尾中，德沃尔钦带着自己的新婚妻子历尽艰辛终于返回了中间世界的家，繁衍后代，在中间世界过上了富足和幸福的生活。

第二节 史诗《德沃尔钦》的母题

"母题"一词来源于西方,各国学者对母题的概念都有自己的阐释。"美国民俗学之父"斯蒂·汤普森(Stith Thompson)认为:"一个母题是一个故事中最小的、能够持续在传统中的成分。"① 汤普森在1953年发表的《民间文学深入研究》中提到"这些母题是原料,世界各处的故事即据此而构成,因此,把所有简单与复杂的故事分析构成母题,并据此做成一个世界性的分类是可以办到的"②。后来汤普森发展了芬兰学者阿尔奈的民间故事分类法,创建了阿尔奈—汤普森民间故事分类体系,简称AT分类法,为民间故事类型体系的建立、母题的分类研究与实践方面做出了巨大的贡献。

俄国著名学者鲍里斯·托马舍夫斯基(Борис Томашевский Викторович,1809—1957)在论及主题时谈到了母题:"把作品分解为若干主题部分,最后剩下的就是不可分解的部分,即主题材料的最小分割单位。作品不可分解部分的主题叫做母题。"他把文学作品的母题分为两种:关联母题和自由母题。他认为关联母题是不可省略的母题,并不破坏实践的因果关系,而自由母题的省略,并不破坏事件的因果——时间进程的完整性。③

我国学者郎樱关于史诗母题概念提出了自己的见解,她认为民间文学的母题,尤其是比较文学中的母题,具备如下几个特点:第一,在不同作品中重复出现的特点;第二,程序化特点,即一个母题重复地出现在不同民族、不同国家的民间文学作品

---

① [美]斯蒂·汤普森:《世界民间故事分类学》,郑海等译,上海文艺出版社1991年版,第499页。
② 转引自郎樱《史诗的母题研究》,《民族文学研究》1999年第4期。
③ [俄]维克多·什克洛夫斯基等:《俄国形式主义文论选》,方珊等译,生活·读书·新知三联书店1992年版,第114—116页。

中，必然会存在某些差异，且具有程序化，即模式化的特点；第三，母题具有丰富的文化内涵和象征意义。①

民间文学的母题类型研究取得了一些成就，蒙古国学者海西希把蒙古史诗的母题分为 14 种类型：1. 时间；2. 英雄的出身；3. 英雄的家乡；4. 英雄（外貌、性格及财产）；5. 英雄的马同他的特殊关系；6. 启程远征；7. 助手及朋友；8. 受到威胁；9. 仇敌；10. 遇敌、战斗；11. 英雄的计策、魔力；12. 求婚；13. 婚礼；14. 返回家乡。这是一级母题，此外还有二级、三级和四级母题，蒙古史诗的这四级母题类型总数可达到 275 个之多，② 埃文基的史诗母题也深受其影响。

综上可见，母题是要结合具体的民族和作品来加以划分的情节单元，在作品中多次出现，具有丰富文化内涵、象征意义和典型特征。埃文基民族是北方民族的一支，独特的地理位置、原生态的生活环境塑造了与众不同的民族，使他们的口头作品具有独特性，目前尚未有学者对埃文基的史诗母题进行界定和分类。俄罗斯的埃文基民族虽然与雅库特、布里亚特等民族相邻而居，口头传统有受其影响的一面，但也有其自身的独特性。其他民族史诗的母题类型并不完全适合埃文基史诗，本书借鉴中外学者对母题的界定，结合俄罗斯通古斯学者瓦西列维奇、梅列耶娃和瓦尔拉莫娃等对埃文基史诗共性的分析，根据史诗故事情节的自然顺序和基本内容，梳理出《德沃尔钦》的六个重要主题，结合埃文基史诗与蒙古突厥史诗相互影响和借鉴的特点，参考蒙古史诗专家海西希教授对蒙古史诗母题的分类，将史诗《德沃尔钦》的六个主题细化成若干个母题，再将母题类型化，将相同或相近的母题进行归类研究。六个主题分别是：灾难、拯救、求婚、返乡、生子、赐名。详见表 2-1：

---

① 郎樱：《史诗的母题研究》，《民族文学研究》1999 年第 4 期。
② 斯钦巴图：《蒙古史诗——从程式到隐喻》，民族出版社 2006 年版，第 139—141 页。

第二章 史诗《德沃尔钦》的母题与形象研究

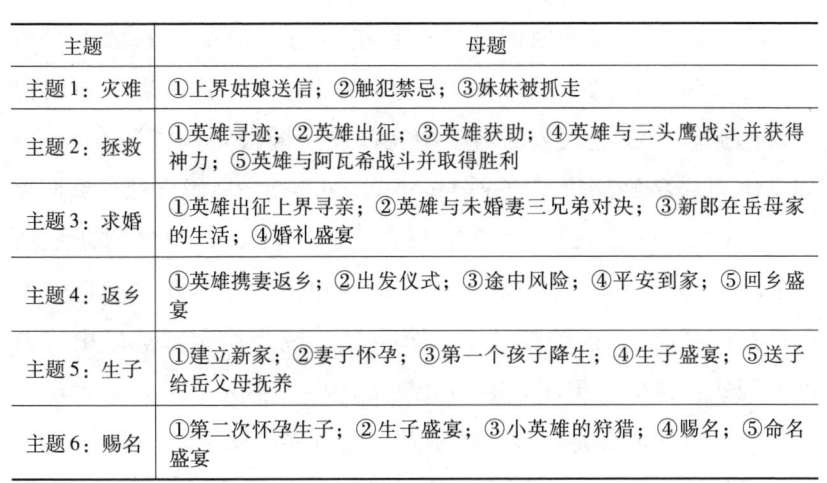

表 2-1　　　　　史诗《德沃尔钦》的主题和母题列表

主题	母题
主题1：灾难	①上界姑娘送信；②触犯禁忌；③妹妹被抓走
主题2：拯救	①英雄寻迹；②英雄出征；③英雄获助；④英雄与三头鹰战斗并获得神力；⑤英雄与阿瓦希战斗并取得胜利
主题3：求婚	①英雄出征上界寻亲；②英雄与未婚妻三兄弟对决；③新郎在岳母家的生活；④婚礼盛宴
主题4：返乡	①英雄携妻返乡；②出发仪式；③途中风险；④平安到家；⑤回乡盛宴
主题5：生子	①建立新家；②妻子怀孕；③第一个孩子降生；④生子盛宴；⑤送子给岳父母抚养
主题6：赐名	①第二次怀孕生子；②生子盛宴；③小英雄的狩猎；④赐名；⑤命名盛宴

表2-1中，列举出了史诗《德沃尔钦》的主题和母题。从表格中可以看出，有些主题中的母题在另一个主题中会重复出现，如决斗的母题在主题2和主题3中都出现了。怀孕和生子的母题也在多个主题中出现数次，但是每一次的具体情况各有不同，正如洛德所说："一个主题牵动另一个主题，从而组成了一支歌，这支歌在歌手的脑海是作为一个整体而存在的，具备亚里士多德的开头、中间和结尾，在这一整体中叙事单元、主题群则具有了他们自己的半独立性。"① 埃文基的史诗，主题和母题共同使得史诗在这种循环往复的过程中迂回前进、螺旋式发展。

本书将主要研究以下情节母题：孤独与神奇出生、英雄出征、英雄对决、上界娶亲、神奇生长、母亲赐名。

一　孤独与神奇出生

埃文基英雄史诗经常这样叙述：在远古时，一个孤单的猎人

---

① ［美］阿尔伯特·贝茨·洛德：《故事的歌手》，尹虎彬译，中华书局2004年版，第135—136页。

居住在一条大河边，猎人在周边地区以打猎为生。不知过了多久，主人公由于某种原因迁徙到新的地方，途中遇到敌人并与之战斗，争得新的土地并赢娶美女为妻。一些史诗为了强调主人公的孤独，在主人公的名字中往往使用词根"乌姆"（Уму），如乌姆恩－乌姆斯里凯（Умун-Умусникон）、乌姆恩杜·奥斯克恰（Умунду Оскеча）、乌姆斯利空（Умусликон）、乌姆斯尼空（Умуслникон）等。所有这些名字的意思都近似，即"独自一人出现在世界上"，这种孤独主人公母题已成为埃文基英雄史诗典型的程式化特征。不同时期的英雄史诗中，主人公孤独的表现形式各异，但他们都是氏族的始祖及中间世界的主宰者。

原始社会民间口头创作中第一个主人公就是所谓的始祖，即文明使者，这一形象与万物起源神话有关，他"早已成为包括早期神话以及彼此之间界限并不分明的各类原始民间故事在内的史诗系列的核心"[①]。主人公的孤独特征通过不同方式呈现：有的主人公孤单一人，不知自己源于何处；有的主人公有兄弟姐妹，此外不知世间还有何人；有的主人公则有邻居，却是无父无母的孤儿，然而无论如何改变，他们都以孤独的氏族始祖形象出现。

埃文基英雄史诗的序诗中，主人公经常与中间世界（即大地）同时出现，他不知自己从何而来，是否有双亲，这令英雄主人公困惑。他们随着大地的产生而诞生，从那时起就无父无母，孤单一人来到世界上。孤独与神奇出生母题是埃文基尼姆恩加堪中的重要母题，该母题中包含两方面的要素：第一，神奇出生的主人公是埃文基人的祖先；第二，主人公是孤独的。

第一，神奇出生的主人公是埃文基人的祖先。在埃文基的史诗中，随着大地的产生，英雄诞生了，主人公从诞生之时起就无父无母，担负着成为氏族祖先的使命，英雄困惑自己从何而来，

[①] [俄]梅列津斯基：《英雄史诗的起源》，王亚民、张淑明、刘玉琴译，商务印书馆 2007 年版，第 82 页。

父母是谁。例如史诗《德沃尔钦》在讲述主人公德沃尔钦思考自己从何而来时写道：

"如果我们从上界下来，
在中间世界的大地上安顿下来并开始生活，
那么在我们的头上就应该有露水，"
他们想了想，用手摸摸头，
他们没有找到露水。
"如果我们在下界，
在奥根加出生，
来到中界
开始在这里生活，
那么我们的脚后跟
就应该沾满了黏土，"
他们想了想，用手摸摸脚后跟，
他们没有找到黏土。（94—106 行）

类似这样描写英雄无父无母的神奇出生的程式，在其他埃文基的史诗中也出现过，这些孤独的主人公以埃文基始祖的形象，第一次出现在中间世界的大地上。如英雄故事《奥达尼》（Отани）中写道：

如果我从中间世界大地上来，在右面的肋骨上就应该长出泥土；如果我从树上来，那么我的脊柱上就会缠有树皮；如果我从天上掉下来，那么我的头顶就该粘上霜雪，说完，主人公就陷入深思。①

---

① Василевич Г. М. Исторический фольклор эвенков: сказания и предания. Леиниград: Изд. Наука, 1966. С. 222.

在史诗《格尔巴尼坎》(Гарпаникан) 中也是这样描述的：

如果我从大地上来，我的头顶应该长草，如果我从天上掉下来，我的头顶应该有霜。①

再如英雄故事《尼瓦宁德》(Нивониндэ) 中的主人公尼瓦宁德孤独的形象，他一个人孤孤单单地生活着：

厌倦了思考这些。他想："我是一个勇士。没有像我这样的勇士。在这个地方，在鄂嫩（Онон，埃文基语，对"大地"的称呼）大地上，没有像我这样的人。"②

史诗《科达克琼勇士》(Кодакчон Богатырь) 中的主人公出生在树洞中，他的名字意为"出生在中间世界树洞中的科达克琼勇士，是有力量的人"，他把树木认作自己的父母，当受到委屈时会去找树木：

小男孩受到委屈跑到树林里哭，躺在树根旁，哭着睡着了，他醒来时已经不再是小男孩，而是有力量的强壮的年轻人。③

由此可见，主人公是树神的孩子，树神保护他，不让他再受委屈，使他迅速长大，赋予他力量。

史诗中孤独的主人公会思考自己从何而来，他们没有父母，不知道自己从哪里出生，但是自然界的所有动物和鸟类都有孩

---

① Василевич Г. М. Исторический фольклор эвенков: сказания и предания. Ленинград: Изд. Наука, 1966. С. 250.

② Василевич Г. М. Исторический фольклор эвенков: сказания и предания. Ленинград: Изд. Наука, 1966. С. 62, 218.

③ Архив ЯНЦ СО РАН, фонозапись, ф. 5, оп. 14, ед. хр. , 1989. С. 177.

子，也就是说，孩子一定有父母。然而，史诗中的英雄祖先不知道自己的父母是谁，是否是大自然的孕育？然而，他们就这样神奇般地出现在世界之上。

第二，主人公是孤独的。孤独主人公在史诗中担任着人类始祖的角色，这种程式在阿尔泰的史诗中出现过，布里亚特和雅库特的史诗中都有不少这样的例子。在埃文基的史诗中，担任这种角色的是居住在中间世界的姐弟或者是兄妹两个人。①

在埃文基的史诗中主人公是孤独的，除了自己和同时出现的兄弟姐妹，没见过也不认识其他人，没有与外界的交际，除了兄妹两个人再没有其他人出现在中间大地上，主人公很孤独，渴望与人交际。《德沃尔钦》中的孤独主人公希望有人能来拜访：

> 我没有父母双亲，
> 任何一个世界也没有出生过
> 两条腿的、
> 脸上光滑的勇士，
> 也没有勇士来拜访我，
> 这是多么令人难过！（117—122 行）

梅列金斯基指出："第一批人类成对出现比单独出现要晚一些，因为这样的故事与母系氏族社会的观点相对应。所以，在史诗的启句里，会有兄妹成对出生这种母题。"② 在特罗菲莫夫的史诗中，孤独的主人公成对出现的程式是值得关注的，他和他的妹妹没有父母、没有邻居，甚至不知道世界上是否还有和他们一样的人。在尼姆恩加堪《索达尼》中，索达尼和他的妹妹"出生的时候就在一起，就像秋天驯鹿的两只角，不知道一起生

---

① Мелетинский Е. М. Происхождение героического эпоса. – М., 1968. С. 311.
② Мелетинский Е. М. Происхождение героического эпоса. – М., 1968. С. 311.

活了多久"①。

孤独主人公不仅没有兄弟姐妹以外的人相伴,还没有牲畜,这更加深了他们的孤独。索达尼只有妹妹,没有任何牲畜,《科达克琼勇士》中的主人公"他没有鹿,一只也没有,狗也没有"②。史诗《德沃尔钦》的启句中指出,德沃尔钦只有鹿这一种牲畜,再没有其他的牲畜了,后来他娶了上界的姑娘才给埃文基人带来了牛群、马群和鹿群。

在埃文基的史诗中,孤独是史诗主人公的典型特征,正是这种孤独对故事情节发展起着重要的作用,是情节发展的关键。也就是说,孤独是史诗必不可少的要素。事实上,埃文基史诗中孤独主人公的形象有一个清晰的发展脉络,早期的史诗中单身主人公是孤零零的一个人,后来的史诗中孤独主人公有了兄弟姐妹,晚期的史诗中孤独主人公有时还以孤儿的形象出现。

讲唱者的故事里大多有这种程式,不同的讲唱者各有侧重,也因故事情节的需要对这种程式加以适当的改变。埃文基尼姆恩加堪中勇士的孤独是传统的程式,瓦西列维奇记录的13个远东英雄故事中,有8个是描写孤独主人公的。最早的主人公无父无母,没有兄弟姐妹,没有家畜,没有与其他人的交流。整篇尼姆恩加堪都是在讲述主人公孤单地生活在世界上,描写他们的衣着和住所,讲述他们第一次狩猎和取火的故事。

随着尼姆恩加堪的发展,主人公不再是孤单的一个人,这时的主人公已经有兄弟姐妹,有些主人公还有了牲畜。例如史诗《德沃尔钦》中,主人公德沃尔钦在故事开篇就有了一个妹妹和家畜——鹿。主人公们思考自己从哪里来,他们找不到父母和兄

---

① 乌热尔图主编,纳·布拉托娃副主编:《西伯利亚鄂温克民间故事和史诗》,白杉译,内蒙古文化出版社2009年版,第98页。
② Василевич Г. М. Исторический фольклор эвенков: сказания и предания. Ленинград: Изд. Наука, 1966. C. 178.

妹以外其他的亲人，并最终得出结论：

> 就是说，在这个中间世界的大地上，
> 我们与大地上生长的青草
> 和树木一起
> 在中间世界的大地上出生。
> 我们两个生来注定
> 要成为埃文基人的祖先，
> 他们最后这样说道。（107—113 行）

此时的史诗仍以描写孤独主人公为主，只是由于主人公有了妹妹和家畜，史诗的部分篇幅描写了与之相关的故事，描写孤独主人公的篇幅因而相对缩减。

随着史诗内容的进一步发展，其中出现了"孤儿"的形象，这种形象是孤独主人公的一种，出现的时间更晚些。故事的主人公有了父母，但是父母被下界阿瓦希抓走了，他一个人孤单地长大。如史诗《格尔巴里坎》①的主人公格尔巴里坎就是这样的形象，他父母亲被人抢走，只有一个邻居，从来没见过邻居之外的其他任何人。英雄史诗讲述了格尔巴里坎出征为亲人复仇的故事，发展了孤独主人公的母题。

这种孤儿母题在我国鄂伦春族和赫哲族史诗中经常出现，例如鄂伦春族史诗《英雄格帕欠》开篇中说：

> 故事讲的是很早以前，在乌勒么得色赫山下，住着母子俩。后来母亲去世，剩下儿子库尔托孤零零过日子。②

---

① Гарпарикан богатырь（Гарпарикан-сониг）：Фонозапись на эвенк. яз.-Архив ЯНЦ, ф 5, оп. 14, ед. Хр. 177.

② 中国民间文艺研究会黑龙江分会：《黑龙江民间文学》（第17集），黑龙江省文联铅印室1986年版，第128页。

失去母亲的库尔托一个人孤独地生活,后来来了个仙女般的媳妇给他做饭,生个儿子叫格帕欠。一家人本可以过上幸福的生活,但是妖怪蟒猊抓走了库尔托的媳妇,库尔托救媳妇不成功,自己也被抓,他们的儿子格帕欠又变成了无父无母的孤儿,孤零零地长大,开始拯救父母的征程。可见,史诗《英雄格帕欠》涉及两代英雄的孤独母题:库尔托是孤儿,他的儿子格帕欠也是孤儿,成为孤儿母题的典型代表之作。

赫哲族史诗《满都莫日根》中开篇就说道:

满都莫日根的父母,都被闯进的仇人掳走,只留下他领着妹妹度日。妹妹从小就丢了,到底走哪去了,也不知道。满都莫日根也就十来岁,终朝每日,靠使鱼叉、渔网打点鱼吃,再不,就用弓箭射些飞禽走兽,对付着过日子。①

后来打猎过程中,他变得神志不清,浑浑噩噩地过了三年,妹妹回来后唤醒了他的神智,他才开始为父母报仇的征程。满都莫日根十来岁就无父无母,没有邻居照应,一个人孤孤单单地长大,他也是孤儿。

综上所述,通过埃文基史诗对主人公形象的塑造,能够清晰地看出埃文基史诗中主人公形象的发展脉络。最初尼姆恩加堪全篇讲述的是孤独主人公一个人的故事,这也是尼姆恩加堪的经典故事;此后,随着孤独主人公有了兄弟姐妹和牲畜,讲述孤独主人公的篇章相对减少;主人公由孤单的一个人,变成有兄弟姐妹的两个人或者是多个人;最晚期的尼姆恩加堪的史诗中,孤独主人公的母题发展成"孤儿"的母题。但是从整体上来说,埃文基史诗中一直都存在孤独主人公的母题。孤独主人公母题在赫哲族

---

① 中国民间文艺研究会黑龙江分会:《黑龙江民间文学》(第12集),黑龙江省文联铅印室1984年版,第191页。

和鄂伦春族的史诗中演变成了孤儿的母题，英雄出生时就是孤独的，他们孤独地成长。可见，孤独主人公可以看成满—通古斯史诗的共同性特征。

二 英雄出征

英雄出征母题是埃文基史诗的主要母题，史诗中往往详细交代主人公出征的原因，说明出征的方向。《德沃尔钦》中，德沃尔钦出征的方向主要是向东。

（一）出征的原因

自然环境的变化，诸如气候、地形、地貌等自然条件和景观的改变，使得以狩猎为生的古通古斯人会随着动物的迁徙不断向更加适合生存的地方迁移。"最初自然形成的古通古斯人是散居的状态，逐渐出现对外联系。"[1] 可以发现，几乎所有的埃文基英雄史诗中都有出征（旅行）母题，孤独主人公及其出征是埃文基英雄史诗的典型情节。出征的主要缘由如下：因寻找同伴而出征，因寻找命中注定的新娘而出征，为父母或兄妹复仇而出征。总的来看，埃文基的先民们是因生存和繁衍的需要而不断迁徙，这说明古通古斯人之间开始建立最初的民族间关系。

英雄史诗《倪沃宁杰》（*Нивонинде*）中主人公最初独居，与他人隔绝：

> 没有任何一个乌梁海（人）到他这来过，他没有见过除他之外的任何人。[2]

---

[1] Варламов А. Н. Исторические корни мотива путешествия одинокого героя: по материалам эпоса эвенков.//Известия российского государственного педагогического униве-рситета им. А. Н. Герцена. 2009. №110. 142－149.

[2] Василевич Г. М. Исторический фольклор эвенков: сказания и предания. Ленинград: Изд. Наука，1966. С. 218.

在《胡录凯晨》（*Хуругэчэн*）中，姑娘胡录凯晨抱怨自己"没有同伴，没有亲近的朋友"，她不由得思考："难道我一直是独自生活的吗？"① 很多史诗中的孤独主人公都思考过同样的问题，他们不满独自生活的心理说明有改变现状的想法，并希望能找到问题的出口，即要寻找同类。作为社会成员，人与人之间的交际是一种必然，埃文基人的祖先渴望了解整个世界，渴望与人交际，故而孤独主人公有了出征或者漫游的想法。

孤独主人公出征或漫游的初衷是寻找新的土地和丰富的野兽。史诗《格尔帕尼坎》中"戈尔帕尼②勇士每天起得很早，然后去打猎，打尽了房子附近所有的野兽，他开始往远处走。就这样，他开始考虑走向更遥远的地方"③。可以看出，主人公是迫不得已出征的，他是为了寻找新的、野兽丰富的地方。埃文基民俗学研究者瓦尔拉莫娃（Г. Н. Варламова）认为："如果分析情节：英雄主人公出行主要是希望看到'大地的边界''走遍大地上的每一个角落'，那么他出行和游历的动因就仅有一个，即先民生活的地方没有了野兽。"④ 可见，主人公最开始的游历是因为基本生存方式的需要，他要寻找食物的来源。

史诗《德沃尔钦》中，英雄出征的母题在拯救主题和求婚主题中都出现过，即该史诗中英雄德沃尔钦的出征主要有两次，第一次是进入下界拯救妹妹的出征，第二次是为了娶到命中注定的新娘而向上界出征。

---

① Василевич Г. М. Исторический фольклор эвенков: сказания и предания. Ленинград: Изд. Наука, 1966. С. 235.

② 史诗原文中主人公的名字是"格尔帕尼"，这与史诗的题目《格尔帕尼坎》不同，少了词尾。

③ Василевич Г. М. Исторический фольклор эвенков: сказания и предания. Ленинград: Изд. Наука, 1966. С. 250 – 251.

④ Варламов А. Н. Исторические корни мотива путешествия одинокого героя: по материалам эпоса эвенков. //Известия российского государственного педагогического университета им. А. Н. Герцена. 2009. №110. 142 – 149.

第二章 史诗《德沃尔钦》的母题与形象研究

主人公德沃尔钦曾经说，他因为没有父母亲人而感到孤单，因没有其他勇士前来拜访而感到难过，这些话表达出他想与外界交流、想去看看世界的愿望，可见主人公有出发的内在动机。紧接着，上界的姑娘缅贡坎来送信，提醒他灾难即将降临：

因此另一个世界
强壮有力的头目，
狡猾得像飘走的云，
阴险得像游动的云，
他们已经接近了你们，
来威胁你们，
艾姜·耶加科西特给你们
送来消息。（190—197 行）

缅贡坎不仅带来了敌人进攻的消息，还提示德沃尔钦应该如何去战胜敌人，此时上界对主人公德沃尔钦下了一道禁令：

"如果你问是什么消息，
那么我会回答：是让你和来犯的勇士
不要赤手空拳地作战——
否则他们会撕断你强健的筋脉；
告诉你不要赤手空拳作战——
否则他们会耗尽你的力量。
你要向前射出你阴险的
致命的矛。
让你的两倍八庹长的弓
紧跟着射出利箭！
你要用诡计战胜诡计，

用阴险战胜阴险。"（198—209 行）

德沃尔钦在听到了上界的姑娘的嘱咐后，不但没有听从，反而非常生气：

> 像我这样的人，
> 谁敢来侵犯！
> 三个世界找不到一个
> 比我更强壮的人，
> 我强健的筋骨怕过谁！
> 这个姑娘从上界来，
> 以为她出生在上界
> 就能够这样狠狠地侮辱我？（234—241 行）

德沃尔钦对上界来的姑娘产生了意见，并且打破了禁令，因此导致灾难的发生。德沃尔钦没有听从姑娘的意见，反而出去追姑娘，打算和她理论一番，但是没有追上，后来就出去打猎了。就在这时，下界的阿瓦希来了，带走了德沃尔钦的妹妹。灾难发生，促使英雄德沃尔钦第一次出征。

德沃尔钦在拯救妹妹的过程中，两次获得了上界姑娘的帮助，第一次是缅贡坎送信，第二次是从上界那里获得进入下层世界的方法，这两次帮助让他产生想去上界看一看的想法，史诗中写道：

> 从上面飞来三只白鹤（它们说）：
> "这是勇敢的德沃尔钦
> 他来自中间世界，
> 要偷走我们的饰环。"
> 还没等我说一句话，

就沉入奶白色湖泊之底。
我跟随它们的足迹而去，
它们最初在那里，
我想同它们见面，
但是它们藏起来了。
所以我必须
要找到它们。（1153—1163 行）

英雄主人公经过自己妹妹的预言启示和鼓励，知道自己命中注定的妻子就在上界，是上界三个姑娘中最小的一个，于是开始了第二次出征。

我认为，我自己能保护自己，
年轻人注定要走的道路，
我会好好走过。
如果我命中注定的妻子在上界，
我要找到她，娶了她，把她带回来。（1255—1259 行）

综上所述，史诗《德沃尔钦》中英雄主人公出征的原因有两个，一个是外因，另一个是内因。现实的情况让英雄的主人公感到孤独，随后出现转折，主人公的妹妹被抢走，孤独的主人公被迫出征，这是出征的外因。英雄拯救妹妹后，没有立即返回家乡，而是去上界寻找自己命中注定的妻子，这是出征的内因。孤独的主人公想去上界寻找自己的伴侣，为了让自己不再孤独的同时，也为了检验自己的力量。上述两个原因交织在一起，也是必然性和偶然性的结合，这是主人公出征最主要的原因。

总的来说，埃文基的英雄史诗是讲述孤独主人公不断出征的故事，他们或是为寻找同伴，或是为族人复仇，或是去找寻命中注定的新娘。在出征的途中，孤独主人公与外族的敌人或友人发生战争或者建立结盟关系。有学者认为："孤独主人公出征母题是到处流浪的猎人去寻找驼鹿的狩猎文化形成的叙事反映。"[①] 即埃文基人为寻找狩猎对象而漫游或迁徙，并在此过程中与外族产生了各种交际关系，这些关系以孤独主人公出征的形式记录在史诗中。

（二）出征的方向

史诗中英雄出征的方向，一直是研究者们关注的话题，是东征抑或西征取决于英雄出征的目的。主人公的行军方向主要是不断向东出发，偶尔向西则是为了追赶敌人，向南偏转时则是为了追求姑娘。为了这两个目的，英雄会暂时偏离旅途的方向。在《德沃尔钦》中，德沃尔钦为了去救妹妹，暂时向西出发：

> 他跑啊跑，
> 在这条河的支流中间
> 他来到一个美丽的地方，那里有放鹿的牧场，
> 有草地和节节草，
> 他抓住自己浅棕色的鹿，
> 它出生时就戴着银色的鞍子、
> 搓成的银色的缰绳，
> 它是上界为远征而准备的鹿，
> 他敏捷地跳上鹿背，
> 向着太阳落山的方向出发。（385—394 行）

德沃尔钦的妹妹被阿瓦希掳走，主人公找到了自己的驯鹿，

---

① Варламов А. Н. Исторические корни мотива путешествия одинокого героя: по материалам эпоса эвенков.//Известия российского государственного педагогического университета им. А. Н. Герцена. 2009. №110. 142–149.

开始向太阳落山的方向，即向西出发，西面是下界魔鬼阿瓦希生活和居住的地方。这是德沃尔钦追赶敌人的方向。在救出妹妹以后，主人公变成鸟继续向东出发，飞往上界寻找自己的未婚妻。

> 勇敢的德沃尔钦说完
> 变成了一只花斑鸟，
> 好像身上三个地方束上了带子，
> 他朝上层世界、
> 向上面飞去。
> 他飞过了很多土地的上空。
> 被称为上界的地方，
> 原来是那么遥远。（1282—1289 行）

德沃尔钦飞到上层世界以后，又变回了原来的样子，朝向太阳升起的地方，站立在上界的中央：

> 飞到了这个地方，
> 我们的主人公变回了真身，
> 直接朝向初升的太阳，
> 站立在
> 上界中央，
> 他沿着平坦的路
> 出发。（1307—1313 行）

这段描写的是主人公第二次出征去往上界的过程，主人公告别妹妹，变成一只花斑鸟，朝着太阳的方向一直向东飞翔，到达上层世界。

总的来说，在埃文基的史诗中，主人公严格按照固定的路线行进，更多的是向东进发，因此有些史诗中直接指出了埃文基勇士的出征方向：

> 他生气地把茶壶扔向了耥耙，拉开弓指向了帐篷：
> "没人来过我的地盘，谁敢来？什么鸟飞来过吗？视线能看的地方我都会去。如果成功，我三年后回来。留下来吧，祝你健康！"
> 话音刚落，乌穆斯利康就朝太阳的方向跑去。……①

在史诗《胡鲁古琼》中，主人公胡鲁古琼和养育自己的纽古尔莫克对话的时候提到了他有向东出征的意愿：

> "如果我去一个遥远的地方，会发生什么呢？"他问奶奶。"在大地中间两条腿行走的有指甲的人应该会有吧？我想要寻找我的伙伴，"他说。"你觉得我往太阳的方向怎么样？"他这样说。②

瓦尔拉莫娃认为，"孤独的主人公在寻找奇遇和寻求自己另一半的过程中主要向东行进（所记载的大多数情形源于东埃文基人）。在旅行的途中他和下游来自西方和西南方向的敌人作战。战胜敌人后，他遇到了自己的未婚妻，如此一来，就有了新的亲属关系。在一些情节中主人公偶遇了住在东方或者东南方的亲戚"③。在 Г. М. 瓦西列维奇记录的英雄故事《科达克琼》中：

---

① Василевич Г. М. Исторический фольклор эвенков: сказания и предания. Ленинград: Изд. Наука, 1966. С. 90, 243.
② Василевич Г. М. Исторический фольклор эвенков: сказания и предания. Ленинград: Изд. Наука, 1966. С. 84, 236.
③ Варломава Г. И. Мыреева А. И. Типы героических сказаний эвенков. Новосибирск: Наука, 2008. С. 209.

第二章 史诗《德沃尔钦》的母题与形象研究

科达克琼—乌梁海（уранкай）是山林中的居民，是住在中间世界的徒步狩猎者，他从家乡向东走遍整个三界。女主人公蒙古克琼（Монгукчон）从敌人手中摆脱危险后，在中间世界的中南部、科杨（Кеян）的附近周游，沿着基丹（Кидан）的边界线，包括上界和下界。与科达克琼相遇后，蒙古克琼请求他保护自己避开敌人的追赶，科达克琼杀了她的敌人，并烧了尸体。摆脱敌人后，科达克琼继续向东行进。途中，他看到一只鹿，追赶这只鹿并进入了女主人公蒙古克琼的地盘，这只鹿是女主人公饲养的许多鹿中的一只。由于科达克琼在战斗中帮她杀了敌人，所以蒙古克琼同意做他的妻子。①

根据科达克琼的故事和其他故事的情节，瓦尔拉莫娃对通古斯民族起源和迁徙过程的总体特征做出了如下的推测："从上面英雄故事的情节描写中可以看出，古通古斯民族起源于山林地区的可能性更大，在贝加尔湖附近和后贝加尔地区埃文基人的祖先大量地向东部和东南部迁徙。英雄未来结婚的对象则代表着另一个民族，这个民族在相互通婚关系的基础上成为了英雄所在氏族的亲戚。"② 瓦尔拉莫娃在《埃文基英雄史诗的类型》一书中说到了古通古斯人迁徙的历史，她提出："埃文基英雄故事中女主人公所在的民族，是从西伯利亚西南部迁移到东南部，穿过后贝加尔来到这里的没有定居的蒙古游牧民族。"③

可见，英雄出征的母题可以与英雄寻妻的母题相联系，还可

---

① Василевич Г. М. Исторический фольклор эвенков: сказания и предания. Ленинград: Изд. Наука, 1966. С. 318.

② Варломава Г. И. Мыреева А. И. Типы героических сказаний эвенков. Новосибирск: Наука, 2008. С. 210.

③ Варломава Г. И. Мыреева А. И. Типы героических сказаний эвенков. Новосибирск: Наука, 2008. С. 210.

以根据出征的方向推测埃文基人的迁徙轨迹：他们不断地向东，向着太阳的方向，在寻找妻子的同时，进行民族的迁徙和融合。

在我国赫哲族的"伊玛堪"中，出征方向不是向东，而是向西。伊玛堪的每部作品几乎都是从西征复仇开始的，例如在《阿格弟莫日根》中，故事的开头写道：

  我们就要起身，
  向西征伐；
  去为我的父母报仇雪恨，
  恢复祖先的荣耀，
  重建自己的家园。①

阿格弟莫日根的复仇歌像安徒莫日根、香叟莫日根、乌尔托莫日根、满都莫日根、希尔达鲁莫日根、木都力莫日根等，他们出征的动机都是复仇，而他们的仇人一概驻守西方，勇士们怀着复仇的心愿，历经坎坷，最终到达西方地界，救出父母，铲除西方城主，并祭祀祖先，修建新的城池。

赫哲族"伊玛堪"中英雄西征与埃文基"尼姆恩加堪"中英雄东征并不相矛盾。在埃文基史诗中，埃文基英雄出征总体上是向东的，这是因为上界姑娘住在东方，英雄东征是去上界娶亲。向西只是英雄出征的一部分，因为魔鬼住在西方，而去下界魔鬼的地界是向西行进的，德沃尔钦去救妹妹时是向着太阳落山的方向。可见，俄罗斯埃文基民族与中国的赫哲族史诗中有一个共同点：魔鬼或者是恶人的栖息地在西方。

在通古斯人的观念中，太阳升起的方向属前属上，太阳沉落的方向属后属下。因此，东方的神灵都是正面的、光明的，西方

---

① 孟慧英：《莫日根"西行"的寓意》，《黑龙江民族丛刊》1996年第3期。

的神灵则是反面的、黑暗的。所以，赫哲族的伊玛堪的主人公永远向西征讨，埃文基的尼姆恩加堪的主人公在与魔鬼作战时要向西出征，为了娶亲或者旅行，则向东出发。

三 英雄对决

在埃文基史诗中，英雄对决母题关注的是勇士的英雄品质，而勇士对打的描写是根据埃文基人军事艺术的规则进行的："在与所遇到的民族以及历史上的敌人的相互关系中，保存着埃文基人基本的荣誉传统：讨论对打的条件，协商第一个射箭的权力或者是徒手战役的条件，以及被打败的勇士留下遗言的权利。"①

在史诗中，任何一次无情的决斗之前，对手双方都要先问候再自我介绍。双方战斗有一个特别的准则②：禁止打死睡觉的人，禁止不预先通知就进攻，进攻需要报出自己的名字和属于哪个氏族或者部落。无论是上界的勇士，还是下界阿瓦希的头目，即便不是特别客气，也必须问候对方和介绍自己。例如，《德沃尔钦》中主人公到下界去救妹妹时，见到了下界阿瓦希的头目：

> 下界的阿瓦希的头目，
> 大力士尼亚尔古昌，
> 骑着小驼鹿！
> 首先问候你，
> 然后开始交谈！（850—855 行）

---

① Василевич Г. М. Исторический фольклор эвенков: сказания и предания. Ленирад: Изд. Наука, 1966. С. 14.

② Вармломов А. Н. Игра в эвенкийском фольклоре. Ула-удэ, 2006. С. 48.

在问候之后，勇士们先是唇枪舌剑，尽量在言语上战胜对手。中间世界的勇士德沃尔钦对下界的阿瓦希说：

> 你应该猜得到
> 我来自哪个氏族，
> 你也知道自己的罪过！
> 你知道这些，
> 却还是想用长着大獠牙的嘴巴抓住我。
> 不过这我可以忍受，
> 要知道我也是
> 玛塔——也是勇士！
> 大概你这样的阿瓦希的头目
> 也不能战胜
> 我这个埃文基人！（855—866 行）

英雄对决母题也出现在多个主题中，首先出现在与三头鹰的战斗中，然后出现在与下界阿瓦希的战斗中，还出现在与未来妻子的三兄弟的战斗中。

（一）英雄与三头鹰战斗并获得神力

德沃尔钦在进入下层世界的时候，有这样一个情节：他杀死守护下界的三头鹰，借助三头鹰羽毛的帮助，英雄的主人公增大了力量，增长了计谋，相当于获得了神力，从而可畅行三界，是主人公战胜下界魔鬼和上界勇士（未来妻子兄弟）的关键因素。

> 既然你生来就力大无比，
> 请你拔掉我的绒毛和翎羽，
> 躺在那上面
> 三天三夜。

这之后你就能

行走上中下三界。(620—625 行)

可以看到,主人公经受了三头鹰这个鸟类始祖的考验,为获得魔法或相助者做铺垫;主人公获得了畅通三界的力量,帮助了英雄战胜对手,解救出了妹妹。

(二) 英雄与下界阿瓦希对决

中间世界勇士与下界阿瓦希之间矛盾的主要原因是为女人而战,下界的阿瓦希来到中间世界掳走氏族中的一位姑娘,通常是主人公的妹妹,也有上界的勇士(索宁格)和下界的阿瓦希同时到达中间世界娶亲。而在《德沃尔钦》中,情况则属于第一种。

英雄与下界敌人阿瓦希的战斗存在于每一部埃文基的史诗中,有的详细,有的简略。实际上在每一部尼姆恩加堪中,我们能够不止一次看到中间世界的勇士或者是上界的勇士与敌人阿瓦希血腥搏斗的场面。在埃文基的史诗中,中间世界的勇士和上界的勇士与阿瓦希之间是敌对关系,他们中的任何一次会面都会变成残忍的战斗,并且总是以一方的死亡而告终。

对决首先是比试射箭,目标是对方的肝脏,古时候的埃文基人认为肝脏是人体的重要器官,所以致命的重要目标就是对方的肝脏。中间世界的勇士用铜质的弓箭,下界的阿瓦希用铁质的弓箭,双方首先是远程战斗模式。

让你的箭不要害怕石头,

碰到银器不要弹回来,

你要刺穿射中

下界奥根加的儿子的黑肝,

不要让他的儿子阿嘉拉伊逃走!(971—975 行)

远程战之后是近身战，使用手杖和长矛等，例如史诗《德沃尔钦》中写道：

> 他们到一块，
> 开始打斗。
> 用 90 普特重的手杖，
> 敲打对方的脑袋。
> 手杖只能打斗三天——
> 由于剧烈的打击
> 它们被变成了碎片。
> 他们扔掉了手杖，
> 拿起自己致命的长矛，
> 迎着对方猛冲过去，
> 目标对准
> 黑肝的中心。（1017—1029 行）

在所有的对决中，最后都是以徒手对决——赤手空拳的决斗来决定胜负。徒手搏斗在史诗的对决中是必不可少的，这种场景的描写也更精彩。德沃尔钦与阿瓦希徒手决斗场面的描写有 60 多诗行（1035—1110 行），二人打斗的细节描写得非常生动，例如：

> 当他说这些话的时候，他的对手
> 低低地蹲了下去，向他做出嘲弄的手势。
> 于是我们的主人公
> 猛然揪住他的前胸，
> 把他抛了出去——那个人脸朝下摔倒了，
> 钉进了冻结的土地，
> 钉进去了九庹深。（1064—1070 行）

从上面的文字描述就可以看出战斗场面的激烈，用了大量奇特的比喻和夸张来描述勇士的武器锋利、战斗的激烈。

埃文基史诗中勇士对决反映了埃文基人的军事艺术的规则，即在大多数的情况下，对决先从弓箭或者石球开始，接着使用长矛、乌特凯恩（长把大刀）、手杖等远距离的武器，通常使用这些武器也不能决定胜败，最终决定胜败的是残忍的近身战。埃文基史诗中所有出色的军事战斗都是按照这样的规则来进行描写的。

（三）英雄与上界勇士的战斗

在大多数史诗中，也都有中间世界勇士与上界勇士战斗的情节。与上界战斗的方式要比与下界阿瓦希的战斗残酷、血腥得多，战斗的规则是通用的。

在《德沃尔钦》中，德沃尔钦与上界勇士的对决开始于言语上的交锋，德沃尔钦为迎娶上界姑娘，对上界勇士十分礼让，他只是被逼无奈才出手，因此在与上界勇士的对决中没有远程的弓箭比试，直接进入了用手杖的对打。第一个上界的勇士用桦树手杖击打德沃尔钦，手杖折成了三节，德沃尔钦却没有受伤，而他用松树手杖打过去，就把上界勇士连人带鹿分成了两半。德沃尔钦与上界第二个勇士的战斗要激烈得多，最后的近身战斗中，德沃尔钦使用的是河柳条抽打对方的身体，对方直到生命终结也不投降，临终之际又换自己的兄弟继续战斗。

  他们厮杀着，喊叫着
  他们打斗着，呐喊着！
  在这个上层世界
  在令人尊敬的别甘达尔老人的院子里
  连绒毛毯子般的地面
  也没剩下一处他们没碰过的地方——
  战斗如此激烈。

在上层世界
繁茂的青草枯萎了，
繁盛的树木凋萎了，
繁殖的畜群没落了。
孩子不再出生——
这些勇士打斗得
那么残酷和激烈。
他们打斗了 90 个昼夜，
我们的主人公又开始占上风。（1650—1665 行）

  与上界勇士的战斗，往往要比与下界阿瓦希的战斗更加残酷，但是战斗越是激烈也就越显示出中间世界英雄主人公的力量和强大。史诗之所以这样描写，也是为了宣扬中间世界英雄力大无穷、畅行三界，可以娶到上界的新娘，繁荣中间大地。这也是埃文基人的美好愿望。
  基拉吉的第三个兄弟被德沃尔钦制服后，没有像第二个兄弟那样继续换其他人来作战，而是投降了，承认中间世界勇士的强大，同意把自己的妹妹嫁给德沃尔钦，作为对自己生命的交换，最终他们成了好兄弟。

两条腿的人用力量不能战胜你，
两只手的人用力量不能打败你。
谁也不能和你打成平局。
在从前
逝去的年代里，
在久远以前的深夜里，
我没有追踪过你的足迹，
我没有得罪过你。

我从来没有

挡住你的宽广道路。

不要掐断我的呼吸。

你最好从我最珍爱的三个美女中

任意挑选——不一定是最小的那个。（1709—1719 行）

与上界三兄弟的较量是残酷的，但中间世界的勇士以最终的胜利让上界的勇士臣服，心甘情愿将自己的三个妹妹送出作为对自己性命的交换，让德沃尔钦随意挑选。而中间世界的勇士不改初衷，始终要娶的是自己命中注定的新娘——基拉吉。

（四）尼姆恩加堪中英雄作战的独特特征

俄罗斯埃文基的史诗中，英雄作战母题具有自己独有的特征，埃文基的英雄往往独自作战，而不是群战，因为埃文基史诗中的英雄往往都是孤独的人，是埃文基人的祖先；从作战的武器到战斗方式来看，则是从远距离的弓箭比试到近身的匕首或拳头的较量；埃文基史诗中，英雄与魔鬼经常在力量与计谋方面进行比拼，而且较少有其他外界势力，如仙人或神灵的帮助。以上特征形成了埃文基史诗英雄作战的独特特征，即较之与赫哲族的"伊玛堪"和鄂伦春族的"摩苏昆"中英雄作战有很多不同之处。

赫哲族"伊玛堪"的英雄与对手决战环节与埃文基的"尼姆恩加堪"不同，伊玛堪中的英雄决战时往往没有武器，而且直接进入近身战，例如在《马尔托莫日根》中，马尔托带领众人来到仇家阔乌如的城门口，叫门却不开，马尔托的兄弟变成蜂子引出了阔乌如迎战，马尔托和阔乌如之间直接开始了近身战：

马尔托一听是仇人，可就眼红了。他跳上前去说："兄弟，你闪一边，我跟他打！"接着，马尔托就和阔乌如打了起来。

这一来一去，一上一下，一东一西，一南一北，直摔得天昏地暗，日月无光。一个像饿虎吞羊，一个像黑熊吃食，一个麻利，一个笨拙。战了有百十个回合，阔乌如渐渐筋麻力软，难以抵挡，回头要走，被米亚特挡住了去路。①

赫哲族"伊玛堪"的战斗都是近身战，是英雄力量比试，虽然没有武器，但往往都会加入神灵和萨满的帮助，战斗的双方都会请来自己的萨满和神灵的帮助，如在上述的史诗中阔乌如见打不过乌尔托，便开始祈祷请神：

马尔托上前去擒阔乌如。阔乌如一见不好，使出最后的绝招，向他的护身神祷告说：
（唱）"赫哩啦赫哩啦——今日里怕要在他手下丧生。
我的护身神，求你们快快前来，
我的保护神，喷火显神，
东方来的马尔托，
烧死这个马尔托，
是位世界上少有的能人。救我一个！
多少莫罕不能靠近我。"②

赫哲族伊玛堪的史诗中，决斗的双方不仅都有萨满和众神相助，而且其中的英雄都不是孤身一人作战，他们在西征的路上会娶到很多的得都（姑娘）相助，还有很多莫日根会与英雄

---

① 中国民间文艺研究会黑龙江分会：《黑龙江民间文学》（第20集），黑龙江省文联铅印室1986年版，第39页。
② 中国民间文艺研究会黑龙江分会：《黑龙江民间文学》（第20集），黑龙江省文联铅印室1986年版，第40页。

结盟为兄弟共同讨伐西方的仇家,作战双方都是群战。在一番神灵与凡人群战的较量之后,惩治了仇家,英雄得以建功立业和祭神祭祖。

在鄂伦春族的"摩苏昆"中,勇士的战斗也有其自身的特征,既有类似"伊玛堪"中莫日根的近身战,又有类似"尼姆恩加堪"中英雄使用武器作战。如在《英雄格帕欠》中,英雄格帕欠在寻仇的途中,与当地有名的莫日根猎手苏赫欠比试时,首先在语言上进行了唇舌较量:

> 库雅尔,库雅尔,
> 库雅库亚若,
> 远道来的小伙子,
> 我对你唱叫号的歌。
> 听说你翻山越岭,
> 去端犸猊的老窝。
> 有没有两下子,
> 就看你能不能战胜我,
> 没有两下子的话,趁早远点煽着远点躲![1]

唇舌较量后,双方再进入近身战之中,但鄂伦春民族的史诗,英雄对决的近身战与埃文基的尼姆恩加堪和赫哲族的伊玛堪都不尽相同,他们的近身战中首先进行的是摔跤,然后比试武器的使用。

> 格帕欠转过身,走到苏赫欠身边道:"怎么个比法吧?"
> "还是摔跤!"苏赫欠说罢,上前列架势要扑。格帕欠哪里示

---

[1] 中国民间文艺研究会黑龙江分会:《黑龙江民间文学》(第17集),黑龙江省文联铅印室1986年版,第175页。

弱，撸胳膊挽袖，当下就和那汉子比开了。库通，咔嚓！唏嘶唎嘶，劈嘶啪嘶，突日塔日，只见他两人扭在一块儿，月光下面看不大真切，也说不上谁压倒谁了，一会儿翻个个儿，一会儿翻个个儿，好端端平乎乎的当院儿，被两人扑腾得乌烟瘴气，坑坑洼洼的。干了半天，苏赫欠莫尔根吃不住劲儿啦，一下子闪到木桩子后边说："好兄弟，有两下子！"格帕欠用袖子一抹嘴巴："你说吧，还比什么？""耍斧子。"苏赫欠回话以后，弯下身子取出两把利斧，头大柄小，斧头足有狍头那么大，格帕欠接过斧子，掂量掂量，轻多了。他俩也不说话，相互避远点，走到草甸子上便你砍我劈地拼杀起来。①

从上文可以看出，两位勇士经过一场摔跤比赛之后没有决出胜负，开始使用武器较量，该史诗中英雄使用的武器要比埃文基"尼姆恩加堪"中多得多，如上文提到的斧子，此外还有利剑、大刀、长矛、弓箭等，但并不遵循由远及近的规则，而是视对手和具体作战情况，选择适合的武器，相比较而言，作战方式更加灵活。

综上可见，通古斯民族的英雄史诗中，英雄的作战都是各具特色的。战斗的方式、选用的武器、作战的人数等各方面都不相同。相比较而言，埃文基"尼姆恩加堪"中，作战的对手或者是下界的魔鬼，或者是上界的勇士；作战的方式上，从语言较量开始，然后是远距离战，比试弓箭和石球，然后近身战；从所用武器上看，有弓箭、石球、木杖和柳条等。这些都反映出通古斯民族最原始的特征，可以归纳出，相比较其他民族的英雄史诗而言，埃文基英雄史诗中英雄的战斗无论从作战对象、作战方式还

---

① 中国民间文艺研究会黑龙江分会：《黑龙江民间文学》（第17集），黑龙江省文联铅印室1986年版，第175页。

是作战武器等方面都更显得古板、单调和原始,是英雄史诗形成初期的有力证明。同时,这也体现出本民族的特点,反映了民族的思维习惯。

四 上界娶亲

俄罗斯学者 Ж. К. 列别耶娃（Лебедева，1935—2002）专门从事北方少数民族民间文学中"英雄娶亲母题"的研究,她提出三种娶亲母题类型:"1)弟弟给哥哥寻到命中注定的妻子（或者姐姐给弟弟寻到命中注定的妻子）；2）寻找妻子并通过一定的努力娶到妻子；3）主人公的亲人娶到妻子。"① 埃文基的英雄故事中特有的是前两种,第三种是在乌勒古尔中出现的,在尼姆恩加堪中没有这样的母题。

（一）去上界娶亲母题的形成过程

在大多数史诗形成前的英雄故事中,勇士娶亲的母题有着古老的传统,经历了逐步发展的过程。最古老的母题形式常常是孤单的主人公寻找未婚妻,与出征母题（看世界、给自己寻找同类的人）紧密相连。在很多故事中,主人公只是在游历的过程中找到了妻子,没有同任何敌人和对手发生争斗,如瓦西列维奇在《历史上埃文基的民间文学》的 4 号故事《依兰·阿哈卡尔"三个姑娘"》② 中,孤单的主人公乌姆斯尼听到了三个姑娘（这三个姑娘当时是变成鸟的形态）的谈话,然后开始出发寻找她们,找了三年,最终遇见了她们中的一个名叫谢卡克的姑娘,于是在姑娘家做客一天一夜,给她讲述自己如何用了三年时间寻找她,请

---

① Лебедева Ж. К. Эпические памятники народов Крайнего Севера. -Новосибирск，1982. С. 54 – 65.

② Василевич Г. М. Исторический фольклор эвенков: сказания и предания. Ленинград: Изд. Наука，1966. С. 49 – 57.

求姑娘嫁给自己。

埃文基史诗在娶亲母题上，与蒙古、突厥及西伯利亚等语族的史诗区别在于，大多数带有孤独主人公的埃文基史诗中，寻找未婚妻和新娘只是顺便的行为，并不是英雄出征的主要目的。主人公在游戏中战胜对手或者是战胜临时的敌人，将妻子作为对对手性命的交换。例如：讲述祖孙三代英雄事迹的史诗《伊尔基斯莫姜－索宁格》（Иркисмондя-сонинг）中，胡尔科克琼（Хуркокчон）打死了在途中遇到的博卡尔德登（Бокалдынь），还险些打死他的兄弟乌尼扬普图克（Уняптук），胡尔科克琼想要娶他们的妹妹为妻，便对其父母说："你们的女儿，那个年轻的姑娘，我一定要带走她，虽然你们不想把她嫁给我，但我怎么能不带走我命中注定的新娘呢？"① 姑娘不愿意嫁给胡尔科克琼，但最终还是被强行带走做了他的妻子。

主人公还可以通过给予别人帮助，因奖励而获得妻子。史诗《乌姆斯尼》（Умусни）中，乌姆斯尼出去打猎，什么也没打到，回来躺下睡觉的时候做了一个梦，梦里听到一个姑娘的声音：

> 戴外尔达卡涅！勇士玛塔，你快点起来，戴外尔达卡涅好样的玛塔，我到你这里来，是因上界又发生了大的不幸……你去出征或是着手这个事吧？如果你一切都做好，我在任何时候也不会忘记你。②

乌姆斯尼不是很愿意救她，但是姑娘把他带到了需要战斗的地方，他不得不去帮忙，也因此娶到姑娘为妻。

许多史诗中，孤独主人公往往并不能轻易娶到命中注定的新

---

① Романова А. В. Мыреева А. Н. Фольклор эвенков Якутии. Ленинград：Наука，1971. С. 262.
② Василевич Г. М. Исторический фольклор эвенков：сказания и предания. Лениград：Изд. Наука，1966. С. 261－262.

第二章　史诗《德沃尔钦》的母题与形象研究

娘，在求娶过程中，英雄会经历一番战斗，有些史诗的孤独主人公则要展示各种技能，以显示自己过人的力量和非凡能力，赢得岳父母欢心，让他们心甘情愿地把女儿嫁出。这样，娶亲母题在史诗前阶段经历了上述三个历程：处在游历的途中，因有竞争对手获得了妻子；因为帮助而夺得的奖励；对战败者的生命作为交换。瓦西列维奇认为，埃文基人存在各种获得妻子的方式，"最古老的方式是战争的途径，个别的家庭氏族或者部落间交换的方式，等价的礼物"①。在上述三种方式中，最古老的娶亲模式是通过战争的方式，这在埃文基史诗中得到了印证。

类似的母题不仅存在于哈巴罗夫斯克州的埃文基人的故事里，也存在于其他区域埃文基人的史诗当中：雅库特埃文基人的史诗，如《中间世界的多尔干敦》②；阿穆尔埃文基人的史诗，如《多尔甘那伊和茶尼克伊》(Торганэй，Чаникэй)③；等等。

（二）《德沃尔钦》中的娶亲母题

英雄娶妻的母题中，寻找命中注定的妻子作为主要的出征目的，是在近代才形成的。未婚妻是英雄命中注定的伴侣，是命运预先安排给英雄的妻子，如史诗《德沃尔钦》中的英雄主人公德沃尔钦获得了化身为鸟的姑娘的帮助，在妹妹索尔阔多尔的预言下，寻找命中注定的妻子。天才的讲唱者特罗菲莫夫发展了埃文基的史诗传统，将出征母题与娶亲母题完美结合在一起，使埃文基的史诗发展到空前的高度④。在《德沃尔钦》中，英雄娶亲母题是孤独主人公出征的主要内因，德沃尔钦与上界未来妻子的兄

---

① Васильевич Г. М. Эвенки: Историко-этнографические очерки (XVIII-началоXXв.). - Л., 1969. С. 156 – 165.

② Тургандун Средней земли (Дулин буга Торгандунин): Эвенкийское героическое сказание./Сказатель Н. Г. Трофимов. Запись, расшифровка, перевод на рус. яз. А. Н. Мыреевой. —Архив ЯНЦ, ф. 5, оп. 14, ед. хр. 140.

③ Василевич Г. М. Исторический фольклор эвенков: сказания и предания. Ленинград: Изд. Наука, 1966. С. 111 – 115.

④ Мыреева А. Н. Эвенкийские героические сказания. Новосибирск: Наука, 1990. С. 124.

弟进行了生与死的较量,经过三次激烈的搏斗,最终赢得了比赛,娶回了自己命中注定的妻子。

史诗《德沃尔钦》发展了早期的娶亲母题,德沃尔钦通过妹妹的指点到达上界,并自己努力,战胜了未婚妻子的三个兄弟,最终娶到了命中注定的新娘,这是史诗顶峰时期的娶亲母题。

五 神奇生长

埃文基的史诗中除了出征、对决、娶亲等母题,还有新生儿的降生、英雄之子神奇生长的母题。英雄之子神奇生长母题在埃文基的史诗中非常典型,如在史诗《纽古尔莫克祖母和她的子孙们》中,孤儿纽古尔莫克是氏族的祖先,她的儿子最开始只有拇指那么大,出生后,这个婴儿有着神奇的生长速度:

> 这个婴儿过一夜就长成一岁大的小孩,两昼夜就长到两岁,三昼夜以后,就请妈妈给他做弓箭,妈妈给他做了。儿子长得这么快,连妈妈也不知道他几岁,很快变成小伙子:开始打猎了。……就这样,纽古尔莫克的儿子在几天内就变成一名勇士。[①]

在史诗《德沃尔钦》中,两次讲述了基拉吉生子的过程和新生儿降生时全家人的准备情况。基拉吉怀有身孕,三个昼夜后就像怀了三个月,六个昼夜后就像是怀了六个月,九个昼夜后就像怀了九个月那么大。在第九天的早上基拉吉就要分娩,她对丈夫德沃尔钦说道:

---

① 乌热尔图主编,纳·布拉托娃副主编:《西伯利亚鄂温克民间故事和史诗》,白杉译,内蒙古文化出版社 2009 年版。

我的银色的心脏，
我的黑色的肝脏，
都在剧烈地疼痛！（2373—2375 行）

英雄的儿子神奇降生以后的成长速度异于常人：孩子一出生就会走路，一出生就会奔跑，例如德沃尔钦儿子一出生时都具有神力，就会奔跑：

他的囟脑门直接摔到
丝绸般绿草做的垫子上，
头撞到地上的声音很大，
他缩回双腿
不让人抓住自己，
接着很快跳了起来
往外面跑去。
他跑到门口，撞见了父亲，
从父亲身边离开后绕着炉子奔跑起来。（2430—2439 行）

基拉吉第二次怀孕后生了英雄德沃尔钦的第二个儿子，第二个儿子仍然从出生时就与常人不同：

经过一昼夜——就像一岁的娃了，
经过两昼夜——就像两岁的娃了，
经过三昼夜——就像三岁的娃了，
经过四昼夜——就像四岁的娃了，
在家里—在院子里——
他到处跑……（2946—2950 行）

英雄神奇降生是埃文基民族史诗常见的母题，也是该民族史诗的基本情节构成之一。英雄降生前后自然界往往会有异常的现象出现，如当英雄德沃尔钦的第二个儿子出生之前：

当孕期结束的时候，
上面的黑色的云彩变得稠密，
白色的云彩增多了，
红色的云彩聚集在一起。
从那里到这里
到处猛烈地吹着热风，
开始刮起了大风，
开始下起了大雨，
响起了轰隆隆的雷声，
出现了刺眼的闪电，
升起了旋涡。
这之后——
倾盆大雨在
日落前离开。（2766—2779 行）

未来的英雄一出生就力大过人，德沃尔钦的两个儿子出生时头撞地的声音都很大，出生就能坐立，并会奔跑，父亲费了很大力气才抓住他，未来英雄出生和成长都非常神奇，第二个儿子出生前家人都有了心理准备：

"这些准备好之后，
小孩就会出生，
要竭尽全力的捉住他！"——
基拉吉说。（2885—2888 行）

英雄之子神奇生长的母题在我国土库曼民族的史诗中也常有，如我国土库曼民族拥有的史诗《乌鲁斯传》中，英雄乌鲁斯为神之子，他不同于凡人，所以他诞生之后的成长过程也极为神奇：

> 这孩子只吮吸了母亲的初乳，
> 就不再吃奶了。
> 他要吃肉、饭和喝麦酒，
> 并开始说话了。
> ……
> 四十天后他长大了，
> 走路了，玩耍了。①

可见，埃文基史诗中英雄之子的神奇生长与土库曼民族史诗中英雄之子的神奇生长有相似之处：作为英雄的儿子，或者是神的儿子，他们都肩负着民族的使命，因此不能像普通人那样慢慢成长，而要表现出与众不同的生长速度和力量，才能无愧于英雄的称呼。埃文基史诗《纽古尔莫克祖母和她的子孙们》中，纽古尔莫克的儿子要快些长大，去与阿瓦希决斗，帮助上界的勇士战胜阿瓦希，保卫家乡。《德沃尔钦》中，德沃尔钦有两个儿子，一个要送往上界成为上界氏族的神的儿子，另一个要成为比父亲更强壮、能够畅行三界的勇士。可见，命运和使命造就了埃文基史诗中这些英雄的儿子的神奇生长过程。

六　母亲赐名

埃文基史诗中的人名是非常有特点的，相比较来讲，全名很

---

① 毕桪:《〈乌古斯传〉的叙事母题》，《伊犁师范学院学报》（社会科学版）2007年第4期。

长,修饰语很多,很复杂,包含的内容广博,特别值得关注。在不同阶段的史诗中,为英雄赐名的人往往不同,早期由女性起名,例如早期的英雄故事中,总是女性给英雄起名,如祖母、母亲或者家中上了年纪的女人起名;从晚期开始过渡到父亲或者祖父起名。①

俄罗斯学者对史诗中人物的名字也有研究,H. B. 布拉吉斯卡雅(H. B. Брагинская)提出了两个观点:"第一,人名与神话相联系,名字即神话,名字作为神话,它就是一个小的文本,是预言,神的名字是神话的开始,英雄的名字是叙述的开始;第二,名字就是情节,人的名字就是神话的主人公,神话的故事情节,再扩大一些范围,名字就是情节。"② 她的观点是建立在很多神话和史诗等民间文学的基础上提出的,所以对于埃文基史诗人名的研究很有借鉴意义。

在起名的时候不能耽搁,因为没有名字的人,按照埃文基人的观点是不完整的、不会建功立业的人。这种习俗也很鲜明地反映在史诗当中。在叶果尔·特罗菲莫夫讲述的关于纽古尔莫克—孤儿的英雄故事中,她的儿子生下来就不是一个平凡的小孩,他三昼夜就能长到普通孩子三岁那么大,并且就能打猎了。在狩猎的时候,鸟儿们开始嘲讽他,因为他虽能狩得野兽,却连个名字都没有。于是,他就请求父母给他赐名,文中说道:

天空中飞来飞去的鸟已经不止一次地
嘲笑我,称我为"没有名字的人",
这都到这时候了,

---

① Варламова Г. И. В сборнике: этнопсихологические проблемы в современном мире. Материалы международной научно-практической конференции. 2011. С. 45 – 50.
② Брагинская Н. В. Имя-свернутый сюжет: гомеровский Еврибат и Широкошагающий Вишну. //Осенная школа по семантике фольклоре. 2004.

第二章 史诗《德沃尔钦》的母题与形象研究

我还过着没有确定名字的生活？
给我起个我自己的名字吧，
被称之为父亲的我尊敬的父亲，
被唤作母亲的我的母亲！
然后父母给他起了两个名字：
他的母亲开始说：
基麦—基麦基麦宁！
给你我亲舅舅的名字——
你将成为这个中间世界上第二个忽尔果克琼！
如果你能在自己的旅行中到达上界——
你将会被叫做其夫卡恰特坎——从鸟中生出的勇士！①

所有史诗中的名字都有一个固定的修饰语，其中包含英雄的基本特征。例如，女勇士的名字，孤独生活在中间世界杜林—布哈产生之初的，有六个六股辫子的纽古尔莫克。她在史诗中的名字确立了这个形象的基本特征：数字"纽古尔"（六）是她名字的基础，女主人公的头发共编成了六个辫子，每个辫子是由六股头发编成的。也就是女主人公的外貌和形象反映在她的全名中，同时这些外貌特征也指出了女英雄具有某些异族人血统的特征。因为编很多辫子这种特征并不是埃文基人所特有的，而是其邻近土库曼语族人的传统。在埃文基的史诗中使用"纽古尔莫克"作为名字的女主人公，她的引子歌经常为"基都—基都—基都雅尔"（Киду - киду - кидуяр！），与契丹"Кедан"表音相近，意为来自契丹的姑娘，史诗记录了契丹族姑娘嫁给埃文基勇士的故事，从而给埃文基人带来了契丹人的血统。女主人公"纽古尔莫克"的全名不仅反映了其外貌特征，也记录了她的族源历史。

---

① Г. И. Варламова. Имя и наречение именем в эвенкиском эпосе//Эвенкийский этнос в начале третьего тысячелетия, 2010, С. 65 – 71.

(一) 史诗中人物名字的特征

命名仪式是埃文基人具有宗教色彩的传统习俗，埃文基史诗描写并反映了这一习俗。例如，在1936年瓦西列维奇记录的故事《基利德那坎——灵巧的人》中描写了命名的场面，当时所有的动物都受到邀请：

  在中间世界生活着老人和老太太，他们生了一个小男孩，当小孩出生后，父母开始给他玩手鼓，让大地上所有的动物召唤他，老人说："尼奥里，尼奥里，尼奥里，尼奥里！给我的孩子起个名吧，"一只老虎起名说："凯莱，凯莱，凯莱，凯莱！我给你的孩子起个名，你孩子的名字叫做中间世界的基利德那坎——灵巧的人。"①

毫无疑问，英雄主人公的名字不仅复杂，而且命名方式多样，名字含义极为丰富。在一些史诗中，人物的命名与神话和情节相关。例如英雄故事《乌姆斯》中的主人公乌姆斯，这个名字是"一个人孤单单地出生在世界上"的意思，这个名字一出现，就相当于告诉读者这是一个孤单主人公一生的故事。

名字能够确定主人公的特点、性格、个性等品质特征，反映他的世界观。主人公的名字不是在他出生的时候起的，而是通过传统的或者重要的事件，对他的性格、行为、外貌等特征观察之后起的，名字往往包含长辈对晚辈的希望、祝愿和祈祷等。

史诗《德沃尔钦》主人公的名字"从头到脚衣饰华丽力大无比的勇士德沃尔钦"表明了勇士力大无比的特征，同时指出他的衣着特征，他穿的衣服是有色彩的、华丽的。德沃尔钦妹妹的名字是"梳着九庹长的丝滑的辫子的美女索尔阔多尔"，主

---

① Васильевич Г. М. Материлы по эвенкийскому (тунгусскому) фольклору. под ред. Я. П. Алькора-Л. , 1936. C. 108.

人公妻子的名字是"长着发光头发的美女基拉吉",这些名字不仅告诉众人两位姑娘都是美女,还描述出她们的头发是什么样子。也就是说,史诗中主人公的名字反映了他们的体貌特征和内心品格。

由于埃文基人对力量崇拜,所以在主人公的名字中经常加"索宁格"或者"玛塔"。史诗中主人公往往都是勇士,埃文基语称为"索宁格"或者"玛塔",放在主人公名字的后面,有英雄主人公是大力士之意。

史诗中的名字往往不是一个词,而是一个词组,甚至是一个句子。男性的名字可以由咒语或者祈祷词构成,也就是名字要有强大的力量。

埃文基的勇士们像其他民族史诗中的勇士们一样,有全名和小名,全名是在命名的仪式上获得的,这样的全名有个专门的术语叫作"盖尔纳里–盖勒比尔坎"(Гэлнери Гэрбилкэн),意思为"祈求到的名字",有请求、祈求和祝愿的意义。埃文基史诗中每一个勇士的全名,哪怕是短小的一个名字,也带有祈求、祝愿的意义。如:名字 Олдондиви эхи тыктэ мевалкан Олдоныкан-мата,意思是"勇士博乔克一次也不要碰到肋骨";名字 Дёлоримевалкан Дёлоргун-мата,意思是"有结实的像石头一样的心脏的勇士卡梅舍克";名字 Селкандук со селкан, ехалкандук сити ехалкан Тогомо Чагилкан,意思是"已有的耳朵中最灵敏的、已有的眼睛中最闪亮如火的勇士奥格聂娜雅伊斯果尔卡"。

史诗中一些勇士有三个名字,因为真正的勇士要行走上、中、下三界,在每一个世界要有一个名字,所以要有三个名字。也有些尼姆恩加堪中英雄主人公的名字是动物给起的,如老虎给起名字,狗鱼给起名字,等等。

按照埃文基人的世界观,人的名字要蕴含精神力量、运动的力量,要有灵活性,等等,也就是要有振奋人心灵的能量。好的、善良的名字有正能量，不好的、坏的名字则会让人产生负能量。因此，埃文基人把名字称为护身符——熬焦（одё），当有不幸事件或者灾难发生的时候，他们就会给自己改个名字。了解了一个人的名字，就意味着真正了解这个人，抓住了他的灵魂。

名字还影响着英雄主人公的命运，名字本身就是咒语或者祈祷词。日尔蒙斯基指出："勇士的故事经常把主人公不伤不死的神奇现象与起名时使用善意的祈祷联系起来，民族的意识里将这种神奇的现象视为英雄不可战胜的原因，用带有魔法的咒语和其他神奇的手段来解释。"①

（二）母亲赐名

母亲赐名母题在史诗中是叙述英雄故事的一部分。在故事的结构中，赐名母题包含以下要素：勇士儿童时代神奇的生长过程；早期的狩猎；没名的孩子需要名字，解释埃文基人需要名字；给没有名字的埃文基人命名；以咒语阿尔加（алга，埃文基语，咒语或者是祈祷词的意思）的形式给年轻的勇士祈祷。

赐名的仪式在史诗中通常与主人公第一次丰收的战利品有联系，也就是与他的成熟、成年相关。例如，德沃尔钦的儿子像其他史诗中的勇士一样，他的命名过程如下。

1. 神奇的生长：一昼夜长得像普通孩子一年长的那么大，马上就可以去打猎；

2. 早期的狩猎：有一天，他猎到了一头熊；

3. 小英雄需要名字：小英雄跟父母讲，熊在被打死之前对他说的遗言：

在打死它之前，
我让它说出遗言。

---

① Жирмунский В. М. Сказание об Алпамыше и богатырская сказка. М., 1960. С. 242 - 243.

它鼻子发出呼哧呼哧的声音,

好像是在嘲笑。

"我对没有名字的你什么也不说。"

所以,我的父母,

请给我一个响亮的名字,

给我这个显赫的荣誉吧!

要知道,我还将

要走遍

三个世界,

会遇到强大的勇士。

我不能没有名字。(3017—3029 行)

被打死的熊对未来的勇士没有名字持鄙夷的态度,小英雄因此产生了对名字的需要。母亲在这种情况下给他起了一个名字"骑着五岁的刚出生就带着银色马鞍和银色龙头的小马的中间世界的勇士杜古伊昌·德沃尔钦"。名字的形式与蒙古突厥人的名字格式相同,包括名字和父称。

4. 名字是孩子的母亲基拉吉以祈祷和祝愿的方式赐给他的,起名时念了咒语和祈祷词,在赐名之后母亲说了这样的话:

我还要说:

你要成为勇士,不要忘记

你在中间世界有什么样的名字。

成为真正的人——勇士,

比你的父亲强壮一倍,

中间世界的

索宁格勇士,

勇士杜古伊昌·德沃尔钦,

有结实的胸膛人
打不倒你,
身体强健的人拦不住你,
两条腿的人战胜不了你,
让你的名字享有盛誉,
让你的荣誉传遍四方!(3080—3092 行)

赐名母题是史诗中的特色部分,从未来的小英雄的名字中知道了他的未来,一定会超过自己的父亲,成为更加强大的勇士。

综上所述,埃文基史诗《德沃尔钦》中的主题构成了史诗的骨干,母题构成了史诗的血肉,共同构成了丰满而又有力的史诗画面,而这部史诗的神奇和伟大具体还体现在史诗中的各个形象之中。

第三节　埃文基史诗中的形象

埃文基的史诗中有丰富的形象体系,其中包括"上、中、下"三界形象、中间世界英雄形象、下界魔鬼阿瓦希的形象、上界勇士的形象、女性形象、各类动物形象等。每一类形象都具有自己的特征,是史诗的重要组成部分。本书主要研究史诗《德沃尔钦》中形象体系,详细分析孤独主人公的英雄形象、魔鬼形象、女性形象、动物形象、"上、中、下"三界形象。

一　英雄形象

英雄形象是埃文基史诗中重要的人物形象,是史诗中各类人物形象中的主体部分。英雄形象是以勇士的身份出现的,无论是上界、中界还是下界,都有勇士,只有中间世界的勇士是埃文基开天辟地的祖先,他既能战胜下界的魔鬼阿瓦希,又能战胜阻碍自己娶亲的上界勇士。

　　史诗《德沃尔钦》中的主人公德沃尔钦是孤独的英雄,他有两种称呼:索宁格和玛塔。通常埃文基的勇士有两种称谓:索宁格(соңк)和玛塔(мата),这两种称谓是有区别的。"玛塔"是对中间世界勇士的称呼,强调勇士有力量时用"玛塔",不包含神的意义。按照梅列耶娃词典中的解释,"索宁格"是勇士,同时也是战斗中的领袖[1]。如果再仔细划分,作为索宁格的父母至少有一方或者是神,或者是上界的居民。史诗中的德沃尔钦用"索宁格"表示,说明了英雄主人公的出身有神的成分,或者是战斗中的领袖。索宁格和玛塔这两个词经常混用,但强调的意义不一样。史诗《德沃尔钦》中,德沃尔钦有时被称为玛塔,强调他是有力量的勇士,有时又被称为"索宁格",则强调的是"领袖"的意义或者是"神"的地位。也就是说,德沃尔钦既是玛塔又是索宁格,但是称为"玛塔"的频率要远远超出称为"索宁格"的频率,如史诗的题目中就用了"Соңку Дэвэлчэн",直译是"索宁格古德沃尔钦",说明了德沃尔钦"神"的地位,同时,史诗中他常常自称玛塔,例如,德沃尔钦在讨伐下界阿瓦希时,下界的阿瓦希扬言要吃掉德沃尔钦,德沃尔钦非常镇定地说:

　　　　要知道
　　　　我也是一个玛塔——勇士!
　　　　你是那样的阿瓦希的头目,
　　　　不能战胜我——埃文基人,
　　　　不能战胜!(862—866 行)

---

[1] Мыреева А. Н. Эвенкийские героические сказания. Новосибирск: Наука, 1990. С. 385.

主人公自称玛塔，用了一个"也是玛塔"表明自己力量也很大，不畏惧下界的阿瓦希，是不可战胜的埃文基人。文本中第810行和第1050行中，下界头目名字也用了索宁格，即"尼亚尔古昌-索宁格"，以此来表达自己是头目，即战争的领袖的意思。两个词虽然词义相同，但是具体用哪一个词所强调的意义是不同的。

（一）英雄的外貌

埃文基的史诗中很少有直接的人物外貌描写，缺少英雄外貌的描写成为埃文基史诗的一个特征，讲唱者往往是从不同的侧面对勇士的特征加以描述。如，从人物的名字"衣饰华丽力大无比的勇士德沃尔钦"就可以知道勇士的两个特征，一是力量大，二是穿着缝有绣花的衣服，即衣饰华丽。史诗《德沃尔钦》的开篇介绍勇士的时候是这样描述的：

> 这个人追赶上
> 奔跑的公驼鹿的两条后腿，
> 像抓一只蜘蛛似的把它抓住。
> 这个人追赶上
> 秋天的野生驯鹿的尾巴梢，
> 像抓一只蚂蚁似的把它抓住。
> 这个人追赶上
> 奔跑的野熊的脖子，
> 像抓一只黑色的甲虫似的把它抓住。（64—72行）

三个并列排比的句子，将勇士德沃尔钦的高大、敏捷、有力的形象描绘得栩栩如生，高大得可以和驼鹿相比，敏捷得可以和野生驯鹿相比，身材魁梧得可以和野熊相比。这样一来，德沃尔钦高大、魁梧、敏捷、有力的形象就跃然而出，勇士的身材、性格和衣着就都表现出来了。

（二）英雄的武器

英雄参与的战斗一般都是从武器描写开始的。史诗中出现的武器有弓、箭、矛、手杖、乌特凯恩（Уткэн，长把大刀）、石球和匕首。作为比铁器高级的工具，德沃尔钦用的是银币、铜箭、木制的手杖。银色被认为是高级的、上界使用的工具的颜色。德沃尔钦用三庹长的矛刺穿下界怪物的脊梁，用铜箭来应对下界魔鬼的铁山，用一出生就带在身上的有四指刀刃宽的尖刀切断下界魔鬼阿瓦希的脖子，用七庹长的乌特凯恩与上界未婚妻的兄弟对砍，用 90 普特重的冰冻桦木手杖、用山中峡谷的河柳与上界的勇士对打。以上这些都是勇士用过的武器。乌特凯恩是一种长把的刀，现代的埃文基人仍然使用乌特凯恩，是该民族传统的工具。在游牧民族中，为了砍树和使鹿队穿过密林，乌特凯恩是最为基本的劳动工具。双面的矛也经常在埃文基人的生活中使用，可以专门用作猎熊的工具。

弓和箭是勇士传统的武器，从一出生就带在身上，在埃文基的日常生活中一直存在，直到 19 世纪末 20 世纪初完全被火药等武器代替。古人对箭的发明是重要的历史转折，这为人类社会的发展提供了非常大的契机。集体狩猎是旧石器时代的典型特征，会使用弓箭的人已经不用完全依赖集体狩猎了。考古学家奥克拉德尼科夫（А. П. Окладников）将人类获得弓箭归属到新石器时代："弓和箭的广泛应用有着非常重要的意义，它们是新石器时代重要的代表性劳动工具，没有它们，是不能想象人类会有这个时代的。"[1] 凯普图凯认为，埃文基的孤独主人公"最先发明了人类生活必需的劳动工具"[2]。在《莫基格德恩》（Мокигдын）中，

---

[1] Окладников А. П. История Якутии，Якутск：Якутское кн. изд.，1949. T1，63.

[2] Кэптукэ Г. И. Эвенкийский Нимнгакан（миф и героическое сказание）. Якутск：Изд. Северовед.，2000. С. 43.

详细记述了生活在中间世界的猎人是如何创造第一批狩猎工具的。他看到上空有很多飞鸟,就想捕捉它们作为食物,于是开始思考用什么工具可以达到目的,"他拿起一块粗糙的树皮,连拽带扯地将它弄成细丝纤维状,撕好后再做成网套……这样他就可以吃到飞禽了。此后他又思考起来:'若是能打死一头驼鹿,把它吃了,应该很美味。'于是这个小伙子就开始思考做弓弩。"①莫基格德恩用弓弩猎得了鹿,获得了狩猎经验,又开始思考制作新的狩猎工具,"就这样他做了弓,做完以后,又做了很多箭。开始用弓狩猎,用箭射击"②。可见,主人公猎取食物的工具是逐步创造出来的,先是网套,而后是弓弩和弓箭,这些工具让他捕猎到更多的飞禽走兽。英雄史诗中,弓和箭成为英雄主人公必不可少的狩猎工具,同时也是英雄战胜魔鬼的作战工具。一些史诗中弓和箭是主人公自己做,也有很多史诗中是其姐姐或母亲所做。如在《孤女纽古尔莫克》(Сиротка Нюнгурмок)中,儿子要求母亲给他做一把箭,母亲答应了他的请求,并做好了弓和箭,儿子便拿着弓和箭去林中打猎,从此捕获到更多的猎物,从而也为家人增添了更多的食物。

石球也是史诗经常使用的一种武器。在 20 世纪 80 年代,Г. И. 瓦尔拉莫娃③从结雅河埃文基人的传说中听说过在上维扬的结雅地区保存了圆形的河卵石,她推断这是古代埃文基的勇士锻炼时用的球。原来在上述地区经常能看到这种鹅卵石,遗憾的是,由于结雅河上建立了水电站,该河河谷被淹没,所以这些石头现在看不见了。类似的传说在奥列克木河和纽克日河流域也出现过,据说现在还可以找到那些圆形的鹅卵石。在史诗《德沃尔

---

① Василевич Г. М. Исторический фольклор эвенков: сказания и предания. Ленинград: Изд. Наука, 1966. С. 213 – 214.

② Василевич Г. М. Исторический фольклор эвенков: сказания и предания. Ленинград: Изд. Наука, 1966. С. 214.

③ Вармломов А. Н. Игра в эвенкийском фольклоре. Ула-удэ, 2006. С. 50 – 53.

钦》中，也有对石球的描写。德沃尔钦的第二个儿子出生的时候，为新生儿准备的礼物，除了有弓、箭、鞍子、笼头，还有用500匹马的鬃毛丝做成的球，放到摇篮里。在新生儿摇篮里的物品是根据父母对孩子的期望而放入的，有助于他形成相应的品质，无论是打猎还是与敌人作战，都能像祝愿的那样，取得成功和胜利。弓、箭等是基拉吉要求放到孩子摇篮里的，这些对于他（孩子）长大成为敏捷有力的勇士、勇敢的骑手是必需的东西。据阿·梅列耶娃解释，鬃毛丝的球是模仿石球而制成的"一种游戏的用具"①。

我国满族地区有一种传统的体育运动项目叫作"珍珠球"，相传它的雏形来源于采集珍珠的活动。在清朝，由于东珠的品质极佳，受到宫廷贵族的垂爱，东珠需求量骤增。为保障宫廷贵族东珠的供应，清政府严禁民间采珠，由内务府组织采撷，并为此专门设置采珍珠的"牲丁"和领头采珠的"珠轩达"。由于东珠数量有限，珠轩达之间也存在激烈的竞争，他们相互攀比采珠的速度与数量。为了加快采珠的速度，采上来的蛤蚌直接入筐，然后到岸上开启取珠，有的干脆直接在船上将蛤蚌扔到岸上的筐里，抛得准、接得准能够极大地提高采珠速度。抛蛤蚌这项活动逐渐在村民农闲时，在孩子们中间形成，这便是古代珍珠球的雏形。这项游戏当时在松花江、鸭绿江及渤海沿岸一带满—通古斯民族儿童中比较流行。据文献记载，早期的珍珠球运动是根据采珍珠的传统劳动场面设计的，是为了歌颂满族人民挑战自然的无畏精神。比赛采用分组对抗的形式进行，为了增加珍珠球运动的竞技性、趣味性，每支队伍各选出两名队员扮演"蛤蚌精"，各持两片蛤蚌壳，试图用蛤蚌壳阻止对方将珍珠球投入筐内。早期珍珠球比赛的场地分为三个区域，中间区域称

---

① Мыреева А. Н. Эвенкийские героические сказания. Новосибирск: Наука, 1990. С. 383.

为"河",场地两边称为"威呼"区,采珠人在"河"中运动,争夺珍珠球,并试图将珍珠球传递给"威呼"区中的同伴,两名装扮为"蛤蚌精"的队员试图去阻止珍珠球在"河"与"威呼"区间的传递。

埃文基民族与满族同属满—通古斯民族,珍珠球的来历也只是现代的一种推测,其实质究竟如何并不为人所知,但是,我们从中看到了珍珠球与石球之间的相似之处,以及双方竞赛的规则等亦有相同之处,是否其中存在某些关联呢?且珍珠球是现代人的一种称呼,其中的球也是用其他东西模仿的。在笔者看来,这两者之间存在很多相似和关联,二者都是球状物体被远距离抛出,往往都带着一定的目的到达某处,或者是为了击中对方,或者是为了到达某个位置,都是两个人以上的游戏,但要说其中的必然联系还需要考古学和民俗学等方面的进一步考证。我国黑龙江省齐齐哈尔市富裕县的民族民俗博物馆中还存有珍珠球活动的画面复原图,但是其历史演变已经无人能讲出了。

现在看来,史诗《德沃尔钦》中这个鬃毛丝做成的球具有象征意义,代表了勇士未来使用的石球这种武器。这一点在史诗《索达尼》中得到了证明:

> 勇士使用的矛,
> 枪头有七普特①
> 枪把有八普特。
> 紧挨着长弓的大砍刀,
> 足有五十普特重,
> 刀刃三拃长,

---

① "普特"是沙皇时期俄国的主要度量单位,是重量单位,1普特=40俄磅≈16.38千克。

第二章 史诗《德沃尔钦》的母题与形象研究

> 刀把两倍八庹长！
> 如果仔细查找，
> 还有打磨好的石球。
> 这些都是勇士的武器，
> 它们的用途可想而知。①

史诗《索达尼》中明确指出石球是史诗中勇士用于作战的武器，在史诗《伊尔基斯莫姜勇士》中也有石球作为勇士武器的情节。史诗中，勇士科克尔多空（Коколдокон）与下界魔鬼首先进行的是一对一的铁球对决，企图用铁球来比试双方的力量：

> 哎，你要小心些！
> 谢卡克美女，
> 被称为伯母的我的伯母，
> 张开你的耳朵是为了听清我说出的每一个词，
> 你要快速地去寻找到
> 祖父戈万老人的
> 100 个 10 普特重的铁球
> 我要用那个球
> 与这个阿瓦希娱乐一下。②

这种用铁球来作战的方式属于远距离作战的一种类型，它类似用弓箭比射，通常这种比试也不能决定胜负，因为勇士们还需要近身战的对决，但这种铁球的比试给对方带来的伤害是非常大的，这是一种力量的较量。

---

① 乌热尔图主编，纳·布拉托娃副主编：《西伯利亚鄂温克民间故事和史诗》，白杉译，内蒙古文化出版社 2009 年版，第 103 页。

② Романова А. В. и Мыреева А. Н. Фольклор эвенков Якутии. -Л. Наука, 1971, С. 222.

(三) 英雄的狩猎和战斗

埃文基的史诗中，英雄主人公的业绩主要表现在英雄的狩猎、英雄与对手的战斗两个方面。埃文基的勇士常常单独狩猎。据当代埃文基人介绍，史诗中提到的一些狩猎方式不久前在氏族年轻人中作为成年礼仪式还使用过。在史诗中，未来的勇士通过狩猎获得了第一批猎物，得到了自己特有的名字。

《德沃尔钦》中描写勇士狩猎的诗句集中在两个人的狩猎活动上，一个是史诗英雄主人公德沃尔钦的狩猎，另一个是他的第二个儿子的狩猎。两次勇士狩猎，都表现出埃文基人的祖先是狩猎的能手。狩猎是埃文基人的基本生活方式，每一次狩猎无不体现出中间世界埃文基祖先的勤劳、敏捷、智慧和力量。

埃文基史诗描写的是英雄的故事，所以在每一个故事中，战斗的描写、勇士的形象、武器等相关的描写都是史诗的重点内容，也是史诗的高潮、故事发展的顶峰，前面在论述英雄对决母题中有过阐述。勇士之间的对决经常是从弓和箭开始，如《德沃尔钦》中主人公使用铜制的弓和箭，或者是像《伊尔基斯莫姜勇士》中描写的那样从抛铁球开始。在所有的对决中，最后都是以徒手对决——赤手空拳决斗来决定胜负。

(四) 英雄的坐骑

像阿尔泰语系的其他民族一样，埃文基史诗中的主人公也有神奇的坐骑。蒙古民族史诗中的英雄人物坐骑都是马，这些马神通广大，可以和主人交流，是主人得力的助手。我国鄂伦春族的史诗中，英雄的坐骑也是马，这些马的形象都是神奇的，它们会飞，可以与主人对话，是英雄出征最得力的助手。埃文基是使鹿的部落，埃文基的史诗中英雄的坐骑是驯鹿，但是这个驯鹿是独特的，它们是上层世界的七彩驯鹿，出生时就佩戴银色的鞍子和银色的笼头，脚步轻盈，能够腾云驾雾，"在两个前腿下面一团团扬起了白色的云"。它们还会和主人交流，如史诗《德沃尔钦》中德沃尔钦的坐骑与主人告别时，在对话中对主人的祝愿如下：

> 恩格泰夫莱宁——恩格泰夫莱宁！
> 我的主人，埃文基人
> ……
> 让我的命运和我在一起，
> 让你的命运和你在一起！
> 愿胸膛宽阔的人打不倒你，
> 关节结实的人撞不倒你，
> 两条腿的人战胜不了你。（423—459 行）

这些现象说明，埃文基人的史诗与埃文基人日常生活紧密联系在一起。史诗中英雄的驯鹿送英雄到中界和下界的边界，并对主人说出了离别箴言，自己留在边界等待主人的下一次呼唤。英雄的驯鹿第二次出场是在主人公第一个儿子降生欲送给岳父母抚养时，驯鹿又一次出现并载着英雄和孩子去了上界，这个坐骑最终留给了英雄的第一个儿子，并且在第一个儿子的名字中体现出来：

> 我会回答：他的名字是
> 骑着出生时就带有银色的鞍子、
> 银色的编织的缰绳的、
> 跳一下就能走过
> 九天路程的、
> 上界的七彩驯鹿的、
> 上界的勇士胡尔科克琼。（2724—2730 行）

与其他民族英雄的坐骑相比，埃文基人史诗中主人公的坐骑驯鹿缺少了帮助英雄主人作战的环节，在史诗中更加注重驯鹿

"出生就带有银质的鞍子、银色缰绳"的这种高贵的出身,以及它作为基本的骑乘工具,能够以最快的速度带着英雄的主人去他想去的地方,而不参与英雄的作战,这也是埃文基史诗中英雄主人公坐骑的显著特征,与通古斯其他民族的史诗区别开来。

可见,埃文基史诗中主人公使用的武器是以民族日常生活和真实历史为基础的。埃文基的史诗中,战斗武器和狩猎工具、勇士战斗的描写与史诗主人公的形象相符合。英雄穿的衣服是华丽的,英雄使用的武器是异于常人的,是巨大锋利、非常人所能驾驭的勇士的武器,英雄的坐骑是上层世界的七彩驯鹿。主人公英雄的形象不是简单的被称为人,而是被理想化的高大形象,英雄的力量、灵敏性、智慧和勇敢是常人无法想象的,所有的这些战斗的外衣都要与勇士的神奇和伟大形象相符合,在史诗中英雄拥有埃文基始祖神的地位,是埃文基民族的第一人,也是埃文基人的祖先。

二 魔鬼形象

埃文基史诗的讲唱者对自己喜欢的英雄和人物从不吝惜言辞,对不喜欢的人和物就会一带而过,因为他们以自己喜欢的人物为荣。史诗中描写魔鬼及其坐骑的诗句并不多,但也表现出魔鬼的主要形象与特征。史诗中的魔鬼阿瓦希是有来历的,作为一个反面角色反衬出英雄的强大,也彰显中间世界人类的美好。

在埃文基史诗中,魔鬼阿瓦希生活在阴暗、潮湿、不见天日的下界。魔鬼阿瓦希的相貌各不相同,但总的来说是可怕的、令人不愉快的形象。史诗中的阿瓦希通常是一条腿、一只眼睛、一个耳朵的怪物。例如史诗《德沃尔钦》描写阿瓦希时写道:

两个只有一只胳膊的阿瓦希

第二章 史诗《德沃尔钦》的母题与形象研究

>从两侧搀扶着
>自己的主人
>大力士尼亚尔古昌，
>领他进了那个铁帐篷。
>……
>大力士们，那些
>搀扶自己主人的大力士们，
>吓得蹦跳着跑开了。（797—809 行）

两个人阿瓦希都是只有一只胳膊，他们从两侧搀扶着主人，受到惊吓后蹦跳着离开，这说明《德沃尔钦》中的阿瓦希也是一只胳膊、一条腿的魔鬼。魔鬼阿瓦希不仅形象怪异，魔鬼的武器也很怪异，都是用生铁制成的。

>于是阿瓦希
>从肩上拿下
>90 普特重的
>巨大的铁弓，
>放上 9 个棱的
>巨大的铁箭，
>穿过铁山，
>穿过银山，
>对准了我们的主人公。（909—917 行）

魔鬼阿瓦希的武器主要以铁器为主，而且是生铁制成的。如果研究埃文基史诗中魔鬼名称来源，那么就会明白魔鬼使用铁制武器的原因。如在史诗《伊尔基斯莫姜勇士》中，反面主人公赛莱尔贡·赛文姜（Сэлэргун Севэендя）这样介绍自己："在下界我是唯一的沙皇，乌鲁斯的首领，四野的公爵。"① 魔鬼赛莱尔贡·赛文姜这一名字是由埃文基语的词根"сэлэ-"和后缀"-гун"构成的，这个后缀是"生铁的"的意思。阿瓦希唱词的引子歌"凯恩盖尔多宁—凯恩盖尔多宁"（Кэнгэрдонин -кэнгэрдонин）类似于拟声词，是铁发出的声音。

下界魔鬼阿瓦希这个称呼当中包含着异族属性的信息。Г. И. 瓦尔拉莫娃认为，"阿瓦希"（аваси）这个词与雅库特语中"阿巴黑"（абахы）都来源于通古斯语中的"阿瓦吉"（аваги），意思是"另一类的、别的"，也就是"不是同一类的"，从词义上理解为"与通古斯人不同的另一类"。从这些描述中可以看出，史诗中的魔鬼是一个氏族的代表，这个氏族有固定国家组织形式：沙皇、乌芦斯（沙俄时东部和北部边远地区的行政区划单位，隶属于州）、公爵，拥有发达的铁器制造业。

可见，在埃文基人观念里，魔鬼阿瓦希与拥有铁器制造业的氏族有着深远的渊源。史诗中阿瓦希的武器是生铁制成的，例如铁山、铁箭、铁丝网等（例如，史诗《德沃尔钦》中魔鬼用铁丝网困住索尔阔多尔），甚至很多阿瓦希的生活用品也都是用生铁制成的，如铁窗户、铁帐篷等。

史诗《德沃尔钦》中魔鬼的坐骑与英雄的坐骑相对应，也是鹿，但不是驯鹿，而是驼鹿：

> 阿瓦希的头目，我的哥哥，
> 名叫大力士尼亚尔古昌，
> 他骑着一只小驼鹿。（776—779 行）

埃文基人对鹿有自己独特的认识，养鹿的历史非常久远。在

---

① Романова А. В. и Мыреева А. Н. Фольклор эвенков Якутии. -Л. Наука, 1971, С. 220.

第二章　史诗《德沃尔钦》的母题与形象研究

史诗《德沃尔钦》开篇中，主人公只有鹿这一种牲畜，没有其他牲畜。埃文基人把喜欢的对象、喜欢的人比作秋天的野生驯鹿，这就意味着驯鹿是埃文基人最受喜爱的物种。而驼鹿则不然，虽然也是鹿，但往往是埃文基人狩猎的主要对象。例如，《德沃尔钦》中魔鬼的坐骑是驼鹿，是埃文基人不喜欢的对象，讲唱者没有用其他言语予以描述。

英雄与魔鬼的决斗是史诗中必不可少的要素，前文对此已经有详细论述。中界和下界之间有着不可调和的矛盾，始终为了女人而战，魔鬼欲抢中间世界的姑娘作自己的新娘，中间世界的勇士不允许这样的事情发生。《德沃尔钦》中英雄在与魔鬼作战之前说道：

> 你在哪里见到过
> 阿瓦希娶了
> 人类—阿伊的姑娘为妻？
> 饲养过牲畜，
> 生过孩子，
> 开始生活？
> 你就像小偷抢走我的妹妹，
> 你竟然还敢跟我说话？（867—874 行）

在史诗《索达尼》[①] 中也有这类似的描写，例如：

> 你可曾见过阿瓦希，
> 娶到过好人家的闺女，
> 安置过家宅建造过房屋，

[①] 乌热尔图主编，纳·布拉托娃副主编：《西伯利亚鄂温克民间故事和史诗》，白杉译，内蒙古文化出版社2009年版，第119页。

生起过灶火，

生育过儿女，

饲养过牲畜，

过得像好人一样美满幸福？（690—699行）

　　总的来说，在每一部埃文基的史诗中，下界的魔鬼都没有成功娶到中界的姑娘，英雄与魔鬼的作战无疑都是以魔鬼的失败而告终。尽管在史诗《索达尼》中，中间世界的索达尼为了从下界阿瓦希手中救出妹妹而牺牲，但是，索达尼的弟弟又替哥哥出征，最终战胜魔鬼，救出了妹妹。由此可见，在史诗中，下界魔鬼与中间世界英雄的关系始终是敌对的，并且魔鬼总是战败方。

　　综上所述，史诗中描写魔鬼及其武器和坐骑的诗行都不多，往往只有简短几句，在描写魔鬼与英雄主人公作战的部分，对魔鬼的语言和战斗中的动作描述相对多一些。史诗中魔鬼的形象是必不可少的重要的反面形象，他的出现是为了衬托英雄主人公的神奇与伟大。

三　女性形象

　　埃文基的史诗中，女性形象是多种多样的。有保卫氏族和家乡的女勇士，如史诗《梳着六个六股发辫的孤女纽古尔莫克》中的主人公纽古尔莫克是女勇士的形象，担负着保卫家乡的重任；有勤劳和智慧的女始祖形象，如史诗《纽古尔莫克老奶奶和她的子孙们》中的主人公纽古尔莫克老奶奶，是女始祖形象，她非常智慧，大义凛然，培养出优秀的勇士，在氏族遭受威胁的时候，不仅贡献自己的力量，还派出具有神力的儿子出征迎战，帮助氏族战胜下界魔鬼；还有美丽、勤劳、智慧的女萨满形象，如史诗《德沃尔钦》中的女性。可见，埃文基史诗中的女性形象也是史诗的主体形象，具有与男英雄主人公——氏族始祖相同的地位。

史诗《德沃尔钦》作为埃文基人日常和精神生活的百科全书，其中的女性形象具有特殊的地位和意义。《德沃尔钦》中的女性形象非常丰富，有美丽、勤劳和智慧的索尔阔多尔，有上界德高望重并能够预知未来的巴扬老太太，有巴扬老太太的女儿——信使缅贡坎，德沃尔钦命中注定的妻子基拉吉，还有巴扬老太太的妹妹——来到中间世界的助产婆，等等。史诗中塑造的女性形象具有共同的优秀品质：善良、智慧、勤劳，具有预言的能力。

埃文基史诗中人物的全名能够反映出人物的主要特征，女性形象也不例外，如"梳着九庹长的丝绸般辫子的美人索尔阔多尔！""长着发光头发的美女基拉吉"，从名字里就可以看出她们都有一头漂亮的头发，史诗中还有一些对女子外貌的描写，例如描写索尔阔多尔的外貌时，用铜的光芒形容她眼睛的明亮，用圆环形容她眼睛非常圆。

在故事的开端，巴扬老太太派自己女儿缅贡坎来送信，告诉中间世界的人们要防备下界魔鬼的阴险和狡猾。缅贡坎费了很大力气，以最快的速度来通知这个消息，正如史诗中所说：

　　开始刮起了风，
　　繁茂的树木吹倒了，
　　枯萎的树木打成了碎片（155—157行）

这些景物描写说明了她行走速度之快，心情之急切。在德沃尔钦找不到下界的入口时，是巴扬老人的女儿们变成三只飞鸟，飞到德沃尔钦的面前变成一粒锡，坠入奶白色的湖中，教会英雄进入下层世界的方法。

如果说勇士年轻时不服输，有傲气，那么埃文基的女人在这方面弥补了他们的不足。德沃尔钦和他的妹妹在得到消息将有危险发生时，德沃尔钦并不相信，反而觉得上界的姑娘藐视了他，此时英雄的妹妹索尔阔多尔劝解道：

> 怎么了，你为何如此生气？……
> 她来这里并不是为了
> 诽谤你的名誉，……
> 她领着我们埃文基的祖先
> 只是走向美好。（289—298 行）

索尔阔多尔明白上界巴扬老人的用意，告诉德沃尔钦要听从上界姑娘的劝告。在哥哥提出要去上界寻找三个化身为会飞的鸟的姑娘时，妹妹索尔阔多尔指点英雄德沃尔钦去上界娶回他命中注定的新娘，并告诉德沃尔钦，他的新娘是上界巴扬老人最小的女儿。

> 这些姑娘在那里，
> 在她们中间
> 有你命中注定的女人。
> ……
> 她的名字是
> 长着丝绸般秀发的美女基拉吉，
> 她是姐妹中最小的那个。（1201—1208 行）

可见，史诗《德沃尔钦》中女性形象集善良、美貌、勤劳和智慧于一身，都能给予英雄主人公以帮助，能够预知未来，具有埃文基女性所有的优秀品质。其中最突出的女性是德沃尔钦命中注定的妻子基拉吉，她是埃文基女萨满的原型。

（一）基拉吉——独特的女性形象

埃文基的婚姻都是氏族外婚制，也就是要从别的氏族或者是部落中迎娶女子到自己的部落中，史诗《德沃尔钦》便反映了这样的传统。上界是埃文基人向往的世界，主人公德沃尔钦去上界娶回了自己命中注定的妻子。基拉吉随同丈夫德沃尔钦历经艰险到达中间世界，并带给埃文基人很多财富、传统和习俗，是她给埃文基人带来了牛群、马群和鹿群；是她给埃文基人带来了各种衣服，让埃文基人不只穿兽皮，还能穿上其他织物做的衣服：

> 来到中间世界的姑娘
> 从自己真丝上衣的两个口袋里
> 掏出一块块毛皮
> 摞成三堆，
> 它们变成了三排驼载的袋子。
> 里面的东西和衣服
> 数也数不清。（2341—2347 行）

基拉吉告诉埃文基人生孩子时要有助产婆，帮助埃文基的女人顺利生产，让埃文基有好的传统，让老人帮助照看孩子：

> 他们那里出现了很多年老的接生婆，
> 出生了很多孩子，
> 鹿群、马群和牛群越来越多。（2937—2939 行）

基拉吉告诉人们，家里要有老人、年轻人和孩子，这才是幸福的家。史诗《德沃尔钦》中基拉吉身上集中了埃文基女人所有的优秀品质，所以埃文基才有了谚语"小伙子的一半命运，取决于姑娘"（2363—2364 行）。基拉吉用自己的勤劳、善良和博爱，给埃文基带来了无限的财富和福气，让埃文基人在中间大地上生育强壮的孩子，饲养成群的牛、马和鹿，住上四角、八角或者十六角的房子，过上富足又幸福的生活。

基拉吉是一个复杂多面的女性形象，她既是传统的劳动女性，她的勤劳让财富和畜群成倍增长，也是萨满智者，例如她带着上界的牛、马、鹿群来到中界大地时的祈祷。《德沃尔钦》中的祈祷词、仪式歌都是从基拉吉的口中说唱出来的，她给孩子起了响亮的名字，给埃文基人带来财富，给家庭带来富贵。如此等等信息不可辩驳地说明，史诗中的女性形象基拉吉体现了埃文基女性的伟大及其在埃文基生活中的独特、不可替代的作用。

(二) 史诗中的女萨满形象

瓦西列维奇认为，俄罗斯埃文基英雄故事具有十大特征，其中提到埃文基的英雄故事中没有萨满出现①。本书对此持保留意见。在埃文基的史诗中有很多祈祷词、咒语和仪式歌等，吟诵这些祈祷词、咒语和仪式歌的人就类似萨满，如史诗《德沃尔钦》《中间世界的勇士多尔甘敦》等。

埃文基的仪式和礼节产生在古老的时代——一个能分出男性和女性的胞族时代，女性在日常生活和宗教仪式中起着重要的作用。《德沃尔钦》中的英雄主人公德沃尔钦由中间大地所生，从头到脚衣饰华丽，无父无母，力大过人，畅行三界，是埃文基人的始祖；史诗中巴扬老太太、索尔阔多尔和基拉吉都具有预知未来的能力，她们都可以进行祈祷，是埃文基萨满的典型形象。史诗的开篇，巴扬老太太预知中界世界的德沃尔钦将遭受下界阿瓦希的侵袭而派人来告知消息；英雄娶妻主题中，索尔阔尔多预言了英雄德沃尔钦命中注定的妻子在上界，她是巴扬老人的小女儿，并支持哥哥前去寻找；英雄返乡主题中，在英雄带着妻子和牲畜走到上界和中界的边界往前无路可走的时候，基拉吉念出了

---

① Василевич Г. М. Исторический фольклор эвенков: сказания и предания. Ленинград: Изд. Наука, 1966. С. 14.

她的祈祷词和咒语：

>当我对枯死的树木
>念出咒语，
>从树根到树梢
>为它祝福，
>它就会慢慢变成一棵
>嫩绿的、刚刚发芽的落叶松。
>当我对活着的树木
>从树梢到树根念咒的时候，
>它就会立刻干枯。
>如果我对枯萎的草念咒，
>它就会复活并长出绿叶。
>如果我对茂盛的草念咒，
>它就会立刻枯萎。（2220—2230 行）

基拉吉不仅可以预言，她的咒语还可以让干枯的树复活，枯萎的草长出绿叶，回乡的队伍因此才能顺利到达中界的家中。由此可见，史诗中的这些女性可以预知未来，能够使氏族避免遭受灾难，为氏族解决困难，给埃文基人带来福音和财富。可以说，她们是神的形象，也是神与人进行交流的中介——萨满的形象。不言而喻，埃文基的史诗中已经有萨满神出现。

在瓦尔拉莫夫的《埃文基民间文学中的女讲唱者》[1] 这本书中，作者对史诗的讲唱者进行了统计，从统计数据可见，讲唱者中女性占大多数。尤其包含宗教仪式歌和具有唱词的史诗，讲唱者往往以女性为主。这与上面所述埃文基女性的地位和作用密切相关。

---

[1] Варламова Г. И. Женская исполнительская традиция эвенков. Новосибирск: Наука, 2008. С. 22–23.

四　动物形象

埃文基的史诗中除了鲜活的英雄形象、魔鬼形象和女性形象，还有动物形象。史诗中的动物主要以助手形象出现，史诗因此充满了神奇和魔幻的色彩，也更生动有趣。史诗中典型的动物形象有鹿的形象、马的形象和鸟的形象，其中鹿的形象中又可分为驯鹿的形象和驼鹿的形象，鸟的形象又可分为鹰的形象和鹤的形象。

（一）驯鹿的形象

驯鹿可以当作埃文基民族的象征，每当提到埃文基人就会想到使鹿的部落。驯鹿在史诗中是埃文基人的食物、坐骑和助手。埃文基人把生活中一切美好的事物都与驯鹿相对比。例如：《德沃尔钦》开篇描写三个世界时讲道：

据说很久很久以前出现了
三个世界，它们就像
一岁野生驯鹿灵敏的耳朵。（1—3 行）

为了说明三个世界刚刚出现时可爱小巧的样子，这几个诗行把三个世界比作一岁野生驯鹿灵敏的耳朵，可谓十分独特。当说到德沃尔钦敏捷、跑得快时，将他与鹿进行比较：他能追赶上奔跑的公驼鹿和野生驯鹿，并轻松地抓住它们，就像抓住蜘蛛和蚂蚁一般容易。驯鹿还是一种特别有傲骨的动物，因此可以用来比喻不容易被驯服的人，如《德沃尔钦》中，德沃尔钦面对上界送来的消息，不屑地反问道：

是谁的主意，
想要战胜我，

就像战胜桀骜不驯的鹿,
给我戴上编织的笼头
给我套上绣花的漂亮鞍子,
毫不费力地训练我?(262—267 行)

驯鹿作为一种家畜、食物,作为勇士的坐骑、助手构成了史诗中的驯鹿形象。从有埃文基人开始就有驯鹿这种家畜,对于埃文基人来说,最初的家畜就是鹿。史诗《德沃尔钦》中主人公德沃尔钦拥有很多鹿,他的大鹿和小鹿、雄鹿、阉割的鹿遍布河流、河谷和山坡。《德沃尔钦》中各个盛宴都是用各种鹿肉来宴请尊贵的客人,德沃尔钦庆祝自己成功回乡或者是自己孩子出生的宴请时,用的就是驯鹿,而且是阉割的鹿。无论是在史诗中,还是在现实生活中,鹿肉是用来祭祀和款待贵客的必备佳品。

史诗《德沃尔钦》中,英雄主人公的坐骑是"浅棕色的鹿,它出生时就带着银色的鞍子,它是上界为远征而准备的鹿"(389—392 行)。它可以腾云驾雾、可以与主人交流,对德沃尔钦说出征箴言:"不要成为下界怪物一样的人,不要忘记妹妹的嘱托,不要受伤,平安归来。"史诗中共有 38 行是鹿对主人公即将去下界战斗时的嘱托,主人公牢记这些话,顺利地救出妹妹。

上界的勇士博卡尔德骑着七彩的上界驯鹿,出生在松树林的上界勇士伊莱格林德,骑着野生秋天的驯鹿。可见,上界的勇士都是骑着七彩的驯鹿,都带有银色的鞍子。德沃尔钦虽然生活在中间世界,但是他骑乘的也是带有银色鞍子的驯鹿,这些坐骑也反映了鹿的主人的出身和地位。

总的来说,驯鹿是主人公出征的坐骑和助手,它在史诗中是美好的、受人欢迎的形象。

(二)鸟的形象

埃文基的史诗中除了鹿的形象,还有鸟的形象。在东部埃文基的世界里，特别关注鹰和鹤两种动物，无论遇到什么情况都不能打死它们，不能吃它们的肉。对待这些鸟的态度在英雄故事和萨满的行为中也有所体现。对东部埃文基人而言，鹰是萨满的主要助手。在祈祷台上经常放有木头做的鹰的模型；在萨满的衣服上挂着金属做的小巧的鹰模型或者鹰的爪子的模型。而鹤在瑟姆斯克区的埃文基人的神话里和东部埃文基人的英雄故事里经常出现，安加拉河流域的埃文基人的后裔认为鹤是萨满的助手。

史诗《德沃尔钦》中也出现了三头鹰的形象，这是下界魔鬼阿瓦希的助手形象，它的羽毛具有魔力，可以让主人公增长力量。

在44个桩子之上
铺着甲板，在它上面
坐着一只睡着了的三头鹰。（560—562行）

虽然鹰的形象在下界中出现，但是这个三头鹰的形象有些复杂，它并不让人厌恶，反而让人同情和敬佩。它没有对英雄主人公的行为构成威胁，反而给予了帮助：

既然你生来就力大无比，
请你拔掉我的绒毛和翎羽，
躺在它上面
三天三夜。
这之后你就能
行走上、中、下三界。（620—625行）

魔鬼的助手三头鹰敬佩英雄主人公，仇视下界魔鬼，这是三头鹰的复杂表现。同时这只鹰让人同情，它的形象也具有了悲剧色彩。

我是鸟—阿伊的氏族,
你是人—阿伊的氏族。
同下层世界的魔鬼
作战吧!(626—629 行)

很多年里
它们在这里折磨我,
迫使我在这个甲板上暗中防御
像你一样的勇士。(611—614 行)

鹰是被迫作为魔鬼的助手留在此处看守边界的,它也受到了魔鬼的折磨,希望用自己翎毛的魔力帮助英雄、惩治魔鬼。所以说,这只鹰的助手形象具有悲剧意义。

在史诗《德沃尔钦》中,主人公为了能够更快地赶路,有两次变成了鹰的形象。

从遥远的亲戚那里返回家的时候,
变成了身上带有花斑纹的苍鹰,
像是白色的头巾
在三个地方被系上了黑色的带子。(2670—2673 行)

鹰的形象在北方通古斯其他民族的史诗中也出现过。埃文基的亲属民族赫哲族"伊玛堪"中,鹰作为英雄的助手出现是非常典型的。赫哲族著名史诗《满都莫日根》中经常出现的阔力(鹰),是赫哲族对鹰的一种称谓。英雄的妹妹或妻子、对手的妹妹或者妻子都可以变成阔力,而且还可以参与勇士的战斗。在北方的鄂伦春族"摩苏昆"中也有鸟的形象——鹰,例如著名的史诗《英雄格帕欠》中,鹰作为妖怪蟒猊的助手叫作"得恩得义",则是一个令人痛恨的形象，它作为蟒猊的助手，经常出来为主人寻找食物，对象就是人和牲畜等弱小的动物，捉去给蟒猊吃。可见，鹰的形象在北方通古斯民族史诗中可以是魔鬼的助手，也可以是英雄的助手，因为鹰作为勇猛、智慧、凶狠的禽类，在北方民族中一直受到关注。

埃文基的史诗中英雄在游历时变成鸟的有：多龙塔亚、蒙贡多拉、胡尔科克乔娜等变成了鹤，索尔科克昌变成了白鹤，伊尔斯莫基、杰尔戈克乔纳、达姆那林基等变成了天鹅。埃文基人的风俗中禁止打死这些鸟，这说明在埃文基人早期生活历史阶段还存在鸟图腾崇拜意识。

在很多埃文基尼姆恩加堪的史诗中，姑娘变成飞鸟请求帮助，是迫使主人公出征的一个原因。《历史上的埃文基民间文学》[①] 中 2 号、6 号和 8 号故事都是化身为鸟的姑娘请求主人公出征，帮助她们摆脱不喜欢的求婚者。她们让英雄出征，并告知英雄一些事情。例如，在英雄故事《乌姆斯利孔》（Умусликон）中写道：

当他睡觉的时候，听到一个声音，这声音是求救的声音："勇士，快起来，救救我，在上界发生了很大的不幸，我来是为了寻求你的帮助，……你来还是不来，快点上路……"[②]

乌姆斯利孔原本不想施救，但是姑娘把他带到了自己生活的地方，他便参加了战斗，最终姑娘成了他的妻子。在埃文基的英雄故事中，姑娘化身为鸟寻求帮助，最后成为英雄的妻子这一母题，在史诗中衍化为姑娘是勇士的助手形象，最后成为英雄命中注定的妻子。

[①] Василевич Г. М. Исторический фольклор эвенков: сказания и предания. Ленирад: Изд. Наука, 1966. С. 27, С. 62, С. 82.

[②] Василевич Г. М. Исторический фольклор эвенков: сказания и предания. Ленирад: Изд. Наука, 1966. С. 242.

史诗《德沃尔钦》中几次出现鹤的形象，都是作为美好的事物出现，第一次是天上的姑娘变成了鹤，来帮助主人公到下界救妹妹，主人公也因此决定救完妹妹之后去上界寻找白鹤，这里有他命中注定的新娘。

  从上面飞下来三只白鹤（它们说）：
  "这是勇敢的德沃尔钦
  从中间世界来
  并要偷走我们的饰环。"（1152—1155 行）

文本中第二次出现鹤是在男女主人公结婚的时候，用鹤来比喻上界的年轻的姑娘和小伙子们，把小伙子比作长腿的鹤，把姑娘比作白鹤。这一比喻充分说明了埃文基人对鹤的喜爱和崇拜。如：

  小伙子们就像长腿的鹤，
  要来来回回地走，
  姑娘们就像白鹤，
  骄傲地仰着头跑来。（1883—1886 行）

鹤在埃文基的民间文学中受到宠爱，这与该民族的世界观有一定的关联。埃文基萨满前时代的民间文学中，只有女性才能变成候鸟的形象。在萨满时代后期，男性中的萨满才能变成鸟、大雁、鹤或者天鹅。在所有的远东区都有迎接和送别候鸟的仪式，甚至包括迎接渡鸦，迎接它们，向它们问候，很多迎接候鸟的仪式是从埃文基的女性口中记录来的。春天需要迎接，秋天需要送别。当候鸟秋天要飞走的时候，上了年纪的老太太们从家里出来，带着盐送它们离开时会说如下一些话：

来年初年到这里；
我们一起住在屋檐下，
好好地飞，再见；
春天的时候再回来。①

这是1984年瓦尔拉莫娃从阿穆尔州的埃文基人费多西亚·格拉西莫夫娜·巴雅尔科夫斯基那里记录的祈祷词。简短的话语包含了一些隐含的信息，表达了北方居民对鸟的祝愿和不舍，同时表现出对它们的期盼：没有你们，我们怎么能过完冬天呢？盼望着它们快点回来。

埃文基人认为，生命的开始与候鸟相关。第一批布谷鸟、野鸭、大雁、杜鹃以及第一声雷都证明新的一年已经开始。飞来又飞走的候鸟是生命轮回的见证，让人联想到生命和死亡，冬天伴随着生命的衰落，春天又有新的复活和繁荣。人类作为大自然的一部分服从于这种轮回，埃文基人用自己的方式来理解和描述生命的形成和发展。在履行迎接和欢送候鸟的职责时，女性的独特作用与永恒的生与死的轮回相联系，因为只有女性才能生育孩子，只有她们才能给予新生命开始，让年老的女人来做这种仪式更好，因为她们多次给予人新的生命，所以鸟的形象也多与女性的形象相联系。

五 "上、中、下"三界形象

埃文基史诗中的世界分为上、中、下三界：上界——乌古布哈（Угу Буга，埃文基语），中界——杜林布哈（Дулин буга，埃文基语），下界——亥尔古-布哈（Хэргу буга，埃文基语）。

---

① Варломова Г. И. Обряды и обрядовый фольклор эвенков. Наука, 2002. С. 131.

(一) 史诗中的上层世界

上界有三层，每一层都有自己的主人，上界的第一层里的大地离人类最近，这里的主人是两个天上的人物"艾妮尔"（Энир，埃文基语，下同）和"埃格代尔"（Эгдэр）。上界第二层的主人是"西古尔德"（Сигурдэн）夫妇俩和有声望的老人"戈旺"（Геван）。"西古尔德"这一独特的名字是由词"西贡"Сигун-（太阳）构成，在埃文基语里"西古恩"（Сигун）和"得兰查"（Дылача）两个词都表示"太阳"的意义。"西贡"是古通古斯语，在那乃人、索伦人、涅吉达尔人、奥罗奇人、乌德盖人、乌尔奇人、奥罗克人的语言中能找到这个词。[①] 上界第三层的主人是一位有声望的老人"得兰查恩戈古尔"（Дылачангкур），该词由"得兰查"（дылача，太阳）加上后缀"恩戈古尔"（нгкур）构成，在东部埃文基人的语言中，这个后缀表示男性，或者表示氏族组织中一群人。

在通古斯民族的英雄故事和史诗中，出现过上界中的两层，两个拟人化的太阳西贡尔德和得兰查恩戈古尔是这两层的主人。南通古斯人（那乃人、奥罗奇人、奥罗克人、乌尔奇人、乌德盖人）中流传着多个太阳的神话母题，在这些民族的神话中有一个共同的英雄"哈达乌"，或者称为"哈达伊""哈多""哈杜"，如那乃（赫哲）神话《三个太阳》中，哈多把大地从死亡当中拯救出来，用弓箭射掉了两个多余的太阳[②]，水里的潜水鸟从海底取出泥土创造出大地。

在史诗《德沃尔钦》中，上层世界是令人向往的世界，是太阳升起的地方，在那里有银色的器皿、七彩的驯鹿、永不枯萎的

---

① Цинцинус В. И. Сравнительный словарь тунгусо-маньчжурских языков. Т. 2. -Л.：Наука，1977. С. 78.
② 李颖：《赫哲那乃射日神话比较研究》，《内蒙古师范大学学报》（社会科学版）2017 年第 5 期。

青草和树木。

> 看不到边界——
> 这个地方，
> 是如此宽广的地方，
> 太阳的光线，
> 从来没有离开过这里，
> 他（德沃尔钦）到了一个漂亮的地方，
> 这里长着原封未动的树木和青草。（1299—1305 行）

上界是富有的，这里牛、马、鹿成群，如史诗中描写别甘达尔老人的家时，所用的诗句如下：

> 他梦见的一块块，
> 原来是牛群，
> 梦见的一垛垛干草，
> 原来是马群，
> 梦见的小白桦林，
> 原来是一群被阉割的白鹿，
> 梦见的河柳丛，
> 原来是灰色的鹿群。（1362—1369 行）

上界居民住的房子是四角的、八角的或者十六角的，每一面都会有光线照进来。

> 我们的主人公走进了院子，
> 走到十六角的
> 房子近前。（1373—1375 行）

银色是上界和中界的标志，上界的容器、床、动物的装饰都是银色的，代表着富足、高贵。如：

> 他们送给女儿
> 500 头上等的马匹，
> 它们出生时都带着银色的马鞍
> 和银色的笼头。（2046—2049 行）

上界给人的印象是美好的，那里从来没有离开过光线，上界的人骑着彩色的鹿，戴着发光的帽子，穿着发光的衣服，披着发光的皮袄。总之，一派五光十色的景象。

上界和中界的边界是山，是悬崖。《德沃尔钦》中也是这样说的：

> 古列—古列！
> 大山老奶奶，受人尊敬的祖母，
> 被叫作上界和中界的边界！（2183—2185 行）

（二）史诗中的中间世界

所有的埃文基史诗都在歌颂中间世界的繁荣景象，这里是埃文基人产生和居住的地方，这块神奇的土地上诞生出埃文基的勇士，他是埃文基人的祖先。大地的整体印象是富饶和美丽的。如在《德沃尔钦》中，多个诗行描写了中间世界：

> 中间世界的草从来不曾枯萎（12 行）……
> 这个迷人的中间世界，
> 如此舒适美好，
> 这里有许多野兽和牲畜。

在阳光照耀的山坡上
驼鹿不计其数。
在落叶松生长的地方
有无数的野生雄驯鹿。
在山峰上
野兔连蹦带跳地奔跑。
河流旁的云杉林里有许多松鼠——
这个地方是如此富饶。(12—39 行)

史诗《德沃尔钦》中大地的形象是美好、富饶和广阔的,孤独的勇士在富饶的大地上打猎、养驯鹿,过着幸福的生活。

史诗《索达尼》中,中间世界的形象描绘得更加美丽和富饶,如在史诗的启句中,用了大量的诗行,来描写中间的美好世界:

这时候的大地,
变得这样博大美丽:
可以清晰地看到
茂密的树林,
平坦的草地:
一条大河弯弯曲曲,
流入无边的大海
……
山脚下布满火烧地,
肥胖的黑熊在巡游。
向阳的山坡上,
多叉犄角的公驼鹿在闲步。
落叶松树林里,
野生驯鹿数不胜数。

……
更远的地方，
还有北极狐在游荡。
有这么美好的景致，
还想看什么呢！①

中间世界与下界的边界是水，史诗《德沃尔钦》叙述德沃尔钦在去下界救妹妹的时候，转三圈变成铁锤进入奶白色的湖中，这样就到达了下界。

在奶白色的湖里落入，
三次转身，成为一滴锡
伴随着叮当声侵入了湖底。
看到这一切，我们的人，
那个在鹰的羽毛上睡过之后的人，
学会了各种狡猾的事，
也转三圈，
变成了三角铁，
也带着叮当声下去了。（710—719 行）

在史诗《索达尼》中，伊尔基尼钦勇士为救自己被魔鬼抓走的妹妹而去下界，同样要向西出发到达下界时，也要就地打三个滚儿才能进入下界：

我们的勇士伊尔基尼钦，
试图钻进小洞继续下行。

---

① 乌热尔图主编，纳·布拉托娃副主编：《西伯利亚鄂温克民间故事和史诗》，白杉译，内蒙古文化出版社 2009 年版，第 131 页。

但是没能成功。
于是，
他就地打了三个滚儿，
变成圆滚滚的、看不见手和脚的
布尔特勒莫·布尔特里肯（圆球）。
这个布尔特里肯，往下滚了又滚，
滚了多久，或者滚了不久，
自己完全不知道。
最后滚进一个有四个角落的
仓房一样的小铁屋。①

史诗《德沃尔钦》描写到，英雄模仿变成鸟的姑娘的方式，也转三圈，变成金属的模样进入了下界。这被称为一种仪式，或者是成为进入下界的手段。德沃尔钦和索达尼都是用这种方法，也顺利地到达了下界。这样，我们的勇士拥有了能够畅行三界所特有的技能，而中间世界大地与下界之间的交界，通过特定的方式，将中间世界与下界相连。

（三）史诗中的下层世界

下层世界的形象是阴暗、潮湿、阴险和凶恶的代表。如史诗《德沃尔钦》中描写下界的环境时写道：

他在这里看见了
树木和青草好像被火烧成了灰，
太阳像月亮一样发着光——
这里原来是这样一个地方。
他到达的是一个非常阴暗的地方，

---

① 乌热尔图主编，纳·布拉托娃副主编：《西伯利亚鄂温克民间故事和史诗》，白杉译，内蒙古文化出版社 2009 年版，第 149 页。

无论走到哪里,
都没有一块干燥的地方,
原来这里到处都是沼泽。(504—511 行)

可以看出下界阴暗和潮湿,太阳如同月亮般幽暗,这里的环境是恐怖的,让人感觉极其不舒服,在这样的环境下生活的居民是一些异于常人的怪物和魔鬼。去往下界的路是向西延伸的,在下界"小路从各个方向交织汇合在一起。然后依旧继续通往太阳落山的方向"(512—515 行)。

下界是铁器部落的典型代表,所有的工具,包括帐篷,都是生铁制造的。下界魔鬼阿瓦希的形象也与铁器有关,俄罗斯的埃文基学者瓦尔拉莫娃在研究魔鬼形象时,用英雄故事中的一个典型示例,说明了下界魔鬼一族与使用铁器的部落密切相关,对此上文已经有所分析。相对而言,使用铁器可以说明下层世界落后、原始和野蛮。例如在史诗《索达尼》中,英雄伊尔基尼钦勇士沿着狭窄的铸铁小路走向下层世界的大门:

这以后,我们的人,
著名的伊尔基尼钦勇士,
沿着狭窄的铸铁小路走向下层世界的大门。
那大门在太阳运行方向对面,
左上角有沉重的大铁环。
我们的人费一番气力,轰隆隆把它拽断:
大门丁零当啷响着,缓缓倒到一边!
原来那大门有八个挂钩,铁门闩横在中间![1]

---

[1] 乌热尔图主编,纳·布拉托娃副主编:《西伯利亚鄂温克民间故事和史诗》,白杉译,内蒙古文化出版社 2009 年版,第 148 页。

下界的小铁屋、大铁屋、铁桌子等，都是下界的典型代表。无论是萨满前时代，还是萨满时代，（埃文基人的世界观可以分成萨满前时期和萨满时期两个部分，此观点在本书第四章中有详细论述）下界都是人类不喜欢的地方，都是阴森可怕的地方。上界在萨满前时代是勇士可以畅行的地方，这里使用银质器皿，比中间世界更加美好，因而令中间世界的人们向往，萨满时代就成了只有萨满或者萨满的灵魂能够到达的地方。上、中、下三界的交界地带都是不容易通行的，在埃文基人的世界观中，需要有特殊的、超于常人能力的人或者真正的勇士和萨满才能通过这些界限，到达另外的世界。

本章主要以埃文基史诗《衣饰华丽力大无比的勇士德沃尔钦》为例，对埃文基史诗的母题和形象进行研究。首先对史诗《衣饰华丽力大无比的勇士德沃尔钦》的内容及文本形成过程进行简要介绍；其次运用母题学的研究方法，将史诗《德沃尔钦》分成若干母题，并对其中重点母题进行详细阐释：孤独主人公母题、出征母题、对决母题、英雄娶亲母题、英雄命名母题是该部史诗具有典型意义的代表；最后对史诗中出现的英雄、魔鬼、女性、动物及三界的形象进行深入细致的研究。

第三章 史诗《德沃尔钦》的艺术特色

埃文基的史诗是古老、独特和别具一格的,它的独特性也体现在史诗的艺术特色方面。本章从史诗《德沃尔钦》的语言艺术的角度,研究埃文基史诗中的谚语、俗语和箴言,以及具有民族文化特色的数词和度量词句,同时研究具有满—通古斯民族共性特征的词尾"阿伊"(aй);并从修辞的角度研究埃文基的史诗中运用的独特比喻、奇异夸张等修辞手法。就史诗的音乐性而言,本章对史诗中独特的韵律、韵脚、跨行接句等音律特征进行研究和分析,阐释史诗的音乐性;就史诗的结构特征来说,本章拟分析史诗启句和程式的特征。

第一节 史诗《德沃尔钦》的语言艺术特点

埃文基史诗的语言无疑是独具特色的,《德沃尔钦》是其中非常有代表性的作品,它在语言文化和修辞特征中体现了完美与独特的诗学艺术特征,表现埃文基人与自然相结合的天人合一观念,用埃文基人日常生活中经常出现的事物和现象来说明和比喻史诗中出现的场景,将史诗的画面鲜活地展现在世人面前。

一　史诗《德沃尔钦》的语词用法

这部史诗运用大量的箴言和俗语以及带有地区文化特色的数词和度量词语。这些词语的运用，不仅准确地塑造了主人公的形象，酣畅淋漓地讲述了精彩的故事，而且增加了史诗的生活气息，丰富了史诗的文化内涵，反映了俄罗斯埃文基人的民族文化和民族性格。

（一）史诗中的箴言和俗语

箴言是规谏劝诫之言。《书·盘庚上》中说："相时憸民，犹胥顾于箴言。"曾运乾正读："箴言，箴谏之言也。"箴言有规劝、告诫之意。俗语为群众所创造，并在口语中使用，具有口语性和通俗性，这种语言单位是通俗并广为流行的定型的语句，简练而形象化。俗语反映人民生活经验和愿望，包含俚语、谚语及口头常用的成语。史诗是埃文基口头文学的顶峰之作，运用大量的箴言和俗语，表现了极强的生活气息。

1. 史诗中的箴言

史诗中的箴言，主要是英雄出征时的箴言，说出箴言的可以是人或者动物，箴言包括遗言。出征箴言分为送行人的箴言、出征人的回复和遗言，在《德沃尔钦》中，主人公的每一次出发都有出发箴言，例如：

第一次：主人公出发去救妹妹时，出征箴言是由主人公的坐骑驯鹿说出的；

第二次：主人公救出妹妹之后，欲去上界迎娶新娘，而他的妹妹要返回中间世界，两个人同时出发并相互说出箴言；

第三次：主人公迎娶新娘要返回自己的故乡时，出发箴言是新娘的母亲巴扬老太太对新人的嘱托；

第四次：主人公第一个儿子出生后，德沃尔钦按照妻子的意愿，欲将新生儿送给上界岳父母抚养时，出发箴言是由基拉吉说出的。

德沃尔钦欲去上界娶亲，而妹妹回乡时，兄妹互赠的箴言如下：

  代格里－代格里，代格里莫伊！（引子歌）
  衣饰华丽力大无比的
  勇士德沃尔钦，
  哥哥，我的亲哥哥！
  我说的话，
  你要听进耳朵，
  放入大脑，
  牢记于心！
  ……
  这些姑娘在那里，
  在她们中间
  有你命中注定的女人。
  ……
  她的名字是
  长着丝绸般秀发的美女基拉吉，
  她是姐妹中最小的那个。
  ……
  但是她的兄弟们
  从来不会轻易地
  把自己的妹妹嫁给你。
  ……
  犀利的语言不能驳倒你，
  悦耳的诅咒不能战胜你！
  不要在胸膛宽阔的人面前屈服，

不要输给两条腿的人！（1183—1225 行）

从上面的例子可以看出，箴言以引子歌"代格里－代格里，代格里莫伊！"开始，然后报出箴言的对象，接着是规谏劝诫的语句："在她们中间，有你命中注定的女人。"出发的目的不同，预言的内容也不一样；

接下来是嘱托：

但是她的兄弟们
从来不会轻易地
把自己的妹妹嫁给你。
如果你希望说服他们，
就到他们那里去。（1213—1217 行）

最后是祝愿：

犀利的语言不能驳倒你，
悦耳的诅咒不能战胜你！
不要在胸膛宽阔的人面前屈服，
不要输给两条腿的人！（1222—1225 行）

这些嘱托和祝愿是为了让出发的人顺利回来，具有祈祷的性质。有时也叮嘱家里的事情如何料理，叮嘱如果回不来该做什么安排，等等。

我说的话，
你要听进耳朵，
放入大脑，

第三章 史诗《德沃尔钦》的艺术特色

> 牢记于心!
> 你要顺利地回到自己的家乡,
> 不要遇到阴险之徒!
> 回到自己的故乡,
> 支起住所——丘姆,
> 布置好灶火神。(1241—1249 行)

在埃文基人的观念里:炉灶是母亲,住所是父亲,出发时要与他们告别,到家时也要先安置帐篷(住所)和灶火。这关系到基本的生存需要——住和食,所以非常重要,回家时要将炉灶和住所安置好,所以要叮咛和嘱咐。

如果出发的时间很久并且很危险,这时箴言就带有遗言的性质。遗言可以是叮嘱后人完成自己未完成的心愿,可以是为后人祈福,也可以是对后人和心中敬仰的人表达祝愿。如《德沃尔钦》中,下界的三头鹰在临死之际对德沃尔钦说:

> 不要向两条腿的人屈服,
> 不要让胸膛宽阔的人打倒!
> 我要永远告别这个世界了。(630—633 行)

该遗言性的箴言表达了三头鹰对德沃尔钦的祝愿,虽然是英雄射死了它,但是它没有怀恨在心,而是把自己的羽毛献给德沃尔钦,让他获得非凡的能力,三界畅通无阻。三头鹰在临别之时,祝愿德沃尔钦不要受伤,快些去惩罚恶人,救出亲人。如此种种说明三头鹰是鸟类中的英雄,它宽宏大量、心胸开阔。

史诗中的遗言性箴言共有三处,除了三头鹰的临死遗言,还有下界阿瓦希的遗言和上界勇士在决斗中牺牲时的遗言。阿瓦希的遗言如下:

他打死了我，逼迫我

告别可爱的故乡，

告别自己的亲人，

死去。

原来令人如此难过

……

现在我要告别

亲爱的母亲和父亲，

我要永远告别

故乡的土地！（1083—1094 行）。

阿瓦希在遗言中只表达了深深的遗憾、不舍，没有嘱托。上界基拉吉的一个哥哥在决斗中牺牲，他的遗言：

我的死期到来，

谁能来救我？

可能是我的弟弟，

我亲爱的弟弟？（1607—1609 行）

在这段遗言中，哥哥表达了自己未完成的心愿，并嘱托弟弟来帮忙，与德沃尔钦继续战斗。

2. 史诗中的俗语

埃文基的史诗中含有大量的警句、格言、谚语等俗语，这些语句是民族的特色、群体的智慧，能充分体现出埃文基语言的丰富与独特，也能体现出民族思维的方式。

（1）"我说的话，你要听进耳朵，放入大脑，牢记于心！"（埃文基语表述：сёндуви силдыкал，иргилэви иктэвкэл，долави долдыкал）这句俗语在《德沃尔钦》中共出现了 9 次，表示说话者经过认真思考后才表达自己的想法,希望听者能够以认真的态度对待。如德沃尔钦的鹿在主人出征时对主人说的箴言中就出现过,其他几处出征箴言也都用了这句俗语,强调说话者嘱托的重要性和严肃性。

在史诗《索达尼》中,伊尔基尼钦从下界阿瓦希那里救出自己的亲妹妹,带着妹妹骑上自己的上界驯鹿回往中间世界大地,此时伊尔基尼钦对驯鹿也说了这句话:

> 我所说的话你要注意听取——
> 要钉进头脑里!
> 要记在心里!
> 要捻进耳朵里!
> 这是我——你的主人
> 著名的鄂温克猎手
> 伊尔基尼钦勇士的亲妹妹,
> 可爱的姑娘
> 阿亚克昌·伊韦克昌!①

埃文基人经常用这句话来强调自己说的话的重要性,提醒对方认真听,《索达尼》中,哥哥伊尔基尼钦费尽了艰辛,终于从下界魔鬼的手中救出了妹妹阿亚克昌·伊韦克昌,于是带着她返回家乡,此刻伊尔基尼钦心情愉悦,他郑重地告诉自己的驯鹿,任务已经结束,救出了心爱的妹妹,要带着她一起回家。

在汉语中经常会强调结果,让听话者"牢记在心",而并不会描写出如此详细的过程,要听进耳朵,放入大脑,最后牢记在心。当然,这里因不同译者翻译的习惯,会有不同的译法,但其

---

① 乌热尔图主编,纳·布拉托娃副主编:《西伯利亚鄂温克民间故事和史诗》,白杉译,内蒙古文化出版社2009年版,第166页。

中心不变。语言是思维的外在反映,整体而言,埃文基人的思维方式从语言上看很有逻辑性,也比较细致。

(2)俗语"我的命运掌握在我的手里,你的命运掌握在你的手里"(埃文基语表述:Би айв минду бигин, си айс синду бигин)在史诗中也出现多次。当主人公德沃尔钦告别自己的驯鹿去下界出征时,他的坐骑驯鹿说了这句话;妹妹被救出后,告别哥哥回乡时,用了这句俗语;当基拉吉随同丈夫回乡与其父母告别时,也用了这样的话。也就是说,该俗语多出现在亲近关系中(鹿与主人的关系、妹妹与哥哥、女儿与父母),在亲人即将离去,分别之时经常使用它。

(3)"从三岁起我就是你命中注定的新娘,从两岁起我就是你帐篷的女主人,从一岁起我就是你的女裁缝!"(埃文基语表述:Илачидукки аналлакив, Дючидукки дювчанув, умучидукки улдымнув!)这句俗语已经成为史诗的一种程式,在每一次的求婚对话中都会使用,《德沃尔钦》中多次出现。下界的阿瓦希对索尔阔多尔的求婚、德沃尔钦对基拉吉的求婚等都多次用到这种类型的话语,男女双方都有类似的表达,只是人称有所变化。

在史诗《索达尼》中,描写魔鬼阿瓦希向阿亚克昌·伊韦克昌求婚时也用了类似程式的诗行:"第一年,她离开氏族成为新娘,第二年,成为我乌特恩的女主人,第三年,成为我的妻子!"[①]

在史诗《中间世界的多尔干敦》中,多尔干敦的孙子伊尔基斯莫得勇士向自己命中注定妻子的祖母诉说自己想要迎娶他的新娘门古克昌·谢卡尔金时也用了这样的俗语。

  有人对我说,您的最小的女儿
  门古克昌·谢卡尔金美人,

---

① 乌热尔图主编,纳·布拉托娃副主编:《西伯利亚鄂温克民间故事和史诗》,白杉译,内蒙古文化出版社2009年版,第117页。

第三章 史诗《德沃尔钦》的艺术特色

> 在银色摇篮里长大的姑娘,
> 命运以最高统治者的身份预先告诉我,
> 从三岁起就是我命中注定的未婚妻,
> 从两岁起就是我家的女主人,
> 从一岁起就是我的裁缝……①

埃文基人有着严格的族外婚制度,经常与邻近的民族通婚,也有抢婚的习俗,因为他们相信命运的安排,相信妻子是自己命中注定的那个人,为了这份命中注定,勇士们义无反顾、奋不顾身地去拯救妻子,或者是冒着生命危险去掠夺妻子。

(4)"不知道走了多久,也不知道停了多久"(埃文基语表述:Горово—кот сурунуви эчэ сара,дагава-кат сурунви эчэ сара)。《德沃尔钦》中多次出现表示时间意义的诗行如:"下雨时知道是夏天,下雹子时知道是秋天,下雪知道是冬天,雪一样的毛茸茸的柳絮漫天飞舞时知道是春天。"(埃文基语表述:Дюгарван бими тыгдадин салдан,болорвон бими бокталдин салдан,тугэрвэн бими иманадин солдан,нэлкирвэн бими лэптэркэндин салдан.)这两句话是埃文基的谚语,经常出现在同一个语境下,表达时空意义,既可以是经历的时间久,同时表达经过的路程长,时间和距离都长得无法计算。

有时,埃文基人还用表示相对意义的句子来表达时间长短,如在史诗《索达尼》中,伊尔基尼钦勇士在进入下界时变成了一个圆球,叫作"布尔特勒莫·布尔特里肯","这个布尔特里肯往下滚了又滚,滚了多久,或者滚了不久,自己完全不知道"②。这

---

① Мыререва А. Н. Эвенки Дулин Буга Торгандунин. Новосибирск:Наука,2013. С. 195.

② 乌热尔图主编,纳·布拉托娃副主编:《西伯利亚鄂温克民间故事和史诗》,白杉译,内蒙古文化出版社 2009 年版,第 149 页。

说明勇士进入下界时丧失了自己的意识，滚的时间很久了，到了无法获知真正的时间长度。

（5）"即使鸡蛋打破了，应该还在那个地方，是不会失踪的。"（埃文基语表述：Умун умукта иду эчэн, гучэргэксэ, буде.）这是埃文基谚语，其含义为：人不可能死两次，但是死一次是避免不了的。该谚语出现在索尔阔多尔被下界魔鬼阿瓦希掳走的情节中，索尔阔多尔失踪了，但是不可能一点痕迹也没有，一定可以找到一些蛛丝马迹，根据这些痕迹判定失踪的原因和方向。

埃文基人对鸡蛋的认识是独特的，关于鸡蛋的俗语和谚语在埃文基语言中有很多，如：鸡蛋就是生命（埃文基语表述：Умун умунтка-умун-ин）；鸡蛋是死亡（埃文基语表述：умун умутка умун буни）。埃文基人将鸡蛋与灵魂和生命联系在一起，这样的观点不仅在埃文基的语言上有体现，也反映在文学作品中。在埃文基的史诗里，"鸡蛋"与"灵魂"经常联系在一起。如前所述，在英雄故事《孤独成长的勇士乌木斯利》中，乌姆斯利的灵魂就与候鸟的蛋联系在了一起[1]。在另一个关于乌木斯利的故事中，乌木斯利的妻子的灵魂也在鸡蛋里，而她的躯体却从那里离开，变成了一只野鸭。[2] 可见"蛋"在埃文基民族中的意义非同一般，所以在《德沃尔钦》中，"即使鸡蛋打破了，应该还在那个地方，是不会失踪的"。谚语中的"鸡蛋"表达生命的意思，鸡蛋碎了，意味着人可能就死了，但是不能就没有踪影。

（6）谚语"小伙子的一半命运取决于姑娘。"（埃文基语表述：Тарит биһэмдэ һуркэн- ку н ӯкӯн айлган Аһаткӯнди калтакачи овча Гуннэтын инэнитыкин Ичэвнэ балдыдярдага.）出现在史诗《德沃尔钦》的2628—2630行。类似意义的谚语在很多民族中都有，例如，希伯来谚语：妻子是丈夫的防护墙；英语谚语：与恶龙同住胜过

---

[1] Архив ЯНЦ СО РАН, фонозапись, ф. 5, оп. 14, ед. хр. 179.
[2] Архив ЯНЦ СО РАН, фонозапись, ф. 5, оп. 14, ед. хр. 179.

与坏女同住；汉语谚语：家贫思良妻、国乱思良将、妻贤夫病少、好妻胜良药、秧好一半谷、妻好一半福、娶贤妻衣领变白、娶恶妻胡子变白；等等。这类谚语说明，女性在家庭中的重要作用，妻子对丈夫、对这个家庭的影响。所以，女性不仅在埃文基人生活中，甚至在整个人类的社会生活中起着重要的作用。家里有了女性是一个新家庭成立的标志，代表着一个人从独自生活过渡到与家庭成员共同生活。

当然，史诗《德沃尔钦》中还有很多其他的谚语、俗语、成语等没有被列举出来。这些俗语不仅出现在特列菲莫夫讲述的史诗中，也出现在很多其他讲唱者的史诗中。这些语句的运用，首先体现了讲唱者的语言技能，同一个讲唱者喜欢用的语言会出现在他讲唱的多个相似母题的史诗和英雄故事中。同时，这些谚语、俗语更是埃文基人民日常生活经验中总结出来的，体现了民族的智慧，是民族的财富，是埃文基民族共同体的标识性体现。

（二）史诗中的数词和度量词

埃文基的史诗除了使用大量的警句、格言和俗语，也经常使用数词和度量词或者表达度量意义的词句。数词和度量词也是民族思维和民族意识的重要标识。埃文基民族是跨境民族，受到以中国为代表的东方文化、以俄罗斯为代表的欧洲文化和以蒙古为代表的中亚文化的影响，不同的文化交会融合，这种文化融合的痕迹也体现在该民族经常使用的数词和表达度量意义的词句上。

1. 史诗中使用的数词

埃文基史诗在描述事件或事物的具体数量时经常使用数词，史诗中经常出现的数字有 3、4、44、9、99，这些数字带有不同的文化意义。

（1）埃文基人对数字 4 和 44 的使用

不同民族对数字"4"的认识有很大差别。我国汉民族对数字"4"持两种态度，一方面认为数字"4"是方位的概念，东西南北四个方位代表着四平八稳、四四方方，有平稳、规整的寓意；另一方面则忌讳使用数字"4"，因为"4"与"死"谐音。然而，埃文基人却喜欢使用数字"4"和"44"，如史诗《德沃尔钦》中，德沃尔钦来到下界，看到下层世界的景象：

他继续向前，
不能耽搁，
下到了一处宽阔的林中空地，
就像44个红方块组成的！（726—729行）

数字"44"在埃文基人的观念里与数字"99"的意义差不多，都表示数量多的意义。此处用数字"44"说明魔鬼阿瓦希在下界居住的地域广阔。在描述被阿瓦希禁锢起来的三头鹰时，也用了数字"44"：

下界的阿瓦希，
早就布置好了警卫：
在两个凸峰之间，
在44个桩子之上，
铺着甲板，
在它上面坐着一只睡着了的三头鹰。（557—562行）

在描述中间世界土地广阔的时候，也用到了数字"44"，如：

此时，美女索尔阔多尔
正在训练鹿、马和牛在一起和平共处。
有时把它们赶到自己的圈里，
圈像44个游牧区那么大，

有4个木桩那么高,

有时也把它们赶出去。(2320—2325行)

史诗《索达尼》中,伊尔基尼钦欲前往下界救自己的妹妹时,他的妻子索罗昆多尔美人送别丈夫时说的箴言有:

你在路途中,

会遇到各种奇怪的云,

有的狡猾地匆匆离去,

有的诡秘地消失,

有四十四个灾难,

暗中窥视着你。①

由此可见,数字"44"不是确切的具体数量,而是表示数量极多的概数。埃文基人还喜欢使用数字"4"和"4"的倍数,如史诗中还出现四角的房子、八角的房子以及十六角的房子等。

埃文基人喜欢使用数字"4"和它的倍数,尤其是数字"44",这与柯尔克孜族、哈萨克族、维吾尔族等中亚地区游牧民族,以及欧洲的俄罗斯人的思维习惯有相似之处。柯尔克孜族史诗《玛纳斯》中,玛纳斯由40个勇士辅佐,柯尔克孜族民间传说中的40座山就是这些勇士化成的。中亚地区的史诗《乌古斯传》中7次出现了数字"40",例如"四十天后他长大了","乌古斯让人打制了四十张桌子和四十条凳子","四十天之后,来到了穆斯塔格山下",等等。

上述的中亚民族、埃文基民族喜欢数字"40""44",这应该都来源于与数字"4"的互渗。"4"是中亚地区民族的一个神秘

---

① 乌热尔图主编,纳·布拉托娃副主编:《西伯利亚鄂温克民间故事和史诗》,白杉译,内蒙古文化出版社2009年版,第144页。

数字，因为它是从四维空间观念里抽象出来的宇宙数。哈萨克的古老神话中说："大地初始，摇撼晃动，以至洪水满溢，是创世主用山河巨石压住大地四极（四角），大地不再晃动，人类才有了安定的生活空间。"① 埃文基民族也有类似的神话，他们认为大地就像是四个面的物体，被四个柱子支撑，而柱子类似于青蛙或者乌龟的四肢。②

"4"被很多民族的先民用于统合宇宙万物，是观念范畴稳定的结构数，由此成为神秘数字，影响着很多民族的后裔。俄罗斯人也喜欢用数字"4"，在俄罗斯人的观念中，一年中有四季（春、夏、秋、冬），一天中有四个时间段（早、中、晚、夜），空间上有四个方向（东、南、西、北），宇宙构成有四基本元素（火、空气、水、土），自然界的天气现象有四种（风、雨、雷、电），等等，他们因此认为数字"4"是自然和宇宙空间的本色，也因此喜欢使用数字"4"。

埃文基人作为一个跨境民族，具有多元文化交融的特征。喜欢使用数字"4"，说明埃文基人的生活习惯受到俄罗斯和中亚等多民族的影响，这在民族观念和思维方式当中表现出来。

（2）史诗中数字 3、9 的使用

数字 3、9 是很多民族都喜欢使用的数字，汉族表达概数意义时多用 3 和 9。这几个数字在埃文基史诗中经常出现，史诗中大量使用这几个数字。在描述时间方面，史诗《德沃尔钦》中经常用"9 天 9 夜"，如："为庆祝孩子的出生，盛宴进行了 9 天 9 夜"（2519 行）、"这之后是不是超过两个 9 天 9 夜了？"（2661 行）。在描写主人公德沃尔钦的妹妹索尔阔多尔发辫长度的时候，

---

① 毕桪：《〈乌古斯传〉的叙事母题》，《伊犁师范学院学报》（社会科学版）2007 年第 4 期。

② Васильевич Г. М. Эвенки. Историко-этнографические очерки（XVIII-началоXXв.），Л.：Наука，1969. С. 222.

第三章 史诗《德沃尔钦》的艺术特色

也使用了数字9：

> 我们的主人公的妹妹
> 名叫索尔阔多尔
> 她梳着九庹长丝绸般的辫子（278—280行）

此处用"九庹长"形容妹妹发辫之长。在描写中间世界图景的时候，也多次使用了数字9：

> 中间世界
> 像毛绒毯子似的铺展开来，
> 上面有99个地方
> 流淌着小溪，
> 上面的山峰
> 就像分成9条的黑色狐狸毛皮上的
> 那些浓密毛针。（3—10行）

在史诗《索达尼》[①] 中描写中间世界的大地时用了数字8和9，如：

> 这时候的中间世界母亲，
> 大地变得那么广阔
> 8只白鹤
> 向八方飞了8年，
> 没飞到她的边缘；
> 9只灰鹤

[①] 乌热尔图主编，纳·布拉托娃副主编：《西伯利亚鄂温克民间故事和史诗》，白杉译，内蒙古文化出版社2009年版，第99页。

连续飞了9年，
没看到她的极限。

除了数字"9"，埃文基史诗也非常喜欢用数字"3"。需要指出的是，史诗中不仅多次使用数字"3"，并且"3"还是史诗中一再出现的基本叙事模式数。埃文基的世界分为上、中、下三界，勇士德沃尔钦睡在三头鹰的毛上"三天三夜"（624、638行），"天边飞来了三只白鹤，在他头上盘旋了三次"（688—689行），"三次转身"（711行），"也转了三圈，变成了三角铁"（717—718行），"三岁起就是你命中注定的新娘"，主人公的妻子基拉吉在三个姑娘中排行的老三，等等。喜欢用数字"3"，这与埃文基人的宇宙观念相关，埃文基人的世界观将世界分为上、中、下三界，埃文基人在敬神时要点酒三下，意味着敬畏上、中、下三界的神灵，保护埃文基人平平安安地生活。所以，数字"3"也成为该民族的象征数字。

史诗《德沃尔钦》中在举办盛宴时用3、8、9几个叠加的数字一同来表达场面的盛大、食物的丰盛：

他们宰杀并熬炖了
330只阉割的鹿之中
最大的那只，
990只养肥的公牛之中，
最肥的那只，
880头不产崽的母马之中
最好的那只。（2914—2920行）

以上几个例子说明，埃文基作为一个地跨中、蒙、俄三个国家的跨境民族，因其独特的历史和地域特征产生了多元的民族文化，形成了对数字的独特认识，这种认识深植于埃文基人的集体无意识，在埃文基的史诗中鲜明地体现出来。

2. 史诗中使用的度量词句

埃文基人生活在远东和西伯利亚的冻土带，居住在遥远的泰加林里，他们的时间、空间范畴等概念也多来源于自然，来源于他们的生活，来源于与埃文基人的生产生活方式密切相关的事物。例如，埃文基人喜欢用人的身体部位来测量物体的长度，喜欢用动物行走或者飞行的速度和时间以及动物生命的轮回来表达遥远的距离，喜欢用煮若干锅冻肉的时间来测量事件持续时间的长短，等等。只有在了解埃文基人生活的基础上，才能理解这种表达度量意义的方式。

（1）表达时空意义的词句

埃文基史诗中，时间以人类的出现为起点，空间以三个世界的出现为起点。三个世界中，大地最初像一小块毛皮毯子，而天空像倒扣的桦树筐那么大，接着慢慢地成长，渐渐地出现了山峰、河流，世界变得越来越宽广，出现了第一个埃文基人。

史诗《德沃尔钦》中，表达时间意义时多次使用语句"时间不知是很久，还是不久"（埃文基语表达：Горово-до Бинэвэн, дагава-да бинэвэн//Би эчэв capa）。这一语句表示时间长，长到了无法计算的程度。描写主人很久以来一直生活在中间世界的大地上时使用了这个语句：

生活了很久还是不久，
他们这些人不知道，
就只管这样生活着，
以中间世界的野兽为食。（86—89 行）

表示主人公去下层世界寻找自己的妹妹时走了很长时间：

不知道是走了很久，

不知道是走了不久。（405—406行）

在史诗的后半部分和史诗的末尾处，表述埃文基人幸福地生活了很长时间时，用到这个方式：

一年又一年如同翻越山岭般来而又去，

这些人不知道

他们生活的时间是很久还是不久。（2930—2932行）

在史诗《索达尼》①中也有这样的表达方式，如：

这样过了很久，

也许没多久——

我们不知道。（10—12行）

还有一种表达时间长的语句："下雨时知道是夏天，下雹子时知道是秋天，下雪知道是冬天，雪一样的毛茸茸的柳絮漫天飞舞时知道是春天。"上文在论述埃文基谚语、俗语时已经提及这个语句，表面上看，这是描写春、夏、秋、冬四季的句子，实际上表达时间长或距离长的意义。史诗《索达尼》中多次用到该语句，如在描述两位勇士打斗的时间很长时写道：

两个勇士，

不知打斗了多久，

冬天发觉有雪，

---

① 乌热尔图主编，纳·布拉托娃副主编：《西伯利亚鄂温克民间故事和史诗》，白杉译，内蒙古文化出版社2009年版，第99页。

第三章 史诗《德沃尔钦》的艺术特色

> 春天分不清霜还是雾，
> 夏天认不出雨，
> 秋天认不出冰雹。①

这种表达不仅说明打斗的时间长，还能说明战斗很激烈。史诗《德沃尔钦》中两次使用了这样的语句，都与上面的"不知道是很久，还是不久"一同出现，第一次出现在413—417行，描写主人公为了救妹妹远赴下层世界，走了很久，付出很多辛苦，不知道过了多少个春夏秋冬才到达下界；第二次出现在2159—2163行中，描写主人公带着自己的妻子和畜群从上界返回中界家乡，说明回乡的路途遥远，用了很长的时间，历尽千辛万苦。由此可见，这个语句不仅可以表达时间意义，也表达空间概念，表示时间漫长、路程遥远。

埃文基人生活在远东和西伯利亚一带的高寒地区，受地理位置影响，其生产方式以狩猎为主，以野兽的肉为食。因此出现了"煮一锅冻肉"的时间概念，用以表示相对短暂的时间，就像汉族人民习惯用"半炷香的时间"或者"一盏茶的时间"一样。埃文基人煮肉的时间不长，煮一锅冻肉的时间往往不超过半个小时。在描写勇士对决的时候，经常用到这样的时间表达方法，如：

> 还没到两锅冻肉
> 煮好的时间——
> 这些矛就变弯了，
> 好像没有炼好的铁渣……（1029—1032行）

类似的表达，在文中多次出现，如在德沃尔钦与基拉吉的哥

---

① 乌热尔图主编，纳·布拉托娃副主编：《西伯利亚鄂温克民间故事和史诗》，白杉译，内蒙古文化出版社2009年版，第122页。

哥奥塔尼勇士决斗时就多次用到这种时间表达方式：

用还没煮完3锅冻肉的时间——
手杖就敲断了，裂开了。（1550—1551行）
但是他们的矛没有
坚持到炖7锅冻肉的时间，
就变弯了，就向软铁一样。（1557—1559行）

埃文基人用煮冻肉的时间长度来记录具体事件持续的时间，这是非常独特的时间单位概念，体现了埃文基人生活方式中的冰雪文化。

（2）表达长度意义的词句

埃文基人生活在遥远的泰加林里，生活基本上是与世隔绝的，在悠久的历史长河中，他们形成了一套自己的丈量单位，而这些单位很原生态，如埃文基人习惯用人体的某一个部位来测量物体的长度："拃""指""庹"等，这种单位类似汉族人民的日常生活中长度单位的表达方式。在史诗《德沃尔钦》中，多次用到"拃""指""庹"这几个表示长度的单位，例如：

我们的主人公
并不害怕，
手拿致命的三庹长矛
朝着他迎面跑去，
将长矛刺入他的胸膛，
长矛的末端
从后背露出了三拃长（542—548行）
刀刃有四指宽，
德沃尔钦用它切断了敌人的喉咙。（1074—1075行）

第三章 史诗《德沃尔钦》的艺术特色

埃文基人原始的生活状态影响了他们的劳动工具和生产方式，使用最原始和初级的计量单位，同时也是最简单的测量方法，"一指长"即中指最末端一节的长度，"一拃长"即手掌伸长到最大，其中拇指和中指之间的最长距离为一拃，"一庹长"即成人两臂平伸时两只手之间的最长距离。

此外，埃文基人还习惯用身边动物生长的过程来表达路程的长短，这是一种原始而又有趣的表达方式。史诗《德沃尔钦》中，当英雄主人公德沃尔钦要带着自己的新娘基拉吉返回家乡时，路途十分遥远，讲唱者用了下面的表达方式来说明：

我的故乡非常遥远。
长翅膀的鸟
要生三次蛋才能飞到那里。
快腿的野兽要生九次崽
才能跑到那里。（2019—2023 行）

这段诗行借助时间的概念来表示空间的距离，长翅膀的鸟在去中间世界的途中要生三回鸟蛋，才能飞到中间世界；野兽要孕育九次幼崽才能到达中间世界，可见路途的遥远。鸟和野兽是埃文基人日常生活的一部分，埃文基人用鸟生蛋、野兽生崽的方式来计算时间和距离，这种方式是以生命轮回来表达时间和空间概念，是埃文基人特有的表达方式。

（3）表达重量意义的单位

埃文基人的重量单位是普特，一普特合 16.38 千克。而普特是古时斯拉夫民族的重量单位，这说明埃文基人受斯拉夫民族的影响非常久远。据史禄国的《北方通古斯的社会组织》记载，通古斯人食品的补充来源有两个：一是家畜驯鹿，二是用毛皮从俄罗斯人那里换取大量的面粉以及其他食品。1928 年埃文基人的市场年度报告中①显示,俄罗斯人提供的面粉和其他食品是埃文基人的主要食品,由此看来,俄罗斯与埃文基的商贸往来早已形成,除了食品,俄罗斯人还提供了其他一些日用品。度量单位也随着贸易的进行而发生同化,所以普特的概念早已深入埃文基人的观念里。在史诗《德沃尔钦》中,德沃尔钦用的手杖重90普特,相当于1512公斤,这种重量的手杖现实生活中的人是拿不动的,只有史诗这种神话似的作品中的力大过人的勇士才能拿得动,显然这是一种夸张的表现手法。

综上所述,埃文基人的度量词语因其生活方式独特而有别于其他民族。但是,为了适应生存的需要,个别度量单位受到其他民族的影响。这也是跨境民族的显著特征。

(三)埃文基史诗中不可译的词尾"阿伊"(ай)

埃文基的史诗中经常出现不可译的词尾"阿伊"(ай),这个词尾有多个含义,第一,表示上界和中界的居民;第二,表示真正的、伟大的意义。在整个阿尔泰语系满—通古斯语族的史诗中都存在类似的词尾,表达与阿伊相同或相近的意义。

史诗《德沃尔钦》中,有很多使用词尾阿伊的词句,如德沃尔钦与三头鹰作战时,三头鹰称德沃尔钦为"埃文基—阿伊的勇士!"。

埃文基—阿伊的勇士!
力大无比的你孤独地出生在中间世界,
能够帮助我摆脱不幸!(603—605行)

"埃文基—阿伊的勇士"中,"阿伊"表示"人类",即埃文基人的勇士。在下面的示例中,词尾"阿伊"表示"祖先"之意,含有高大、崇高的敬意色彩。

---

① [俄]史禄国:《北方通古斯的社会组织》,吴有刚、赵复兴、孟克译,内蒙古人民出版社1984年版,第42页。

第三章 史诗《德沃尔钦》的艺术特色

> 我天生为鸟—阿伊，
> 你天生为人—阿伊。
> 同下层世界的魔鬼
> 作战吧！（626—629 行）

史诗《德沃尔钦》的"鸟—阿伊"表示三头鹰是鸟类的祖先，"人—阿伊"表示德沃尔钦是人类的始祖。当德沃尔钦到达下界魔鬼的帐篷时，讲唱者为强调魔鬼帐篷里的窗户与人类帐篷里的窗户的位置不同时说道：

> 窗户安在正相反的位置，
> 与人—阿伊的帐篷相比较，
> 完全不一样。（737—739 行）

这里的人—阿伊表示中间世界的居民，与下界的居民不同。史诗中，魔鬼称上界的姑娘用词尾阿伊，如：

> 盛宴已经备好！
> 大家快点
> 快点聚在一起！
> 就连上界的
> 姑娘们—阿伊
> 也来到这里，
> 她们此时就在这里。（780—784 行）

下层世界的魔鬼称中间世界的居民为人类—阿伊：

> 我可真高兴，真高兴啊！

我可真幸运、真顺利！
像你这么肥的中间世界的人类—阿伊
从来没有过！（826—829行）

中间世界的人称上界的姑娘时也带有"阿伊"，如：

然后我们的主人公
想要见见
上界的姑娘—阿伊。（1114—1116行）

由此可见，中界和上界的居民都可以用词尾阿伊来称呼，而下界的居民则不能。阿伊是一个令人骄傲的字眼，中界和上界的居民与下界的居民是相对立的。这种现象不仅在尼古拉·特罗菲莫夫讲唱的史诗中出现，在所有埃文基的史诗中，甚至在整个阿尔泰语系的史诗中都有类似的词尾表达相应的意义。

在很多埃文基的史诗中都有英雄娶亲的母题，娶的都是上界"乌古—布哈"（埃文基语音译，上界就是乌古—布哈）的姑娘。英雄娶的这些姑娘被称为"吉利夫里"（Киливли）或者"基达克"（Кидак）。从史诗《伊尔基斯莫姜勇士》的婚姻关系图（见图3-1）中可以看出，埃文基的勇士伊尔基斯莫姜的妻子叫库克库玛昌（Куккумачан），她把老人戈万称为父亲。戈万这个名字翻译成汉语有两个意义：一为朝霞和黎明，二为东方和升起，意为早晨那一时刻升起的太阳。尼亚格尼亚老人（Нягня）是科克尔多孔勇士（Коколдокон）妻子茵莫孔的祖父，这个老人的名字是天空的意思，得兰查（Дылача）老人是蒙贡多尔（Монгундор）勇士妻子的索尔科克琼（Солкокчон）的祖父，这位老人的名字的意思是天上的太阳。故事里所有勇士的妻子都有亲生父母，她们的父母都是上界的居民——他们既是人类，又是宇宙空间的天体（太阳、天空、黎明、朝霞）。与此同时，上界的勇士娶的是中间世界"杜林—布哈"的女子。中间世界杜林—布哈的居民因娶了上界"乌古—布哈"的女子，从而与上界的居民建立起亲属关系。

在石下通古斯和伊尔库茨克的卡丘格的俗语中，妻子及其母亲的姐妹都用"乌吉"一词（уги）来表示，意思是"上面的"，也就是从上界"乌古"来的。在托克津斯基（Токкинский）的俗语中，妻子及其母亲的姐妹称为"乌伊"，意思是联结和纽带，用这条纽带将中间世界的居民与上界的居民联系起来。

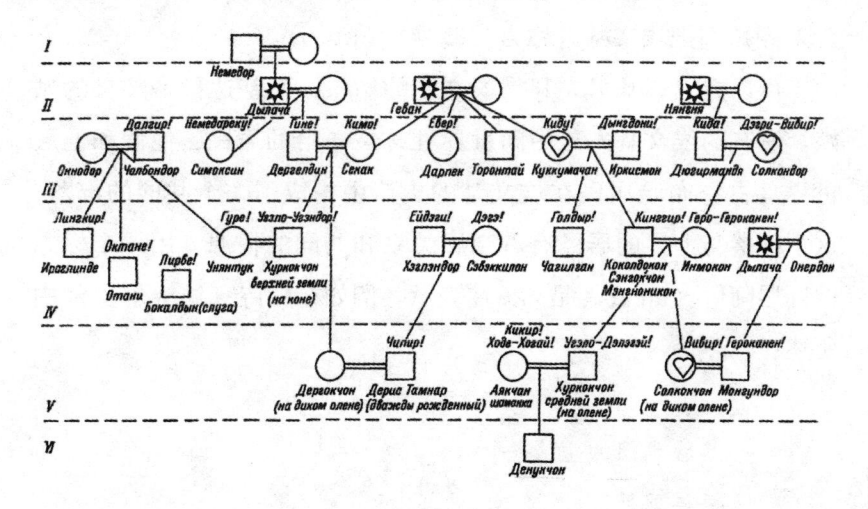

图 3-1　史诗《伊尔基斯莫姜勇士》的婚姻和辈代关系[①]

说明：罗马数字表示辈代关系，圆形表示女性，方形表示男性，图形上方是唱词，图形下方是英雄的名字，星形表示老人，心形表示被娶到的上界姑娘。

在埃文基的史诗中，勇士的妻子用"基达科"（Кедак）或者"基里夫利"（Киливли）来称谓。这两个称谓有共同的意义，指的是天上化身为鸟的姑娘。从词源学的角度讲，"基达科"与"契丹"谐音。契丹人是满—通古斯的一个邻近民族，在埃文基民间文学中，有关于契丹部族的描写。在埃文基语里基达科的意

---

① Романова А. В. Мыреева А. Н. Фольклор эвенков Якутии.-Л.：Наука，1971. С. 203.

思是苍鹭（类似鹰的一种鸟），而基达宁（或者叫基达宁姜）是埃文基民间文学中英雄主人公的名字。① "基里夫利"则与词"基列恩"（Килэн，又可以写成 килер、килет、килагир，意思是基列人）有相同的词根。18 世纪，奥霍塔（Охота）、塔乌伊（Тауй）、玛雅（Мая）、图古尔（тугур）、宏塔伊喀（Хонтайка）等河流域，以及什尔基河（Шилки）和耶塞伊湖（Ессей）入海口沿岸的通古斯人被称为"基列恩"（Килэн，绪论中提到过埃文基人的旧称），所有南通古斯的民族（奥罗奇人、那乃人、乌尔奇人等）都把埃文基人称为"基列"（Килэ）。②

可以看出，基里夫利是埃文基的姑娘，而基达科是契丹的姑娘。所有的埃文基人是中间世界杜林-布哈的居民，他们和上层世界乌古-布哈居民在埃文基的史诗中构成了一个共同的部落，这个部落与上界的居民有着亲属关系和共同的根源，用一个标志性词尾阿伊（ай 或者是 айи）表示。例如在史诗《德沃尔钦》中所述：

　　然后我们的主人公
　　想要见见
　　上界的姑娘——阿伊。
　　他来到她们住的丘姆里——
　　原来她们已经
　　飞回自己的上界。
　　于是勇敢的德沃尔钦
　　决定去看一看

---

① Цинциус В. И. Сравнительный словарь тунгусо-маньчжурских языков Т. П. -Л., 1977. С. 92.

② Цинциус В. И. Сравнительный словарь тунгусо-маньчжурских языков Т. П. -Л., 1977. С. 100.

女勇士—阿伊,
氏族—阿伊。(1114—1123 行)

在史诗《索达尼》中也有类似的词尾表达方式,例如:

我是埃文克—阿伊,
名叫伊尔基尼辰,
骑着新长出鹿角的野生驯鹿。①

能够用阿伊(ай 或者是 айи)来称呼的人是上界和中界的人,是与下界的阿瓦希相对立的人。在史诗中,同阿瓦希战斗的是人类—阿伊,人类—阿伊从来不与下界的魔鬼阿瓦希有婚姻关系,这点前文已经论述过。当阿瓦希们打算娶姑娘—阿伊时,通常英雄主人公都会对阿瓦希说:

大概你这样的阿瓦希的头目
也不能战胜
我这个埃文基人!
你在哪里见到过
阿瓦希娶了
人类—阿伊的姑娘为妻?
饲养过牲畜,
生过孩子,
开始生活?
你就像小偷抢走我的妹妹,
你竟然还敢跟我说话?(864—872 行)

---

① 乌热尔图主编,纳·布拉托娃副主编:《西伯利亚鄂温克民间故事和史诗》,白杉译,内蒙古文化出版社 2009 年版,第 127 页。

在埃文基语中，词尾"阿伊"构成了一系列的词组，在埃文基语里，语言学家把带有"阿伊"的词或者词组称为"双部词"，例如：

1. 阿伊—拜耶（ай-бэе），意思是上界和中间世界的人；

"Гунир-гуниргуний！　　（古尼尔—古尼尔古宁！）
Иргит няны-гу,　　　　（这个阿伊—拜耶，）
Эркэн Айи-бэе,　　　　（是他们当中最优秀的那个，）
Аяргун омэдерэн?①　　（他又是从哪来的呢？）

2. 经常用在民间文学中构成固定的词组"阿伊—乌梁海"（ай-урангкайн），意思是"真正的人"，上界和中界的居民属于这类人。例如：

（1）Угу буга ай-Урангкайн бихим, гучэ.②（我是上界真正的人；）

（2）ай-урангкайва энэ ичэрэ, кутнэр утэлкэнду оскедечэс.③（没看见真正的人，你出生在乌特恩（帐篷）里，里面有一个活着的东西。）

3. 经常在史诗中使用的词组"阿伊—阿伊马克"（ай-аймак），意思是"从上界和中界来的亲属"。

---

① Кэптукэ Г. Двуногий да поперечноглазый черно волосый человек-эвенк и его земля Дулин буга. Якутск, 1991. С. 207.

② Кэптукэ Г. Двуногий да поперечноглазый черноволосый человек-эвенк и его земля Дулин Буга. //Розовая чайка. Якутск, 1991. С. 207.

③ Кэптукэ Г. Двуногий да поперечноглазый черноволосый человек-эвенк и его земля Дулин Буга. //Розовая чайка. Якутск, 1991. С. 207.

"Эрил-эрилдонин！（艾利尔—艾利尔多宁！）

Эрдын тэгэелби,（这么多的亲人啊，）

Айи-аймакилби,（是我们阿伊—阿伊马克的亲人们，）

Додырас-ичэрэс？"① （你们听见和看见了吗？）

4. 词组"阿伊—特盖尔"（ай-тэгэл），意思是"中界和上界部落的人们"。

"Ай-тэгэл, би гундем,（中界和上界部落的人们，）

Илар дюпты Солкокчон（我要说：长着丝绸般长头发的）

Нянярьялва китылдярин,（索尔科克乔，）

Мудан одан эхилэ"②（你已经把天上的旅途路走到了头）

在满—通古斯语族中，带词尾阿伊（-aj）的同根词有着广泛的意义，但是基本的词义有两个：①帮助；②相救。而带有词根阿呀（-aja）的同族词的基本词义为：①好的；②善良的；③美丽的。③

埃文基语中有一些包含词素阿伊的词组。在涅吉达尔语中，阿伊一词是山神的意思，传说中氏族阿伊尤姆堪人（Айюмкан）就来源于此。④ 在奥罗奇语中，阿伊是"古老的"和"久远的"意思。在埃文基语中，词组"阿伊纳普吉"（айнапти）的意思是上界和中界居民生活的时代。在奥罗奇语中，词组"阿伊纳普吉—特莱努"（айнапти тэлэну）的意思是"古老的传说、上界和中界居

---

① Кэптукэ Г. Эвенкийский нимнгакан.∥миф и героические сказания. Якустк, 2000. С. 115.

② Кэптукэ Г. Эвенкийский нимнгакан.∥Миф и героические сказания. Якустк, 2000. С. 115.

③ Цинциус В. И. Сравнительный словарь тунгусо-маньчжурских языков Т. П. -Л., 1977. С. 18 – 20.

④ Цинциус В. И. Негидальский язык. Исследования и материалы. М. : Наука, 1982. С. 189.

民生活时代的传说"。在埃文基语中,"阿伊特佩金"（айтпыкин）的意思是人道、善良和美好的意思。①

埃文基语言中的阿伊（-aj），类似于满族语言的"阿"的概念，在埃文基和雅库特的史诗中频繁出现，在整个阿尔泰语系中也广泛使用，是阿尔泰语系史诗中的一个共性。综上可见，研究埃文基的史诗，一定要将其与阿尔泰语系等民族史诗联系起来，才能发现各民族史诗的共性，以及与西伯利亚诸民族之间的历史渊源关系。

二 史诗《德沃尔钦》的修辞手法

埃文基的史诗是埃文基民族集体智慧的结晶，是非常有特色的民间文学体裁。除了前面论述过的词句上的特点，史诗中还包含大量独特的比喻、奇异的夸张、重复等修辞手法和典型的程式，与书面文学的修辞手法有很大差异，体现了埃文基人的思维和智慧，具有重要的研究价值。

（一）比喻

在埃文基的史诗中，讲唱者巧妙地使用大量的、富有想象力的比喻，使得埃文基的史诗更加形象和通俗易懂。喻体往往是埃文基民族文化中有代表性的事物，史诗中常见喻体有两个：一个是驯鹿，另一个是云彩。

1. 用驯鹿作比

史诗中，当描写的对象是埃文基人喜欢的事物时，经常将其比作秋天的野生驯鹿或者驯鹿的身体部位，例如耳朵、犄角等。如在《德沃尔钦》的开篇，三个世界被比作"一岁野生驯鹿的灵敏耳朵"（第3行），类似的比喻在史诗《伊尔基斯莫姜

---

① Цинциус В. И. Негидальский язык. Исследования и материалы. М.：Наука, 1982. С. 189.

第三章 史诗《德沃尔钦》的艺术特色

勇士》中出现过:"很久很久以前,三个西比尔(Сибир,是"世界""大地"的意思)就像一岁鹿的灵敏耳朵,同时出现、同时产生。"① 鹿的两只耳朵是一起出现、同时行动的,它们同时倾听世界,同时听到声音,正是这种运动的统一性是这种形象比喻的基础。鹿的两只耳朵非常灵敏,能同时听到一切动静,而且像同时出现的三个世界、三个大地一样,鲜活地不断生长和运动。

当形容成对的事物或者表示力量相当时,用"鹿的两只犄角"作比,如《德沃尔钦》中,描写德沃尔钦与下界魔鬼阿瓦希的头目尼亚尔古昌决斗时,两个人的近身战斗中,刚开始两个人的比试是"力量相当,仿佛两只犄角"(第1041行);再如,史诗《索达尼》中,兄妹两个人"像秋季野生驯鹿的两只犄角,一起出生在中间世界"②!(394—395行)

在史诗《德沃尔钦》中,德沃尔钦到上界去寻找命中注定的新娘,到达未来岳父母家门口时说道:

> 海上的飓风驱赶着我来找您,
> 追寻您的名声
> 就像驱赶一岁的野生驯鹿。(1402—1406行)

"一岁的野生驯鹿"具有强壮的身体、健康的体魄,史诗德沃尔钦把自己比作一岁的野生驯鹿,说明了自己的强壮。而鹿这种动物经常顺风觅食,不会顶风迎头而上,德沃尔钦用这种表达方式来向未来岳父母表达自己到达上界是顺路和顺风促成,因听

---

① Мыреева А. В. Романова А. Н. Фольклор эвенков Якутии, Л.: Наука, 1971. С. 99.

② 乌热尔图主编,纳·布拉托娃副主编:《西伯利亚鄂温克民间故事和史诗》,白杉译,内蒙古文化出版社2009年版,第110页。

说过这位邻居（别甘达尔老人）的威名（名声）而来到上界，德沃尔钦强调的是这位老人是非常有名，人们都认识这位荣誉老人。用了如此的比喻，着实让外族人难以理解，可见，埃文基人的思维方式与众不同。

2. 用云彩作比

除了驯鹿，埃文基史诗中还经常用云彩来作比。史诗《德沃尔钦》就是一个非常鲜明的例子，其中从故事开头一直到结尾，多次用云作为喻体，例如：

  我的名字叫缅贡坎，
  我骑着一匹小马——它如同白色的云彩。（181—182 行）

这段诗行把上界姑娘的坐骑白马比作白色的云彩，恰当而又生动地勾勒出白马的形象，给人留下深刻的印象。

埃文基的史诗中，敌人的阴险和狡猾被比作云彩，史诗《德沃尔钦》和《力大的勇士索达尼》中都用了这样的比喻：

  狡猾得像飘走的云，
  阴险得像游动的云。①（《德沃尔钦》192—193 行和《索达尼》891—892 行）

"狡猾得像飘走的云，阴险得像游动的云"已经成为埃文基史诗中的经典比喻，在史诗《德沃尔钦》中出现了 7 次之多，在《索达尼》中也多次出现。用云彩比喻人的性格也成为埃文基人的一句俗语。

埃文基史诗中，云彩不只是用来作比，还用于描写事物、形

---

① 乌热尔图主编，纳·布拉托娃副主编：《西伯利亚鄂温克民间故事和史诗》，白杉译，内蒙古文化出版社 2009 年版，第 124 页。

容人的心情、说明情节发展等,云彩的多寡和颜色往往预示着事态的发展趋势、故事情节的走向或者人物的心情。史诗《德沃尔钦》中,信使缅贡坎给中界送信时心情十分急切,云彩的颜色和状态的变化形象地描写和表现出了这种心情:

马上,一点也没耽搁,
出现了白色的云彩,
凝聚成黑色的云彩,
汇聚成红色的云彩。(153—157 行)

史诗《索达尼》中,在描写危险临近,即将发生一场中界与下界之间血雨腥风的战斗时,云彩的变化预示着灾难即将到来:

太阳就开始变暗,
风从这儿那儿刮起,
白色的云急速涌来,
黑色的云变浓了,
红色的云聚拢在一起。
这些云,
一起呼啸着,
奔腾着,追逐着,
像把天空倒转过来。①

史诗《德沃尔钦》中,基拉吉的孩子出生后危险解除,此时天空中云彩的状态说明危险已经消除:

---

① 乌热尔图主编,纳·布拉托娃副主编:《西伯利亚鄂温克民间故事和史诗》,白杉译,内蒙古文化出版社 2009 年版,第 114 页。

当孕期结束，
上面的黑色的云彩变得稠密，
白色的云彩增多了，
红色的云彩飘走了。（2766—2769 行）

自古以来，埃文基人就非常喜爱云彩，将云卷花纹作为修饰图案绣在衣服上，镶嵌在生活器皿和生产工具上，这不仅仅是审美的需求，也与埃文基人的宗教信仰有关。埃文基人崇拜自然，信仰万物有灵，认为天上的神以云作为升天和下凡的工具，所以天上的姑娘缅贡坎来告诉德沃尔钦面临灾难时，骑着如云彩一般的小马而来。云彩聚集之后降雨滋润万物，所以女主人公基拉吉孕期结束的时候，云彩变得稠密。危险过后便有烟消云散之感，而阴云密布则令人恐惧，甚至认为会有妖魔相缠，所以才会有"狡猾得像飘走的云，阴险得像游动的云"之说，狡猾和阴险都是下界魔鬼的代名词。综上可见，埃文基人对云彩的认识可谓独特而又富有哲理。

我国的鄂温克人对云也有着特殊的认识和偏爱，云卷纹更是鄂温克人喜爱的装饰图案，他们的服饰上、烟荷包上绣着云纹，桦树皮的器具上饰有云纹。每当夏天，鄂温克的女人们游泳或采野果累了后，就躺在草地上或者河卵石滩上，仰望天空的朵朵云彩，产生无限遐想。这时老人们就撵她们起来，不让她们盯着云彩看个没完没了，也忌讳用手指着云彩，生怕灾难光临或者触犯神灵，因为在鄂温克人看来，云彩是神圣的，是有神灵所附的。

3. 其他几种独特的比喻

埃文基人对生活和事物有自己独特的认识，用以作比的喻体不仅限于驯鹿和云彩，还有很多与其生活密切相关的事物。从这个方面来看，史诗《德沃尔钦》是非常有代表性的。

第三章 史诗《德沃尔钦》的艺术特色

(1) 把黑色的松鸡比喻勇士敏捷的动作

德沃尔钦是中间世界的勇士,也是史诗着墨较多的人物,他既英勇无畏、力大无比,也身手矫健敏捷、动作麻利轻盈,可与森林中黑色的松鸡相比:

德沃尔钦本人
像黑色的松鸡一样敏捷,
他跳上自己的驯鹿
朝别甘达尔老人方向疾驰而去。(2502—2505 行)

史诗《索达尼》中,也把勇士伊尔基尼钦比作松鸡,

我们的人,
把可爱的姑娘阿亚克昌·伊韦克昌美人,
塞进右边的衣袋里,
象黑松鸡那样敏捷地跳到野生驯鹿背上。[1]

可见,狩猎民族对动物的习性非常了解,把勇士的敏捷动作直接用黑松鸡作比,即可以让埃文基的人民顿时心生联想,使勇士矫健的身体和敏捷的动作浮现在脑海中。

(2) 用圆环比作美女的眼睛

眼睛是心灵的窗户,能体现和揭示人的性格。史诗《德沃尔钦》在描写索尔阔多尔的眼睛时写道:

她那如铜一般明亮、
如圆环一般的双眼看着哥哥……(282—283 行)

---

[1] 乌热尔图主编,纳·布拉托娃副主编:《西伯利亚鄂温克民间故事和史诗》,白杉译,内蒙古文化出版社 2009 年版,第 163 页。

这两行诗句将索尔阔多尔的眼睛形象地勾勒出来：亮如铜、圆如环，足见她是个聪慧睿智的女子。

（3）用秋天的月亮比喻喜欢的事物

此外，史诗《德沃尔钦》中还有一些富于浪漫气息的比喻，如把亲爱的人的耳朵比作秋天的月亮：

> 我的话非常动听，
> 请你们用自己的两只
> 像秋天的两弯新月的耳朵倾听！（2114—2116 行）

众所周知，北方埃文基人生活的地区，秋天的天气非常好，有金秋的美称，秋天的天更高，夜晚的月亮也更美。讲唱者把年轻人的耳朵比作秋天的月亮，意为年轻人的耳朵能听得更远、更敏捷，能在静静的夜空中听到十分遥远的声音，就像在秋天的夜晚看到遥远的月亮还能格外清晰和明亮一样。这样的比喻蕴含着人们对两个年轻人生活美满的祝愿，烘托出整部史诗的浪漫意境。可见，埃文基史诗中的比喻与埃文基人居住的环境和日常生活密切相关，也凸显出埃文基人的思维方式和民族文化别具特色。

（二）夸张

夸张是埃文基史诗中常见的一种修辞手法，在塑造人物形象、描摹周围环境、讲述故事等方面起着重要的作用。需要指出的是，史诗在描述勇士的武器和决斗的时候，常常使用大量的夸张手法。勇士们的武器有很多种，其中包括：90 普特重的木杖，7 庹长的乌特凯恩（大刀），3 庹长的矛，刀刃 4 指宽的匕首，两倍 8 尺长的弓，6 棱箭、9 棱箭，等等。对于现代人来说，这些武器的重量和长度是难以想象的。对勇士武器和战斗场面的夸张描写原因有二：一方面可以生动地再现战斗的激烈场面；另一方面可以凸显英雄主人公高大、勇敢无畏的形象，将英雄理想化，从而让埃文基人对这些人物产生无限的仰慕和钦佩之情,英雄主人公氏族始祖神的地位得到进一步巩固。史诗《德沃尔钦》中,德沃尔钦与下界的魔鬼尼亚尔古昌战斗的场面异常激烈:

> 他们用攥成拳头的十个手指
> 开始打斗,
> 他们吼叫着嘶喊着
> 相互痛打,
> 干枯的树震成了碎屑,
> 繁茂的树撂倒在地上。(1035—1040 行)

这场战斗,是在德沃尔钦与尼亚尔古昌远距离的武器战斗比试之后,两个人的近身战斗,是生死决战的时刻,所以异常激烈,没有使用拳头以外的其他武器,但是他们的吼声能把干枯的树木震成碎屑,能把繁茂的树木撂倒在地上,足见战斗的激烈程度及勇士们的力量之大。在德沃尔钦与他未来妻子的第二个兄弟——勇士伊莱弗林德的战斗场面的描写中,也运用了夸张的手法:

> 在令人尊敬的别甘达尔老人的院子里
> 连绒毛毯子般的地面
> 也没剩下一处他们没碰过的地方——
> 战斗如此激烈。
> 在上层世界
> 繁茂的青草枯萎了,
> 繁盛的树木凋萎了,
> 繁殖的畜群没落了。
> 孩子不再出生——
> 这些勇士打斗得

那么残酷和激烈。(1653—1665 行)

以上诗行极尽夸张地描写了这场战斗的破坏性：草木枯萎凋落，人和牲畜停止繁衍。德沃尔钦和伊莱弗林德分别是中间世界和上界的勇士，他们之间的战斗更为残酷激烈，而中间世界的勇士最终战胜了上界的勇士。夸张手法的运用，既凸显了中间世界勇士的强大，也让听众或者读者真切地感受到战斗的惨烈。

在埃文基史诗中，英雄出征或者远行的路途往往并非一帆风顺，而是充满了坎坷和艰辛，对此史诗也往往使用夸张的修辞手法予以描写。例如史诗《德沃尔钦》中，德沃尔钦把自己的第一个儿子送往上界的路途充满了艰险，他则毫不畏惧：

　　他铲平了一块块
　　绒毛毯子般的大地。
　　他踏平了丘陵，
　　他填平了低地，
　　推倒繁茂的树木，
　　把干枯的树木打成碎屑。(2543—2548 行)

以上诗行通过夸张的修辞手法，不仅描写出德沃尔钦的旅途遥远、艰辛，也说明勇士及其坐骑驯鹿的勇敢和强大，这种气魄足以令山河动容，反映了古代埃文基人尚武和崇拜力量的民族心理以及顽强的生命意志。

第二节　史诗《德沃尔钦》的音乐性

埃文基史诗无疑主要由韵文构成，有着独特的韵律、韵脚、引子歌、歌曲和旋律，从而以其与众不同的音乐性而引人注目。

第三章 史诗《德沃尔钦》的艺术特色

一 韵律和韵脚

史诗《德沃尔钦》中包含着丰富的韵律和韵脚，根据诗行以及单词中音素重复的部位不同，可以分为押头韵、尾韵和交叉韵等几种类型，例如：

Багдарин туксу баралдан,	出现了白色的云彩，
Конгнорин туксу коюнан,	凝聚成黑色的云彩，
Хуларин туксу хуктырэн…	汇聚成红色的云彩……

（152—154 行）

这三个诗行中每个诗行各有三个词，都有 8 个音节，属于严格的对仗结构。纵向看，每个诗行的第一个词的词尾都是同样的音节"рин"，中间用的是同一个词"туксу"，最后一个词以音节"ан（эн）"结尾。横向看，各个诗行的每个单词中主要的元音字母都相同，既押词尾韵，也押句尾韵。从句意上看，云彩颜色和状态的变化说明事态和人物的心情在不断发展变化。再如：

Би турэнмэв	我说的话
Иргэлэви иктэвкэл,	你要听进耳朵，
Долави долдыкал,	放入大脑，
Сэндуви силдыкал!	牢记于心！（427—430 行）

这段诗行在史诗《德沃尔钦》中出现了多次（427—430 行，1187—1190 行，1241—1244 行，1298—1301 行，1698—1701 行，2468—2471 行，2557—2560 行），每个诗行由两个词构成，每个词末尾押的都是尾韵"и"和"л"，相同的诗行也出现在史诗

— 181 —

《索达尼》第 392—395 行中。除了尾韵，也有押头韵（或称首韵）的情况，即每行诗的第一个音节相同，例如以下两段诗行中，头韵分别押的是音节"а"和"и"：

  Анам-токива   这个人追赶上

  Атакин хэдун туксалдыкса，奔跑的公驼鹿的两条后腿，

  Атакидын-нюн дявари бэе ивит；像抓一只蜘蛛似的把它抓住；（64—66 行）

  Ирикин бэюнмэ   这个人追赶上

  Иргин оёгдодун туксакса，秋天的野生鹿的尾巴梢，

  Ириктэдын-нюн дявари бэе ивит. 像抓一只蚂蚁似的把它抓住。（67—69 行）

  通常情况下，每一个诗行是由句子的一部分构成的，用平行的句法结构来排列，音节的数量是多种多样的，可以连续押韵，也可以交叉押韵，但是韵脚往往出现在动词上，这与埃文基语的特点有关。在史诗《索达尼》中也有相同的诗行出现，如史诗中的第 157—159 行和第 164—165 行中，句子和韵律与《德沃尔钦》的句子一样。在埃文基语中，句子的词序基本上是固定的，通常是主语在前，谓语在后。

  史诗中连续押韵的诗行，例如：

  Багдарин туксу баралдан，出现了白色的云彩，

  Конгнорин туксу коюнан，凝聚成黑色的云彩，

  Хуларин туксу һуктырэн，汇聚成红色的云彩，

  Эдын-эдын иктэлдэн，开始刮起了风，

  Няликин мова нялбуругар иктэрэн；把生长的大树吹倒；

  Бучукин мова буктарагар иктэрэн；把枯死的大树打成碎片；

Агды бого инргийдэн,　轰隆隆响起可怕的雷声，
һерки бого һиркинаран.　到处都是刺眼的闪电。（152—159行）

史诗中交叉押韵的诗行，例如：

Ахиктаткан мон бими　　它的小云杉树
Гакактагачин арбаргадяча,　就像雪莲花枝繁叶茂，
Ирэктэткэн мон бими　　它的小落叶松
Ниргэктэгэчин килунэдечэ,　就像秋鹿新生的皮毛闪闪发光，
Дягдаткан мон бими　　它的小幼松，
Кугас улуки иргигэчинин балдыдяча...　就像棕色松鼠的尾巴毛茸茸……（21—26行）

以上诗行中，音节"ткан""мон""бими""чин""дяча"都是每隔一行重复出现一次，前三个音节与后两个音节交替出现，属于交叉韵。这六个诗行中有三个句子，每两个诗行组成一个句子，三个句子构成了排比。第一个句子和第二个句子中，第一个诗行都是7个音节，第二个诗行都是10个音节。第三个句子却有所不同，第一个诗行是6个音节，第二个诗行是14个音节。如此看来，上述诗行中每个句子的音节数是不固定的，但是排比的句式是固定的、词序是固定的。

二　引子歌

如前所述，唱的表演形式在埃文基民间文学中具有特殊地位和作用。埃文基史诗是说唱英雄故事，其中的每段唱词都有引

子，可以称为引子歌，埃文基语叫作伊凯夫凯（Икэвкэ）。史诗中的每一个主人公都有自己与众不同的引子歌，每次说话之前都要重复这个引子歌，故而又称为副歌或者叠句，某些通古斯学家则称之为"壮士歌的引子"。引子歌类似人物的身份标识，多数没有具体的意义，因此不可译。瓦西列维奇认为，在唱词中使用引子歌不仅是埃文基说唱英雄故事——史诗的特点，也是神话和萨满神歌的特点。

在史诗《德沃尔钦》中，引子歌共出现 37 次，一些引子歌重复出现多次。本书将逐一介绍该部史诗中所有人物和动物在唱词中使用的引子歌，分析个别引子歌的特征及其在史诗中所起的作用。

史诗《德沃尔钦》中，第一个引子歌是上界的姑娘缅贡坎与德沃尔钦对话时使用的。缅贡坎来到中间世界给德沃尔钦送信，告知将有魔鬼进犯中界并提示做好迎战准备，此时缅贡坎使用的引子歌为"基梅－基梅－基梅宁"（Кимэ-кимэ-кимэнин）。这个引子歌在史诗中共出现 7 次，也是三只白鹤使用的引子歌。事实上，三只白鹤是由上界的三个姑娘变成的，它们飞到中界帮助德沃尔钦，告诉他通过什么样的方式能够到达下界魔鬼生活的地方。由此可见，白鹤与缅贡坎使用相同的引子歌，暗指她们都是来自上界帮助德沃尔钦的姑娘。

中间世界的英雄德沃尔钦在回复缅贡坎告诫的唱词中，使用的引子歌是"吉洛—吉洛—吉洛卡宁"（Гиро-гиро гироканин）。此后与魔鬼阿瓦希、驯鹿、未来妻子的父母对话时，德沃尔钦使用的也是这个引子歌。也就是说，这个引子歌是德沃尔钦独有的，他在每一次与人交流的唱词中都要使用，在史诗中共出现了 15 次，表示"美好的祝愿"。

德沃尔钦的妹妹索尔阔多尔在与哥哥对话的唱词中，使用的引子歌是"代格里—代格里—盖格里梅"（Дэгри-дэгри гэгримэй），词

— 184 —

根"代格"（дэг-）有"飞"的意思，这个引子歌表示索尔阔多尔是会飞的埃文基祖先神。

德沃尔钦的坐骑是一只上界的鹿，在对即将出征下界的主人说出临别箴言并提供建议时，它在唱词中使用的引子歌是"恩格泰夫莱宁－恩格泰夫莱宁"（Энгтэвлэнин-энгтэвлэнин）。词根"恩格戴"（энтэ）的意思是"发出'霍尔'的声音，发出喇叭一样的声音"，常用于形容野鹿和家养鹿的声音，因此这个引子歌类似拟声词，模仿的是鹿鸣叫时发出的声音。

引子歌"里尔韦—里尔韦—洛韦尔敦"（Лирве-лирве ловирдон）是德沃尔钦的岳父巴扬老人在与其对话时使用的，其中的词根"лир"有"毛茸茸的，毛边、毛刷等带毛的东西，下垂的东西"之意。

引子歌"灵格吉尔—灵格吉尔—灵格基里伊艾"（Лингкир-лингкир лингкирийэ）是上界巴扬老人的儿子奥塔尼索尼古与德沃尔钦对话时使用的，词根 Лингкир-通常是"大的、高的"之意，用来形容树、人、鹿角等。

"艾利尔—代利尔！艾利尔—代利尔"（Эрилдэрил! Эрилдэрил）是巴扬老人的小儿子伊雷尔温杰在与德沃尔钦对话时使用的引子歌。"贡吉尔—贡吉尔—贡吉拉伊"（Гунгир-гунгир гунгирай）是德沃尔钦的第二个孩子杜古伊昌·德沃尔钦在与父母对话时用的引子歌。

下界的三头鹰和魔鬼使用的引子歌也各不相同。"东吉尔—东吉尔"（Дунгир-дунгир）是驻守下界关口的三头鹰与德沃尔钦对话时在唱词中使用的引子歌。"罗威尔—罗威尔—罗威尔多"（Ловир-ловирловирдон）是下界魔鬼头目尼亚尔古昌使用的引子歌，"尼哈衣坚，尼哈伊德，杰兰登捏，杰兰登"（Нихайданне, нихайден, делэндынне, делэйдын）是下界魔鬼杰盖·巴贝使用的引子歌。

在埃文基的所有史诗中有各种各样的引子歌，很多引子歌的

— 185 —

意思是无法解释或者不需要解释的，有些引子歌则与埃文基某些部族的名称有关，例如瓦西列维奇认为上界姑娘的引子歌"基梅—基梅—基梅宁"和"戴崴达列阔"（деведареко）源自埃文基部族的名称，其中"基梅—基梅—基梅宁"与埃文基吉玛人和乌德盖吉蒙科人的名称有关，"戴崴达列阔"与 17 世纪东部埃文基人中的戴维达尔斯基人的名称有关①。

值得关注的是，在埃文基的即兴作品和所有通古斯及其他邻近民族的圈舞中都有引子歌，例如埃文基邻近的民族——雅库特和布里亚特也有不同形式的圈舞引子歌。就埃文基人而言，每一个群体都有自己的圈舞引子歌。埃文基自治区南部多数埃文基人的圈舞引子歌是"呦赫尔—呦赫尔，呦赫尔耶"（ёхор-ёхорье），伊尔库茨克区的卡坦吉埃文基人的圈舞引子歌是"伊科列—伊科列—伊科列"（иколе-иколе-иколе），雅库特托金斯基的埃文基人的圈舞引子歌是"盖苏古尔—盖苏古尔—盖苏古尔根"（гэсугур-гэсугур гэсугуркэн），结雅、通吉尔斯克和阿尔达斯克的埃文基人（生活在阿穆尔州、哈巴罗夫斯克区、雅库特自治共和国、布里亚特自治共和国地区）的圈舞引子歌是"奥索拉伊—奥索拉伊—奥索拉伊堪"（осорай-осорай осорайкан）。

1843 年，米赞多罗夫对图古尔河（鄂霍次克海沿岸）通古斯人的圈舞这样描述道：最初围成小圆圈，男女交替排列，年岁最大的老人进入圈中。……手牵着手向侧方移动脚步，开始是简单的舞蹈动作。可是不大工夫，人们情绪逐渐兴奋，出现蹦跳动作，全身摇摆。人人感到脸上发热，欢喜的叫声此起彼伏，都想压过对方的叫声。伴舞呼词有：

富日呀，富日呀！富古依，富古依！

---

① Василевич Г. М. Исторический фольклор эвенков: сказания и предания. Лениград: Изд. Наука, 1966. С. 13.

第三章 史诗《德沃尔钦》的艺术特色

嘿哟格尔，嘿哟格尔！夫木古侬，夫木古侬！咳卡，咳卡！阿罕杰，阿罕杰！嘿日嘎，嘿日嘎！①

阿金卡基尔氏族的人们在乌达河（乌第河）岸边集会时，绕着小的圆形山包跳舞，他们的引歌词为：

阿索——拉！

杰维尔达！

奥豪——开！

哟嚎里噢！

加列恩达！

加列尔达！

阿焦—拉！②

这些呼词的含义，人们大多已经忘记。有的只起到舞蹈音乐的作用，就像"早啊""挺早啊""很早啊"之类。除此之外，还有拟音的作用，例如"奥豪——开"，是模仿猫头鹰的叫声。卡拉尔埃文基人跳舞的时候，用这七种呼词中的"哟豪里噢"。

可见，埃文基不同部落圈舞的伴舞呼词各不相同，它们就像氏族或者部落的代表一样，不同部落的呼词代表不同的氏族，史诗讲唱者正是因为埃文基人的这一特征，给不同的史诗中人物附上了不同的引子歌，意为不同人种的代表。

埃文基史诗中的引子歌与我国鄂伦春族"摩苏昆"中的曲调相对应，"摩苏昆"中的讲唱作品音乐的曲调分定型与不完全定

---

① ［苏］伏·阿·图戈卢科夫：《西伯利亚埃文基人》，白杉译，呼伦贝尔盟文联选编，呼伦贝尔盟电子激光排印中心（海拉尔市河东中学路）2000年版，第87页。

② ［苏］伏·阿·图戈卢科夫：《西伯利亚埃文基人》，白杉译，呼伦贝尔盟文联选编，呼伦贝尔盟电子激光排印中心（海拉尔市河东中学路）2000年版，第88页。

型两种，定型的调就是某些篇目特定的专用曲子，如《英雄格帕欠》与《波尔卡内莫尔根》的唱曲是"库雅若调"，用我国摩苏昆传承人孟淑珍的话说，史诗都是用这个调唱的，例如在史诗《英雄格帕欠》中，主人公在故事的开头唱道：

> 库雅尔，库雅尔，
> 库雅库雅库雅若，
> 小伙子库尔托我哟，
> 又在这里唱起歌儿了。

与埃文基史诗不同的是，摩苏昆中每次都是用这一种唱调开始，而且这是唱史诗的常用调，无论是哥哥说话，还是妹妹说话，都是使用这种曲调。又如《鹿的传说》《雅林觉罕与额勒黑汗》《阿尔旦滚滚蝶》等篇音乐，均属特定专用曲，不可以随意挪配。不完全定型曲调，是除了用专曲配长篇外，其他曲调可挪借于演唱其他内容的即兴歌和叙事歌的。这也是与埃文基尼姆恩加堪的不同之处。埃文基尼姆恩加堪是专人专调，其他史诗曲目可以借用曲调，但是曲调是人物的象征，英雄的调和魔鬼的调，以及动物的调都是专有的。

赫哲族伊玛堪中唱的曲调也相当丰富，但是形式类似摩苏昆，每一部史诗都是由固定的某个曲调来演唱，例如，在史诗《满斗莫日根》《香叟莫日根》《安徒莫日根》中，开头的唱调都是"赫里勒——赫里——赫里"或者"赫哩啦赫哩啦"，在《希尔达鲁莫日根》中也有"赫雷那讷尼赫勒，赫里那讷尼改格啦"等，整篇中再不换调，也不换词，所有的伊玛堪的唱词开头都很相似，只有演唱者不同，选择的引子歌略有差异。在讲述的部分，多半都是以口语"啊嘟……"开启。

可见，满—通古斯的说唱文学多数都有固定的引子歌，不同的引子歌可以代表满—通古斯不同的民族，或者不同的部落，但相比较而言，埃文基史诗讲唱者的这种一部史诗中不同的人物用不同的引子歌，以及如此变化多样的引子歌，在通古斯其他民族中并不多见，埃文基的人民发展了引子歌的使用规则。可见，各个民族有各自的特色，不能用孰好孰坏、孰轻孰重来衡量，都是在共性的基础上各具特色。

第三节 史诗《德沃尔钦》的结构特色

埃文基史诗的结构特色主要表现在启句和程式上。启句被称为尼姆恩加堪之根，篇幅有长有短，诗行多寡不一，在漫长的发展过程中逐渐形成了三种类型，表达相对固定的内容和意义，成为埃文基英雄史诗结构的一大特色。此外，埃文基史诗在描写一些场景或表达某些内容时，有相对固定的程式结构，使程式性或程式化成为史诗结构的另一重要特征。

一 史诗的启句

启句是埃文基尼姆恩加堪传统结构中独特的部分，瓦尔拉莫娃和梅列耶娃认为，埃文基的民间口头文学当中都有启句，它被称为"尼姆恩加堪—特凯宁"，意思是"英雄故事的根"，其中往往说明英雄故事（包括史诗）的内容非常久远，与世界起源的神话相关。[①]"尼姆恩加堪—特凯宁"即为启句。梅列耶娃认为，英雄故事和史诗的启句包含着与大地产生神话相关的内容，这些内容构成了传统的叙事程式，而这个程式就其实质来说反映和描写的是时空之始和创世神话。

---

① Варламова Г. И. Эпические и обрядовые жанры эвенкийского фольклора. -Новосибирск: Наука, 2002. С. 56.

(一) 启句的类型与特征

埃文基的尼姆恩加堪中存在没有启句的情况,但大多数都有启句。启句总体上可以分为三种类型,一是描写主人公出生地点的启句;二是只描写时间的启句;三是综合描写时间和空间的启句。尼姆恩加堪特色的部分即为时间和地点综合的启句类型。

1. 没有启句的史诗类型

这种英雄故事是以讲述英雄开始的。例如,在史诗《强大的人埃里恁姜勇士》(Могучий человек Эриныдя - богатырь)中写道:"有两个人,他们是兄弟,老大叫埃里恁姜,小的叫托尔嘎楠姜"①,再如史诗《巨人齐纳纳依——埃文基人的祖先》(Чинанайще - первопредок эвеннков)中:"有这样三个兄弟,交络诺伊、西克台奈伊,还有最小的齐纳纳依——是一个非常蠢笨的人。"② 这种史诗的类型广泛流传在东部埃文基人的不同区域和不同地域的埃文基群体中。

在瓦西列维奇的《历史上的埃文基民间文学》中也有些许英雄故事没有启句:"有一个乌姆斯尼—玛塔,他不知道父亲,也不知道母亲,一个人生活着。"③ ——故事《乌姆斯尼》是瓦西列维奇在哈巴罗夫斯区从一个名为马樱·比卡列娃(Майн Пикалевой)那里记录的。

史诗《托尔卡奈伊》(Торганэй) "有一个小男孩和母亲"④和《库兰果伊》(Курэнгой) "有一个姐姐和她的两个弟弟"⑤ 等都是没有启句的类型,故事直接出现了主人公勇士和他的兄弟姐妹等。

---

① Варламова Г. И. Варламов А. И Сказания Восточных Эвенов. Якутск, 2003. С. 200.
② Варламова Г. И. Варламов А. И Сказания Восточных Эвенов. Якутск, 2003. С. 9.
③ Василевич Г. М. Исторический фольклор эвенков: сказания и предания. Ленинград: Изд. Наука, 1966. С. 89.
④ Василевич Г. М. Исторический фольклор эвенков: сказания и предания. Ленинград: Изд. Наука, 1966. С. 108.
⑤ Василевич Г. М. Исторический фольклор эвенков: сказания и предания. Лениград: Изд. Наука, 1966. С. 120.

没有启句的英雄故事在埃文基人的各个群体中很常见。不仅埃文基的史诗中没有启句，通古斯的其他民族中也常有这种缺少启句的传统，例如布里亚特人的史诗乌力格尔中也不经常使用启句。代替启句在史诗的开头经常是人物的对白。

梅列耶娃和瓦尔拉莫娃认为，关于埃文基英雄故事的启句，是埃文基史诗中最重要的结构，它交代了故事的主人公——英雄。故事的主人公是事件的中心，最重要的部分。没有故事发生的时间和地点，可以说成没有启句的史诗，这种类型的史诗只是相对于以下出现时间和地点的启句，显得这种史诗更为古老。

2. 描写主人公出生地点的启句

在早期的埃文基英雄故事里，启句多关注主人公出生和生活的地点，主人公从这里出征。这些启句非常短，一般只有一个或者两个诗行。可以认为，这一类型是最早的启句类型，主要出现在形成阶段和早期的英雄故事当中。例如：

　　　　在两条大河的河口
　　　　生活着两孩子，
　　　　他们是姐弟两个。①

这是《矫勇的姑娘谢卡克昌—谢列日卡和她名为有着强壮筋骨、最多筋的和从来没有被摔倒过的伊拉内勇士的弟弟》的启句，这则故事是瓦西列维奇从阿尼西亚·斯杰潘诺夫娜·加夫利罗娃那里记录来的。这里的启句只有一个诗行，说明主人公生活的地点为两条大河的河口。再如：

　　　　在一条名叫卡加坎的河上

---

① Василевич Г. М. Исторический фольклор эвенков: сказания и предания. Лениград: Изд. Наука，1966. С. 60.

生活着一位老人。①

这则启句出自布拉多娃 1980 年从索洛维耶夫·尼古拉·米哈伊洛维奇（1915 年生，父亲是涅吉达尔人，母亲是艾姜人）那里记录来的故事，仍只有一个诗行，交代主人公生活在卡加坎河上。又如：

在中间世界的最中心，
茂密山区的河边
住着一个人。②

这则启句是瓦尔拉莫娃从 К. П. 阿法纳西耶娃那里记录的名为《来着中间世界杜林布哈的孤女乌姆斯利孔》故事的开头。

类似的例子还有很多，此处不一一列举。研究者指出埃文基人共有的一种心理特征：他们希望占有更大、更广阔的空间。从上面的示例可以看出，地点在先出现的史诗启句，其地点多指在一条大河边。西伯利亚的首批发现者，包括具有欧洲文化背景的人，如伊斯博兰德（Исбранд Идесб，1657—1708）、格奥尔基、马克等，他们认为埃文基人是"游牧文化之树上的一棵幼芽"③，因为埃文基人对空间有独特的认知。当代法国人类学家阿·拉夫利耶（A. Lavrillier）也对埃文基人独特的空间概念进行了关注，她在自己的文章中指出，埃文基人对从哪儿出发不感兴趣，对哪里有山也不感兴趣，但是他们对河流感兴趣，很多埃文基的部落都是沿河居住，并且以河流的名字命名。所以，埃文基人方向的基本概

---

① Булатова Н. Я. Язык сахалинских эвенков. -СПб，1999，С. 36，59.
② Варламова Г. И. Мыреева А. Н. Типы героических сказаний эвенков，Новосибирск：Наука，2008. С. 18.
③ Рычков Ю. Г. Кочевники сибирской тайги//Из глубины веков … Путешественники，исследователи об эвенках：хрестоматия／сост. Е. Ф. Афанасьева. -Улан-Удэ：«Бэлиг»，2009. С. 169.

念是以沿着生活的河流为空间的中心建立的，启句因此以反映地理空间为中心，这是完全可以理解的。

3. 描写时间的启句

启句的第二种类型是以时间为中心，这种类型的启句有两个发展阶段。

第一阶段的启句描写和反映的是世界最初始的形态，往往由几个词构成一个短行诗，例如"很久很久以前""在遥远的年代里"等。1988年瓦尔拉莫娃从阿穆尔州的阿·尼·阿伯拉莫娃那里记录来的一则故事的开篇写道：

在很久以前，有三个兄弟——焦罗诺伊、西克特奈伊、奇纳奈伊。①

这里的启句是"在很久以前"，说明了故事发生的时间。再如故事《多尔加奈伊》(Торганей)的启句：

在远古时代生活着两个亲兄弟，
他们两个有一匹马，
他们有母亲，
小伙子们靠打猎生活。②

故事《多尔加奈伊》是1986年瓦尔拉莫娃从萨哈共和国阿尔丹斯克州的阿·普·阿威罗娃那里记录来的，这里的启句说明故事发生在远古时代。

第二个阶段的启句描写的是早期的神话时代，那时候大地刚刚出现或者最初的大地刚刚形成：

---

① Варламова Г. И. Варламов А. И. Сказания восточных эвенков. Якутск, 2003. C. 39, 68.
② Варламова Г. И. Варламов А. И. Сказания восточных эвенков. Якутск, 2003. C. 70.

当大地刚刚创建时，
当河流刚刚流淌时，
当落叶松刚刚称为落叶松的时候，
当白桦树刚刚称为白桦树的时候，
当中间世界刚开始生长的时候。①

这种类型的启句得到了发展和普及。可以认为，描写时间的启句比描写主人公生活地点的启句出现得要晚，在埃文基的英雄故事里使用得也更为广泛。

4. 综合描写时间和空间的启句

这种类型的启句是综合描写时间和地点的启句，例如故事《加尔帕里坎》（*Гарпарикан*）的启句：

在大地的中心，当大地像毛绒毯子那样铺展开来的时候，生活着一个勇士，他的名字叫加尔帕里坎。②

这则故事是1938年瓦西列维奇从格利果里·琴科夫那里记录来的。再如史诗《科达克昌》（*Кодакчан*）中的启句：

很久很久之前，当大地刚刚形成，当天空中的彩虹只有三层时，当大河里的水刚从地下向小溪一样涌出来的时候，在中间世界的正中心，在一条大河的岸边，在拥有陡峭岩石的丘陵上有一个丘姆（帐篷）。在那里生活着一个勇士——玛塔。③

---

① Варламова Г. И. Варламов А. И. Сказания восточных эвенков. Якутск, 2003. С. 114, 126.
② Василевич Г. М. Исторический фольклор эвенков: сказания и предания. Ленинград: Изд. Наука, 1966. С. 98.
③ Василевич Г. М. Исторический фольклор эвенков: сказания и предания. Ленинград: Изд. Наука, 1966. С. 178.

第三章 史诗《德沃尔钦》的艺术特色

　　该史诗是瓦西列维奇从哈巴罗夫斯克边疆区的卡弗利拉·艾姜那里记录来的。又如史诗《年轻人忒夫古奈伊和乔尔博恩·乔库尔达伊》（Тывгунай-юнаша и Чолбон Чокулдай）中的启句：

　　　　在古老年代的茂密树林里，
　　　　在久远的往昔年代深处，
　　　　在带有轰鸣声的谷地和烈火燃烧的山岬的
　　　　五条深不见底的大河河口，
　　　　在分有长长的枝杈的大树下，
　　　　出现了一个年轻人忒夫古奈伊。①

　　很多资料证明，这种综合性的启句类型在埃文基英雄史诗中得到了更加广泛的应用。在这种启句中，首先是描写时间的诗句，反映主人公生活地点的诗句紧随其后。这样一来，埃文基英雄史诗的启句类型就丰富了起来。可以说，以地点为中心的启句是最古老的类型，反映了埃文基人以河流为中心的基本方位的概念，以时间为中心的启句形成得稍晚些，并与埃文基人的世界观以及创世神话相联系，例如世界是塞韦基（Сэвэки）神创造的、宇宙由三界构成等。

　　5. 启句是尼姆恩加堪的根

　　埃文基史诗中的启句包括描述世界建立的时代、与世界同时出现的繁荣大地以及出现在大地上的人类等三方面的内容。在瓦西列维奇1936年和1966年搜集的英雄故事中，描述时间、地点的启句比较简短，而在后来出版的埃文基史诗中启句则较长，如史诗《索达尼》的启句共80个诗行是描写故事的时间、地点和背景的，史诗《德沃尔钦》的启句有40个诗行是描写故事的时间、

---

① Варламова Г. И. Мыреева А. Н. Типы героических сказаний эвенков, Новосибирск: Наука, 2008. C. 30.

地点和背景的。两篇史诗中的启句属于同一类型，只是其中大地和天空刚刚出现时的样貌有所不同。一般来说，埃文基史诗将刚刚出现的大地或者比作一岁小鹿的毛皮，或者比作放在小鹿身上的古玛兰（毛毯），或者比作灰色鹿身上的毛毯。刚刚出现的天空也不大，闪耀着三种颜色的彩虹，经常将之比作倒扣的桦树筐。大地上的山和岭也是刚刚出现，树木还很矮小，海和洋像小冰块，只有碟子那么大。例如英雄故事《乌姆斯利孔》中的启句：

在最初，当大地只有一岁野生驯鹿的皮那么大的时候，当大洋上的冰只有碟子那么大的时候，当头顶的天空刚刚出现彩虹的时候，在中间世界的中心，在森林中一条大河的河口，生活着中间世界的勇士乌姆——乌姆斯利昆。他一个人孤零零地生活。[①]

这段诗行是瓦西列维奇收录于《历史上埃文基民间文学》一书的英雄故事中较有代表性的传统启句，其中交代了故事发生的时间、地点和人物。在尼古拉·特罗菲莫夫讲唱的史诗中启句进一步扩展，例如《索达尼》中启句共290个诗行，80行是描写空间和时间背景的，其余210行是描写主人公的兄弟和姐妹的。史诗《德沃尔钦》中启句共132个诗行，描写时间和空间背景的40行，关于孤独主人公的描写有92行。

启句的中心是出现在中间世界的英雄主人公。在埃文基英雄史诗中，孤独的英雄主人公只出现在大地的繁荣时期。故事发生的时间和空间的背景，实质是创世纪的神话时代，是故事叙述的时间。在史诗的启句中，大地出现，山川、河流慢慢形成，世界上开始出现了植物和动物，接着孤独的勇士在刚刚产生和渐趋繁

[①] Василевич Г. М. Исторический фольклор эвенков: сказания и предания. Ленинград: Изд. Наука, 1966. C. 90.

荣的大地上诞生。史诗《伊尔基斯莫姜勇士》的启句中埃文基的祖先也是这样出现的：

　　如果注意思考，你就能明白长着两只脚、光滑的黄褐色的脸和能够自由旋转的头的乌梁海人怎么能不在那么好的地方生活？①

在启句中，一切都是符合逻辑的。首先出现的是大地，构成了一幅地质图景，其中包括了山川、平原和河流，其次是所有的植物，最后是野兽和人。启句中到处强调人的出现，他们不是简单的人，而是作为祖先的人，人类氏族的始祖——埃文基人的根。所以，启句也被称为尼姆恩加堪的根。

（二）史诗《德沃尔钦》的启句

史诗《德沃尔钦》的启句属于上述第三种类型的启句，即综合描写时间和地点的启句，与埃文基其他史诗的启句特点和功能基本相同。需要指出的是，启句在介绍主人公德沃尔钦时，强调他不是简单的人，而是人类始祖、人类的祖先，自他开始大地上才有了人类，可见德沃尔钦是作为祖先神出现的。

　　他本身就是埃文基人的祖先，
　　我们的主人公
　　多么敏捷，多么强壮！（73—75行）

总的来说，史诗《德沃尔钦》中的启句包括以下三方面的内容，即交代故事发生的时间、地点，并引出故事的主人公。

1. 说明故事发生的时间：描写距今极其久远的地球繁荣的神

---

① Романова А. В. Мыреева А. Н. Фольклор эвенков Якутии. -Л., 1971. С. 99.

话时代，那个时候大地刚刚产生，出现了三个世界，它们就像一岁野生驯鹿的灵敏耳朵。此时一切都在慢慢成长，主人公还没出现：

> 据说很久很久以前
> 出现了三个世界，
> 它们就像一岁野生驯鹿的灵敏耳朵。（1—3行）

2. 描写故事发生的地点：一般情况下，在史诗的启句中，首先出现大地、山岭、河流，它们不断生长，越来越大、越高、越长，接着出现了野兽和人，例如史诗《德沃尔钦》在启句中写道：

> 中间世界
> 像毛绒毯子似的铺展开来，
> 上面有99个地方
> 流淌着小溪，
> 上面的山峰
> 就像分成9条的黑色狐狸毛皮
> 上面那些浓密的毛针。（3—9行）

《德沃尔钦》中的故事发生在广阔的中间世界的大地上，这里是主人公诞生的地方，也是埃文基人成长和生活的地方：

> 草（在那里）从来不曾枯萎，
> 中间世界
> 这个样子不知是很久了还是不久，
> 这我不知道。
> 任何一只飞翔的鸟，
> 无论往哪里都无法飞到它的边界——

> 这片土地是那么宽广。
> 如果看看这块土地——
> 没有什么可以与它相比，
> 这是美丽富饶的土地。（11—19 行）

接下来的 20 个诗行生动地描写了中间世界大地的美丽富饶。在这片土地上，云杉树像雪莲花般枝繁叶茂，落叶松像秋鹿新生的皮毛闪闪发光，幼松像棕色松鼠的尾巴毛茸茸，河柳繁茂，白桦粗壮。这里还有很多野兽和牲畜，山坡上有无数的驼鹿，在落叶松生长的地方有数不尽的野生雄驯鹿，在山顶上野兔在奔跑，河畔的云杉树上松鼠在跳跃。总之，中间世界呈现一派富有、迷人的景象。

3. 引出故事的主人公：埃文基史诗的主人公往往有一个或者多个，《德沃尔钦》中生活在中间世界的主人公是德沃尔钦和妹妹索尔阔多尔兄妹二人：

> 如果仔细看看这个美丽的地方，
> 就会认为，怎能不在这里出生
> 长着两条腿、脸庞光滑、
> 脑袋可以灵活转动的乌梁海人——
> 原来在这个土地上出生和长大了
> 一个强壮的小伙子——阿伊，
> 他的名字是从头到脚衣饰华丽的
> 力大无比的勇士德沃尔钦。（41—48 行）
> ……
> 如果问在中间世界出生的这个人
> 是否有过同族人，
> 原来他有一个妹妹。

> 如果问他的妹妹叫什么，
> 她的名字是
> 梳着九庹长的丝滑的辫子的
> 美女索尔阔多尔。（50—56行）

以上启句介绍了两个人的名字、相互关系以及基本体貌特征，他们都长着两条腿，脸庞光滑，脑袋可以灵活转动。德沃尔钦作为中间世界的勇士，他身体强壮、力大无比，穿着华丽的衣服。妹妹索尔阔多尔是个美女，梳着九庹长的发辫，头发如丝绸般光滑。这里的描写并不复杂，用词也不多，但是却能突出两个人最重要的外貌特征，给人留下深刻的印象。

总而言之，启句在埃文基的史诗中有着重要的作用，其中交代故事产生的时间和空间背景以及主要人物，描写神话创世的开始、英雄的主人公——人类始祖的产生，表达了孤独的主人公渴望了解世界、渴望与人交往的强烈愿望等多方面的内容。可见，史诗的启句被称为"埃文基史诗的根"是不无缘由的。

二 史诗的程式

根据"口头程式理论"（即"帕里—洛德理论"），程式性或程式化特征是史诗的重要特征之一。在文本中反复出现，有重要意味或对叙事有重要推动作用的词汇、诗行，乃至更大的单元都可视为"程式"。埃文基的英雄史诗经过数代人的讲唱流传至今，形成了许多固定的程式。总体上看，埃文基英雄史诗的程式不仅体现在词句和诗行上，也体现在文本的结构单元上。本节主要介绍和分析史诗的结构程式，进而在一定程度上分析史诗的结构。从已记录的文本来看，埃文基英雄史诗在描写问候、求婚、愤怒、生子、表达忠言、表达死亡和表达盛宴等方面的内容时都有

第三章 史诗《德沃尔钦》的艺术特色

固定的程式,本节主要分析史诗《德沃尔钦》中的重要程式。

(一) 问候的程式

在埃文基英雄史诗中,人物对话都是从问候开始,无论熟悉还是不熟悉的人对话时首先都要相互问候。问候有固定的程式,陌生人的问候和熟悉的人的问候程式大致相同,其基本格式为:说话者的引子歌+对方的名字+说话者的自我介绍+谈话的正题。可以看出,对话通常以说话者的引子歌开头,然后是对听话者的称呼,接着是说话者的自我介绍,此后说话者才进入谈话的正题。如果交谈对方是熟悉的人,谈话者可以略去自我介绍的部分。自我介绍的程式包括氏族来源、父母亲的全名和英雄的全名等。在史诗中,彼此陌生的对话者问候时都要使用这样的程式。例如史诗《德沃尔钦》中缅贡坎给德沃尔钦送信时,二人之间的对话是缅贡坎开始的:

基梅—基梅—基梅宁!
中间世界的勇士,
衣饰华丽、
力大无比的勇士德沃尔钦!
请你先打个招呼,
然后开始谈话!
如果你问我:
"姑娘,你从哪里来谈话和问候,
你是哪个氏族的?"
那么我会回答:我的母亲
是出生在上界的艾姜·耶加科西特,
我的父亲
是在上界出生并长大的阿伊希特曼加老人。
我的名字叫缅贡坎,
我骑着一匹小马——它如同白色的云彩,

在毛茸茸的三指深的雪地上

它不会留下痕迹。（168—185 行）

缅贡坎的这种问候方式使用在陌生人的对话中，即便是敌对的双方也要以问候开始，尽管某些语言不是很友好，但是也要使用这样的程式。例如史诗《德沃尔钦》中，德沃尔钦与下界魔鬼作战前的问候：

"基洛—基洛—基洛卡宁！"

下界的阿瓦希的头目，

骑着小驼鹿的

大力士尼亚尔古昌！

首先问候你，

然后开始谈话！

你应该猜得到

我来自哪个氏族，

你也知道自己的罪过！（849—857 行）

上述诗行中说话者德沃尔钦略去了自我介绍的环节，只说了一句"你应该猜得到/我来自哪个氏族"。德沃尔钦来下界救被阿瓦希掳走的妹妹索尔阔多尔，此时的交谈者魔鬼阿瓦希自然一定知道他从哪里来以及前来的目的，故而德沃尔钦省略了问候程式中自我介绍的部分。

在史诗《德沃尔钦》的后半部分，基拉吉与丈夫德沃尔钦对话时，即便他们是相互熟悉的人，也用到了上述问候的程式：

基迈—基迈—基迈宁！

中间世界的勇士

第三章　史诗《德沃尔钦》的艺术特色

名为勇敢的德沃尔钦，
穿着绣花的衣服，
你是我永远的朋友，
你是我永远的主人！
我的牙齿像石头……（2364—2370 行）

从基拉吉与德沃尔钦的对话中可知，熟悉和亲密的人之间交谈时也要用到问候的程式，只是无须详细地自我介绍，可以用亲近的称呼来说明二人之间的关系，基拉吉此处用"你是我永远的朋友，/你是我永远的主人"说明了与丈夫的亲密关系。

在史诗《索达尼》中也使用了问候的程式，例如勇士伊尔基尼钦在与上界的赫尔基宁加勇士的对话中说道：

乌格勒，乌格勒，乌根德尔！
你快瞧一瞧，
名叫赫尔基宁加的勇士
出生在上界三个部落中，
骑着亮丽的彩虹云一般健壮的坐骑！
首先向你光滑的面庞和你的智慧
表达敬意，
然后开始交谈！
如果你问，你是哪个氏族的勇士，
来到这里与我问候和交谈？
那么我会回答：
我的母亲是额顿·额科希特，
我的父亲是艾·博金！
我是埃文基—阿伊，
名字叫伊尔基尼钦，

骑着一只秋天的野生驯鹿！① （2110—2125 行）

除了史诗《德沃尔钦》和《索达尼》，在所有的埃文基史诗中无疑都存在对话以问候开始的程式，这是埃文基史诗的传统和重要特征。这种程式可以反映出埃文基人对出生地、氏族和祖先的关注和重视。

（二）英雄愤怒的程式

埃文基史诗描写英雄愤怒也有相对固定的程式。在史诗《索达尼》中，描写勇士赫尔基宁加帮助伊尔基尼钦为救美女阿雅克昌·伊韦克昌而共同与阿瓦希战斗时，使用了如下的诗行：

> 流动的血液似乎开始生锈，
> 愤怒的血液开始在喉咙里沸腾，
> 暴躁的血液从膝盖中喷溅而出，
> 浓稠的血液充满了五脏六腑，
> 狂怒的血液冲打着心脏，
> 由于十分愤恨
> 他长高了一拃，
> 长宽了四指。
> 他身躯宽阔之处几乎要裂开，
> 窄小之处几乎要断裂。
> 他的牙齿咬得咯噔咯噔响，
> 甚至飞溅出了火花。②

德沃尔钦在上界与未婚妻的兄弟博卡尔德对战，他被博卡尔

---

① Мыреева А. Н. Эвенкийские героические сказания. Новосибирск: Наука, 1990. С. 210.
② Мыреева А. Н. Эвенкийские героические сказания. Новосибирск: Наука, 1990. С. 216, 217.

第三章 史诗《德沃尔钦》的艺术特色

德的手杖击中之后极为愤怒:

> 而我们的主人公
> 狂怒的血液涌上了喉咙,
> 愤怒的血液开始奔向膝盖,
> 暴躁的血液冲击着心脏,
> 沸腾的血液在眼睛里闪耀,
> 由于极其愤怒
> 他的肩膀差点裂开,
> 他的腰差点断裂。
> 从十个手指中
> 涌出鲜红的血液,
> 从两个鬓角
> 冒出一束束火花。(1533—1544 行)

从以上两段诗行可以看出,埃文基史诗在描写英雄愤怒时,首先描写英雄的血液肆意地涌向身体的各个部位,英雄越愤怒,奔腾的血液就越狂躁;其次描写英雄的躯体由于愤怒变大变高,有些部位几乎要裂开或者流出血液;最后描写身体的部位冒出或者闪烁着火花。有时也会选取其中的一部分来描写英雄的愤怒,例如德沃尔钦听到缅贡坎送来的消息时非常生气,此时只用了三个诗行来描写:

> 他听了这些话非常生气,
> 热血冲打着他的心脏,
> 浓稠的血液涌进他的腹部!(231—233 行)

需要指出的是,史诗《德沃尔钦》与《索达尼》中描写英雄愤怒的程式相同，这也体现了同一个讲唱者的风格。

（三）勇士求婚的程式

在史诗《德沃尔钦》中，勇士求婚的程式往往以诗句"从三岁起命中注定是我的未婚妻，从两岁起注定是我帐篷的女主人，从一岁起注定是我的女裁缝！"开始。求婚的程式第一次出现在下界魔鬼与德沃尔钦的对话中，阿瓦希欲娶索尔阔多尔为妻，对赴下界救妹妹的德沃尔钦说道：

她呀，
从三岁起命中注定是我的未婚妻，
从两岁起注定是我帐篷的女主人，
从一岁起注定是我的女裁缝！
既然你本人来了，
请你立刻告诉我，你把不把她嫁给我？
你把她嫁给我——我就会娶她，
你不把她嫁给我——我也会娶她！（838—845 行）

求婚程式第二次出现在索尔阔多尔对哥哥说的出征箴言中，说明哥哥命中注定的新娘是上界别甘达尔老人的小女儿基拉吉：

你说的那些姑娘们
是上界别甘达尔老人的女儿们，
这些姑娘到过那里。
在她们中间
有你命中注定的女人。
出生的第一年她就是你命中注定的裁缝，
第二年就是你丘姆的女主人，
她的名字是

第三章 史诗《德沃尔钦》的艺术特色

长着丝绸般秀发的美女基拉吉，
是姐妹中最小的那个。
这些姑娘大概知道
您所有的征程。
因此她们
领你去了下界。
但是她的兄弟们
从来不会轻易地
把自己的妹妹嫁给你。
如果你希望说服他们，
就到他们那里去。（1202—1217 行）

求婚程式第三次出现在德沃尔钦与巴扬老人的对话中。德沃尔钦去上界寻找自己命中注定的新娘，到达巴扬老人的院子里，对巴扬老人说出要娶基拉吉为妻的请求时使用了这一程式：

我经过很多地方来到您这里！
您三个女儿中最小的那个
她叫长着发光的头发的
美女基拉吉，
从三岁起就是我命中注定的新娘，
从两岁起注定是我帐篷的女主人，
从一岁起注定是我的女裁缝，人们都这么说。
听了这些话，
我走过了很多地区和土地。
我亲自前来
追寻您的荣誉、您的声望。（1405—1415 行）

在此后的 11 个诗行中，德沃尔钦讲述了自己的生活状况、如何猎获母熊、驼鹿、驯鹿等，接着他再次向老人表达了求娶基拉吉的愿望：

您的小女儿
从一岁起就是我命中注定的女裁缝，
从两岁起就注定是我帐篷的女主人，
从三岁起就注定是我的新娘。
我来和您商量（同）她的婚事；
请您快点回答，
您对此会有什么看法？
您让她出嫁还是不嫁？
请您不要让她的伴侣等待，
不要阻止她的伴侣！
如果您把女儿嫁给我，
我不会让她挨饿，
不会让她没有衣服穿！（1427—1439 行）

从以上几个诗段可以看出，勇士在求婚的时候，首先要强调姑娘从出生起就注定成为他的妻子和家里的女主人，其次说明或者询问姑娘的亲人对这门婚事的看法、是否同意姑娘出嫁，再次表达求娶姑娘的强烈愿望，最后则保证让姑娘过上幸福的生活。

需要说明的是，史诗《德沃尔钦》还把"从三岁起命中注定是我的未婚妻，从两岁起注定是我帐篷的女主人，从一岁起注定是我的女裁缝"稍加变化，用来表达夫妻之间的亲密关系，说明人物求娶或结婚的对象是自己命中注定的妻子或者丈夫。例如基拉吉跟随丈夫德沃尔钦返回家乡的路途中，在上界和中界的交界处向山神老奶奶祈祷时使用了该语句，这也是史诗《德沃尔钦》

第三章 史诗《德沃尔钦》的艺术特色

中最后一次出现这个语句:

> 从一出生我就命中注定是他的女裁缝,
> 从两岁起我就(注定)是他帐篷的女主人,
> 从三岁起我就(注定)是他的妻子。
> 我这个姑娘
> 来到中间世界的大地上
> 搭起帐篷,在那里燃起灶火,
> 建起牲畜圈,生育孩子,
> 让中间世界住满了人。(2202—2209 行)

可见,史诗中求婚的表达方式对于讲唱者来说也是一个固定的程式,这种程式同时传达出新娘是求娶者命中注定的人的信息。埃文基人自古以来就信仰萨满教,他们相信命运的安排,相信人的命运是出生时就被规定好了的,所以,这种求婚方式能让被求娶的人信服,同时更容易让她答应求婚者的请求。

(四)表达忠言的程式

在史诗《德沃尔钦》中,描写和说明人物和动物的忠言或者肺腑之言的程式性诗句是:"我说的话,你要听进耳朵,进入大脑,牢记于心!"这个程式在史诗《德沃尔钦》中重复出现了9次,当说话人经过认真思考,严肃而又谨慎地给交谈的对方提出建议或要求时,常常使用这个程式。

表达忠言的程式第一次出现在德沃尔钦的坐骑鹿的话语中,鹿将自己的主人德沃尔钦送到中界和下界的交界处,在向主人说的出征箴言中使用了这个程式:

> 你要把我用人类的语言
> 说出的话

听进耳朵，

放入大脑，

牢记于心！

我们不能一起继续向前走了。

像我这样的鹿，

不能进入

我们抵达的三界的边界，

现在你不得不

自己往前走。（427—436 行）

在德沃尔钦与魔鬼战斗的过程中，他在对即将射向阿瓦希的箭说出的话语中使用了这个程式，他希望自己的箭矢能顺利穿过障碍并射中敌人：

我的铜铸的弓，

我的预言

你要牢记于心，

听进耳朵，

放入大脑！

不要怜悯！

让你的箭不要害怕石头，

碰到银器不要弹回来，

你要刺穿射中

下界奥根加的儿子的黑肝，

不要让他的儿子阿嘉拉伊逃走！（965—975 行）

此外，德沃尔钦兄妹在出征箴言中也使用了这个程式。兄妹二人在中界和下界交际处欲分手去往各自不同的目的地，此时妹妹索尔阔多尔对哥哥德沃尔钦说：

> 哥哥，我的亲哥哥哟！
> 我说的话
> 你要听进自己的耳朵，
> 牢记于心！
> 你说得很对：
> 当然，我最好
> 返回我们的中间世界。
> 如果你要一个人去，
> 你就快些赶路。
> 磨磨蹭蹭的勇士
> 不能战胜
> 上界的勇士——
> 他们都是真正的勇士。（1186—1198 行）

德沃尔钦在嘱托妹妹的箴言中使用了表达忠言的程式，希望妹妹顺利回到中间世界的家乡，一个人支起帐篷、生起灶火、饲养驯鹿：

> 我说的话
> 你要听进自己的耳朵，
> 牢记于心，
> 放入大脑！
> 你要顺利地回到自己的家乡，
> 不要遇到阴险之徒！
> 回到自己的故乡，
> 你要支起住所—丘姆，

布置好灶火神。
把驯鹿聚集起来，
就像我
没有离开中间世界一样！（1241—1252 行）

综上可见，在表达忠言的程式中，说话者首先提醒对方倾听并牢记自己下面要说的话语，其次说出希望对方做的事情及其原因。史诗中的人物在表达自己说出的话是经过深思熟虑而又希望对方听从的肺腑之言时，常常会使用这个程式。

（五）表达死亡的程式

当描写英雄或者勇士在战斗中快要牺牲的时候，史诗《德沃尔钦》中的程式常常使用的诗句是："他长长的思想缩短，他宽阔的脊背变窄。"这个程式第一次出现在主人公德沃尔钦对坐骑鹿的嘱托中：

如果我的
宽阔的脊背变窄，
长长的思想缩短，
我也会把我的预言
随风捎给你。（1272—1276 行）

德沃尔钦通过上述诗行说明，如果他在战斗中将要牺牲的话，一定会把消息告诉自己的鹿。这个程式第二次和第三次出现是在德沃尔钦与上界未婚妻的两个兄弟的战斗中，两个兄弟即将战败快被德沃尔钦打死时，史诗中分别写道：

那个人坚持不住了，
他宽阔的脊背变窄，

第三章 史诗《德沃尔钦》的艺术特色

长长的思想在缩短，
他的死期到了。（1597—1600 行）
……
那个人
流淌的血
汇集成红色的云彩，
他黑色的血在天上
汇流成黑色的云彩。
他长长的思想缩短，
宽阔的脊背变窄。（1684—1690 行）

在埃文基的其他史诗中也有类似的程式，如在《纽古尔莫克祖母和她的子孙们》中，当纽古尔莫克要将自己腹中的孩子生出来的时候，受尽了苦难，险些丧命。史诗中就用到这样的诗句：

当小孩降生的时候，她的呼吸变得急促了，她长远的思路变短了，她失去了知觉。[①]

通过该句的描述可知，纽古尔莫克并未向史诗《德沃尔钦》中表述人死的时候的场景："他长长的思想缩短，宽阔的脊背变窄。"这说明此故事的主人公纽古尔莫克只是失去了知觉，并不是死去了，但是这样诗句的出现就意味着这个人处在一个不佳的状态中。史诗中，当纽古尔莫克听到小孩的哭声时，立刻清醒过来，诗中又说道："变短的思路又长了，变窄的脊背又宽了。"这样诗句的对应又将史诗中死而复活的场面描述了出来。可见，在埃文基人的观念里，死亡的表现至少是两个方面，精神的层面表

[①] 乌热尔图主编，纳·布拉托娃副主编：《西伯利亚鄂温克民间故事和史诗》，白杉译，内蒙古文化出版社 2009 年版，第 68 页。

现为思想的长短，身体的层面则表现为脊背的宽窄。

以上几个诗段都是描写人物面临或者预言死亡的。在描写临死的状态程式中，首先说明死亡的原因，例如在战斗中或者遇到威胁生命的困境时，受难者坚持不下去了或者已经失血过多，使用诗句"他长长的思想缩短，/他宽阔的脊背变窄"形象地描述人物面临死亡时的状态，最后则说明人物的死期已至或者把死亡的信息告知他人；如果受难者改变了现状，有了起死回生的迹象时，则将这种程式反用，变短的思路可以变长，变窄的脊背可以变宽。需要说明的是，在不同的史诗和语境中，上述三个方面往往会根据具体的上下文、人物以及情节等有所取舍，但用人思路的长短和脊梁的宽窄表现史诗中人物存活特征是不变的程式。

（六）表达盛宴的程式

盛宴的程式是埃文基的史诗中常见的程式，例如史诗《德沃尔钦》中的盛宴就多次出现：婚礼的盛宴，英雄返乡的盛宴，两个孩子出生的盛宴，孩子起名的盛宴，等等。史诗《德沃尔钦》中的盛宴既不像鄂伦春族史诗《英雄格帕欠》那样因铲除妖怪众人举办庆功宴，也不像赫哲族史诗《满都莫日根》那样英雄凯旋归来举行的祭神盛典，埃文基史诗中的盛宴有自己的特征。史诗《德沃尔钦》中盛宴的次数非常多，每一次的收获和喜事都会举办这种宴请，与亲人分享收获的喜悦和幸福。这种宴请，除了婚礼盛宴，大多是家人的宴会，规模不大，表现在丰盛的食物、宴请的天数和盛宴期间人们的活动等几个方面，用固定的程式来表达。例如，当德沃尔钦领着新婚妻子回到中间世界时，家人们置办了一场宴会：

在中间世界的空地上
归来的人与亲人相见。

第三章 史诗《德沃尔钦》的艺术特色

>这些人抵达自己的家园，
>高兴地手挽起手。
>为了重逢想设宴畅饮，
>他们宰杀了阉割过的最好的鹿、
>最肥的没产过崽的母马，
>还有最大的公牛。
>他们把食物放到自己的四角桌上，
>开始享用美食。
>三天三夜
>他们一直在畅谈，
>谈天说地，无所不及。
>这之后——
>他们吃饱喝足，
>夜晚来临便躺下睡觉。（2301—2316行）

可以看出，这次宴会的场面并不盛大，但是很亲切。为了庆祝新人回家，表达亲人们相聚的喜悦，家人准备了家中最好的食物款待亲人。宴席进行了三天三夜，席间亲人们享用美食，尽情畅谈。德沃尔钦的两个儿子顺利降生之后，家人们也举办了盛宴，尤其是英雄的第二个儿子降生之后，盛宴的规模最大：

>他们宰杀并煮炖了
>330只阉割的鹿之中
>最大的那只，
>990只养肥的公牛之中，
>最肥的那只，
>880头不产崽的母马之中
>最好的那只。

为了孩子的出生
摆宴 9 天 9 夜。
他们不睡觉，坐着
愉快地谈话。
没有比这更好的盛宴。（2914—2925 行）

这个盛宴是《德沃尔钦》中介绍最细致的盛宴，详细描写了屠宰牲畜的具体情况、盛宴举办的天数，而第一个孩子出生的盛宴没有提及屠宰牲畜的数量，盛宴的天数也只有三天。可以看到，庆祝第二个儿子出生的盛宴是该史诗中最盛大的一次，既庆贺儿子降生，又感谢上界的姑娘基拉吉为中间世界的勇士带来了富足美好的生活。

史诗中最后一次宴会是为了庆祝德沃尔钦的孩子第一次猎获了熊，因为孩子的这次丰收，基拉吉赐给儿子一个响亮的名字，亲人们为了庆祝孩子的第一次丰收和孩子的名字而设宴：

父亲走出去，
把儿子带回来的野兽
麻利地剥着皮，心里想：
"为了庆祝儿子猎获野兽
应该举办盛大的宴会。"
他从野熊的脖颈子上
割下油脂，
宰杀骟过的最好的雄鹿，
宰杀没下过崽的最好的母鹿。
他们所有人又重新坐好，
为了儿子的猎物
开始高兴地设宴庆祝。

第三章　史诗《德沃尔钦》的艺术特色

这些人煮了那么多食物，
三天三夜
都吃不完这些食物。（3110—3124行）

可见，埃文基史诗中的盛宴程式，一般先说明举办盛宴的因由，之后交代盛宴上的食物和盛宴举办的天数，其中盛宴的食物和举办天数的多少来决定宴会的规模，埃文基人的盛宴一般都是家人之间分享快乐、喜悦和成功的一种形式。

在通古斯埃文基的其他兄弟民族赫哲族史诗中，也存在盛宴的母题和程式，但与埃文基人尼姆恩加堪不同。伊玛堪中盛宴程式的第一步要用这些丰盛的食物和酒来祭祀：把丰盛的食物摆上神桌，这些食物中往往是英雄通过自己的勇气、智慧和力量的考量而获得——去战胜神奇的野兽，并拿来祭祀神灵；勇士和得都（姑娘）们通常要穿上神衣、戴上神帽，拿起手鼓，挂起腰铃等一些神物，通过一定的仪式邀请众神来吃喝；然后才会轮到这些莫日根、得都（姑娘）以及村里的百姓一同享用盛宴。这种盛宴一般排场和气势更宏大，也经常会有重建城池的宏伟画面。例如在《满都莫日根》的最后"重建家园"这一节关于盛宴的描写：

赫哩啦—赫哩—赫雷—
你我刚从上江回到这个地方，
正想要祭祀诸神祝祷天地。
那神圣的仪礼要祭奉一百只狍子，
一百只飞禽和十只天鹅，
让天地诸神共同享用。
还有这只九庹长的神兽，
也一定要供在神桌上。

— 217 —

只有这些供品齐备了，
才足够（使）各位神灵和全村人一起宴饮饱餐。
我早已派出二十位狩猎的好汉，
去捕捉天上的飞鸟、林中的走兽。①

接下来，英雄莫日根们就进入了祭祀的环节，祭祀是为了感谢帮助英雄战胜困难的神灵们，让自己死去的父母等家人得到安息。

赫哩啦—赫哩—赫雷—
贺妮德（得）都姐妹们也要听着，
告知你们的神灵们都来降临在神板上。
莫尼德（得）都和黛勒德（得）都，
把你们的神灵们也都请来吧！
如今神肉已经供上，
所有祭物都摆在神板下面。
围着神板转上三圈儿，
让城堡中百姓也跟着在后面左跳右转。
转过三圈儿再去到城堡的四周，
东西南北角上也转上三圈儿。
跳过鹿神再重新进献酒肉，
神灵们也都使劲地吃使劲地喝哟，
躺上四天再待上三天。
如今咱弟兄也打了胜仗，
还建起了两个城，
又相互交好结盟了。

---

① 中国文学艺术界联合会中国民间文艺家协会总编纂：《中国民间文学大系——史诗·黑龙江卷·伊玛堪分卷》，中国文联出版社2019年版，第149页。

只有神灵的恩光庇护，
满都才得以西征获胜重建家园。
我那阿爸的阴魂也可以安息了，
满都兄妹已将你的尸骨背还。
如今征战已经结束了
请天地诸神享用这祭祀的酒宴吧！①

相比较而言，埃文基的尼姆恩加堪是描写创世始祖而进行的家庭盛宴的场面，赫哲族的伊玛堪中的盛宴则体现了英雄部落联盟的产生、重建城池、祭祀神灵和英雄与百姓同庆的场面。食物的种类上，尼姆恩加堪中的盛宴略显单一，还没有酒，更没有祭神的场景。所以，从内容上可以看出，尼姆恩加堪更古老和原始，是氏族始祖建立新家而进行的家庭盛宴。

除以上列举的程式，史诗《德沃尔钦》中重复出现的程式还有很多，例如战斗的程式，在前文论述史诗的母题时已经有所涉及，此处不再赘述。应该说，在埃文基史诗中，小到词语、句子，大到结构、段落和母题，都有许多相对固定的程式，这更加突出了埃文基史诗的独特性，反映出俄罗斯埃文基歌手优秀的讲唱传统和独特记忆。

本章从史诗中的词语、修辞手法、史诗的音乐性和史诗的结构等几个方面对史诗的艺术特色进行研究。埃文基史诗中大量使用谚语和箴言，还有很多习惯使用的数字以及表达数量度量意义的语句，使史诗的语言丰富生动，词尾"阿伊"常常出现在表示人的名词后面，具有标识性意义，韵律、韵脚、引子歌等音乐性特征增加了史诗的魅力，本章首先阐释了这些词句使用的语境和文化内涵、史诗的音乐性特征。其次，埃文基史诗中有很多修辞

---

① 中国文学艺术界联合会中国民间文艺家协会总编纂：《中国民间文学大系——史诗·黑龙江卷·伊玛堪分卷》，中国文联出版社2019年版，第151页。

手法，而比喻和夸张是其中最为常见的两种修辞手法，这两种手法在塑造人物形象、表现故事的主题方面起着重要的作用。本章最后研究了史诗的结构特征，认为引子歌和程式是埃文基史诗的重要结构特征，昭示着埃文基史诗独特的结构特色。

第四章　史诗《德沃尔钦》的文化释析

埃文基的史诗是展现埃文基民族日常和风俗文化的百科全书，体现着埃文基先民认识自然、宇宙和自身的独特的思维方式和方法，承载着埃文基人传统的文化记忆，并以极其深厚的文化底蕴传承于当代，给埃文基人的社会生活注入更多的传统气息，它是人类最宝贵的非物质文化遗产。研究史诗文化的过程，是丰富这种非物质文化遗产的过程，而探究史诗形成的历史文化背景则是为了更好地传承埃文基古老、传统而又经典的史诗文化遗产。本章将针对《德沃尔钦》等埃文基史诗中习俗文化、狩猎文化及宗教仪式等几个突出的文化现象进行有针对性的研究，并分析和阐释史诗体现出来的埃文基人对天空大地、太阳月亮、风雨雷电、"上、中、下"三界以及血液和灵魂的独特认识。

第一节　史诗《德沃尔钦》中的习俗文化

史诗《德沃尔钦》被称为埃文基日常和精神生活的百科全书，其中蕴含着丰富的埃文基传统的民俗文化，习俗文化是民俗文化的一个重要方面，包括婚姻习俗、女性孕产习俗、丧葬习俗等多方面的内容。

一　婚姻习俗

埃文基人传统的婚姻都是氏族外婚制，正如史诗中叙述的那样，下界的魔鬼要娶中间世界的姑娘，中间世界的勇士要娶上界的姑娘，或者上界的勇士和下界的魔鬼同时要娶中间世界的姑娘，战斗因此而产生。如前所述，埃文基民族最古老的求娶方式是通过战斗获得妻子，这在埃文基的史诗里也有所体现。此外，史诗《德沃尔钦》还描写了娶亲的过程，反映了埃文基人举行婚礼和送亲的一些习俗。

（一）婚礼习俗

史诗《德沃尔钦》中有关婚礼的描写仅用了30行（1980—2010行），而婚礼前后的准备和出发回乡的诗行很多。即便如此，德沃尔钦的婚礼仍然反映出埃文基人的很多婚礼习俗。首先，婚礼要邀请所有人来参加，因此巴扬老人对德沃尔钦说：

为了庆祝你建立令人尊敬的家庭，
密林深处会挤满通古斯人，
河谷旁会坐满了科多戈伊人，
转眼间我们就能叫来所有的人。（1879—1882行）

德沃尔钦和基拉吉的婚礼一共持续了12天，新娘穿上盛装，他们大摆宴席招待远近的亲友，密林深处和河谷旁到处都是通古斯人和科多戈伊人，人们聚集在一起享用婚礼盛宴：

酒宴丰盛而又美味，
那里有人们想要吃的所有食物。
德高望重的老人们谈天说地，

来做客的歌手唱着动听的歌曲。
四面八方来的勇士们
聚在一起竞技：
善于角斗的人摔跤，
臂力大的人相互拖拉①，
跑得快的人赛跑，
善于跳跃的人用一条腿跳跃，
这些勇士中的任何一个人，
在任何方面都赢不过
我们的英雄
勇敢的德沃尔钦。（1985—1998 行）

从史诗《德沃尔钦》可以看出，婚礼是在娘家举行的。在婚礼上，人们除了享用美食、聊天、唱歌，还进行一些竞技活动。参加婚礼的勇士们参与各种民族游戏，他们的能力和技能在游戏中得到展示，新郎也要参加这些活动。

18 世纪末下通古斯卡河埃文基人的婚俗是：父亲打算给儿子娶媳妇时，解下驯鹿索具和"帕里玛"（长把砍刀）一起送朋友处，朋友到新娘住的"楚姆"正中间插上"帕里玛"，把索具挂在上面。以它作为象征，双方开始商谈婚事。如果商谈成功，朋友（即媒人）立即把新娘带走，不举行任何仪式就到新郎家。

对带有普遍性的情况，埃文基女人安多尼娜·阿法纳西耶娃对 20 世纪 20 年代末的萨哈林（库页岛）埃文基人的婚礼有如下记述：

---

① 一种比赛的种类，在雅库特埃文基人中很流行，参加竞赛的双方面对面坐在地上，各持棍棒的一端，将棍棒拉向自己的方向，尽可能让对手从原地离开，类似拔河比赛。

为举行婚礼，须事先搭一座能容纳很多人的大帐篷。按预定时间，派人骑着驯鹿到100—150俄里迎接客人，打招呼问好。接着宰杀最好的驯鹿摆设婚宴。

新郎的双亲把驮载彩礼的驯鹿群拴在举行婚礼的大帐篷旁边。此后，新娘双亲从自己的帐篷里走出来，亲戚们开始欢呼。新娘父母把驮来彩礼的驯鹿分赠给他们。接受这种礼物的人，要在此后七至十日内，或者一年以后，必须回赠毛皮和驯鹿。驮毛皮的驯鹿一般再回赠给此人；其他物品是否回赠，根据新娘的意愿而定。

婚宴结束客人散去后，新郎就留在新娘家里，新娘的双亲和女儿不得不立即分开。新郎从这一天开始在新娘家生活二至三年。如果新娘家的弟弟尚未成长为猎手还不能狩猎的话，新郎就要一直待到弟弟长大为止。①

可见史诗《德沃尔钦》中保持了古代埃文基人婚礼的基本习俗，一样庞大而壮观的婚礼仪式和丰盛的婚宴，邀请众人见证新人的幸福。

（二）送亲习俗

婚礼结束后，新娘要跟随丈夫返回他生活和居住地方，成为丈夫氏族中的一员。在《德沃尔钦》中，德沃尔钦恳切地向岳父母说明要带着妻子返回家乡：

为什么要推迟
与长着发光头发的美女基拉吉
开始我们共同的生活？
因为睿智的老人们说：

---

① [苏]伏·阿·图戈卢科夫：《西伯利亚埃文基人》，白杉译，呼伦贝尔盟文联选编，呼伦贝尔盟电子激光排印中心（海拉尔市河东中路）2000年版，第101—102页。

第四章 史诗《德沃尔钦》的文化释析

"年轻人娶了姑娘为妻,
就应该把她领回自己的故乡。"
所以我想,
我们应该出发回我们的故乡。(2030—2037 行)

听了德沃尔钦的话,基拉吉的父母亲表示赞同,并指出人类自古就有这样的风俗:

从远古时起
人类就有这样的风俗,
你的话没有错。(2040—2042 行)

在新婚夫妇即将离开时,新娘的父母要为女儿准备嫁妆,这也被称为"离别婚礼",新娘要带着这些嫁妆跟随丈夫回到丈夫的家乡。《德沃尔钦》中,当嫁出的女儿准备上路时,老人们给女儿准备了 500 匹骏马,它们出生时都是带着银色的马鞍和银色的笼头。接着新婚夫妇骑上了马:

女儿和女婿
骑上了马,
在院子里骑着它
按着太阳运行的方向绕了三圈。
这之后——
调转马头朝着中间世界的方向出发,
骑着马穿过
鹿群、马群、牛群的中央。(2050—2060 行)

应该说,史诗《德沃尔钦》对埃文基古老的送亲礼仪的描写是相对细致的。送亲的队伍在娘家出发前要在娘家的院子里顺时针（按照太阳运行的方向）转三圈，这个习俗是希望和祝愿新婚夫妇回乡途中顺顺利利、婚后生活和和美美、家中牲畜成群、财富越来越多。

18世纪之前的埃文基人有举行"离别婚礼"的习俗，也就是送亲。即新郎在新娘家生活期终了时，要举行"离别婚礼"（"乌彦玛乌利"）。新娘出发去夫家时，她的嫁妆要驮在驯鹿背上——这些驯鹿也是嫁妆的一部分。驯鹿群要拴成一列，新娘骑在最先头的驯鹿上。如果有同族的女人来送她，她就得牵着这头驯鹿的缰绳，手里拿着长杖，长杖头上系挂着圣像（"伊科恩"）。在这种情况下，新娘就不能骑着驯鹿出发。假如到夫家只有两三俄丈（数米）远的话，新娘也要骑着驯鹿进去，无须返回。如返回的话，这个女人日后的生活必然要痛苦。在她到达夫家进帐篷以前，夫家的同族人不能来看她。新娘带来的驯鹿一路上自始至终不能自己动手照料，比如拴系驯鹿群、收拾挽具等。这些事都由送她来的同族女人和丈夫氏族的一个男人代办。

这里面谈到的两点很有趣，那就是：新娘的双亲把从新郎双亲处收到的驮载彩礼的驯鹿分赠给同族人；丈夫在相当长的时间内生活在妻子家里。彩礼大概也按照习惯法分赠给全体同族人。18世纪中期，乌达河通古斯人新娘的双亲接收将近一半的彩礼，其余一半照样分给同族人。举行过婚礼以后，丈夫还要在妻子家生活一段时间，表明曾经有丈夫在妻家长期生活的时代，这是埃文基人曾存在母系制的一个确证。

综上可知，在埃文基的婚嫁习俗中，女儿出嫁要有嫁妆，嫁妆的多少，根据娘家财产的多少而定，这也是显示女方身价的一种方式，男方还要在女方家里居住，直到女方的劳动力成人之后方可离开。这种送亲和送嫁妆的习俗，在埃文基人的生活中至今仍然保留着。

二　女性生子习俗

与出生和死亡相联系的习俗是埃文基传统信仰的重要组成部分。埃文基的每一部史诗中都或多或少地含有埃文基人出生和丧葬习俗的描写。埃文基人的生子习俗可以分为四方面：一是向送子神阿伊希特（айхит）求得孩子的灵魂；二是即将分娩的妇女在分娩之前必须要完成一些仪式，以保障孩子顺利出生；三是在分娩的过程中有一些禁忌；四是孩子出生之后要举行仪式——母亲和孩子需要进行洗礼，让孩子获得灶火神的承认和庇护。

史诗《德沃尔钦》和《中间世界的多尔干敦》中都有对新生儿降生的描写。在《德沃尔钦》中，基拉吉在怀孕第九天的早上即将分娩，此时她对丈夫德沃尔钦说道：

> 我的银色的心脏，
> 我的黑色的肝脏，
> 都在剧烈地疼痛！（2371—2373 行）

在埃文基的习俗中，与产妇生产和新生儿的出生相关的仪式有三个：第一个是伊姆特（имты），即供奉火神的仪式；第二个是乌尔甘宁（улганни），即供奉土地神的仪式，在树上悬挂一束鹿颈下的长毛或者马的鬃毛，作为对土地神的供奉；第三个是玛拉欣（малахин），即用家畜鹿或马作为祭品供奉能够带来子孙后代的女保护神阿伊希特（类似佛教中的送子观音）。在举行这三个仪式的时候，要做一些具有象征意义的事情，例如在产房里解开所有的结、打开所有的锁等，埃文基人认为这样做有助于新生儿顺利降生，因为这些行为能预防孩子弄乱脐带。史诗《德沃尔钦》中，基拉吉在临产时告诉丈夫要把锁打开、把系好的

结解开:

> 但是首先你要打开
> 所有锁着的锁头,
> 解开所有系好的结。(2401—2403 行)

在史诗《中间世界的多尔干敦》中也有类似的描写,例如:

> 如果哪里有结就解开,
> 如果哪里有锁上的锁头就打开。①

埃文基人的游牧生活条件经常非常严峻,在恶劣的生活条件下,经常会有突发状况,女性分娩也常有不正常的情况发生。产妇长时间地遭受折磨,会有死亡的危险,或者会生出死的孩子,所以关于产妇有很多禁忌和护符,这是为了产妇和新生儿在分娩发生困难时,摆脱各种妖术魔鬼的束缚。埃文基人认为,孕妇生产时要解开家中所有的结、打开所有的锁,这样做有助于新生儿顺利降生。

在新生儿顺利降生之后,按照埃文基人的习俗通常要杀一头小鹿或者一匹小马,让新生儿的母亲吃新鲜的肉,喝新鲜的汤汁,以便有丰盈的奶水。史诗《德沃尔钦》中,基拉吉请求丈夫宰杀一头小马②:

> 请你屠宰一匹小马,
> 不要割断它的筋,

---

① Мыреева А. Н. Дулин буга Торгандунин-Торгандун среднего мира, -Новосибирск: Наука, 2013. С. 338 – 339.
② Мыреева А. Н. Эвенкийские героические сказания, Новосибирск: Наука, 1990. С. 383.

要把它的皮整张剥下,
按照关节把肉割开。(2406—2410 行)

按埃文基人的习俗,孕妇分娩时需要杀一头鹿或者一匹小马,按骨头关节把肉切割,不能弄坏它的筋腱。在埃文基人的信仰中,如果切割时弄坏了筋腱,家畜就不会产崽了。

在史诗《中间世界的多尔甘敦》中,也描写了这个习俗:"小马的腿,不要割断筋腱,按关节分割,煮肉,并把煮好的肉放在八角灶台边缘处,来供奉子孙的庇护神。"① 供奉子孙后代的庇护神是为了祈求新生儿顺利降生。瓦尔拉莫娃认为,东部埃文基人的观念里送子的神灵是阿音玛因(айн Майн)或者是阿伊希特-埃尼(айхит-эни),所以埃文基人把分娩叫作阿伊希特塔纳金(айхиттанагин),意思是"跟随人—阿伊的历程"②。埃文基人认为,孩子出生时,阿伊希特应该把灵魂派送给新生儿,这是关于埃文基人对灵魂的独特认识。埃文基人认为,埃文基人的灵魂是不在自己体内的,特别是刚出生的孩子的灵魂,阿伊希特派山雀送来孩子的灵魂。因此,埃文基人有一个禁忌:不可以打死山雀。史诗《德沃尔钦》中基拉吉生子之前这样说过:

我有一个银质的匣子,
里面装着
银色小鸟的。
翅膀、尾巴和羽毛(2384—2387 行)

---

① Мыреева А. Н. Дулин буга Торгандунин-Торгандун среднего мира, - Новосибирск: Наука, 2013. С. 316–317.

② Мыреева А. Н. Сказительство в условиях якутско-эвенкийского двуязычия//Эпическое творчество народов Сибири и Дальнего Востока. -Якутск, 1978. С. 190–201.

这是埃文基人的孩子出生前的一种仪式，拿出鸟的模型或者鸟巢的模型摆放到产房中，因为这里面"保存"着即将出生的孩子的灵魂。

埃文基史诗中经常出现乌尔甘尼仪式的描写，勇士按照妻子的盼咐，把作为祭品杀死的动物的皮（鹿皮或者马皮）悬挂起来，并把鹿脖子上的长长的毛发或者马脖子上的鬃毛系在白桦树上，如史诗《德沃尔钦》中基拉吉对丈夫说道：

> 然后你把马皮拿出去
> 扔到三棵白桦树的树尖上
> 晾干，
> 用马尾和鬃毛上的一束束马毛
> 装饰七棵相邻的白桦树。（2410—2414 行）

乌尔甘尼仪式是祭祀地方神的仪式，要在白桦树上系上长长的带子或者鹿和马的毛发、鬃毛等，有时还会放一些小祭品。在路途中要渡过危险的浅滩、河流和山崖等地方时，也经常会举行这个仪式。埃文基人认为，在树上系带子或者马和鹿的鬃毛可以庇佑人们平安顺利、生命无忧。

埃文基史诗中有产妇生子的场景描写。如史诗《德沃尔钦》中，用七棵白桦树围起单独的空间以供基拉吉生子使用。在古代，产妇要在专门的丘姆（帐篷）中生下孩子。这个习俗也有其自己的来历，在英雄史诗《达姆纳尼—勇士和焦罗摩焦奴伊坎》（*Тамнани-богатырь и Дёломо Дёнуйкан*）中，当两个兄弟中的一个出生时：

> 河岸上生活着老头和老太太。他们是那样生活的，老太太的膝关节开始肿胀，肿胀得越来越严重，马上就要胀破

第四章 史诗《德沃尔钦》的文化释析

了,但是并不疼。有一天老太太用肿胀的膝盖去碰触门槛,当她接触到门槛时,突然一个小孩大喊着从胀破的膝盖里出来了,老太太才明白那个小孩是从自己的膝盖里出来的。老爷爷将那个孩子抓在手掌里,那是一个小男孩。①

为什么这个"神奇妈妈的肚子"选择了膝关节这个位置呢?民俗学家认为,膝盖是关节,来源于埃文基语中的"苏斯塔夫"(сустав)一词,直译为"拐弯",该词有很多转意:"氏族的成员""辈代""支脉"②。在所有的满通古斯语族中,都有词汇сустав出现,意义基本相同,如在乌尔奇和那乃人的语言中该词意为"同一个氏族的成员",满语中该词具有"氏族和部落的后裔"以及"媒人"、"媒婆"等意义。

从肿胀的膝关节神奇出生的条件是肿胀到极限,然后碰破那个所谓的"门槛",即要冲破关节处阻碍孩子"出生"的那层"隔膜"。埃文基词语"古尔吉勒"(култир)在上述故事里有"门槛""台阶""翅膀"的意思;在涅吉达尔语中该词有"隔板""隔墙"的意思,可理解为孩子出生在隔板的后面;在奥罗奇语中,该词表示地点意义,是专门为生孩子而隔开的一个地方。在埃文语中也有"幕""帐""盖"的意思。③ 所以,埃文基的女人生孩子要有单独的专门用于生孩子的帐篷,并用帘子等物品将其与人们居住的帐篷隔开。

罗曼诺娃和梅列耶娃的方言学词典,指出了表示"门槛"意义的词根"古尔吉勒"(-кулу)还有"篝火下面的棍棒和台架"的意思。从词源学的角度,在萨满用语中埃文基语"古尔吉勒"

---

① Уланов О. И. Бурятский улигеры. -Улан-Удэ, 1968. С. 56 – 57.
② Цинциус В. И. Сравнительный словарь тунгусо-маньчжурских языков. Т. 1. -Л., 1977, С. 245 – 246.
③ Цинциус В. И. Сравнительный словарь тунгусо-маньчжурских языков. Т2. -Л., 1977. С. 428 – 429.

（кулmир）与自家的"灶火"联系在一起。萨满为自己的孩子起名或为后代祈福去找火神古鲁特曼（Кулутман）。按照埃文基人的观念，孩子的出生是与火神——古鲁特曼——密切相关的，因病肿胀的膝关节与"古尔吉勒"（кулmир）相互碰撞而产生震动的声音，这种敲击的声音在故事中被理解为新生儿的灵魂传递或者搬迁，在敲击声发出之后，新生儿就降生了。妇女生产时要通过敲击声将灵魂传到新生儿的体内，新生儿才得以降生。而女士生产则要在一个专门的产房中被隔离开来。

产妇生产时需要跪着，腋下放着固定在木桩上的横木支撑住身体，在身体下面，夏天铺上青草，冬天铺上鹿皮，为了不让新生儿掉到地上，接生婆应该接住小孩。埃文基人认为，孩子出生时落到地上，这对孩子来说是不好的征兆。如东部埃文基人有一个这样的故事，产妇纽古尔多克分娩时是她的姐姐接生，但是新生儿掉到了地上，后来小男孩就丢了。小男孩被鹤养大，长大后他找到自己的母亲纽古尔多克和她的姐姐，责备她们，因为她们没能让他在自己的家中长大：

> 鹤养大的人，
> 在悬崖边
> 长大的孩子。
> 听说，家离得很近了，
> 我想看看她的外貌，
> 六个辫子的纽古尔多克。
> 当初你很生气，
> 在中间世界抛弃了我，
> 让别人把我偷走。[1]

---

[1] Мыреева А. Н. Н. Г. Трофимов（Бута）-эвенкийский сказитель-Улан-Удэ, 1966. С. 59–61.

第四章 史诗《德沃尔钦》的文化释析

纽古尔多克不仅让孩子掉到了地上,还在心里骂他,因为是他破坏了土地神的愉快心情。

在埃文基的史诗中,新生儿的出生是带有传奇色彩的,脑袋碰到地面发出很大的撞击声,这预示着孩子将会有非同寻常的未来。史诗《德沃尔钦》中,描写新生儿降生时写道:

> 他的囟脑门直接摔到
> 丝绸般绿草做的垫子上,
> 头撞到地上的声音很大。(2430—2432 行)

史诗《中间世界的多尔干敦》描写这个情景时写道:"小孩出生,撞地的声音很响。"① 新生儿出生的母题,是埃文基史诗中经常出现的母题,故事里产妇都会提前告诉自己的丈夫,新生儿出生时就会跑走:

> 我们的儿子,
> 马上就要出生了,
> 所以你要准备好,时刻警惕着!
> 听说,果敢的勇士的儿子,
> 出生时就强壮有力、筋骨健硕。
> 如果他试图跑开,
> 你要制止他!(2378—2383 行)

> 听说,两个勇士的孩子
> 一出生就会跑。
> 所以你好好准备,

---

① Мыреева А. Н. Дулин буга Торгандунин-Торгандун среднего мира, -Новосибирск: Наука, 2013. С. 317.

— 233 —

尽全力抓到他

你站住门口！

噢，好疼！吉拉卡宁！（《中间世界的多尔甘敦》）①

这样一来，埃文基史诗中英雄生子的母题就过渡到了勇士必须要抓住新生儿的母题，抓住新生儿的母题成了埃文基史诗中的一部分。

按照埃文基人的传统，孩子出生前要把准备好的匕首、弓和箭等放到孩子的摇篮里，期望男孩子成为一名优秀的猎手，而女孩的摇篮里则放上小顶针和一小团线等东西，希望她能有一双巧手。史诗《德沃尔钦》描写这一习俗时写道：

然后在那个摇篮里

一面放入一把

铜制的弓，

另一面

放入一支双刃箭，

在摇篮的底部

小马的鞍子下

铺着毡垫。

在孩子的脑袋旁边

将放上一个银色的马笼头。

用500匹马的鬃毛做成的球

也放到摇篮里。（2873—2883行）

在孩子的摇篮里放入箭和矛，是希望他成为有力量的勇士。

---

① Мыреева А. Н. Дулин буга Торгандунин-Торгандун среднего мира, -Новосибирск: Наука, 2013. C. 317.

在埃文基史诗中，总是来自上界的妻子给孩子举行出生的仪式，基拉吉要求把弓、箭、马鞍和笼头都放到孩子的摇篮里，希望他长大后能征善射，成为强大的勇士、有本领的骑手。由此可见，放到新生儿摇篮里的物品与父母对孩子的期望有关，有助于让他从小形成相应的能力和品质，长大后能够像祝愿的那样善于打猎或者战斗。弓、箭、鞍子、笼头等物品从孩子出生起就一直跟随着他，有时也在他的名字里体现出来，这对于他长大后成为敏捷强壮的勇士、勇敢的骑手是必须的。

通常情况下，埃文基史诗中主人公的第一把弓和箭是由女性制作出来送给他的，如母亲送给儿子或者姐姐送给弟弟。如在史诗《纽古尔莫克祖母和她的子孙们》中，纽古尔莫克生下了一个儿子，儿子神奇般地成长，很快就要求母亲做弓箭给他：

> 这个婴儿过一夜就长成一岁大的小孩，两昼夜就长到两岁，三昼夜以后，就请妈妈给他做弓箭，妈妈给他做了，儿子长得这么快，连妈妈也不知道他几岁了，很快就变成了小伙子：开始能够外出打猎了。[①]

在史诗《德沃尔钦》中，并没有说明德沃尔钦的弓箭是由谁所做，而德沃尔钦的儿子的弓和箭则是母亲基拉吉制作并送给他的，其中寄予了父母对孩子的期望和祝愿。

三 葬礼习俗

在埃文基的史诗中，有一些描写埃文基人的葬礼习俗的诗行，但是不多。如史诗《德沃尔钦》中，在勇士对打的过程中，

[①] 乌热尔图主编，纳·布拉托娃副主编：《西伯利亚鄂温克民间故事和史诗》，白杉译，内蒙古文化出版社2009年版，第69页。

勇士之间的对话反映了埃文基人葬礼的一些习俗。德沃尔钦刚进入上界，遭到上界勇士的挑战时，与上界的一个勇士对打的过程中说：

> 如果你不想走开，
> 就请你说出遗言，
> 穿上丧服，
> 找到丧葬的鹿！（1338—1341 行）

这里的诗行"穿上丧服，找到丧葬的鹿"体现了埃文基人的丧葬习俗，埃文基人在死前要提早给自己准备死时穿的衣服，即寿衣，所有进入暮年的老人都由子女或者亲属为其准备这种丧葬服。

按照埃文基人的丧葬习俗，死者生前骑乘的驯鹿要杀死，砍掉它的头，鹿头朝东挂在死者的墓旁，还要挂上鞍子、鹿肚带、笼头和其他东西，埃文基人认为这是死者必需的东西，因为鹿是死者在另一个世界里出行的坐骑。在俄罗斯埃文基人生活的一些乌鲁斯地区，直到现在还保留着用驯鹿殉葬的习俗，在埃文基人看来，逝者的灵魂也要骑着驯鹿去往另一个世界。瓦西列维奇指出[1]，埃文基人先用殉葬的动物的血给逝者清洗身体，此后再用水清洗。清洗后，给逝者穿上预先准备好的带有许多图案和装饰的衣服，衣服不能系扣，鞋和衣服也不能系带。穿好衣服的死者要放到新鹿皮或者桦树皮上，连同逝者的其他个人用品（例如抽烟人的烟斗、打猎时随身带的匕首等）一起放入棺材。棺材抬出时，逝者的头要朝前，棺材下面要生起火，用烟熏一下。此后宰杀驯鹿，鹿肉煮熟之后款待前来追悼的众人。仪式结束后，先倒着走几步离开坟墓，然后再转身回家。

---

[1] Василевич Г. М. Эвенки. Историко-этнографические очерки（XVIII -начало XXв.），Л.，1969. С. 241.

埃文基人的送葬习俗与其对灵魂的认识有关，阿穆尔州的埃文基人无论过去还是现在一直保存着一个传统：小孩子死后要葬在树上，也就是把小孩放在摇篮里悬挂在树上，并且随着游牧的队伍迁移。

埃文基人认为，普通人的灵魂死后还能在这个世界上存在三年，然后才能进入奥米（灵魂）的世界，萨满的灵魂在这个世界上存在的时间更长。灵魂与人的出生和死亡有关，埃文基人因此对灵魂相当敬畏和重视，进而促成了埃文基民族独特的生子习俗和丧葬习俗，人们举行相关仪式时极为虔诚。埃文基史诗作为民族文化的载体，无疑会描写和反映这些习俗。

第二节 史诗《德沃尔钦》中的狩猎文化

埃文基人广泛分布在远东和西伯利亚地区，各个地带的地理条件和自然环境并不完全相同，往往生活着不同种类的动物。埃文基人自古以来就从事狩猎活动，他们根据不同的地带、不同的动物种类确定狩猎的方式，甚至根据猎物的多少决定迁徙的路线。这也反映在埃文基古老的尼姆恩加堪中，反映在埃文基的史诗里。

一 狩猎生产方式

埃文基的尼姆恩加堪记录了大地上第一批人类的出现及其生活，记录了埃文基人古老的生活方式：他们以猎获的兽肉为食。在早期的埃文基人那里，狩猎是其唯一的生产活动和食物来源，这在埃文基史诗中有所描写和反映。例如在史诗《德沃尔钦》中，德沃尔钦在基拉吉让他给孩子起名字的时候，回答说：

让在人们中长大的母亲，

给你起个名字吧。
除了狩猎，我什么都不知道，
也不能做这件事。（3044—3047 行）

德沃尔钦在此明确表示自己只会狩猎，其他的事情都不了解，可见狩猎是其赖以生存的方式，狩猎的本领和猎物的数量可以证明人的生存能力。德沃尔钦来到上界要娶姑娘基拉吉为妻，在巴扬老人家的院子里求婚时，他向巴扬老人夸耀自己的狩猎本领和生活技能时说道：

如果您问我：
"玛塔，你靠什么养活自己？"
我会回答：在山里，在林中烧焦的空地上
我能猎获很多
黑色的厚毛的母熊，
在山岗顶上，
我能猎获肥美的驼鹿为食。
在长满了落叶松的狭窄的山谷里，
我这个埃文基的勇士能猎获
身上长满了厚厚的毛的
肥美的驯鹿。（1416—1426 行）

德沃尔钦以猎物为食，他猎获的动物有母熊、驼鹿和驯鹿，种类和数量都很多，这足以说明他具备生存和养家的能力。史诗《德沃尔钦》中以下诗行描写了德沃尔钦的儿子打猎的情形：

这个孩子一大清早离开，
直到天色昏暗

他才回来。
他非常熟练，
没有一个飞鸟
能从他那里飞走，
没有一个跑得飞快的野兽
能从他那里跑开。(2960—2967 行)

可以看到，德沃尔钦的儿子在狩猎的日子里早出晚归，无论是空中的飞鸟还是地上的野兽，都逃不过他的猎捕，史诗通过这些描写称赞了他的英勇。再如：

有一次这个孩子
抓住四岁的母熊，
握住它两只前爪放到自己的背上，
他跑回了家，
把肥壮的熊扔到砍伐树木的地方。(2979—2983 行)
……
我跟在它后面，
追踪着它的足迹。
它没有就像其他野兽一样跑走，
仿佛说着："让我们打上一架吧。"
朝着我走过来。
我和它交战，
先是打成了平手，
还没超过煮两三锅冻肉的时间，
我就打死了它。(3007—3015 行)

这两个诗段讲述了德沃尔钦的儿子捕获一头野熊的过程，其中的描写十分细致，不仅指出了熊的大小，也说明了主人公与熊搏斗的方式、过程、时间等，甚至采用了拟人的手法生动而又形象地再现了熊与人交战时的心理和状态。

埃文基人捕获动物以后，可谓物尽其用。他们把动物的肉作为食物，用动物的皮毛做成衣服，动物的骨头和毛皮制作成各种生活用品，例如英雄故事《乌姆斯利孔》中主人公的帐篷盖是用鹿皮做的，门槛、锅和刀子是用鹿的骨头做的：

> 他一个人孤零零地生活。他的帐篷上盖着一岁野鹿的鹿皮，用鹿的腿骨压着帐篷的盖儿，用骨头做了门槛。他的锅是野鹿的头骨做的，他的刀子是野鹿的骨头做的。①

德沃尔钦是埃文基人的始祖，这说明狩猎无疑是埃文基人自古以来的传统，驼鹿、黑鼠、紫貂、狍子等是其主要的狩猎对象，甚至埃文基人迁徙的途径也是根据当地的野兽数量决定的。例如，沿河流的树林会有水獭，狐狸、兔子在整个泰加林里都能遇到，在森林冻土带里有北极狐和貂，再往北的山区有鹿，从贝加尔湖向东的开阔地带的山区里有很多驯鹿、麋鹿、马鹿、旱獭、雪羚羊等，埃文基人深知这里的秘密。从史禄国的著作《北方通古斯的社会组织》中对通古斯人生活习惯的描述可以看出，狩猎是他们的主要生产经营方式，"通古斯人主要的活动是狩猎"②。转型后的通古斯人从事畜牧业或者农耕业，狩猎却依然是他们的一种经济生产方式，到了狩猎季节还要从事狩猎活动。史禄国统计了埃文基人聚居地巴尔古津地区狩猎的年产量，详见表 4 - 1。

---

① Василевич Г. М. Исторический фольклор эвенков: сказания и предания. Ленинград: Изд. Наука, 1966. С. 90.

② [俄] 史禄国：《北方通古斯的社会组织》，吴有刚、赵复兴、孟克译，内蒙古人民出版社1984年版，第40页。

表 4 – 1　　　　　　　巴尔古津地区狩猎的年产量①

单位：只

	灰鼠	紫貂	狐	猞猁	熊	狼	狍子	麋	犴	鹿	驯鹿	野猪
1906 年	12385	2	47	6	7	10	500	222	35	65	2	7
1907 年	17645	10	41	3	8	10	813	734	61	133	22	44
1908 年	19565	5	47	10	5	14	789	573	45	101	21	47
1909 年	37000	10	59	7	12	11	1143	1075	97	172	23	29
1910 年	30720	3	62	13	11	17	906	833	122	179	19	42
1911 年	13310	13	41	9	10	10	712	804	146	171	55	46

　　表 4 – 1 的数据说明，19 世纪末 20 世纪初狩猎在埃文基人的生产活动中仍占很大的比重，是重要的生产方式，狩猎对象因居民的需要而调整和变化，食品供给不足时会向俄国商人购买或者以物换物。

　　不言而喻，埃文基人的狩猎习俗一直保留至今。埃文基人最初以猎获的兽肉为食，以兽皮为衣，用动物的毛皮和骨头制作各种日常生活用具。后来随着猎物数量的增加以及生活生产方式的变化，猎物也用于易货贸易，即用多余的肉类和动物的毛皮换取必需的粮食、生活日用品、子弹等。但是不管怎样，埃文基人一直保留着狩猎这种生产方式以及相关的习俗。

二　狩猎工具

　　埃文基人最初以兽肉为食，并制造出各种工具以获得猎物。埃文基人狩猎的对象主要是鸟和野兽，最初用编织的网和套环等捕获各种禽类，后来发明了弩弓，猎获的动物种类随之增多，而弓箭的出现使得获得猎物较之前容易很多，猎物也越来越丰富。

---

①　［俄］史禄国：《北方通古斯的社会组织》，吴有刚、赵复兴、孟克译，内蒙古人民出版社 1984 年版，第 41 页。

埃文基的英雄故事介绍了埃文基的祖先为了获得食物制造出工具的情况，例如英雄故事《梅基戈登》（Мокигдын）描述了主人公获得猎物的方式：

> 这个人用矮小的桦树枝给自己建造了一个住所，它上面落满了小鸟，主人公想要尝试猎取它们作为食物。有一次他想，用一种什么样狡猾的武器能打死这些鸟呢？他就用偃松的树皮做了一个套环，做好后走到湖边，在套环里放上鸟类的食物，第二天一大早看到一只鸭子落入套环中，这个人拾起鸭子带回家中，吃了它的肉，觉得很好吃。接下来，这个人又想，如果我能打死一头驼鹿吃该多好啊，可以吃好多天！于是这个人就想出了弩弓这个工具……①

捕获猎物以后，可以放到专门的猎囊里带回家，史诗《德沃尔钦》开篇描写了德沃尔钦打猎的情况以及如何将猎物运回家：

> 这个人很久以来
> 就一直打猎，在他出现的地方野兽就要减少一些。
> 傍晚，当天快黑的时候
> 他回来了，在自己猎囊的十个银色带子上拴着
> 十只野鹿。（334—338 行）

埃文基的史诗中这些关于狩猎工具的描写，反映了埃文基人的狩猎文化和习俗。埃文基人长期以来一直以狩猎为基本的食物来源，因此对后代是否善于狩猎极为重视，孩子从一出生开始，父母就会在他们的摇篮里放上弓箭或者弓箭的模型，祈愿孩子长

---

① Василевич Г. М. Исторический фольклор эвенков: сказания и предания. Ленинград: Изд. Наука, 1966. С. 213–214.

大后能成为一名好猎手。这一点在史诗《德沃尔钦》中也有所反映，德沃尔钦第二个孩子出生的时候，母亲基拉吉就在孩子的摇篮里放置了弓和箭。

　　应该说，无论在史诗里还是现实生活中，狩猎都是埃文基人最重要的生活方式。根据地理环境和野兽的特点，埃文基人会选择不同的狩猎工具，在勒拿河和叶尼塞河之间，包括勒拿河源头的山区，这里没有开阔的地带，所以这里狩猎时经常使用的是弓弩和套环；自勒拿河向东，贝加尔一带则属于开阔的地界，狩猎的工具经常是弓箭。18—19世纪，弓箭常常被猎枪代替，还从俄罗斯人那里学到了使用陷阱的方法，而此前埃文基人是不会使用陷阱的。

　　除了上文提到网、套环、弩弓和弓箭等工具，埃文基人捕猎的时候还用匕首、大刀和长矛，其中很多工具也是勇士在战斗中使用的武器。史诗《德沃尔钦》中勇士们使用的武器有弓、箭、长矛、乌特凯恩和石球，除了石球，其他武器都是埃文基人的狩猎工具，可见埃文基英雄史诗生活气息之浓郁。史诗《德沃尔钦》的主人公德沃尔钦从出生时起就一直随身携带着匕首：

　　　　德沃尔钦从右边的靴筒里
　　　　拿出了自己锋利的匕首，
　　　　这是从他出生时就带在身上的，
　　　　刀刃有四指宽，
　　　　他用刀切断了敌人的喉咙……（1071—1075 行）

　　匕首是狩猎的人随身携带的工具，放在刀鞘中，只有夜里睡觉的时候才能从身上解下来。埃文基人有两种悬挂刀鞘的方式，一种是把它悬挂在腰间（勒拿河以东的埃文基人），另一种是把它绑在右腿旁侧（勒拿河以西的埃文基人）。第二种方式是养鹿人的匕首存放方式，养鹿的群体把这个传统带到了勒拿河以西的地区。这种方式是格拉兹科夫斯基①文明的标志，在现代的民族中，是鄂毕河的乌戈尔人、恩茨人、恩加纳桑人的标识，在雅库特埃文基人的英雄史诗里对此都有反映和描写。

埃文基人狩猎时除了使用以上工具，还有骑乘的工具——驯鹿。众所周知，通古斯人可以说是使鹿的行家，无论养鹿还是猎鹿，都是所有通古斯人经济体系中的重要部分。在埃文基的英雄故事里，经常会把是否有家畜鹿当成一种财富的标志，例如英雄故事《科达克琼》中写道：

在中间世界大地中间，在一条河的岸边，在陡峭的岩石旁的小丘上，有一个帐篷，里面住着一个玛塔——勇士。他没有鹿，也没有狗，这个人只有一个妹妹。

在史诗《德沃尔钦》中，主人公最初就有家畜鹿，他非常富有，满山遍野的各种鹿都是德沃尔钦的：

如果看一看他，你就会认为，他是那么的富有，
原来在他亲爱的故乡
所有的山上，
都有他的牲畜——鹿群；
在所有的河岸上
都有他的大鹿和小鹿，
在所有的河柳丛里
都有他的雄鹿，

---

① 考古学的文明时期，在公元前1800—前1300年的青铜器时代，发现的古通古斯部落遗址，坐落在贝加尔湖沿岸、安加拉河沿岸和勒拿河上游及谢列姆贾河流域。墓地中有桦皮船，桦树木和其他木制的器皿，甚至还有摇篮、弓箭、衣服等各种生活用品。

在山的北坡上

都是他的阉割的鹿。(76—85行)

可见,埃文基人对鹿极为重视和关注,养鹿在埃文基人那里有着古老的历史,埃文基人从在大地上开始就已经把鹿作为家畜。

与此同时,野生鹿也是埃文基人狩猎的对象。在近现代,猎鹿时通常用猎枪,有些地方也使用夹子和陷阱等。驼鹿是埃文基人喜欢捕猎的对象,就像史诗中描写的那样,下界的魔鬼骑的是驼鹿,上界和中界的英雄们骑的是驯鹿。此外,野生驯鹿是埃文基人特别喜欢的动物,当然也是捕猎的主要对象。驯鹿还是埃文基人饲养的主要家畜,史禄国认为,饲养驯鹿是埃文基人主要的生产方式之一。驯鹿是从什么时候开始被饲养的,埃文基人并不知道,但是他们认为,从通古斯人出现开始,即从人类出现开始,埃文基人就知道驯鹿这种动物。[①]

在埃文基史诗中,驯鹿作为坐骑也是中界和上界英雄身份的象征。驯鹿之所以备受埃文基人喜爱,大概与驯鹿的"多功能"用途有关,它既可以作为家畜饲养,也可以作为非常好的骑乘工具,驯鹿在林区的用途是无可比拟的,它可以用来骑乘、驮载,它温顺、脚步平稳轻松,一头驯鹿在林区每天可以行走50千米以上,其速度远远超过了马和其他可骑乘动物的速度。此外,通古斯人对驯鹿极为尊重,认为它是人与某些神灵之间的媒介,死者的灵魂要借助它前往另一个世界。驯鹿在宗教仪式中起着重要的作用,专门驮载"神像"的驯鹿,不能用于其他任何用途。在史诗和民间传说中,驯鹿占有重要的位置,绝不可以用枪打死驯鹿。由于驯鹿本身的特点和埃文基人对鹿的认识和态度,驯鹿便成为埃文基人狩猎必不可少的骑乘工具。

[①] [俄]史禄国:《北方通古斯的社会组织》,吴有刚、赵复兴、孟克译,内蒙古人民出版社1984年版,第48页。

三 狩猎禁忌和仪式

埃文基人狩猎的禁忌很多,并非无所顾忌地猎捕所有的动物,而是禁止猎捕幼小的动物,不能捕杀怀孕的雌性动物以及正在交配的动物,严禁把氏族的图腾动物作为狩猎的对象,等等。此外,埃文基人还有很多狩猎的仪式,例如:庆祝猎获熊的仪式,即熊节。在《德沃尔钦》中,德沃尔钦的儿子猎获一只熊,最初儿子并不知道这是一只熊,以为是魔鬼阿瓦希,他把猎物带回家,从父母那里知道这是熊:

说完这些话之后,
他们去看
儿子把那个阿瓦希
扔到了哪里。
原来这是一只四岁的熊。
他们说:"这不是阿瓦希,
这是一只野熊。"(3032—3038 行)

为了庆祝儿子成功猎获一只四岁的熊,德沃尔钦和基拉吉割下熊脖颈子上的油脂,宰杀了一只雄鹿和一只母鹿,准备了丰富的食物:

父亲走出去,
把儿子带回来的野兽
麻利地剥着皮,心里想:
"为了庆祝儿子猎获野兽
应该举办盛大的宴会。"

> 他从野熊的脖颈子上
> 割下油脂,
> 宰杀骟过的最好的雄鹿,
> 宰杀没下过崽的最好的母鹿。
> 他们所有人又重新坐好,
> 为了儿子的猎物
> 开始高兴地设宴庆祝。
> 这些人煮了那么多食物,
> 三天三夜
> 都不能吃完这些的食物。(3110—3124 行)

除了熊节,还有庆祝狩猎者成功捕获猎物的仪式,即辛凯莱文(синкэлэвун);为捕猎鹿举行的仪式,即依凯宁凯(икэнипкэ);请求塞韦基神(Сэвэки)和欣凯恩神(хинкэн)送来野兽的仪式;等等。

各种鹿和其他各种动物为猎人的生活提供了良好的保障,埃文基人相信,这些动物是上界的神、泰加森林的神派来的,因此长久以来保留着为它们祈祷的传统。动物的肉和毛皮供人食用或使用,而动物的所有骨头要放在一起,不能让狗扯走。长的骨头不能从中间断成两半,只能长条扎成捆,否则再也打不到猎物。埃文基人特别关注动物的视觉和听觉,打死鹿以后,猎人应该用它的脾脏遮住它的眼睛,还要用东西堵住它的耳朵,为的是在狩猎时野兽不能听见和看见猎人接近。按照埃文基人的观念,这些动物是有灵魂的,它们的灵魂藏在项下的毛发里,特别小的动物的灵魂则在嘴里。因此,大型动物项下的毛发广泛用在绣花的织物上,尽量精心地保存,不损失一根毛发,而小动物的下颌有时挂在摇篮里做装饰物。

埃文基人习惯单独狩猎,如果是集体狩猎,则为两个人到四个人不等。分配猎物的方式是人性化的,"一家获牲,必各家同飧，互为聚食"，说的就是这样的民族，而捕获猎物的狩猎者有权分到动物的肝脏、大脑和心脏。埃文基人禁止独自享用获得的猎物，他们有自己的传统，这种传统根深蒂固。分肉的时候首先给老人和病人，其次分给捕获猎物的狩猎者动物的头、心脏以及肝脏的一部分和几块肉，再次按照年龄给部落中最年长的人最好的一块肉和动物身体的脂肪，其余的肉分给营地内一家之主，他们各得一块肉和脂肪，没有成家的成年男子不能分得肉，但是他们可以去任意一家的餐桌上吃饭。分完肉以后，猎人们开始讲述各自的狩猎故事，谁的猎物最多，谁的猎物最好，谁跑得最快，等等。

不言而喻，在埃文基人的生活中，狩猎文化无时无刻不在。在埃文基人的世界观里，在他们的宗教文化中，在生活中的用具上，都有狩猎文化和习俗的痕迹，而埃文基史诗可以说是关于狩猎文化的史诗，史诗中对狩猎的描写鲜明地反映了埃文基人的生活和风俗习惯。需要指出的是，随着狩猎手段和工具不断改进，捕获的猎物不断增多，导致森林、沼泽、河流、草原等自然环境恶化和破坏，动物在飞快地减少，有些甚至濒临灭绝。此外，随着开始定居生活、集体农庄改革及资本主义私有化等一系列社会制度的变化，埃文基人游牧和狩猎的传统生活和生产方式发生了变化，其狩猎文化也在不断地变化，渐趋消亡。史诗作为一种古老的传承民族文化的载体，以口头或书面的形式记录了古老的埃文基人的民族历史，在保存民族文化方面发挥着独特的作用。

第三节 史诗《德沃尔钦》中的宗教文化

埃文基人有自己的宗教信仰，他们对神、神灵的认识和敬畏由来已久，各种自然力和自然现象的神灵在埃文基人传统的信仰体系里占主要地位。埃文基人认为这些自然界的神灵在生活中帮助他们，并且用各种不同的称谓来称呼万物神灵，如土地神、天神、自然界的主宰神、自然力的神和恒星的神等，这就是埃文基人的万物有灵的观念。

一 史诗中出现的神灵

埃文基民族信奉萨满，相信万物有灵。埃文基人以一颗虔诚的心去敬畏众神，向众神敬献祭品，但是埃文基史诗提到最多的是处所神、灶火神和主宰神。

（一）处所神和灶火神

在埃文基英雄故事中，孤独的主人公通常是在帐篷—乌特恩中长大并一直生活在那里。在埃文基人的观念里，这个帐篷不是一个普通的处所，而是古老的、有着灵魂的乌特恩，是保护着主人公的处所神。因此，孤单的主人公是不会死的，处所本身在保护着他。在英雄故事里，帐篷—乌特恩被认为是主人公的保护者和父母双亲。

孤独的主人公对待帐篷—乌特恩就像对待神灵一样，对它的祝愿就像对待自己的长辈。在出征时，他一定要同自己的乌特恩道别。远东的埃文基人特别重视与乌特恩道别，如果英雄的主人公忘记了与自己的处所道别，乌特恩就不放他走。在英雄故事《中间世界的杰罗恁堪》（Дулин буга Дёлоныкан）里，主人公没有同自己的处所道别就出征上路，他走了很久，累得疲惫不堪，但是始终能看见自己的乌特恩，每次他想要歇息时，刚坐在小树墩上就能看到自己的乌特恩，于是对它说了道别的话："有神灵的我的乌特恩，古老的乌特恩，你好好地生活。如果我活着，我一定回来。你要观察我的箭，通过它你就能知道我的归来，或者是我的死亡。"[①] 说完这样告别的话以后，乌特恩才放他离开，可

---

① Архив ЯНЦ СО РАН, ф. 5, оп. 14, ед. Хр. С. 177.

见乌特恩是有灵魂的。

在埃文基人的邻近民族涅吉达尔人的观念里,"灶火被认为是母亲,而住所则被认为是父亲"①。在史诗《德沃尔钦》中,虽然没有描写主人公德沃尔钦与处所的道别,但是当他欲出发去上界寻找自己命中注定的新娘时,在对自己刚刚救出来的妹妹嘱咐的话语中,最先提到的就是自己的乌特恩和灶火神:

你要顺利地回到自己的家乡,
不要遇到阴险之徒!
回到自己的故乡,
支起住所——丘姆,
布置好灶火神。(1245—1249 行)

当上界的母亲对自己远嫁中间世界的女儿基拉吉表达祝福的时候,祝福的内容也与住所和灶火有关:

让你们的年轻人
建起房子,
生起灶火,饲养牲畜,
让一代又一代
生育越来越多的孩子。(2086—2090 行)

在基拉吉预言自己将与丈夫回到中间世界上生活时,首先提到的是搭建起帐篷和燃起灶火:

我这个姑娘

---

① Цинциус. В. И. Негидальский вариант сказаний восточных тунгусов. //Фольклор и этнография. -Л.: Наука, 1986. С. 54.

第四章 史诗《德沃尔钦》的文化释析

> 来到中间世界的大地上
> 搭起帐篷，在那里燃起灶火，
> 建起牲畜圈，生育孩子，
> 让中间世界住满了人。（2207—2210 行）

史诗中的人物返回家乡时要支起帐篷、点燃灶火，而英雄在出征时则要把灶火熄灭。在英雄故事《门葛伦加—索宁格》（Мэнгрундя-сонинг）中，门葛伦加在出征之前把灶火灭尽，在那里找到了银质的鹰的雕像。他出去打猎，捕到了一只鹿，把鹿血涂抹到这个雕像上，然后回到灶火跟前开始祈祷：

> 古老的有神灵的乌特恩，有神灵的我的火，让我成功吧，我想出发到遥远的地方去。①

在祈祷完之后，他带着这个雕塑从乌特恩里出来，变成一只白鸟坐在树上与自己的处所告别。当他回到处所以后又重新燃起灶火的时候，出现了一个姑娘，她自称他的姐姐，告诉英雄应该向哪里出发，到哪里去给自己寻找妻子并带着她返回家乡。

综上可见，处所神和灶火神无疑是史诗中主人公最重视的神灵，一直庇佑着他们，在他们的生活中起着重要的作用，居于不可替代的地位。

（二）英雄主人公——大地的主宰神

埃文基英雄故事的主人公常常具有神的特征，他是中间世界大地的主宰神。在远东地区埃文基英雄故事《伊海格得凯恩—索宁格》（Ихэгдэкэн - сонинг）② 中，主人公伊海格得凯恩是生活在

---

① Варламова Г. И. Эпические и обрядовые жанры эвенкийского фольклора. -Нососибирск: Наука, 2002. С. 101.

② Архив ЯНЦ СО РАН, фотозапись, ф. 5, оп. 14, ед. хр. 177.

— 251 —

远古时代的人物，他的名字伊海格得凯恩前面有固定的修饰语——手里掌管着卢克娅特古大地（大地的轴心）的勇士。他是大地的主人，对所有的动物发号施令。伊海格得凯恩这个名字是"森林里的木桩"的意思，所有的野兽都听命于他、服从他。他可以问每一个野兽，它们要去哪里、打算做什么、吃什么，而野兽要在他面前回答这些问题。这样一来，孤独的勇士就具备了森林神的特征。与此同时，伊海格得凯恩的名字中有个"索宁格"，而不是"玛塔"，意思是主人公的父母里至少有一方是神或者是上界的居民。伊海格得凯恩无疑是大地的主宰神，只是他自称"人"，以人的身份出现在世界上。他在大地上巡视，遇见熊就对它说："我是人，你是野兽。"伊海格得凯恩要求野兽不要吃人，要求狐狸要说真话、不要欺骗人等，还要求平等对待人和野兽。这样一来，伊海格得凯恩的形象极具神话色彩。

史诗《德沃尔钦》中，只提到了德沃尔钦是埃文基的祖先，没有提及大地的主宰神，但是文章开篇就提到，中间世界的漫山遍野的鹿都是英雄主人公德沃尔钦的，都归他所有，所以，德沃尔钦本人也具有主宰神的地位。

神话的观念是早期埃文基人所固有的，这种观念贯穿埃文基人的整个发展史，自然也渗透在民间口头文学作品中。英雄主人公在很多故事里都具有大地的主宰神的特征，由于这个原因，这样的英雄主人公都是非同寻常地神奇地出生。可以看出，神话对于埃文基史诗的形成非常重要，可以说是史诗的基础，甚至是不可分割的一部分。此外，埃文基的尼姆恩加堪作为一种口头文学种类，既包括神话，又包括英雄故事和史诗，这也是埃文基人固有的神话观念以及埃文基史诗与神话密切相关的佐证。

二 史诗中的宗教仪式

埃文基与自然界的主宰神相联系的仪式取决于道德传统"伊

姆特"（имт）和禁忌"奥焦"（одё），正是这一道德传统和禁忌调节着埃文基人的道德标准和行为规范。

埃文基人过去和现在一直存在口口相传的民族法则，规定着家庭和氏族间的关系，涉及人与周围世界的关系。这就是伊姆特的意义，该词有制度、法则和规律的意义，甚至还有风俗、传统和秩序的意义。根据民间文学的神话创作可知，伊姆特告诉埃文基人，世界的创造者是塞韦基神，正是它创造了中间世界和大地上所有的东西。瓦尔拉莫娃认为：伊姆特是神的戒律，是属于全体埃文基人的，所有的埃文基人都应该按照这个戒律生活，伊姆特就是埃文基人的圣经，它告诫不要打人，要爱自己的亲人。①

伊姆特的传统一直传承至今，例如现在埃文基人一直保持着无偿地与人分享的风俗习惯，这一习俗被称为"尼玛特"（Нимат），它告诉埃文基人：还没有一个人因为喂养了孤儿而死，因为老天爷会为你祈福，会赐给你食物。② 尼玛特的习俗与伊姆特密不可分。另一相关的习俗为"伊特"（Иты），它告诫埃文基人要以珍惜的态度对待大自然：大地上的万事万物都在生长，人也是大地上的一粒尘埃。③

"奥焦"是具体规则的集合，是埃文基人日常生活的禁忌，其中包括男性在狩猎中遵守的规则以及女性和孩子在日常生活中遵守的规则。例如，男性不应该扔掉野兽的骨头，要把它们摆好，放到一个专门的台子上，按照这样的方式把动物骨头保护起来，它的灵魂能够获得重生，泰加林中的野兽就不会减少和消失。奥焦的很多禁忌是针对怀孕的妇女和小孩子而言的，例如怀

---

① Варламова Г. И. Мировоззрение эвенков. Отражение в фольклоре -Новосибирск: «Наука», 2004, С. 57.

② Варламова Г. И. Мировоззрение эвенков. Отражение в фольклоре -Новосибирск: «Наука», 2004, С. 57.

③ Варламова Г. И. Мировоззрение эвенков. Отражение в фольклоре -Новосибирск: «Наука», 2004, С. 57.

孕的女子不应该去做客，不能提重物，不能吃不干净的东西。也有针对孩子的父母提出的禁忌，例如不应该骂孩子，而要心平气和地给孩子解释不良行为可能造成的后果；不允许小孩子玩吵闹的游戏，长时间玩这样的游戏，孩子会不聪明并且注意力不集中；等等。

　　埃文基人现在的生活中，保持着一些固定的传统，例如人们在过河之前都要请求神灵的帮助，以便能平安到达对岸。按照埃文基人的观念，所有的自然现象有自己运动的力量——"姆苏恩"（мусун），正如瓦西列维奇所说，随着主宰神概念的出现，姆苏恩是每一种自然现象的主宰神之意：河流的姆苏恩，山口的姆苏恩，湖泊的姆苏恩，帐篷的姆苏恩。这些姆苏恩有自己的栖身之地：河流的姆苏恩在激流和旋涡处，山的姆苏恩在艰险的山谷处；火的姆苏恩在火里。①

　　埃文基人与各种自然界的主宰神的相互关系通过仪式来协调，相关的仪式有三种：一是献祭仪式，称为"乌尔甘尼"；二是敬火仪式，称为"伊姆特"；三是表达各种请求的祈祷词，称为"阿尔加"或"希拉"。伊姆特和乌尔甘尼仪式在进行的时候，伴随着阿尔加或希拉的仪式，祈祷词往往都有自己的固定的模式。

　　（一）伊姆特仪式（имты）

　　埃文基人日常生活中两个最典型也是最主要的仪式就是伊姆特和乌尔甘尼，有着传统生活方式的人基本上每天都会完成这两个仪式。

　　伊姆特仪式是对火的祈祷仪式。埃文基人的观念里，在任何情况下，人类都是用火来喂养着的。这个仪式的范围很宽泛，一切都可以向火述说、向火祈求：祈求温饱的生活，即祈求更多的

---

① Василевич Г. М. Эвенки. Историко-этнографические очерки（XVIII -начало XXв.），Л.，1969. С. 228.

猎物；祈求家庭的平安，即祈求火神保佑自己和家人健康幸福，免遭失败和不幸。

关于火也有很多禁忌，因为埃文基人认为火是人类家庭、平安等最大的保护者，所以要用油脂、肉来祭祀火，可以把这些祭品扔入火里，并伴随着祈祷词"火啊，你燃烧得越来越旺，带来越来越多的野兽"等。这些仪式都是在吃饭之前进行，不可以在吃饭之后进行，以表示对火的尊敬。此外，不可以向火里吐痰和扔不干净的东西。狩猎成功以后，首先要敬祭火神。

埃文基人对火的敬畏有上千年的历史了，它与所有的宗教仪式紧密相关。在埃文基人的观念里，一方面认为火是家庭和氏族的成员和主人；另一方面也认为火是家庭和氏族成员的保护者。有鉴于此，伊姆特成为最普遍而又最重要的仪式。按照埃文基人的世界观，火是人与上界神灵以及下界其他鬼魂之间的桥梁，而且伊姆特是最简单的形式，不需要任何的准备，在每个家庭里、在任何一所房子里都可以进行，甚至城市里的埃文基人也不会忘记敬奉火神。

伊姆特仪式在埃文基的英雄史诗中经常出现，史诗中英雄主人公出征时也要祭奠灶火神。《梅格伦江—索宁格》（Мэгрундя-сонинг）中，英雄主人公梅格伦江在出征之前把灶火灭尽，在那里找到银鹰的雕像，并用捕获的鹿之血涂抹雕像，再到灶火前祈祷："古老的有神灵的乌泰恩，/有神灵的我的灶火神，/让我成功吧，/我想出发到遥远的地方去。"[①] 这之后梅格伦江就从自己的乌特恩中出发，手中拿着银色的雕像，变成一只鸟坐在树上与自己居住的处所道别。

在英雄故事《乌姆斯凌姜—索宁格》（Умуслиндя-сонинг）中，英雄经过第一次短暂的出征后返回，将灶火燃尽，并撒尽所有的

---

① Варламова Г. И. Эпические и обрядовые жанры эвенкийского фольклора. Новосибирск: Наука, 2002. C. 101.

灰末，在炉灶燃火的位置找到了一位年轻的姑娘，姑娘告诉英雄，自己是英雄的姐姐，是从灶火下面出来的，并在第二天清晨给他建议，需要向哪个方向出发。英雄按照姐姐指出的方向出行，为自己找到了妻子，并带她返回了家乡。这时的灶火神，那个称自己为英雄姐姐的姑娘，赠予这对年轻人以为人父母的教诲：告诉他们幸福地生活，生养孩子，成为人类的祖先。然后打开通往灶火的门离开了，"就这样她去了自己的小房子，回到了她的灶火之家。而英雄夫妇就开始了两个人的生活，无论白天还是晚上都能睡觉，甚至不用去打猎也会出现很多食物，他们过着非常好的生活"①。故事告诉我们，灶火神帮助了年轻的英雄更好地生活。

史诗《德沃尔钦》中敬火的仪式体现得并不明显，只是主人公德沃尔钦每次出征前都交代妹妹要安置好灶火，年轻人建立家庭首先要做的事情也有燃起灶火，岳父母对新人的祝愿中也提到灶火，如前所述（2087—2089 行）。基拉吉在向山神祈祷时，也用了这样的程式，如前所述（2202—2210 行）。

可见，对于新家庭的建立，燃起灶火、对火神进行供奉是必要的一件事，也是埃文基人生活中必不可少的一种仪式。所以，埃文基人尊重和敬畏火，在不对火进行供奉"喂养"之前，从来不先去吃食物，第一块肉总是给火的，并要带上祈祷的言语，如："象这样动物的肉来吧"或者"让野兽来吧"，希望通过这样的仪式让埃文基人的食物更充盈、生活更幸福。

（二）乌尔甘尼仪式（улганни）

乌尔甘尼是埃文基人又一重要的敬神仪式。在埃文基人所进行的仪式中，就重要性和频率而言，乌尔甘尼是仅次于伊姆特的祈祷仪式。这个仪式包括如下几方面：

---

① Варламова Г. И. Эпические и обрядовые жанры эвенкийского фольклора. Новосибирск: Наука, 2002. С. 102.

1. 在旅途中难以通行的地方，如浅滩、戈壁或者危险的河流的渡口等地，要留下丝带作为祭品，此外还可以放其他一些小物品，也可以给此地的神灵献上其他祭品；

2. 在给生病的人举行萨满仪式后，将祭祀后用的丝带和其他私人物品悬挂在树枝上或者系在树枝上；

3. 对当地各个神灵的其他祭献仪式。

英雄史诗中经常出现乌尔甘尼仪式的场景。勇士按照自己妻子的意见将被宰杀用于祭祀的动物毛皮悬挂起来，并用动物长长的鬃毛扎成束悬挂起来，以及选过鹿的鬃毛和白桦树枝等。如在《中间世界的多尔干敦》中，妻子要求多尔干敦：

你去林中空地上宰杀一头一岁的小马，
剃下它整张毛皮，
把它长长的鬃毛悬挂在鲜活的白桦树上
连同挂上鹿项下的毛发
还要把那张毛皮也挂在树上晾干。①

史诗《德沃尔钦》中出现了两次这样的仪式，一次是基拉吉生子时丈夫的前期准备，在生子习俗中已经提及，此处不再赘言。此外，《德沃尔钦》中还有一处描写了这样的祭献仪式。德沃尔钦和基拉吉走到上界和中界的交界之处时，史诗中写道：

所有的人一直向前走。
就这样一个跟着一个地走着，
他们碰到了垂直的悬崖，
这里被称作上界和中间的边界，

---

① Мыреева А. Н. Дулин буга Торгандунин-Торгандун среднего мира, -Новосибирск: Наука, 2013. С. 316 – 317.

既上不去也下不去，
既没有蹄印，也没有爪印。
他们走到悬崖前，
再无路可走。
这些人把自己的鹿、马和牛
留在悬崖顶上，
然后长着发光头发的
美女基拉吉
打算说话，这之前
她在从中间撕开
自己的三角的丝绸头巾。
她把一半头巾
抛到了白桦树上，
另一半向上挥动了三次，
同时说道：……（2163—2182 行）

按照史诗中所述，中界和上界的交界处是垂直的悬崖，没有路可以通行，此时基拉吉把自己的三角丝绸头巾撕成两半，一半抛到了白桦树上，另一半向上挥舞三次，同时向山神祖母祈求：

请您为这河谷
铺一条路，
让我们的鹿群、马群和牛群通过，
让人类——阿伊
以后可以通过这条路交往！（2211—2215 行）

基拉吉祈祷的内容是让山神祖母开辟出河谷并铺一条通往中间世界的路，让鹿群、牛群和马群通过。处在危险之地，将头巾撕成带子挂在树上，并祈祷地方神灵的帮助，这是埃文基史诗中典型的乌尔甘尼仪式的描写。

乌尔甘尼仪式是赠予地方神灵的一种仪式。将彩带或者布条悬挂在鲜活的正在生长中的小树（基本都是白桦）上，同时悬挂的还有鹿项下的长毛，以及赠送的小件物品。在旅途中遇到危险，或者是渡过危险的河流，或者越过险要天堑时要进行祈祷。瓦尔拉莫娃认为，术语"улгани"的产生与埃文基语中的词"улгэ-ми"有联系，意为"将某些长长的绳子、线条、皮带或者其他条状、线状等东西捆扎在一起，编起来，编织在一起，使它们彼此缠绕在一处"①。这些线、带子和绳子与毛皮、鹿皮等连接在一起，使埃文基人联想到了人的"生命线"的形象，从天上出生的埃文基人通过这样的生命线将灵魂传递到中间世界大地中。用这样一种方式来赠予和祭祀的意义与埃文基人的灵魂观关系密切。

乌尔甘尼和伊姆特这两个仪式直至今天仍然存在于埃文基人当中，广泛分布在各个氏族和部落里，如中国鄂温克的瑟宾节、鄂伦春的篝火节举行的时间都是六月中旬，届时各个部落的人们会聚在一起，在篝火旁边向火神供奉，并把丝带系在树上，人们会带着饼干、奶渣等物品向敖包祭拜，祈求个人心中的愿望能够实现（2016年6月16—17日，内蒙古呼伦贝尔瑟宾节田野调查）。

三 史诗中的祈祷词

在埃文基史诗中，主人公对自然界的各种神灵表达的请求或愿望称为阿尔加（алга），即祈祷词。祈求的内容因面对的神灵不同而有所区别，这也体现出埃文基人的万物有灵信仰的特点。在日常生活中，这些祈祷词（阿尔加、希拉）多数比较简

---

① Варламова Г. И. Эпические и обрядовые жанры эвенкийского фольклора. Новосибирск: Наука, 2002. С. 130.

洁，例如：

1. 大河，有自己名字的大河！波涛汹涌的大河！请载我过去。过到对岸去！①
2. 老妈妈，把我们送到你的另一边吧，我给你礼物。请让我们平安地过去。②

阿尔加的结构如下：1. 神的称呼；2. 具体的限定语与神的称呼；3. 请求的内容；4. 神的荣誉。

在恳求自然界的主宰神的时候，如果时间允许，阿尔加的结构和内容也会相对扩展。在埃文基史诗中，阿尔加有固定的格式，既反映了埃文基史诗的诗学特征，也反映了史诗主人公与自然界的主宰神的相互关系。在遇到困难的时候，史诗主人公遵循埃文基人的传统和习俗，向自然界的主宰神寻求帮助。

在史诗《德沃尔钦》中，姑娘基拉吉在与德沃尔钦举行完婚礼返乡途中遇到悬崖峭壁时向山神老奶奶的祈祷，就是典型的宗教仪式诗。基拉吉向山神老奶奶祈祷，请求山神开辟一条道路让他们和畜群能够顺利到达中间世界。基拉吉用了 40 余个诗行（2083—2135 行）来祈祷，其中包括如下内容。

1. 引子歌：Гере-гере！即：古列—古列！
2. 问候语和对神的称呼：Эр угу буга дулин буга саган гунмури/Сагды урэ эвэ котун，即：大山老太太，被叫作上界和中界的边界的/受人尊敬的老奶奶！
3. 向神灵介绍祈求者（口头凭证）："我的父亲是别甘达尔

---

① Варламова Г. И. Мировоззрение эвенков. Отражение в фольклоре-Новосибирск：«Наука»，2004. С. 133.

② Варламова Г. И. Мировоззрение эвенков. Отражение в фольклоре-Новосибирск：«Наука»，2004. С. 135.

老人，/我的母亲是巴扬·西贡戴尔老太太，/我是姑娘—阿伊，/名字是长着发光的头发的美女基拉吉。

4. 解释寻求帮助的原因：我这个姑娘/要去往中间世界的大地上/搭起帐篷，在那里燃起灶火，/建起牲畜圈，生育孩子，/让中间世界住满了人；

5. 具体对神灵的祈求：请您为这河谷/铺一条路，/让我们的鹿群、马群和牛群通过，/让人类—阿伊/以后可以通过这条路交往！

类似的祈祷词在梅列耶娃记录的《中间世界的多尔干敦》多次出现。第一次是美女格尔特加昌随同丈夫到中间世界生活时遇到了与基拉吉同样的考验，在上界和中界交界处的悬崖上，美女格尔特加昌向山神请求帮助，祈祷词的格式与上面《德沃尔钦》中的格式相同。第二次年轻夫妇遇到的障碍是宽广的湖泊，谁也不能通过，海神是老太太莽金江（Мангиндя），为了克服障碍，格尔特加昌再一次举行了乌尔甘宁仪式，她从兜里掏出手帕，朝太阳的方向挥舞三下，同时请求海神的帮助[①]，其中的主要内容如下。

1. 引子歌：Гере-гере героканин！即：古列—古列—古洛卡宁！

2. 问候语和对神的称呼：快来瞧瞧，你看看，/分割开两个受人尊重的世界的女主人海奶奶，/我向你的辽阔十次地表达问候；

3. 向神灵介绍祈求者（口头凭证）：如果你问我们是哪些老人的后代，/来到这里向你问候，/那么我的父亲出生在上界，/他的名字是戈万老人，/我的母亲是带着用黎明的露水做的耳环的/西贡尔德—老太太，/我是戈万的女儿姑娘—阿伊，/美女格尔特加昌；

4. 解释寻求帮助的原因：我来到中间世界的黏土大地上，/

---

① Мыреева А. Н. Дулин буга Торгандунин-Торгандун среднего мира, -Новосибирск：Наука，2013. С. 294 – 295.

这里每天都出生太阳，/这里每夜都闪耀着铜色的月亮，/这里每年都长着如丝般的绿草，/我来这是为了点燃祖父之火……;

5. 对海神的祈求：为了我到达自己的大地母亲那里/你要明白我诚挚的话语，/亲爱的海神，/请你行行好，开辟一条大路/把我们和我们所有的牲畜送到对岸。/我把自己一半的白色丝巾献给你。

6. 感谢和给神灵荣誉：谢谢你，感谢你！

7. 结束的唱词：Гере-гере героканин！古列—古列—古洛卡宁！

宗教仪式诗（алга）无疑是神圣的，它不仅出现在萨满的祈祷中，也出现在每个家庭女主人的祈祷中。在埃文基英雄故事中使用宗教仪式诗，是埃文基英雄故事重要的结构和诗学特征。

第四节 埃文基人及其史诗的世界观

埃文基人对周围世界的认识和所有观念的产生、发展和演变经历了很多个世纪，有些观念甚至已有几千年的历史，总的来说可以将其分成萨满前时期和萨满时期（即由萨满创造的）两个发展阶段[①]。萨满前时期埃文基人关于上界和下界的概念是整个通古斯人的，萨满时期埃文基人的观念在个别的群体里有些差别，埃文基人对周围世界的很多认识在埃文基史诗中有所反映。

一 对天空和大地的认识

埃文基的祖先与世界万物同时而生，自古以来就对宇宙天地有了认识。在埃文基人的世界观里，天空与大地最初各有形状。史诗《索达尼》中的天空最初的样子是"倒扣的桦皮筐"，而大

---

① Васильевич Г. М. Эвенки. Историко-этнографические очерки（XVIII -началоXXв.），Л.：Наука，1969. С. 222.

地被认为是扁平的,因此史诗《德沃尔钦》中的大地自始至终都像是"毛绒毯子",史诗开篇立即说明三个世界刚刚出现时中间世界的样子:

> 中间世界
> 像毛绒毯子似的铺展开来……(4—5 行)

在英雄故事《加尔帕尼坎》的启句中也有类似的描写:

> 在大地的中心,当大地像毛绒毯子那样铺展开来的时候,生活着一个勇士,他的名字叫加尔帕尼。①

除了上述对大地的认识,埃文基人还有另外一种对大地的认识,即认为大地就像是四个面的物体,被四个柱子支撑,而柱子类似于青蛙或者是乌龟的四肢。②

关于中间世界大地的产生,埃文基人像很多民族一样还有很多关于自己的神话。世界上最初只有水和两个兄弟,小弟弟善良,生活在上面;哥哥是恶人,生活在下面。鹊鸭和潜鸟是弟弟的帮手,它们潜入水底,获得了土并在水上把土吐出,慢慢地大地就形成了③。于是,弟弟就成为中间世界大地的主宰神,哥哥则成为下面世界的神,后来随着基督教的出现,上界的神就演变成了上帝,下界的神灵就变成了鬼魂。在涅尔琴—赤塔一些区域养马的部落群体里,传说青蛙是大地创造者的助手,它用脚掌把

---

① Василевич Г. М. Исторический фольклор эвенков: сказания и предания. Ленинград: Изд. Наука, 1966. С. 82, 250.

② Васильевич Г. М. Эвенки. Историко-этнографические очерки (ⅩⅧ-началоⅩⅩв.), Л.: Наука, 1969. С. 222.

③ Г. М. Васильевич. Раннее представление о мире у эвенков. Исследования и материалы по вопросу первобытных религиозных верований//ТИЭ. ТI. -1959.

土带到了水面上,但是恶毒的哥哥用箭射向它,它翻了个跟斗躲过了箭,从此就开始用脚掌支撑着大地(所以后来的萨满把青蛙的形象作为大地的象征挂在自己的衣服上)。大地越来越宽广,而在火烧过的地方出现了陆地、河流和湖泊。兄弟两个到中间大地上创造了各种动物,弟弟创造了对人有益的动物,哥哥则创造了对人有害的动物(潜鸟、狼、熊、啄木鸟)。在创造的过程中,各种动物获得了自己的能力和称呼。弟弟创造完动物后开始造人,按照畜牧人的观念,铁是用来造心的,火是用来制作温度的,水是来做血液的,土用来做肌肉和骨头。①

史诗中的上、中、下三界是在神话的基础上形成的,在埃文基的神话中,上界和中界在很多方面很像,而下界与另外的两个世界相区别,这点在埃文基的史诗中体现得非常突出。在史诗《德沃尔钦》中,德沃尔钦认为自己是与青草树木同时出生在大地上的,此时的大地上有了山川河流沼泽,有各种各样的植物,例如落叶松、云杉和白桦,还有各种动物,诸如猞猁、狐狸、野熊、驯鹿、驼鹿、野兔、松鼠、马和牛。自然界的这一切,在早期埃文基人的生活中起着重要的作用,同时影响着他们对世界的认识,这些认识在埃文基的尼姆恩加堪中反映出来。

二 对日月星辰的认识

根据埃文基史诗可以看出,"乌古布哈"的居民可以称为神,或者是半神,他们既是神灵,又是具体的人。史诗《伊尔基斯莫姜勇士》中的海格兰德多尔老人就是这样的形象,他的名字是:

受人尊敬的围绕三个世界希维尔不停地旋转的负有重要

---

① Г. М. Васильевич. Раннее представление о мире у эвенков. Исследования и материалы по вопросу первобытных религиозных верований//ТИЭ. TI. —1959. c. 184–185.

第四章 史诗《德沃尔钦》的文化释析

职责的身为非常著名的头领的以七颗星星为坐骑的富有的老人海格兰德多尔（Хоглэндор）。①

海格兰德多尔的名字说明他兼具人与神的特征。他是个富有的老人，被称为掌管财富的老人，同时他也是神，他骑着七颗星星带着固定的目的巡视三个世界"希维尔"。

前面提到过史诗《伊尔基斯莫姜勇士》中的婚姻和辈代关系（见图3－1），回顾图3－1会发现一个问题：如果得兰查（太阳）是杰尔格尔金和希莫科辛的父亲，那么他们的母亲是谁？戈万（朝霞）有女儿谢卡克、达尔别克、古克古玛昌和儿子铁匠托龙托伊，那么他们的母亲是谁？史诗中没有说明，因此无从得知。尼亚恩戈尼亚（天空）有儿子久吉尔满久，他的母亲也不知道是谁。这说明世界上最先产生的是这些天体：得兰查（太阳），戈万（朝霞——早晨瞬间的太阳），尼亚恩戈尼亚（天空）。在埃文基的英雄故事和史诗当中，也就是在埃文基人的世界观中，这些天体既有男性的形式，又有女性的形式。正如瓦西列维奇发现的那样，在埃文基的各个群体里对太阳"性别"的认识不同，既有男性，又有女性。更加早期的关于太阳和月亮的观念是叶尼塞河流域的埃文基人保存的关于太阳是女人的观念，所以在提到太阳和月亮的时候总是在后面加一个词——埃尼耶（老妈妈的意思），把太阳叫作德拉恰穆尼（Дылачамни），后缀"穆尼"（-мни）表示的是女性。石下通古斯的埃文基人认为太阳和月亮是老爷爷②，伊利姆宾斯克埃文基人与后贝加尔的埃文基人相融合，他们有关于太阳是天空的女主人而月亮是她的弟弟的故事。毕拉尔的埃文基人认为太阳是一年四季的创造者，他们提出了太阳骑着马（头

---

① А. Н. Романова, А. Н. Мыреева, Фольклор эвенков Якутии. -Л., 1971. С. 265.

② Г. М. Васильевич. Раннее представление о мире у эвенков. Исследования и материалы по вопросу первобытных религиозных верований//ТИЭ. Т1. -1959. С. 166.

半天）或者是骑在狗背上（后半天）运动的观点。瑟姆斯克的埃文基人认为太阳和月亮没有在一起的原因，是因为月亮妻子在游牧的时候把烧灶火的炉钩子忘在了原来的游牧点，她回去取，而太阳丈夫喊她："不要去，停下来！"妻子不听，这样就落在了太阳的后面。因此，埃文基史诗中的主人公的第一代和第二代把宇宙的天体认作父母。作为天体的父母一般是不成对的。

至于对恒星和行星的认识，不同地区的埃文基人也不相同。埃文基人作为古老的狩猎民族，为了辨别方向，把注意力集中在了北极星、银河和大熊星座上，如埃文基人认为，上界和中界之间的入口就是北极星。他们把北极星叫作天上的洞（Буга сангарин），毕拉尔的埃文基人称之为"托果尔干"（Тоголган）；大熊星座被猎人称作"亥戈连"（Хэглэн）[1]，这在埃文基童话故事中也出现过。在一些故事里则认为前面三颗星是猎人，而后面的四颗星是驼鹿；银河在所有的埃文基人那里被认为是猎人滑雪的痕迹，只有阿穆尔中游的埃文基人认为它是给鸟准备的路。[2]

瓦西列维奇在《雅库特埃文基民间文学》前言中提到一系列勇士的祖先，而没有提到早于这些祖先的人。这些勇士的祖先都是以天体的名字命名的："戈万（早晨的太阳）是三个女儿的父亲，得兰查（白天的太阳），海格兰德多尔（大熊星座），乔尔波多尔（金星）。"[3] 这种现象是属于整个阿尔泰语系的一个共同的现象，但是在阿木尔斯克和鄂霍次克埃文基人的尼姆恩加堪中，则没有提到主人公的父母。

从前面我们研究过的史诗中可知，埃文基英雄史诗中勇士娶的妻子都是上界的天体的女儿，或者是太阳、月亮、星星的女

---

[1] Г. М. Васильевич. Раннее представление о мире у эвенков. Исследования и материалы по вопросу первобытных религиозных верований//ТИЭ. Т1. -1959. С. 166.

[2] Васильевич Г. М. Эвенки. Историко-этнографические очерки（XVIII -началоXXв. ），Л. ：Наука，1969. С. 221.

[3] А. Н. Романова, А. Н. Мыреева, Фольклор эвенков Якутии. -Л. ，1971. С. 5.

儿。史诗《德沃尔钦》中主人公德沃尔钦的妻子基拉吉是上界老人阿伊希特曼姜老人的女儿，阿伊希特曼姜是埃文基人的送子神，同时也是天上的星星。史诗《中间世界的勇士多尔甘敦》中多尔甘敦的妻子格尔特加昌是上界老人戈万和西贡尔德的女儿。《伊尔基斯莫姜勇士》中三个勇士的妻子索尔阔多尔、索尔科克昌和古克古玛昌的父亲分别是尼亚恩戈尼亚（天空）、得兰查（太阳）和戈万（早晨的太阳）。娶埃文基女子为妻的上界勇士们则是星星、太阳或者月亮的儿子，例如乌尔盖尔（Улгэр）星座是上界勇士格尔尼、缅格弩尼、得利卡尼的父亲，乌尔盖尔星座在汉语中被称为七姊妹星团。

　　上界的居民和中界的居民之间存在姻亲关系，相互间注定要通婚，所以在《伊尔基斯莫姜勇士》中海格兰德多尔老人对儿子说："我的儿子，快到你的未婚妻子那去吧，如果注定让你活着留下来，你的任务就是从天上来的纽带，应该与这个大地建立联系。"这样一来，人类与上界居民就建立起了姻亲关系。

三　对风雨雷电的认识

　　风雨雷电是非常重要的自然现象，埃文基人很早就对它们有了自己的认识。关于雷和闪电，埃文基人没有把它们严格地区分开，因为雷和闪电总是同时发生，埃文基人很早就认识到了这一点，祈祷的时候总是把雷与闪电都称作雷。此外，风雨与雷电也常常相伴而生，它们不会无缘无故地在中间世界出现，常常具有象征性、预言性。例如史诗《德沃尔钦》中，描写上界的姑娘缅贡坎来到中界给德沃尔钦送信时写道：

　　　　从太阳升起的地方，
　　　　向上升起

白色的云彩，
就像烟袋冒出的烟。
云彩刚一升起，
立刻
出现了白色的云彩，
凝聚成黑色的云彩，
汇聚成红色的云彩。
开始刮起了大风，
繁茂的树木吹倒了，
枯萎的树木打成了碎片，
轰隆隆响起了可怕的雷声，
到处都有刺眼的闪电，
这之后——
一团黑色的云彩
停在我们主人公的上方，
黑云裂开，碎成两半。
这之后——
从黑色的云彩中
一个年轻的姑娘露出了上半身……（146—166 行）

  这是德沃尔钦看到的情景。早上原本阳光明媚，可是忽然风云骤起，白色、红色和黑色的云彩密布在空中，飓风吹倒了所有的树木，雷声隆隆，闪电耀眼。此后，一朵黑色的云彩裂为两半，上界的姑娘缅贡坎出现。在巴扬老人的妹妹奥尼奥多尔来到中间世界为基拉吉接生的时候，也伴随着云彩和风雨雷电：

当孕期结束的时候，
上面的黑色的云彩变得稠密，

第四章 史诗《德沃尔钦》的文化释析

> 白色的云彩增多了，
> 红色的云彩聚集在一起。
> 从那里到这里
> 到处猛烈地吹着热风，
> 开始刮起了大风，
> 开始下起了大雨，
> 响起了轰隆隆的雷声，
> 出现了刺眼的闪电，
> 升起了旋涡。

由此可见，上界居民往往驾云而来，风雨雷电往往与其同行，这成为上界居民来到中间世界的一个程式。此外，在伊姆斯克埃文基人的观念里，雷还是长着火眼睛的铁鸟的形象，这种鸟飞行而产生雷声，它眨眼睛就放出了闪电。[1] 一些萨满认为他们的祖先与雷神是好朋友，这种友谊随同萨满的祖先一起传承至今，因此萨满能够派雷去别人的氏族。1908年发生了历史上有名的"通古斯大爆炸"，巨大的陨石掉落在石下通古斯的上游地区，埃文基人是这样解释的：

> 雷（алга）是敌人的萨满派来的，飞到了大地上的尚尼亚吉尔氏族，并消灭了这个氏族。从东面游牧过来的托克明斯基埃文基人，也就是从掉陨石的方向过来的。[2]

1925年瓦西列维奇记录了这则乌勒古尔，把这则乌勒古尔记

---

[1] Суслов И. М. Материалы по шаманству у эвенков бассейна р. Енисей/Архив МАЭ РАН. Ф. К-I. Оп. 1. № 58.
[2] Василевич Г. М. Исторический фольклор эвенков: сказания и предания. Ленинград: Изд. Наука, 1966. С. 375.

录在《历史上的埃文基民间文学——故事和传说》中。从太阳那里掉下来了一部分，掉到了大地上，燃烧了泰加林。埃文基人把这种陨石的坠落也称为"雷"，把雷看作敌人萨满派来毁灭氏族的工具。所以，雷在埃文基的心目中，神圣而又令人恐惧。

埃文基人认为，上界的神（塞韦基）轻轻地吹口气就变成了风。埃文基人认为风具有魔法的力量，可以使成群的蚊子转向，刮风是为了吹走蚊子和苍蝇等小飞虫。龙卷风则被认为是恶神出现，当出现龙卷风时，猎人会用刀去砍风。而在史诗《德沃尔钦》中，风还是信使，能为主人公传递消息。德沃尔钦告别坐骑驯鹿的时候，叮嘱它要让风为他们两个传递信息：

> 我不能对你说出
> 自己返回的期限，
> 但是3整年以后
> 我一定要让你知道，
> 接下来将会怎样，我们将共同见证。
> 如果你死亡的日子到来，
> 你要随风带给我你的箴言，
> 无论我在哪里，
> 我都不会错过它们，我都不会错过它们。
> 我也会告诉你
> 我死期的来临。（484—493行）

德沃尔钦在告别妹妹索尔阔多尔的时候说，如果自己在出征时死亡了，也将让风把消息送给妹妹：

> 如果我的
> 宽阔的脊背变窄，

长长的思想缩短,
我也会把我的预言
随风捎给你。(1272—1276 行)

由此可见,对于埃文基人而言,风雨雷电不仅是自然界的现象,而且具有一定的魔法力量,与神奇的事件、传奇的人物等相关。

四 对血液和灵魂的认识

埃文基人对血液和灵魂也有其独特的认识,在埃文基的史诗中,血液可以是愤怒的标志,也可以是生命的特征。而灵魂也与生死相关,不同时期和不同地区的埃文基人对灵魂的认识也各不同。

(一) 对血液的认识

埃文基人认为血液是生命的源泉,灵魂存在于血液之中。看到祭祀的动物的血液就像看到了特别力量的源泉,它能驱赶所有恶的东西。母亲在生产后用血液给孩子清洗,也可以用祭祀的动物的血液给死者清洗。古时候,类似态度出现在对待敌人的血液时,在最东部地区的埃文基群体的英雄故事中说:"你用勇士心脏里的血液清洗一下,洗去自己的污点。"[①] 意思是说,没有力气的人在勇士的血液中洗过以后,就会获得力量。

在北方雅库特埃文基民族的传说中,勇士在战斗之前要杀死年老的父母或者小孩,把他们的血液涂在自己的武器上,有时焚烧他们的心脏和肝,把焚烧产生的烟吸入自己的身体里。后来这种仪式用祭祀的动物的血液代替人的血液。胜利者会杀死敌人,挖出敌人的心脏,像乌鸦一样哇哇地叫几声之后,再用敌人的血

[①] С. И. Боло. Хрестоматия по историческому фольклору народов Якутии. /Арх. бывш. Ничяли. -Якутск. С. 190.

液涂抹自己的脸。①

史诗《德沃尔钦》中,当德沃尔钦与下界的魔鬼对决时,也提到:

> 我尽力用双手和双腿扶住
> 你这另一个世界的勇士——
> 你已经坚持不住了。
> 我奋起反攻你的那一天
> 已经到了。
> 不要怪我,
> 要怪你自己:
> 是你坚持不住了!
> 你自己寻衅打架的——
> 现在你要变成了一块块生铁,
> 用你的血液擦洗我的致人性命的长矛!(1052—1062 行)

德沃尔钦与魔鬼作战,魔鬼不敌,德沃尔钦即将战胜敌人阿瓦希,他预言要用阿瓦希的血液擦洗自己的矛,以此增加自己的力量,作为对这次战斗的终结。

对祭祀的动物的血液和野生动物的血液,埃文基人都很珍惜,甚至家畜的血液也一样。打死的猎物要放在用树枝搭起的架子上。他们认为,如果猎物的血液滴到了灶火上或者追寻到猎人的足迹,他们就不会成功。

(二) 对灵魂的认识

所有埃文基人的俗语中都用"奥米"来表示灵魂这一概念,新生儿的灵魂藏在鸟的羽毛里,史诗《德沃尔钦》中,基拉吉生

---

① Г. М. Васильевич, Эвенки: историко-этнографические очерки (XVIII -начало XX в.) -Л.: Наука, 1969. C. 234.

产时为孩子准备了鸟的羽毛：

> 我有一个银质的匣子，
> 里面装着
> 银色小鸟的
> 翅膀、尾巴和羽毛。
> 在那里面有
> 我们的儿子的灵魂。（2385—2389 行）

基拉吉在生产的时候提到了鸟的羽毛，这与新生儿的灵魂有关。古时候的埃文基人认为，新生儿的灵魂藏在鸟的羽毛里。这种关于灵魂的观念与埃文基人古老的世界观有联系。埃文基人认为，人的灵魂与人的身体不在同一处，新生儿的灵魂藏在候鸟的羽毛里。这种观点在埃文基的很多英雄故事和史诗中都有所反映。

尼姆恩加堪《乌尼亚纳》①（Уняна）的故事里，主人公从大雁蛋中出生，乌尼亚纳这个名字也是从这里来的，意思是"鸟的同类"。

> 春天来了一些大雁，老太太到河岸，撵走了大雁，在这个地方找到了一个大雁生的蛋，她拿走了大雁蛋，带回家，放到摇篮里，开始摇，大雁蛋开始尖叫，刚开始是吱吱声，然后是大哭，第三天就变成了一个小男孩，他从大雁蛋里出来了。

为什么乌尼亚纳不是从松鸡蛋里出生，而是从大雁蛋里出生？这个神话故事的讲唱人索洛维耶夫（Д. Н. Соловьев）指出："松鸡和榛鸡是当地的一种鸟，而大雁是迁徙的鸟，从上界飞来

---

① Материалы по эвенкийскому（тунгусскому）фольклору/Сост. Г. М. Васильевич, под ред. Я. П. Алькора-Л., 1936. С. 41. № 41.

的鸟，松鸡从什么地方给人带来灵魂呢？它不能找到人的灵魂，只有上界来的大雁能够带给那个孩子灵魂。"① 埃文基语"奥米"（Оми）指的是人的灵魂，埃文基人的世界观里，灵魂与躯体是分开的，未出生的孩子的灵魂藏在上界的一种特别的树上，以鸟的形式存在。大雁从上界给孩子带来灵魂，飞到中间世界，把灵魂放在自己的蛋里，老人拾到了这个蛋，乌尼亚纳就从这个蛋里出生，这种出生的方式符合埃文基人的世界观。

在我国神话中也出现过类似鸟生人的传说：

在远古的黄河之滨，中原的天空是那样的蔚蓝，阳光是那样的明媚，一只"玄鸟"唱着歌儿从空中飞来，带给人们无穷无尽的遐想——它是天的使者，原始部落的人们一个个对它顶礼膜拜。一个叫做简狄的女人，吞服"玄鸟"下的蛋后，怀孕生下一个儿子叫契。契，即是伯，就是传说中商之始祖。

《诗经·商颂·玄鸟》曰："天命玄鸟，降而生商。"这就是著名的"玄鸟生商"的故事，其中玄鸟是中国神话传说中的神鸟。出自《山海经》，玄鸟的始祖形象类似燕子。而燕子则是一种迁徙的鸟，冬去春归。这则神话无疑与埃文基人的"鸟生人"传说如出一辙。这两则神话传说中的相似，不知是汉文化影响了埃文基的文化，还是说埃文基的文化影响了汉文化，但可以断定，他们都是东方文化的一部分。

回到埃文基的灵魂观中，在埃文基人的观念里，鸟生的蛋是灵魂的载体，如埃文基的谚语"鸟生的蛋就是生命，也是死亡"，这说明决定着生和死的灵魂在这枚蛋中。这也与前面提到的《乌

---

① Эвеникийский нимнгака: Миф и героические сказания/Сост. Г. И. Кэптукэ: РАН. Сиб. Отд-ние. Ин-т пробл. Малочисл. Народов Севера. -Якутск: Изд-во Серееровед, 2000. С. 92.

尼亚纳》故事中的观点相呼应，都说明了蛋与灵魂的密切关系。

《乌姆苏里凯恩勇士》的故事是从阿穆尔的一个埃文基女讲唱者那里记录来的，主人公在即将死去时说道："软弱无力并且即将死去的乌姆苏里躺在湖边，说出了自己临死时的遗言：我是一枚鸟蛋，落到了树洞里，怎么能不破呢？我的死期就要到了。"① 灵魂在鸟蛋里是最早期的埃文基人对灵魂的认识，显然这一时期埃文基人认为自己与所有的生物是一样的，有着相同的生命基础和源泉。

新生儿的灵魂不仅与鸟相关，在埃文基的史诗中，新生儿的灵魂还可以与银色的锡或者树木等日常生活中出现的事物相关。例如：在阿穆尔州记录的《谢坎坎—勇士》是一个关于乌拉内姜勇士出生的故事：

老人一直在请求上天赐给他一个孩子。有一天，他打死了驼鹿，煮了很多很多肉，但是不能吃完。老人对老太太说："如果天神布哈给我们个孩子，那么他就可以吃完这些肉了。"饭后，老人在融化一块锡，一滴锡落入老太太瘦弱的膝关节里，渗透到关节的深处，无法拔出来，膝盖肿了八天八夜，在第八天的夜里，膝盖撑裂开了，生出了一条蛇，这条蛇成了他们的儿子，他就是勇士乌拉内姜。②

由于这种神奇的出生方式，勇士乌拉内姜可以变成一滴流淌的锡能去所有难以进入的地方，因为他的灵魂本来就是一滴被融化了的锡。锡是一种银白色的金属，埃文基人认为这是一种非常金贵而又高尚的东西，因为它的颜色与金属银相同，而被认为是

---

① Г. И. Варламова. Эвенкийский нимнгакан: Миф и героические сказания. Якутск, 2000. С. 95.

② Архив ЯНЦ СО РАН, фонозапись, ф. 5, оп. 14, ед. хр. 1989. С. 177.

从天上来，例如从上界飞来的勇士，经常会变成银白色的天鹅。正如《伊尔基斯莫姜勇士》中的久吉尔曼姜（Дюгирмандя）勇士，他就是上界的勇士，飞行时变成银白色的天鹅，而故事中的科克尔顿（Коколдон）则变成了白色的鸟。在《德沃尔钦》中，上界的姑娘吉利夫里（Киливли）从德沃尔钦那里飞走之后，旋转变成一块锡落入湖底，带领德沃尔钦进入下界：

> 她们降落在奶白色的湖上，
> 旋转三次，变成了一个锡块
> 伴随着叮当声沉入湖底。（710—712 行）

可见，在埃文基人的思维观念中，锡是上界所用之物，它易融化而变成各种形状的特征及其高贵的银白色均被埃文基人认为是神奇而又神圣的。当然，灵魂也可以借助锡这种物质传递过来，是上界送来给埃文基人的。

在埃文基的尼姆恩加堪中，新生儿的灵魂与埃文基的树木有关：

> 小男孩出现在白桦树的吊篮里。老人用桦木做了一个吊篮，在夜里把它放到老太太旁边，第二天早上在里面出现了一个小男孩，他马上就能同老人出去打渔，打渔时父亲钓到一条大鱼，给小男孩，让他带回家给母亲，但是鱼用人的语言请求小男孩放了自己，小男孩就把这条鱼放回河里，回到家老人知道这件事之后，就打了小男孩一顿，小男孩跑到树林里哭，躺在树根旁，哭着睡着了，他醒来时已经不是小男孩了，而是有力量的强壮的年轻人。[1]

---

[1] Архив ЯНЦ СО РАН, фонозапись, ф. 5, оп. 14, ед. хр. 1989. С. 177.

第四章　史诗《德沃尔钦》的文化释析

这则故事是哈巴罗夫斯州图谷罗—秋明坎斯基区的埃文基人 M. K. 瓦西里耶娃讲唱的。这些地区的埃文基人认为，人在一生中有两个灵魂，一个是小时候的，一个是长大了的。奥米是小孩子的灵魂，亥杨（хэян）是成年人的灵魂，这个灵魂死后会变成慕格得（мугды）进入死魂灵的世界。在该故事中，树木是小男孩的庇护神，因为他的出生与桦树的吊篮相联系，看到他哭着睡着了，树木神想保护他，不让他再受委屈，让他长成大人，变成强壮而又有力量的人。小男孩在睡醒之后就长成大人，也就是借助树神的帮助，获得了成年人的灵魂。

在埃文基的尼姆恩加堪中，灵魂有着不同的藏身之处，如瓦尔拉莫娃记录的一篇尼姆恩加堪中，丘鲁格得是长着一只眼睛、一只胳膊和一条腿的铁怪物。他有一个脆弱的地方——眼睛，而眼睛是其灵魂藏身之地，只有眼睛爆裂和融化才算是死亡：

> 丘鲁格得的眼睛在火中会爆裂和融化，只有这样他才算被打死了。人们说：如果丘鲁格得的眼睛没爆裂和融化，那么他就不能死。他的身体是铁的，一只眼睛长得像人一样，这样的怪物，眼睛是他灵魂藏身的地方。①

在史诗《索达尼》中，魔鬼奥根加的灵魂也在眼睛里，伊尔基尼钦战胜敌人阿瓦希四棱瑟勒莫·德温德尔铁人，他的灵魂逃走了，可是身体还在伊尔基尼钦的手中：

> 坑给儿，坑给儿，坑给儿德宁！
> 奥根加说着眨着一只眼睛，
> 眼睛里迸射出红色的火。

---

① Г. И. Варламова. Мировоззрение эвенков. Новосибирск：Наука, 2004. С. 63.

当火星向上腾起
不知道到达了哪里，
消失了。①

在白杉译的《西伯利亚鄂温克民间故事和史诗》中缺少了这一部分的描述，魔鬼奥根加的灵魂借助眼里的火星逃走，灵魂不死，躯体就不会死亡，这种观点在埃文基的早期神话和史诗作品中就有体现，但是如果不了解埃文基人的这种思想和文化，就不能体会到这一部分的真实含义。

埃文基人有很多禁忌与相信灵魂存在于眼睛中有关，例如：熊的眼睛不能吃，如果吃了，自己的眼睛会失明。埃文基人会认为：你的失明是对你的惩罚，因为你打死了野兽的一部分灵魂，使它不能复生。② 埃文基人在埋葬熊的仪式时，不仅有熊头、爪子、熊的躯干，还有它的眼睛。

认为灵魂藏在眼睛里的观点还带有神奇魔法的目的，为了获得长寿，猎人会冒险去做禁忌的事情：如果吞下熊的眼睛，不触碰自己的牙齿，也就是不破坏这个眼睛，不咬碎它，那么熊的灵魂整个存在，人就会长寿。③ 熊被认为是埃文基人的祖先，埃文基人会亲切地称熊为"爷爷"，他们认为：如果不破坏熊眼睛中的灵魂，将其整体吞入腹中，保存了灵魂的完整，也就得到了长生。

头发也是灵魂的载体，埃文基人相信头发有特别的力量，它是灵魂临时栖息之所，所以被认为是人的替代者。在 18 世纪乌德斯克的埃文基人有这样的习俗：丈夫剪下一绺头发并把它放在死去的妻子的口袋下面，这缕头发随同死者一起埋葬，如果先死去

---

① А. Н. Мыреева. Эвенкийские героические сказания. Новосибирск: Наука, 1990. С. 177.
② Васильевич Г. М. Эвенки. Историко-этнографические очерки (XVIII -началоXXв.), Л.: Наука, 1969. С. 221.
③ Г. И. Варламова. Мировоззрение эвенков. Новосибирск: Наука, 2004. С. 63.

的是丈夫,则妻子也要这么做,剪下一绺头发放在丈夫的胸前。他们认为,只有这样做,他们在另一个世界里才不会分开。埃文基人有很多关于头发的忌讳,例如不能让女人给男人剪头发,这样会缩短男人的寿命或者夫妻生活不和谐;不能晚上或者深夜梳理头发或者编头发,否则头发就会消失一些短小的部分,这些短小的头发里有人的部分灵魂,恶的灵魂会抓住这些短小的头发,使人生病或者感觉不好;剪下的头发必须放到一起,并把它们烧掉才能不失去力量;快要死的人要寻找丢失的头发,因为丢失的头发藏有部分灵魂,而到达另一个世界需要整个灵魂,否则灵魂到达不了它该去的地方;等等。

在史诗《伊尔基斯莫姜勇士》中,谢卡克美女用自己的头发拯救了侄子恰基尔坎和他的朋友们,她把自己的两绺头发放到峡谷里:"请抓住我两绺头发的末梢,而我把你们拉到这个岩石上。"[1] 毫无疑问,她使用了自己头发里的力量,老巫婆把恰基尔坎和他的朋友扔到了山谷,而美女用自己的头发拯救了她的侄子恰基尔坎和其他勇士。因为那个峡谷是一个不可通行的地方,连长着利爪的野兽都没有办法爬上去。

史诗《中间世界的多尔甘敦》中有抓住对手头发的情节,伊尔基斯莫姜战胜了阿瓦希,是因为他成功地掩盖起来了阿瓦希灵魂逃离的一条路:"他紧紧地抓住阿瓦希的嘴巴连同他后脑勺上的蓬乱头发,还没等阿瓦希反应过来,就将他抛到冰冻的地上九丈深……用刀割断了他的喉咙。"[2] 这里后脑勺上的头发就是灵魂藏身的地方。

综上可见,埃文基人对灵魂的认识是非常深刻和丰富的,他

---

[1] А. Н. Романова, А. Н. Мыреева, Фольклор эвенков Якутии. -Л., 1971. С. 215.

[2] Торгандун Средней земли (Дулин Буга Торгандунин): Эвенкийское героическое сказание/Сказитель Н. Г. Трофомов; Запись, расшифровка, пер. На рус. яз. А. Н. Мыреевой. Архив ЯНЦ, ф. 5. оп. 14, ед. Хр. 140.

们把灵魂与各种事物联系在一起，构成了埃文基人对灵魂的独特认识。

五 对上、中、下三界的认识

上、中、下三界的概念鲜明地反映了埃文基人对世界的认识，是埃文基人非常重要的观念，而这种观念和认识体现在埃文基的神话、史诗中，甚至出现在"乌勒古尔"的历史传说中。史诗《德沃尔钦》的开篇直接说明很久以前就出现了三个世界，而且它们是同时出现的，这三个世界也是史诗故事发生的地点：

据说很久很久以前
出现了三个世界，
它们就像一岁野生驯鹿的灵敏耳朵。（1—3 行）

在萨满前时期，关于上界和下界的观念在所有通古斯的民族中都存在，萨满时期在个别的埃文基群体里有些差别。萨满前时期的埃文基人认为，上界比天空还要高，而下界比大地还要低。从其中的形象和生活来看，上界和下界更像是中间大地的复制品。上界埃文基语称为乌古—布哈（угу буга）或乌古—杜奈（угу-дуннэ），北极星是其入口，比中间世界更美好，没有英雄不能通行的地方。下界埃文基语称为亥尔古－布哈（хэргу буга）或亥尔古—杜奈（хэргу дуннэ），入口是大地上的一个孔洞（裂缝或者是深洞），或者是旋涡，抑或是深水库。总的来说，出入上界和下界是不容易的事情，路途十分遥远。两个世界的居民都没见过人类，听不懂人说的话，从其他世界来的人与这两个世界的居民接触会带来疾病，因此外来人会被撵出去。这种对待外来人的态度到了萨满时期演变为两方面的内容：一是认为外来人到狩猎区域可能会带来什么疾病，二是与语言不通的外族人通过手势可以进行易货。①

到了萨满时期，埃文基人对上、中、下三界的认识发生了变化。在他们看来，上、中、下界由一条河流连接起来，上界处在比源头更高的地方，下界则在河口以下的地方。叶尼塞的埃文基人称这条想象的河流为 эндекит，即恩杰基特，词根 энде 是完全消失的意思，因此恩杰基特的意思是"完全消失的地方"。这条河有很多支流，被称为多尔巴尼（долбони），意思是"深夜"，它们是萨满的河流，他们的助手神通常栖息在这里。这些支流通过河流上的水库与中间世界的大地相连，埃文基人因此总是绕着它们走，希望能够敬而远之。

上界处在恩杰基特源头之上的七重天或者九重天，在祈祷的时候，萨满得要到那儿去，首先他沿着自己的河流向下走，其次再沿着恩杰基特河上行，最后要沿着树梯向上进入上界。上界的主宰神经由这条路径通过萨满与埃文基人交流。在上界的山脚旁有涅克达尔（нектар），它是还没出生的埃文基人的灵魂世界；还有库图鲁克（кутурук），它是没出生的鹿的灵魂世界。②

下界称为耶拉姆拉克（елламрак），意思是"角落里的黑林"，或者称为丘弩杰克（чунудек），意思是"肚脐的位置""中心点"。下界处在恩杰基特的河口之下，从那里是回不来的。每个部族在恩杰基特河上都有死者的世界，在进入这个世界的门槛附近的山崖上，有萨满祖先的神灵，萨满让所有操另一种语言的埃文基人的祖先乃至怪物进入这个世界。萨满会派自己的助手神前往死者的世界，有时也亲自前往去寻找病人的灵魂，但是他沿河而下也只是

---

① Г. М. Васильевич. Раннее представление о мире у эвенков. Исследования и материалы по вопросу первобытных религиозных верований//ТИЭ. Т I., 1959.

② Васильевич Г. М. Эвенки. Историко-этнографические очерки（XVIII-началоXXв.），Л.：Наука，1969. С. 224.

到达某个门槛：一共九个门槛，只有法力强大的萨满才能到达第四个门槛。恩杰基特的河口再往下，是上界和下界的边界。

上述对于上、中、下三界的认识，与埃文基人古老的个别原住民沿着大河支流的迁徙和运动有关。据瓦西列维奇调查，安加拉的埃文基人沿着安加拉河和叶尼塞河向下迁徙，部分沿着勒拿河向北迁徙。一部分人从勒拿河经过奥列克姆进入阿尔丹并顺流而下，巴尔古津斯基和涅尔琴斯基的一些埃文基人迁徙是沿谢利厄恩基河支流进行的，萨莫耶得人和雅库特人也是沿着河流迁徙的。这样一来，萨满时期埃文基人的方向和空间概念便与萨满前时期有所区别。

在萨满前时期，上界和下界（按照神话的说法）对所有人都是开放的。到了萨满时期，人们认为上界只有萨满才能进入，而下界是谁也不能进去的。按照这理论可以推断出俄罗斯埃文基的英雄故事和史诗产生的时期。就埃文基的英雄故事和史诗而言，其中的人物往往是孤独的主人公，其中的母题是孤独主人公的出征、战斗和返乡等，而且主人公可以在上、中、下三界通行。由此不难看出，以《德沃尔钦》为代表的埃文基史诗产生的时间是在萨满前时期，英雄的主人公就是氏族始祖神的形象，他的妻子和他都是未来的萨满，他们能够同行上、中、下三界，没有障碍。

本章以史诗中的民俗、文化以及埃文基人对周围世界的认识为主要研究对象。埃文基人是古老的游牧民族，在历史发展过程中逐渐形成了独特的习俗文化、狩猎文化和宗教文化，对周围世界的认识和生死观念也有自己的特点。埃文基史诗是埃文基民族文化和民族观念的载体，本章分析了史诗中承载的民族文化，阐释埃文基人对天空大地、日月星辰、风雨雷电、血液和灵魂，以及上、中、下三界的认识，以深入了解埃文基史诗的文化蕴含以及埃文基人对世界的认知。

第五章 俄罗斯埃文基史诗与埃文基现当代文学

从古至今，埃文基人的社会生活发生了翻天覆地的变化，生活方式经历了从游牧到定居，再到集体农庄和合作社，最后到现今的资本主义私有化的演变历程。时至今日，受现代社会都市化、网络化和信息化的不断冲击，受东西方不同文化、政治形态和宗教信仰的同时影响，埃文基人的生存状态和生活方式较从前已有很大不同，这自然影响到民族文化和文学的发展。在这样的背景下，埃文基民间口头文学何去何从，埃文基史诗的命运如何，以及当今的书面文化以什么样的方式共存，对现当代埃文基文学有什么样的影响等一系列的问题，非常值得关注、研究和探讨。

第一节 埃文基史诗的传承

埃文基史诗是重要的民间口头文学类型，从产生之初至今已流传几千年，但是现代社会生活和模式以及现代人的观念对其传承产生了极大的影响。此外，埃文基语目前的使用情况令人担忧，也是埃文基史诗传承的不利因素。

一　埃文基史诗在现当代的传承与发展

俄罗斯埃文基史诗在现当代的发展语境与其他民间口头文学基本相同，但是史诗作为讲唱结合的民间文学类型，对传承的条件有特殊的要求，其发展和传承情况也有自己的特点。

在埃文基人的现代生活中，影响其民间文学发展的因素有很多，既有物质文化因素，又有精神文化因素。20世纪30年代以来，由于远东和西伯利亚社会经济的发展（由游牧转向定居的生活方式，扩大了居民点，工业得以发展），世世代代所形成的居民传统体制遭到破坏，许多民族在很大程度上丧失了语言和文化。对于埃文基人而言，广阔的土地上分布着稀少的人群是其精神文化产生和发展的基础，而这种基础逐渐遭到破坏，各个不同群体昔日相互交流赖以存在的传统社会结构正渐渐丧失，这主要体现在两方面：第一，随着游牧生活的结束，保障各个氏族之间不断联系和交往的族外婚制度被破坏了，各个群体间的联系不再紧密；第二，由于集体农庄和国营农场的影响，埃文基语中各种方言土语混杂。有鉴于此，从集体化和转向定居生活时起，埃文基人散居的特征在他们的精神文化发展中起到了负面的作用。

自1989年开始，俄罗斯学者和记者对北方问题的兴趣明显提高，撰写了许多相关文章、文集和著作，开始创建北方民族社会组织，从多个方面关注和开展对北方民族的历史文化的研究。随着政府和社会关注的不断变化，埃文基民族对民间文学的态度也不断地变化。尽管埃文基语目前面临危机，但它仍是埃文基人重要的交际工具，年青一代埃文基人对民间文学兴趣有所增长，开始有意识地学习和使用本民族的语言，关注民间口头文学。应该说，在本民族口传文学中，他们想看到的不是吸引人的故事，而是自己民族的历史。

埃文基人虽然受到其他民族，特别是俄罗斯语言和文化的影响，但是本民族的精神实质仍根植于其内心，这是埃文基人民族文化和民间口头文学传承的重要基础和保障。首先，20世纪40—50年代出生并受过教育的埃文基人，往往具有传统的世界观和文化生活，至今仍是发展埃文基民间文学的中坚力量，埃文基民间文学的发展仍要依靠他们。① 其次，年青一代人虽然在互联网时代与传统的世界观断层，但是他们无疑受到已形成的民俗记忆的影响，例如当代的埃文基歌曲保存了民族的传统——口头文学和圈舞的引子歌、古老的旋律等。最后，传统的经济生产和生活方式仍然存在，目前至少一半以上的埃文基人仍居住在泰加森林中，过着打猎、游牧、饲养驯鹿等传统的生活，因而保留着传统的世界观、道德观、价值观和独特的民族心理。俄罗斯政府也采取了一些措施予以保护，如同意埃文基人以物换物的方式半合法化，即这种方式只在埃文基人内部通用。有了赖以存在的基础，埃文基的民间文学就会继续存在并且发挥作用。

有趣的是，埃文基人只有承认交谈对方是自己人的时候，才会讲述本民族的口头文学和仪式风俗。现代埃文基人对民间文学的态度和认识各不相同，总体上看有两种对立的观点。一些人认为这种文学是低级的和原始的，因此打算将其"隐藏"起来；另外一些传承者则认为民间文学对于"别人"而言是原始的，而对于自己人则不是，为了收集这些口传文学，需要让传承者生活在"自己的环境中"。俄罗斯学者马雷赫很早就曾指出："要把本民族最私密的灵魂——口头传统继续保存下去，尽可能长久地保存下去，为的是在自己的圈子里，为了本人能够知道自己有什么，是什么使自己与强大的邻居并驾齐驱。"② 这就意味着，口头传统

---

① Варламова Г. И. Эпические и обрядовые жанры эвенкийского фольклора. Новосибирск: Наука, 2002. С. 160.

② Малых П. П. Несколько слов об ороченах и их фольклоре//Материалы по эвенкийскому (тунгусскому) фольклору/Сост. Г. М. Васильевич; под. Ред. Я. П. Алькора. -Л., 1936, С. 267–268.

是各个民族的区别性特征，是民族赖以存在的基础。

需要指出的是，埃文基民间文学各种体裁样式的发展并不平衡，有些体裁较为活跃和普及，有些体式则恰恰相反，由于各种原因较少受到关注。在各种体裁样式中，仪式和民歌属于当下民间文学最为活跃的形式。目前存在的仪式主要包括两方面。一是埃文基人日常生活中的传统仪式，尤其是生活在泰加林中的埃文基人保留并严格遵守各种仪式。仪式是埃文基人世界观的反映，即便是处于都市化进程的当今，埃文基人日常生活中的仪式仍然存在。二是埃文基萨满的仪式。目前仍有非常多的埃文基人常常求助萨满，或举行祭祖仪典，或祈祷人畜平安、农牧丰收，或占卜治病，等等，这些仪式往往都是秘密进行的，但也是普遍存在、在埃文基人观念中非常严肃的事情。

民歌是除了仪式最为活跃的艺术形式，埃文基民间文学对埃文基人歌曲的创作影响极大。埃文基歌曲和音乐的研究者 А. М. 阿伊杰恩施塔特（Айзенштадт）意识到了埃文基民间文学处境的复杂："如今的时代让研究者着急：很多独一无二的引子歌在一年年地消失，很多完整的唱调也在渐渐消亡。"[①] 他同时也指出，在埃文基歌曲的创作领域"出现了创作新样式的趋势"[②]，这意味着埃文基歌曲不断发展演变，甚至出现了新的样式。

在所有的体裁样式中，埃文基史诗的传承与仪式和歌曲恰恰相反，在不同时期其流传情况有所不同，这无疑应该引起研究者和埃文基人的关注。

20 世纪 30 年代，埃文基史诗的流传受到诸多因素的影响，其中产生负面影响最大的是无神论。在与"过去的残余"作斗争

---

① Айзенштадт А. М. Пеменная культура эвенков/Под ред. В. М. Ковальчука.-Красноярск，1995. С. 4.

② Айзенштадт А. М. Пеменная культура эвенков/Под ред. В. М. Ковальчука.-Красноярск，1995. С. 4.

的社会语境下，所有的萨满都被认为是人民的敌人、社会的动摇分子、不可靠的人，受到严重的打击，而此时许多萨满是优秀的史诗讲唱者。埃文基人认为，史诗讲唱者往往兼具萨满的职能和作用，史诗的讲唱具有仪式感，往往为纪念重要的事件而讲唱史诗，史诗具有神奇的净化力量，在疫病流行时讲唱史诗可以消除疾病，等等。鉴于上述原因，史诗讲唱者此时被视为原始社会的落后现象，与萨满一样受到打击。

20 世纪 40 年代是埃文基史诗流传负面影响较少的时期，此时卫国战争爆发，与埃文基人生活中"过去的偏见和残余"的斗争退居次要位置。奔赴前线的号召使英雄史诗的讲唱和流传出现了短暂的热潮，从前线归来的许多埃文基战士在 20 世纪 70—90 年代接受民间文学语言考察者采访时证实了这一点，那时候他们当中的一些人还健在，考察者从他们那里记录下来不少各种体裁的民间文学作品。据介绍，在出发去前线以前，讲唱者要讲唱史诗为他们祈福，还有一些人出发前为之祈福的是萨满。由此可见，在 20 世纪 40 年代埃文基英雄史诗具有宗教仪式的功能，常常用作为战士送行的仪式，也可以用萨满仪式来代替。20 世纪 70 年代至 20 世纪末，尼姆恩加堪的传承者不是萨满，但是他们当中的很多人可以举行仪式、祈祷、唱祝福歌、念咒、治病等。这就意味着，埃文基的讲唱者保留了史诗讲唱者的功能，并使之与民间医生和仪式举行者的功能结合起来，为埃文基的人民服务。

20 世纪 50—60 年代，俄罗斯埃文基民间文学的一些体裁样式消失，例如萨满赞美歌，也有一些文学形式得以广泛传播，例如故事、传说以及其他一些小型民间文学样式。与此同时，埃文基的叙事诗传统得以保存，英雄史诗在埃文基人当中仍在讲唱和流传，常常是在纪念或庆祝一些重要事件的时候讲唱。这一时期，埃文基的知识分子低估了埃文基史诗的价值，对其评价不足，一些人（包括少数史诗讲唱者）甚至试图创造新的体裁样式，М. Г. 沃斯科博伊尼科夫将之称为"奥玛克塔—尼姆恩加堪"（омакта нимнгакан），意思是"刚刚创作的故事"。这样一来，人们对传统的真正的埃文基史诗的关注较少，没有理解和认识到它的重要价值。但是，这一尝试到20世纪60年代末就已经销声匿迹，新的体裁样式并没有取代传统的说唱结合的史诗。

遗憾的是，自20世纪70年代起史诗在埃文基人生活的区域中已经不再广泛流传，传承史诗的传统已经消失，当众讲唱史诗、为众多各地赶来的人们讲唱史诗的场景几乎见不到了。史诗讲唱者们虽然记忆中仍保存着民族史诗，但是只能在小范围内对此感兴趣的人当中讲唱了。但是，埃文基民间文学研究者正是根据这些讲唱者的传承，才记录下来大量的埃文基史诗。目前可以见到的相关文集大多数是20世纪80—90年代研究者们在远东地区记录的，而主要的文集有《雅库特埃文基人的民间文学》《埃文基的英雄史诗》《东部埃文基人的故事》等。

众所周知，埃文基史诗的传承者主要是史诗的讲唱者，而要想成为讲唱者，学习讲唱技艺是复杂的事情。埃文基人学习讲唱有传统的方式，即未来的讲唱者从童年起就要学习，只有这样才能将史诗传唱给子孙后代。如今真正的讲唱者尼姆恩加卡兰已经相当少了，较为著名的只有雅库特的 Д. М. 奥谢妮娜（Д. М. Осенина）和哈巴罗夫斯克边区阿尔卡的 А. С. 契里科夫（А. С. Чириков）以及其他一些讲唱者，他们的讲唱无疑对埃文基史诗的传承起着至关重要的作用。根据1990年至今从上述讲唱者那里记录的史诗可以看出，埃文基史诗固定的讲唱形式仍为讲述与歌唱相结合。也正是因为记录了这些史诗讲唱者的讲唱，才得以收集、整理和出版了相关的文集或单行本。

现代社会既限制了埃文基民间文学的传承，也为埃文基文学文化的传播和发展提供了新的方式和途径。在雅库特，名为《戈万》的广播节目已经有30多年的历史（史诗中的戈万老人，在埃文基语里是朝霞和黎明的意思），同时还有同名的电视节目，这无疑在埃文基的语言发展和民间文学的传承方面一直发挥着重要的作用。广播节目和电视节目被认为是传统的埃文基民间文学的替代品，它们之间的联系无疑是直接而又鲜活的，渗透着民间口头文学要素的仪式以及其他在埃文基人生活环境中形成的民间文学文本借此得以传承。

埃文基的民间口头文学与其传统文化一样，在多数埃文基人心中是最宝贵的文化遗产。A. M. 阿伊杰恩施塔特到过所有埃文基的生活区域，他看到埃文基人尊重民间文学的研究者和评价者，而对待那些不求甚解的人，埃文基人则采取保护民族口头文学遗产的态度，这也证明了他们对自己的语言文化珍视的态度。

埃文基的民间文学在本土生活方式的现代化条件下，履行了自己的社会功能，对埃文基人的社会关系有深刻的影响。与此同时，民间文学也成为过去的记忆，被埃文基人看作民族最重要的文化瑰宝之一。不可否认，一些民间文学传统在消失，以史诗为代表的个别文学体裁渐渐被遗忘。即便如此，埃文基人的民间文学还在继续，新的条件促进了新的埃文基民间文学。民间文学是否具有新的生命力，取决于埃文基人是否能保存自己的语言，是否用它作为交际工具。真正的埃文基的民间文学只能使用埃文基语传承，所以埃文基人的语言使用和留存是一个重要问题。

二 埃文基语现状

语言作为文化的载体，是史诗传承的重要工具，也是一个民族存在的最重要的标志。埃文基语言的传承状况，直接关系到埃文基民间文学的存在和发展，有鉴于此，笔者认为有必要对埃文基语的现状做些阐述。

在俄罗斯雅库特地区生活的埃文基人主要分布在奥列涅科斯

基日冈斯克、马伊斯基区埃托姆齐村、奥列克明斯克、阿尔丹斯克、涅柳恩戈林斯克等地区，大约 15000 人。也就是说，俄罗斯埃文基人的主体部分生活在雅库特，他们保持着传统的生产方式——狩猎、养鹿和打渔，但是能用埃文基语交流的人不多，只有一些老人还经常使用埃文基语，在大多数人的话语中，仅有与生产方式相关的日常用语，如饲养驯鹿的用具、打猎的用具、衣服、雪橇等词语使用的是埃文基语，而且言语中常常夹杂着雅库特语、俄语等。

雅库特的南部区域埃文基语的使用情况稍微乐观些，这里还有一些人通晓埃文基语，阿尔丹斯克和奥列克明斯克的埃文基人还能使用本民族语交流，马伊斯基区埃托姆齐村的埃文基人掌握母语的不多，而涅柳恩戈林斯克地区的埃文基人的语言已经完全被雅库特语和俄语取代。

在雅库特地区田野调查中，雅库特埃文基人与我国鄂伦春族用母语讲话是可以沟通的。以下是笔者田野过程中的一段采访，受访者为中国鄂伦春族语言学家韩有峰夫妇，他们在 2015 年夏，专程为本民族语言的传承问题在俄罗斯埃文基地区进行访问：

孟淑贤：后来我们问他们，他们逐渐迁徙，我说那你们是从哪儿迁过来？他说是从阿穆尔河，黑龙江阿穆尔河的支流，是布里亚河和吉雅河之间，在那个地方。

韩有峰：他们家后来逐渐逐渐迁，一直迁到现在地方，所以他们的基本上是可能他们也是部落还是什么的，所以他们的语言什么的文化各方面保留得非常好，尤其语言，我们奇怪，他们也奇怪，你们怎么懂我们的话的，这么一样呢，他们都奇怪。

李颖：称为雅库特埃文基。

孟淑贤：那我们也奇怪，你的话我们都能听懂了，怎么能听懂呢？

韩有峰：很有意思，我们大致都了解情况，但是现在我始终琢磨着就是时间上太紧了。如果是有时间的话，真的需要把俄罗斯尤其远东地区，好好研究研究，从他们的语言上就和咱们鄂伦春之间的关系，从语言学，但是它经济还是以饲养驯鹿为主。①

通过上述材料可知，俄罗斯与雅库特相邻而居的埃文基人的语言现状，基本可以与我国鄂温克、鄂伦春民族的语言沟通，虽然其中不乏受雅库特语和俄语的影响，但绝大部分还是保存了本民族的文化，但其他地区埃文基人的语言保存就不容乐观了。以下是受访者到堪察加、库页岛等地区的埃文基人聚集地的情况：

韩有峰：但是我们到苏维埃港，它那儿有两个村，其中一个叫鞑靼村，我们去了鞑靼村。我们先去的那儿，一看地方，不行，他们基本上什么呢，丢掉了文化。我们就想找岁数最大的是吧？语言上，那个乡村就是鄂伦春村。它就在库页岛的一个海峡，海峡叫鞑靼海峡。所以村呢就叫鞑靼村，我认为，他们可能是用鞑靼村的名字给鞑靼海峡命的名，我们去的地方非常好。那儿有一个什么河叫什么忘记了。

孟淑贤：它就是阿穆尔河的入海口。

韩有峰：好像是黑龙江一个支流，就在那河口三角地，那边就是海，后边就是一面靠海又靠山，那地方非常漂亮。我们到那儿看一看，环境非常漂亮，不少人跟着还下网捞鱼。到村里，我们感到非常，这叫怎么说，不太得劲儿，一

---

① 2018 年 11 月 16—18 日，2018 年国家社科基金重大项目《东北人口较少民族口头文学抢救性整理与研究》田野调查小组汪立珍老师、李颖博士、何其迪博士、索努尔硕士、吕洋硕士在海拉尔的田野调查资料，由李颖根据录音整理，课题编号：18ZDA269。

个是那村的环境也是比较差,那房屋也是很破,基本上没有新房。尤其见到有些居民,我们想看看哪家,哪家都关着门不开门。后来我们发现男男女女的,都搁那儿晃荡。一看他们有给我们当导游的,他(导游)介绍我们是中国鄂伦春。他们看着有外国人来了,他们就强打着精神的,但是也能看出来醉态,男的、女的、年轻的都是那样,晃荡。再是他们的语言,后来俄罗斯方找了一个据说是(当地)岁数最大的老太太,我们到那儿交流一看,这人比我还小,跟她(孟淑娴)的岁数差不多。一句(鄂伦春语)都不会说,后来说她会查数,就数了十个(鄂伦春语查数),就能数十个数,记住了,别的她一句都说不了。那地方基本上鄂伦春语丢失了、丢失了,他们的生产生活方式呢也基本丢失了。但是他们养驯鹿,驯鹿都是住在山上的。他们以打渔为主。①

总结以上录音材料,后来也与孟淑贤老师确认,韩有峰和孟淑贤走访俄罗斯多处埃文基人聚集地,甚至包括了那乃人的聚集地:雅库特音果达的埃文基,堪察加的埃索村、阿纳夫嘎伊村、乌斯奇村,腾达区的乌斯奇五一村埃文基,哈巴罗夫斯克州的那乃村。从采访的材料中我们可以读出,在雅库特的埃文基人,语言和文化保持得都比较好;堪察加埃文基人的生产方式依然以渔猎为主,保存了很好的民族渔猎文化,但语言基本上已经被俄语取代,仅能说出一些民族语特有的词汇,但是没有了语法规则;哈巴罗夫斯克边疆区的埃文基人没有关于语言的总结,但是他们的文艺汇演特别突出,都是用俄语来表演的。

纵观俄罗斯目前的埃文基民族语言的使用情况并不乐观。上

---

① 2018年11月16—18日,2018年国家社科基金重大项目《东北人口较少民族口头文学抢救性整理与研究》田野调查小组汪立珍老师、李颖博士、何其迪博士、索努尔硕士、吕洋硕士在海拉尔的田野调查资料,由李颖根据录音整理,课题编号:18ZDA269。

述状况形成的重要原因在于，在雅库特地区雅库特语和俄语都是官方使用语言，埃文基人与雅库特人通婚后多数都改用了雅库特语，与俄罗斯人通婚后则使用俄语。埃文基人放弃使用本族语，这对埃文基人的语言和文化传承无疑是一种巨大的冲击。可见，埃文基语言的保存和使用现状处于濒危的边缘。俄罗斯埃文基语言文化保存最好的地区为雅库特埃文基地区，其他地区埃文基语已经逐渐被俄语和雅库特语取代。随着语言的消失，埃文基民间文学渐渐与雅库特的民间文学融为一体。20世纪60年代的史诗讲唱者特罗菲莫夫是能用雅库特语和埃文基语两种语言讲唱尼姆恩加堪的人，但是目前这样的人基本没有了。

目前，俄罗斯埃文基人的语言和文化的保护与传承问题已经受到当地政府的重视，官方陆续组织一些活动，加强图瓦和阿穆尔等边疆地区埃文基人的相互联系，希望能够以此促进埃文基语的使用。与此同时，中俄鄂温克、鄂伦春和埃文基的跨国与跨境的交流与合作，也是促进民族语言和文化发展的一种重要方式和途径。近年来，两国民族地区间的交流日益增多，政府间也开展了针对跨境民族的各种文化交流和旅游等合作项目，在民族语言、文化交流和民族认同意识等方面起到了很大的推动作用。

第二节 埃文基现当代文学与史诗的关系

埃文基人自从有了文字之后，也开始发展自己的书面文学。20世纪二三十年代以来，随着现代化文明程度的提高、教育体制的不断完善，埃文基文学得到了一定的发展，其中明显可以看到埃文基民间文学，尤其是史诗的痕迹和影响。

一 埃文基现当代文学特征

总体上看，埃文基文学可以分为以下四个阶段：第一阶段是

20 世纪 20 年代至 40 年代，这是埃文基文学的形成阶段，即所谓的埃文基文学早期阶段；第二阶段是 20 世纪 40 年代至 60 年代，是埃文基文学的停滞时期；第三阶段是 20 世纪 60 年代后期至 90 年代，是埃文基文学的艺术自主时期；第四阶段是 20 世纪 90 年代至今，是埃文基文学的革新时期。

在埃文基文学史上有一些较为著名的作家，他们为埃文基文学的发展做出了巨大的贡献。第一个著名的埃文基作家是 Г. С. 冈吉穆洛夫 (Гантимуров, 1850—1921)，笔名为 Г. Т. 穆洛夫 (Муров)，他用俄语进行创作。1896 年在多姆斯克地区出版了他的话剧《嘉尼亚·赫穆罗夫》(Ганя Хмуров, 1904 年再版) 和小说《同一张皮下的两个人》(Двое в одной шкуре, 1909 年再版)，这两部作品讲述了西伯利亚的农村生活，探讨了人与道德的关系问题，但这一时期的作品是用俄语创作的。苏联时期，Г. С. 冈吉穆洛夫的上述作品没有再版，他后来创作的小说《温暖的公司》(Тёплая комната)、《雷声不是来自乌云，而是来自粪堆的黑夜》(Не из тучи гром, а из навозной ночи)、《第十三》(Тринадцатый) 也未获出版。Г. С. 冈吉穆洛夫可谓埃文基文学的开创者。

俄罗斯北方学的学者和列宁格勒学院北方民族研究所的教师们可谓埃文基文学的奠基者。Н. В. 萨哈罗夫 (Н. В. Сахаров, 1915—1945) 是"奠基者中的奠基者"，他的代表作为《诗歌》(Стихи, 1937)；另外一个重要的作家是 А. М. 萨拉特金 (А. М. Салаткин, 1914—1956 或者 1957 年不详)，他的代表作是《泰加林在游戏》(Тайга играет, 1937)；作家 Г. Я. 琴阔夫 (Г. Я. Чинков, 1915—1960) 的创作颇丰，其主要的作品有《故乡的土地》(Радная земля, 1938)、《诗集》(Стихи, 1939)、叙事诗集《我们是北方人》(Мы-люди Севера, 1940)。《我们是北方人》是用埃文基语和俄语两种语言创作的，是基于埃文基民间文学文化遗产创作的新体裁诗歌。

第五章 俄罗斯埃文基史诗与埃文基现当代文学

随着北方民族研究所的建立，埃文基人的民族共同体意识不断提升，埃文基的文化阶层开始从事创作，这一时期是埃文基书面文学创作与民间文学并行开发的时期，很多作品中故事的原型和基础是神话、传说和史诗中的原型形象，例如 Г. Я. 琴阔夫和 А. М. 萨拉特金的创作是对传说和神话的再加工。因此，这一时期的埃文基书面文学创作中明显体现着埃文基民间文学的痕迹。

在上述作家创作的影响下，出现一批埃文基作家，创作了许多社会历史主题的小说，例如 С. 格拉西莫夫（С. Герасимов）的小说《妇女之歌》（*Женская песня*，1931）、К. 沃洛尼纳雅 - 萨拉特金娜雅（Ксения Воронинaя Салаткина）的中篇小说《安卡》（*Анга*，1935）、萨拉霍夫（Сахаров）的短篇小说《红色苏格兰》（*Красный суглан*，1938）、中篇小说《小尼基塔》（*Маленикий Никита*，1938）。布特人 Г. 马尔果夫（Г. Марков-бут）创作的短篇小说《阿吉杜》（*Агиду*，1938）和长篇小说《安德烈拉扎列夫》（*Андрей Лазарев*，1938）等是描写结雅河畔的埃文基人参加卫国战争时的爱国主义行动的作品。А. 阿奇吉娜（А. Ачкина）的中篇小说《关于耶尔马克的神话》（*Легенда о Ермаке*，1933）在通古斯史诗的基础上，讲述了发生在巴尔古金湖沿岸的墓地的故事。从以上作品可以看出，自传体文学成为埃文基文学固有的特征。

在文学自主时期（1960—1990），埃文基文学的体裁更加多元化，题材进一步扩展和丰富，与埃文基民间文学的关系十分紧密。Д. 阿普洛希莫夫（Дмитрий Нестерович Апросимов，1930—1983）的诗集《三个源头》（*Три ручей*，1978）是以神话学为基础创作的，他的作品《秋恩杰里库沃》（*Кюндели Куо*，1974）和《库拉拉伊·库斯图克》（*Куралай Кустук*，1974）是以埃文基传统的民间文学形式尼姆恩加堪为基础创作的。抒情诗人 Н. 卡里金（Н. Калитин，1940）在选题和人物形象方面依据的也是民族的文学传统，他的诗集《泰加林的标志》（*Таёжные метки*，1982）、《听，我的泰

— 295 —

加林》(Слушай, моя тайка, 1982)、《霜冻中的儿子》(Сын в инее, 1985) 都是根据民间口头创作的主题和埃文基歌曲体裁的独特性而创作的。抒情诗人 В. Д. 尼洛瓦雅（В. Д. Нергунева, 1967）的创作主题歌颂的是埃文基人的爱情和大自然的和谐，他的诗集《只有你》(Только ты, 1996) 反映了作者的沉思和联想。这一时期的作品受尼姆恩加堪的影响较大，如 Д. 阿普洛希莫夫的作品《秋恩杰里库沃》等。

埃文基作家们深刻意识到民族发展的复杂语境，在作品中表达了对埃文基人未来的担忧，关注民族心理和生存问题，描写和反映埃文基人作为民族共同体而存在和自我认同的民族传统和习惯，这也是埃文基文学的重要特征。在这个方面，比较有代表性的作品是作家 А. Н. 涅姆杜什金（А. Н. Немтушкин, 1939）创作的小说《我能驾驭得了天上的鹿》(Мне снять небесные олени, 1980)、《太阳新娘》(Солнечная невеста)、《通向下界的道路》(Дорога в нижний мир)、《萨梅尔基尔——鹿耳朵上的标记》(Семелкил, Метки на оленьем ухе, 1990) 等，从标题中就可以看到这些作品深受埃文基史诗的影响。А. Н. 涅姆杜什金通过作品《我能驾驭得了天上的鹿》和《太阳新娘》力图说明，民间文学是埃文基人精神力量的源泉，但他的诗歌表达方式已经完全为现代意义上的诗歌所取代，例如在《当过萨满的伯母辛魁柯》中：

在我出生的时候，白色的鸟儿象雾一样飞舞，星星能用手捧下来，就象树上的果实熟透的时候一样，我要是能稍稍早生几年，说不定也会当上一名萨满，那么，说不定神鼓会在谁的墓上轰鸣。

我呼唤大雷鸟，要神蛇来相助——有时，我真有呼唤善灵的欲望。我骑着黑色驯鹿，走遍半个世界，和美丽的大驼鹿一起越过高山险途！

第五章　俄罗斯埃文基史诗与埃文基现当代文学

我是只神鸟，听到地狱里的泣血痛哭声，我在天空中翱翔，不惧箭矢和枪弹能把它们吞下。我战胜死亡，逃脱疾病和惩罚，飞越大海到达光辉的星辰！①

该诗已经完全是现代体裁的风格，但是其中出现的事物及其意境仍然是英雄要骑着驯鹿出征、为自己的亲人解除病痛和磨难，使其免受疾苦的思想，这是埃文基英雄史诗遗留下的品格，为当代诗人所继承。

Г. И. 瓦尔拉莫娃（又名凯普图开）的作品主要从道德哲学的角度思考当下民族生存的问题，反思在文化、精神和社会经济没落的条件下民族生存的危机，反映埃文基人对当代社会文化的不适应性。她的主要作品有短篇小说集《切里克忒的故事》（Рассказы Чэриктэ，1990）、中篇小说《有自己名字的珍尔图拉河》（Имеющаяся своё имя Джелтула-река，1989）、札记《小小的美洲》（Маленькая америка，1991）、《银环》（Серебряный пайчок，1991）和《说通古斯语的拉卡特》（Рэкет по-тунгусски，1991）等。毫无疑问，这些作品对埃文基传统文学文化的传承和发展具有重要意义。

20 世纪 90 年代以来，埃文基文学的主要代表是 А. 拉特金（А. Латкин，1940），他是与瓦尔拉莫娃、涅姆杜什金同时代的埃文基作家，他的小说以反映尖锐的社会问题、心理问题为主，主要作品有：短篇小说《线》（Нитки，1977）、《沿着圆圈前进的道路》（Тропа ведушая по кругу，1984）、《一件最后发生的事情》（Последнее происшествие，1992）、《进入纯净的教堂》（Войди в храм чистый，1994）、《谢是人吗？》（Се—человек?，2000）。在这些作品中，А. 拉特金非常注意艺术细节，重视保持埃文基民族的传统，如对火的敬重、亲近和关注，实质上就是对大自然的敬

---

① ［苏］伏·阿·图戈卢科夫：《西伯利亚埃文基人》，白杉译，呼伦贝尔盟文联选编，呼伦贝尔盟电子激光排印中心（海拉尔市河东中学路）2000 年版，第 168 页。

重，这样的观念在埃文基史诗中经常出现。

总的来看，当代埃文基文学的中心主题包括：本民族在新的历史条件下的生存和适应问题，尖锐的社会问题（醉酒和自杀），由于丧失了民族的基本生活方式而感到不安的问题。埃文基文学主要代表作家是 А. Н. 涅姆杜什金和 Г. И. 瓦尔拉莫娃，他们的每一部小说都是对"生命规律"进行研究的社会心理小说，反映出作家为民族的生存、民族的未来、民族语言命运的担忧和不安。作家们以保护民族风俗传统、道德基础为己任，在他们的文学作品中"流淌着鲜活的时代血液"，展示了生活原本的样子。作品的主题、生活素材以及自己的观点，经过作家的艺术加工，折射出埃文基人的个性和道德面貌。

需要强调的是，就体裁形式而言，埃文基文学与传统的民间文学有所不同。就内容而言，在新的社会条件和生存环境之下，埃文基作家们关注的是埃文基人的当代生活问题、民族生存问题、酗酒和自杀等尖锐的现实问题，反映当代埃文基人丧失了基本的民族伦理道德和精神生活，生动地揭示了当代的社会现实。可见，埃文基作家们思考的不仅是个人的遭遇，还有民族的命运等问题，表现出强烈的民族意识。

二 埃文基书面文学对史诗的继承

众所周知，民族的文字和古代文献是文学的源泉。对于各个新近形成文字的民族来说，民间口头文学具有书面文学的作用，很多世纪以来在其中形成了民族的艺术思维，确定了基本的美学思想，从而成为民族书面文学发展的重要来源和基础。研究表明，俄罗斯北方民族的早期书面作品大多数直接来源于民间口头文学中的诗歌，由于早期书面文学作品的语言还不够丰富，所以作品中充满了口头诗歌中的主题、人物、形象等。由此，转述和加工民间文学的母题以及民间口头创作在思想、主题和形象体系上的影响，成为俄罗斯北方民族文学的共同特征。

埃文基是新近才有文字的俄罗斯北方民族，埃文基书面文学无疑是从民间文学中"成长"起来的，其首创者把口头文学看作主题、情节、形象的来源以及艺术描写手段的宝库。20世纪20—40年代，埃文基书面文学与民间文学的联系主要表现在艺术文本本土化的独特美学思想上，这主要包括两个方面。埃文基诗人和作家认为，诗歌和散文作品要尽可能地让本民族的读者理解和接受，因此他们在创作中借助了民间文学的体裁和形象。如前所述，在埃文基作家生活和从事创作的区域，流传最广的民间文学形式是歌曲，其中保存了整个区域的民族传统。可以说，歌曲是从口头诗歌向书面文学的过渡，这也是早期埃文基文学中年轻作者的处女作大多数为诗歌的原因。早期的诗歌在很多方面模仿了古老的民歌，歌曲的内容框架是"看到什么，就唱什么"，因此很容易对读者产生影响。受民间文学影响的第二个显著特征是体裁的继承性，这既是民间文学传统优势的结果，也是作者有意识地运用艺术方式的结果。完全摒弃民间文学古老的传统和形式是不现实的，一些诗人和小说家的作品仍然鲜明地表现出民间文学的诗学特征。例如 A. M. 萨拉特金（Салаткин А. М.，1908—1957）是埃文基文学首创者之一，他的诗歌《格戈达鲁凯恩和乌尔盖里凯恩》（*Гегдаллукин и Улгэриккэн*，1949）是一首叙事诗，以安加尔斯基埃文基关于氏族和部落冲突的传说为基础，讲述了格戈达鲁凯恩和乌尔盖里凯恩的爱情故事，是对传说的文学艺术加工。在这首叙事诗中，A. 萨拉特金在诗性的语言中运用了大量形象的词汇和转喻，人物形象鲜明，揭示了无畏的猎人对自己心爱的乌尔盖里凯恩的感激、友谊和依恋之情。在主题和结构方面，叙事诗无疑近似于民间文学作品，体现了作家对民间文学和埃文基人的日常生活的深刻了解和认识。

此外，埃文基文学的首创者们关注同时代的人的活动，渴望理解生活变化和社会矛盾的实质，因此早期的故事和小说结构中的冲突是最常见的、最普遍的冲突——阶级斗争。人物形象两极化对于民间文学作品来说是典型的，这种特点在早期埃文基作家的小说中明显地表现了出来。但是，埃文基作家们逐渐摆脱了人物形象两极化的束缚，从人物形象两极化特征鲜明的民间文学走向人物个性化的埃文基文学，在进一步理解口头创作诗学传统基础上创造了新的文学形式，民间文学遗产成为作家们（Г. 开普图凯、А. 涅姆图什金等）有意识地研究和运用的客体。

在现阶段，民间文学仍影响着埃文基文学作品的结构和风格。在Г. 开普图凯、А. 涅姆图什金、А. 拉特基等现当代作家的小说中，可以发现与埃文基英雄史诗、民歌和传说相联系的母题、情节和形象。口头诗学体系对现当代文学多方面的影响，仍然是民族文学民间文学化的方式之一，但是在现阶段的埃文基文学作品当中，民间文学因素往往非常隐蔽，具有一定的美学功能，只有关注作家的内在创作活动才能解码其中蕴含的意义。在作品中，现代的小说家和诗人经常引用民歌、传说和民族故事以及英雄故事、俗语和禁忌，这不只是简单随意插入的说明材料，而是具有一定的美学意义，是现当代作品的重要艺术特征。

作家们通过民间诗学和叙事方法描写主人公的性格特征，赋予当代文学作品鲜明的民族色彩和充满感情的基调，同时确定整体的艺术思想体系的特征。在作品中，通过模仿、结构方法和形象的修辞手段使用民间文学的元素和传统，对于揭示主人公的社会心理和作家的立场而言是非常需要的。

综上所述，埃文基民间口头文学的美学原则在很大程度上决定了埃文基书面文学的一些基本特征。在埃文基民间文学的各种形式中，史诗对埃文基书面文学的影响较大。可以说，埃文基书面文学在很多方面继承了民族史诗的传统。

第五章　俄罗斯埃文基史诗与埃文基现当代文学

史诗是民族共同体内部承认的一种艺术形式，也是各民族了解自己历史、文化、民族心理和精神的重要源泉，埃文基史诗讲述的故事直到现在还在古老的泰加林中传播着，也成为埃文基作家创作的源泉。《加尔巴宁姜》（*Гарпанинд*я，1939）是作家 Г. Я. 琴阔夫的作品，故事的主人公加尔巴宁姜力大无穷、行动敏捷，他独自在世界上徘徊，他飞到上天时遇到了另一个民族的勇士凯德林姜。凯德林姜不是埃文基人，生活的方式与埃文基人不同，他住的房子没有门，加尔巴宁姜想进到住所里看一看，但是没找到门，就用斧头砍，勇士凯德林姜听到声音走出住所，两个人就打了起来。加尔巴宁姜最后获得胜利，娶了凯德林姜的妹妹为妻。① 可以看出，这个作品的故事从结构到框架完全是埃文基史诗的转写。

Д. 阿普洛希莫夫的作品《秋恩杰里库沃》以尼姆恩加堪的故事情节为基础，讲述了一个贫穷的小伙子与太阳的女儿的爱情故事。埃文基的史诗中，经常出现中间世界的勇士娶到上界的姑娘的母题，阿普洛希莫夫借用了这一母题，使这部作品成为埃文基人书面文学时代的经典之作。

作家 А. Н. 涅姆杜什金创作的小说借用了埃文基史诗中的母题和情节，鹿、新娘、"上、中、下"三界是其笔下常见的形象，这从其小说标题就可见一斑，例如上文提到的《我能驾驭得了天上的鹿》《太阳的新娘》《通向下界的道路》《萨梅尔基尔——鹿耳朵上的标记》等。А. Н. 涅姆杜什金表示，他创作的源泉是从祖父母那里听来的古老的故事，他把这些故事及其蕴含的民族传统都写进了自己的作品中，细致描述和反映埃文基人"日常生活特征和人们的特点"。例如，涅姆杜什金在作品中强调埃文基人从来不会猎取迁徙的候鸟，无论多么饥饿也会保存这样的传统，

---

① Чинков-эден Г. Гарпанинда. Перевод Васильевич Г, Ленирад: Главсевморпути. 1939.

因为在史诗中人的灵魂藏在候鸟的羽毛里。值得指出的是，А. Н. 涅姆杜什金把自己的作品当作供奉的祭品献给埃文基祖先和氏族，也以此教育埃文基人的后代不要忘记自己"民族的根"，不要忘记埃文基人的传统。

瓦尔拉莫娃（Г. И. 凯普图开）是埃文基民俗学家，也是埃文基的作家，她的独特经历为其研究和创作提供了宝贵的财富。作家瓦尔拉莫娃出身于埃文基古老的凯普图开部落，"凯普图开"是"追逐野兽"的意思，该部落曾沿珍尔图拉河向阿穆尔河迁徙。瓦尔拉莫娃的父亲和哥哥都是萨满，她对埃文基民俗的兴趣和研究不无受他们的影响。瓦尔拉莫娃的作品一直在探讨的问题就是埃文基的史诗中探讨的问题：埃文基人从何而来，怎么出现在大地上的，他们的生活方式、世界观是什么样的，甚至历史前景如何？瓦尔拉莫娃在研究著作中也一直关注这些问题，她明确指出："埃文基人从未把自己视为独立存在的特殊物种而与大自然割裂开来。埃文基人认为世界是统一的整体，人与大自然创造的一切都是平等的。"这些观念在作品《长着两条腿、褐色眼睛和黑头发的埃文基人与他的中间世界》（*Двуногий до поперечноглазый черноголовый человек-эвенк и его земля дулин буга*，1991）中都有所体现。小说《切里克忒的故事》和《有自己名字的珍尔图拉河》则以尼姆恩加堪中的英雄乌木斯利为主人公和描写对象，在塑造人物形象时，瓦尔拉莫娃也借鉴了史诗的艺术表现手法："乌木斯利跑得那么快，脚趾头贴到了额头上，后脚跟贴到了后脑勺上。"这类夸张的描写对埃文基史诗而言是非常典型的。

综上可见，埃文基书面文学形成及其进一步发展的源泉是民族精神文化传统，在每一个作家的创作活动中个性化地体现着民间文学和艺术文本之间的相互关系。民间文学对书面文学的影响是一直存在的，在 20 世纪下半叶直至今日的埃文基文学中，在形式、内容和风格上多方面地对各类民间文学形式，如民族神话、传说故事以及民歌，尤其是史诗的借鉴和继承，是埃文基作家创造作品艺术世界的重要条件之一。

研究俄罗斯埃文基史诗在现当代的保存、流传及其与埃文基现当代文学之间的关系。埃文基史诗在现当代语境下的发展和传承受到多方面的影响，而埃文基语言使用状态则是重要的影响因子。根据笔者的田野调查来看，埃文基语的使用者和承载者越来越少，无论埃文基史诗还是埃文基语都亟待重视和保护。

结　语

　　俄罗斯远东西伯利亚等北方的少数原住民生活在北极圈附近最寒冷的人烟罕见的环境里，他们创造了独一无二的史诗作品和口头诗学。人与自然相互影响的生态与冻土带游牧文化是他们的独特特点。

　　俄罗斯人口较少民族埃文基是跨境民族，其民间文学尼姆恩加堪是一种古老的说唱文学形式。尼姆恩加堪里面包括了神话和英雄故事，被俄罗斯政府认为是"人类的瑰宝"和"人类口头文化和非物质文化遗产的杰作"，并受到了联合国教科文组织的重视，具有重要的意义和研究价值。

　　由于国内对埃文基民间文学，特别是埃文基史诗记录的文本、译本资料几乎没有，更没有研究性文献，从事本书的研究极其困难。从资料收集到文本翻译，再到文本细读研究等一系列工作，难度极高，工作量很大。

　　本书主要运用比较研究、母题分析、史诗学、文学人类学等研究方法，借鉴民间文艺学等相关学科理论，对俄罗斯埃文基英雄史诗的母题、形象、艺术特色等几个方面进行研究，并对史诗中的文化与埃文基人对周围世界的认识等方面进行探究，从而对俄罗斯埃文基的英雄史诗做出系统的深入探讨与研究。

　　本书在结合中外研究者史诗研究成果的基础上，以埃文基的具体史诗为案例，分析埃文基史诗的母题、形象和艺术特色。对埃文基史诗从内容到结构等多角度剖析，从埃文基的神话、英雄故事和史诗的整合中认识埃文基的文化，再从文化反观埃文基的史诗，形成了一系列新的认识和学术观点，从而深刻认识到俄罗斯埃文基史诗的独特性，及与中国鄂温克、鄂伦春和赫哲族等通古斯诸民族史诗的共有性问题。

埃文基民族在长期的发展中不断地迁徙和融合，面对多种文化和现代化、都市化进程依然保存到今天，可见其存在的合理性和必然性。通过史诗的分析，我们看到了埃文基古老的文化在现今埃文基人生活中的痕迹，也从史诗中寻找到埃文基迁徙和发展的轨迹，足以见到蕴含的历史文化底蕴。目前，埃文基民族语言和民族文化的保护是亟待解决的迫切问题，已经成为一种责任和义务摆在了研究者的面前，这里有更广阔的研究空间，有更深邃的研究领域，吸引我们在埃文基民间文学的研究道路上继续前行。

另外，由于本人学术水平、学术建树有限，若干学术问题只能在今后研究中逐渐完善和解决。希望通过本书对俄罗斯埃文基史诗的研究、为跨境民族的埃文基英雄史诗的文本文献与研究体系的对接提供理论话语和参考依据。

附录　衣饰华丽力大无比的勇士德沃尔钦

1　　据说很久很久以前
　　　出现了三个世界，
　　　它们就像一岁野生驯鹿的灵敏耳朵。
　　　中间世界
　　　像毛绒毯子似的铺展开来，
　　　上面有 99 个地方
　　　流淌着小溪，
　　　上面的山峰
　　　就像分成 9 条的黑色狐狸毛皮上的
10　　那些浓密毛针。
　　　草（在中间世界上）从来不曾枯萎，
　　　中间世界存在了
　　　很久还是刚刚不久，
　　　我不知道。
　　　没有一只飞翔的鸟
　　　飞来飞去，能飞到它的边界——
　　　这块土地是那么的广阔。

　　　　如果看看这块土地——

　　　　没有什么可以与它相比，

20　　这是美丽、富饶的土地。

　　　　它的小云杉

　　　　伸展着枝条，就像朵朵雪花莲；

　　　　它的小落叶松

　　　　闪闪发光，就像秋天小鹿新生的毛发；

　　　　它的小幼松

　　　　枝繁叶茂，就像棕色松鼠的尾巴毛茸茸；

　　　　沼泽中的白桦树

　　　　茁壮成长，根深深扎进泥沼中。

　　　　释放着自己的根茁壮成长着。

30　　这个迷人的中间世界

　　　　如此舒适美好，

　　　　这里有很多的野兽和牲畜。

　　　　在阳光照耀的山坡上

　　　　不计其数的驼鹿。

　　　　在落叶松生长的地方

　　　　有无数的野生雄驯鹿。

　　　　在山峰上，

　　　　奔跑、跳跃着野兔。

　　　　河流旁的云杉林里有很多小松鼠——

40　　这片土地是那么的富饶。

　　　　如果仔细看看这个美丽的地方，

　　　　就会认为，怎能不在这里出生

　　　　长着两条腿、脸庞光滑、

　　　　脑袋可以灵活转动的乌梁海人——

　　　　原来在这个土地上出生和长大了

一个强壮的小伙子—阿伊，
他的名字是从头到脚衣饰华丽
力大无比的勇士德沃尔钦。
如果问在中间世界出生的这个人
50　是否有过同族人，
原来他有一个妹妹。
如果问他的妹妹叫什么，
她的名字是
梳着九庹长的丝滑的辫子的
美女索尔阔多尔。
如果问
兄妹俩吃什么，
那么他们吃各种野兽（的肉），
60　他们就是这样的勇士。
衣饰华丽的
大力勇士德沃尔钦
这个人追赶上
奔跑的公驼鹿的两条后腿，
像抓一只蜘蛛似的把它抓住。
这个人追赶上
秋天的野生鹿的尾巴梢，
像抓一只蚂蚁似的把它抓住。
70　这个人能追赶上
奔跑的野熊，
像抓一只黑甲虫似的把它抓住。
他本身就是埃文基人的祖先，
我们的主人公
是那么敏捷，有力量！

如果亲眼看一看他，你就会认为，他是那么的富有，

原来，在他亲爱的故乡大地的

所有的山上，

都有他的畜群——鹿群；

80 在所有的河流边——

都喂养着他的鹿和麋，

在所有的河柳丛里——

都有他的雄鹿，

在山的北坡上——

都是他阉割过的鹿。

这些人不知道

他们生活了很久还是不久，

就这么独自生活着，

吃着中间世界的野兽的肉。

90 他们的鹿变得越来越多。

如果问，这些人由谁所生，

原来，他们生活着，并且

不知道他们从哪里生出来。

"如果我们从上面天上下来，

在中间大地上安置下来，并在此生活的话，

那么在我们的头上就应该有露水"，

他们想了想，用手摸摸头顶，

但是在头顶什么也没有找到。

"如果我们在下界，

100 在奥根加（Оренга，下界阿瓦希老首领的称呼）的大地上出生

到中间世界中来

并开始在这里生活，

那么我们的脚后跟

就应该沾有黏土",
他们这样思考着，用手摸摸脚后跟，
他们也什么也没摸到。
"看来，在这个中间世界上
同这个世界一起生长的
还有草和树，

110　我们出生在中间世界上。
我们两个人命中注定，
成为埃文基的祖先所生"，——
最后，他们就得出了这样的结论。
这之后——
衣饰华丽的
大力勇士德沃尔钦说：
"我没有父母双亲，
任何一个世界也没有生出过
两条腿的，

120　脸上光滑
的索尼格古（勇士），
也没有勇士来拜访我，
这多么令人难过啊！"
他说，原来，
这件事倒没让他的妹妹
有什么不安，
在中间世界上
他们两个一起出生，
谁也没有拜访他们，
她不觉得悲伤：

130　一点小小不满并不会使她惊慌，

大的事件也不会吓到她，

她是一个坚强的、有智慧的姑娘。

他们就这样

生活着。

有一天晚上，

他们煮完了饭，

也吃完了饭。

当要睡觉的时候，

在猞猁垫子上，

140　在狐狸被子下，

睡着大力的勇士德沃尔钦，

早早地起来，

四处看了看，

走向院子，

打算认真地巡视：

从太阳升起的地方，

向上升起

白色的云彩，

就像烟袋冒出的烟。

150　云彩刚一升起，

立刻

出现了白色的云彩，

凝聚成黑色的云彩，

汇聚成红色的云彩。

开始刮起了大风，

繁茂的树木（被）吹倒了，

枯萎的树木（被）打成了碎片，

轰隆隆响起了可怕的雷声，

到处都有刺眼的闪电，

160 这之后——

一团黑色的云彩

停在我们主人公的上方，

黑云裂开，碎成两半。

这之后——

从黑色的云彩中

一个年轻的姑娘露出了上半身……

开始说出那样的一些话：

"基梅—基梅—基梅宁！

中间世界的勇士，

170 衣饰华丽

力大无比的勇士德沃尔钦，

请你先打个招呼，

然后开始谈话！

如果你问我：

'你从哪里来，来谈话和问候的姑娘，

你是哪个氏族的？'——

那么，（我会回答）我的母亲——

是出生在上界的艾姜·耶加科西特，

180 我的父亲——在上界出生并长大的阿伊希特曼加老人。

我的名字——缅贡坎，

我骑着一匹小马——它如同白色的云彩，

在毛茸茸的三指厚的雪上行走

不留下任何的痕迹。

如果你问我，为什么来这里，

那么我会回答，你们的名字

你们勇士的荣誉，

响遍三界，还将继续声名远扬。"

190　因此另一个世界，

　　　强壮有力的头目

　　　狡猾得像飘走的云，

　　　阴险得像游动的云，

　　　他们已经邻近了你们，

　　　来威胁你们，

　　　艾姜·耶加科西特派我

　　　给你们带来消息。

　　　如果你问是什么消息，

　　　那么我会回答：是让你和来犯的勇士

200　"不要赤手空拳地作战——

　　　否则他们会撕断你的强健的筋脉；

　　　告诉你不要赤手空拳作战，

　　　否则他们会耗尽你的力量。

　　　你要向前射出你阴险的，

　　　致命的矛。

　　　让你的两倍八尺长的弓

　　　紧跟着射出利箭！

　　　你要用狡猾战胜狡猾，

　　　用阴险战胜阴险，

210　用诡计战胜诡计，"姑娘说。

　　　"我来，带了这些建议给你，

　　　我完成了任务！

　　　长着翅膀的鸟的两个翅膀

　　　变成了流淌的血液，一直到达她要到达的这个地方！

　　　四肢甚至还没有决定来这，——

　　　这个地方是遥远的，

　　　　　我非常着急向自己的故乡，
　　　　　我要出发回自己的家乡——啊
　　　　　你们在你们的土地上留下来！"
220　　　让阴险狡猾的人不要战胜你，
　　　　　宽广胸膛的人不要倒下，
　　　　　已有的结实的关节不要撞上！
　　　　　再见了！——
　　　　　说完那样的话，这个姑娘
　　　　　看了一眼日出，
　　　　　坐上了黑色的云，
　　　　　疾驰而去。听说
　　　　　我们的人，
　　　　　大力的勇士德沃尔钦
230　　　穿着缝制的绣花衣衫，
　　　　　他听到这些话，非常生气，
　　　　　热血冲打着他的心脏，
　　　　　浓稠的血液涌进了他的腹部！
　　　　　"像我这样的人，
　　　　　谁敢来侵犯，
　　　　　三个世界不能找到一个，
　　　　　比我更强壮的人，
　　　　　我强健的筋骨怕过谁！
　　　　　这个从上界来的姑娘，
240　　　以为她出生在上界，
　　　　　就能够这样狠狠地侮辱我？"——
　　　　　他生气地说。
　　　　　"我去追她
　　　　　无论她走到哪！

为了她戏弄我、藐视我，

我要报复她。"

这样想着，就开始准备将装备弄得更结实些，

把被他穿好的衣服穿得更结实些，

做好这些，他开始说：

250　说出了那样的话：

"基洛卡宁—基洛卡宁！

美人缅贡肯，

出生在上界

母亲艾姜·耶加科西特

父亲阿伊希特曼加！

开始问候！

然后谈话！

上界的勇士

在上界长大，

260　认为：在上界出生，

他们能够骄傲。

是谁的主意，

想要战胜我，

就像战胜桀骜不驯的鹿，

给我戴上编织的笼头

给我套上绣花的漂亮鞍子，

毫不费力地训练我？

谁胆敢带着这个消息

从遥远的世界来这里？

270　为了这些话，

我要沿着长长的足迹追踪你，

沿着宽广的痕迹找到你！

不要逃离我，飞向天，
不要藏起来，落入地！
那样的小伙子在找你！"——
德沃尔钦说。
听到这些话，
我们的人，
他的妹妹索尔阔多尔

280　梳着九庹长，丝绸般的辫子，
看了一眼哥哥
用她那两个明亮的，铜一般的
像圆圈一般的眼睛，
说出了那样的话：
"代格里—代格里—盖格里梅！
中间世界的勇士，
穿着缝有绣花的衣服的德沃尔钦，
哥哥，我亲爱的哥哥呀！
发生了什么事，你为何如此生气？

290　你如此的生气
要知道，她来这里
并不是为了诽谤你的名誉，
你知道了什么坏事
从这个叫作缅贡肯的美人，
艾姜·耶加科西特的女儿来这里
为什么你那样生气？
她领着我们埃文基的祖先
只是朝好的方向走。
怎么能够不允许狡猾的人胜利

300　她告诉我们，让我们事先知道这个，你不应该生她的气。

只有下界大阿瓦希

由于这点才能生气。

你，不要说不对的话，

我的哥哥

今天

哪里也不要去！

那个姑娘说的那些大力士们

310 　今天不会放过我们，一定会来。

如果你离开了

而我一个人留在家里，

没有你，他们若来了，

倒翻了我们的炉灶，

吹散了我们的烟火。

如果你还吝惜自己的故土，

哪也不要去！"

——她说。

我们的人（说）："你知道什么？

320 　我不认为

你知道的事情先于我！

如果我不去追赶她，

这个上界的姑娘，

我在中界上行走，

我将不能在等待魔鬼，

相信你和相信那个姑娘。"——

那样说完，

他带上了负重的雪橇

扛起了银制的波尼亚古（понягу，为了携带重物用的背

在后背上的木板）

330 拿起自己的弓。
几步迈出，
坐在了自己的空地上，
妹妹只看见他的背影。
这个人从很远的地方去打猎，
有他出现的地方野兽就要减少一些。
傍晚，当天快黑的时候
他回来了，用银色的带子系着
自己的十几个猎物，十几只野生的鹿。
走进处所，看见

340 没有烟，什么都没有。
"是躺下睡觉了？
之前从来没有那么早"——
那样说完，走进了房子，
环视了一下：什么饭
也没有。
开始找妹妹：
在她的床上
乌特恩（帐篷）的一块
被揪了下来——

350 哪里也没有妹妹，
那时这个人
从这跑到那，
看看这里，看看那里。
他一整夜也没有找到
任何痕迹。——
一点痕迹也没留下来。

"有谁来过了，没有被我看见，
就这样欺负我们？"——他这样想着。
整整这一夜
360 他跑了个遍，没有坐一会儿，
那样跑完之后，他非常伤心
并马上出发，离开，说道：
"即使鸡蛋打破了，应该还在那个地方
是不会失踪的。"（埃文基谚语）
他想了所有的情况：
"他们藏到哪了，我不知道，
在前面跑，
大概这是合理的"。
返回自己的乌特恩（帐篷），
370 到他妹妹睡觉的地方，
在脱落的墙皮之上，
他认真地仔细地看了起来。
在那里只剩下痕迹——
三个爪印。
他看了又看，正像他们
所预言的那样：
在太阳落山前
带走了妹妹，是这样的。
看完这个，他开始思考了：
"姑娘们说的都是对的，
380 我错了。
这样，我想，
我该去追赶他们。"
那样说完

就沿着河流逆流而上追赶。

他跑啊跑，跑啊跑，

在这条河的两个支流之间

他来到一个美丽的地方，那里是放鹿的牧场，

有草地和节节草，

他抓住自己浅棕色的鹿，

390   它出生时就戴着银质鞍子，

搓成的银色的缰绳，

它是上界为远征而准备的鹿，

他敏捷地跳上鹿背，

向着太阳落山的方向出发（在埃文基的史诗中，出征到敌人住的地方总是向西）

他的浅棕的鹿

就像明白要出征似的：

它的骨头由于高兴变得更加轻盈，

脚步变得更快，

它疾驰向前。

400   在它的两条后腿下面

扬起了黑色的黏土，

在两个前腿下面

一团团扬起了白色的云

这个人，

不知道，是走了很久，

不知道，是走了不久，

没有停过，想："我要休息一下"，——

就继续驰骋了，

他就是这样一个人，休息只是想一想。

410   彼此之间，

到达了自己世界的边界，

进入了另一个世界。

下雨时知道是夏天，

下雹子时知道是秋天，

下雪时知道是冬天，

像雪一样的毛茸茸的柳絮漫天飞舞时知道是春天。

他那样走，

突然他的浅棕色的驯鹿停住了，

四周环视了一下，开始转动两只耳朵，

420　从这边到那边倾听了一下。

这之后——

开始用埃文基语说：

"恩格泰夫莱宁—恩格泰夫莱宁！

我的主人，埃文基人，

大力的勇士德沃尔钦

穿着缝制的衣饰华丽的绣花衣服！

你要把我用人类的语言说出的话

挺进耳朵

放入大脑，

430　让它闻到了内脏的气味牢记于心。

我们不能一起继续向前走了。

我们抵达三界的边界，

像我这样的鹿，

不可以出界。

现在你不得不

自己往前走。

如果你放了我，

你留我就在自己的故乡的牧场上，

我会好好地吃草。

440 　当你返回自己的故乡时，

我就会吃胖了迎接你，

不要迫使我

进入这个世界的界限之间，

那里有牲畜，

吃人类—阿伊的牲畜。

你不要也成为那样的人，

不要改变自己的形象，——

那里有怪物，

塞满一嘴巴能够用一夏天。（意思是：拥有巨大嘴巴的怪兽）

450 　姑娘对你说的话

不要忘，

与对方的勇士打斗，

以力量与妖怪较量，

我和你要分开了，

我的命运我来掌握，

你的命运你来把握！

愿你宽阔的胸膛从来不倒，

结实的关节从来不撞到，

两条腿的人战胜不了你。"——

460 　鹿说了这些。

在这之后，我们的人，

大力的勇士德沃尔钦

穿着缝制的华丽衣衫，

从鹿的身上跳下来，

将编制的银质缰绳

扔向鞍子。

说了那样的一些话：

"基洛卡宁—基洛卡宁！

我的浅棕色的鹿，

470 　你把我带到这里，

我好好地休息了一下，

你可能的确是

我的上界的远征的鹿，

开始要对你说声谢谢"

然后——感谢（алгыс）！

不要让它们找到你，

狡猾的人就像行走的云彩！

不要让它们战胜你，

阴险的人就像奔跑的云彩！

480 　固定在原地牧场上，

好好地休息！

你不要说我，这个强壮的人，

"不要说告别的话，

我不能对你说出那样

自己返回的期限，

但是经过三个整年，

我一定要让你知道，

接下来将会怎样，我们将共同见证，

如果你死亡的日子来了，

490 　要随风带给我你的箴言，

无论我在哪儿，我都不会放过它们。"——

我也会告诉你我死期来临的那一天

鹿的主人说。

说完，人，伟大的人

继续向前走。

他骑的鹿，

留在牧场上吃草。

我们的人

500　正在思考，

别人的家乡是什么样的？

走着走着

他到达一块大地

在这里他看见了

树和草，像被火烧成的灰。

太阳像月亮一样发光——

这里原来是这样一个地方。

他到达了非常阴暗的地方，

无论走到哪里，

510　都没有一块干燥的地方，

原来这里到处都是沼泽，

他向前走，

小路从各个方向

交织汇合在一起，汇聚、合并。

合并到一块，所有都一样，

向太阳落山的方向延伸。

他沿着小路走，

小路变得越来越宽。

我们的玛塔

520　不断前进着，

感觉是到达了海边。

他周围，

由于有雾

什么也看不见。

"大概，在这个世界里生活着

一些怪物的部落？

狡猾得像行走的云，

非常的阴险，——

就像奔跑的云"，——

530　那样思考和猜想，

他边走边想，

边走，边认真地看：

迎面

过来个什么

什么也不像。

勇敢的德沃尔钦认真地看：

它比自己大两倍，

还张着大嘴，

露出獠牙，

540　打算狼吞虎咽了它，

感觉离得越来越近，

我们的人

并不害怕，

手拿致命的三庹长矛

朝着他迎面跑去

将长矛刺入他的胸膛，

长矛的末端

从后背露出了三拃长，

他用右脚踢倒它

550　从右边的小路

又向前走。

从那离开，

走了多远——

不知道，

走了多久

也不知道。

下界的阿瓦希

早就被保护起来了：

在两个凸峰之间，

560　　在44个桩子之上

铺着甲板，在它上面

坐着一只睡着了的三头鹰。

我们的人跑向它，

从肩上卸下自己的巨型的弓

放上了六个棱的箭（埃文基人用箭头的形状区分箭），

并且，把弦拉到了耳边，

说起了那样的话：

"基洛—基洛—基洛卡宁！

三个头的巨鹰，

570　　你为什么出现在这个地方，

还躺在这里？

先接受我的问候，

然后再开始谈话！

如果你问我：

你是谁家的玛塔？

那么，我会回答：我是中间世界的勇士，

大力的勇士德沃尔钦

穿着缝有绣花的衣服。

来临的这一天——

580　　就是你死期！

　　　　谁把你放到这条路上的，

　　　　堵住了我的路？

　　　　死之前

　　　　说一下自己的遗言吧！"——

　　　　德沃尔钦说。

　　　　三只头的巨鹰，

　　　　抬起了三个头

　　　　分别对着三个方向，作为对此的回答。

　　　　我们的人不让他说了：

590　　他的大拇指在吼叫

　　　　他的小拇指在尖叫，

　　　　雷声般轰隆隆射出

　　　　震得大地叮当响，

　　　　三头鹰的三个头

　　　　飞向了各个方向。

　　　　鹰的生命结束了

　　　　说出了那样的临别箴言：

　　　　"东吉尔—东吉尔

600　　中间世界的勇士，

　　　　大力的勇士德沃尔钦

　　　　穿着缝有绣花的衣服。

　　　　埃文基—阿伊的勇士！

　　　　力大无比的你孤独地出生在中间世界，

　　　　能够帮我摆脱不幸！"

　　　　下界的阿瓦希

　　　　狡猾的就像行走的云彩，

　　　　阴险的就像奔跑的云彩，

　　　　领我到这个世界
610　　已经是很多年前的事了。
　　　　很多年里
　　　　它们在这里折磨我，
　　　　迫使我在这个甲板上暗中等待
　　　　等待勇士，就像你一样的勇士，
　　　　还没有任何一个勇士
　　　　从另一个世界来能够战胜我。
　　　　我是最有力量的
　　　　有利爪的，
　　　　但是你来了并且打死了我。
620　　既然你生来就力大无比，
　　　　你要拔掉我的绒毛和翎羽，
　　　　躺在它上面，
　　　　三天三夜。
　　　　这之后你就会无所不能，
　　　　行走上中下三界。
　　　　我是鸟—阿伊的氏族，
　　　　你是人—阿伊的氏族。
　　　　同下层世界的魔鬼
　　　　作战吧！
630　　不要向两条腿的人屈服，
　　　　有关节的人不要让自己再耽搁，
　　　　不要让胸膛宽阔的人打倒！
　　　　我要永久的告别这个世界了。"
　　　　鸟说完了这些话，原来是这样的。
　　　　我们的人
　　　　跳上甲板，

在鹰的绒毛和翎羽上

睡了三天三夜

然后起来。

640 当他起来的时候,整个

他的缝有绣花的衣服开始

让他觉得紧了,

他的肉又添到了肉上,

筋脉又添到了筋脉上,

他的力量变成了原来的两倍大,

成为那样一个人,这个玛塔

勇士德沃尔钦

穿着缝制的绣花衣服,

继续向前出发。

650 当他来到一块裸露地,

这块下界的裸露地,

看见:原来在他后面

有片明亮的国土,就像中间世界。

当他到达这个地方,

不得不

需要经过那样一条小路,

这条小路在软地上,

他齐腿陷入。

在坚硬的土地上,

660 他那样走着,

一直到

三个一样的裸露地,

在遥远的顶端,

他到达了一个地方,

在这里任何人在任何时候也没有见过这种草，

变回了他自己，

又继续向前走

他那样向前走着，

并能够清晰地看见：

670　四角的白石，

就像被人带来的，

白石就放在美丽的拉伊达上（空地上）。

看完这块石头，

勇士德沃尔钦开始仔细地研究它。

石头上有把锁头，就像是被人做成的。

他抓起锁头，拉抻了一下，

中间裂开。

当从缝隙中用力一拉，

他就清楚地看到：

680　他的鹿用的

有着非常美丽花纹的鞍子。

我们的人，

开始

一点一点地将它展平，

放入

兜里。

当他做这些事时，

天边飞来了三只白鹤，

在他的头上盘旋了三次，

690　那样的声音传来：

"基梅—基梅—基梅宁！

姐妹们，我亲爱的姐妹们，

那个所谓的阿瓦希来了，

我们的纹饰是藏好了的，

但他却收了出来，他偷走了！

多么委屈，多么懊丧！

快点下到我们的

牛奶一般的湖里去。

到那里躲到我们的地方！

700 三个世界中任何一个

都没有另外一个那样的勇士，

就像中间世界的勇士

名字为大力的勇士德沃尔钦

穿着缝有绣花的衣服

在古老的时候就听说过他。

如果这是他，

到哪也躲避不了他，

要小心了！"——

这些鹤说完之后

710 她们降落在奶白色的湖上，

旋转三次，

变成一滴锡

伴随着叮当声沉入了湖底。

看到这一切，我们的人，

那个在鹰的羽毛上睡过之后的人，

学会了各种狡猾的事，

也转三圈，

变成了三角铁，

也带着叮当声下去了。

720 "我到哪儿去了？——他想，

仔细地环顾了一下四周。

原来，那里是一条向下的通道，

类似于六岁公马拉伸出来的肠道，

沿着这条小路，

我们的人，

他继续向前，

不能耽搁，

下到了一处宽阔的林中空地，

就像44块红方块地图组成的！"

730　下到那里，

看一下四周

所有的帐篷中

最大的是铁帐篷。

他走进那个帐篷

绕了一圈，找到了门，

门从左打开，

窗户安在正相反的位置，

与人—阿伊的帐篷相比较，

完全不一样。

740　从帐篷的一个角落

一个人在靠近并停了下来。

在帐篷里

听到了经久不息的谈话声

谈话的人很多，

在它们的谈话里，

什么也不能弄明白，

时而哭，时而笑，——

也不可能明白。

"我到了

750　一个什么样的部落啊！"

我们的人想着，倾听着。

就在这里，

他听见了人类的声音，

说出了

那样的话，

"罗威尔—罗威尔—罗威尔多！

啊，我的朋友，

现在请走近一些！

我们那么害怕什么？

760　甚至忘了自己的游戏？

尼哈衣达尼耶，尼哈衣结，

吉拉热涅，吉莱登！

姐姐、妹妹，一起来玩！

你们怕谁，怕谁？

用了什么样的狡猾手段

用了哪些阴谋诡计

中间世界的勇士

穿着缝制的绣花衣服的

大力的勇士德沃尔钦

770　才能来到这个世界？

为什么您不出门呢？

快些，快些去，

叫出美人索尔阔多尔

长着九庹长的丝滑辫子的她！

快点，快点领出来，

阿瓦希的头目，我的哥哥，

名叫大力士尼亚尔古昌，
骑着一只小驼鹿的
阿瓦希的头目，我的哥哥。
为他们的婚礼
780　准备宴请！
大家快些聚在一起！
连上界的
姑娘—阿伊，
也来到这里，抵达这里。
我们怎么能不准备？
因为中间世界的勇士
勇敢的德沃尔饮
没有那么多的计谋
不能够到达这里！
790　我们玩吧，我们尽情地乐吧！"
说着，召唤了
那个牧区的所有阿瓦希
阿瓦希的头目
名叫杰盖-巴贝。
听见这些，
阿瓦希从各处会集。
两个只有一只胳膊的阿瓦希
从两侧
搀扶着自己的主人
800　尼亚尔古昌——索宁格。
领他进入了那个铁帐篷。
我们的人
出现在他们的面前

附录　衣饰华丽力大无比的勇士德沃尔钦

以真实的本人形象，
就是他本人
出现了。
大力士们，那些
扶着自己主人的大力士们，
吓得蹦跳着跑开了。

810　尼亚尔古昌—索宁格
喊道："塔塔特—塔塔特！"——
用自己像铁铲一样的手掌
沿着膝盖和大腿
开始拍自己。
向后退
三里路，
说完前面的话，
又说道：
"罗威尔—罗威尔—罗威尔多！

820　中间世界的大力勇士
穿着缝制的华丽衣饰，
你用了什么样的狡猾手段
潜入到这里，以自己特有的形象？
你归我所有，
让我吃掉！
我可真高兴，真高兴啊！
我可真幸运、真顺利！
像你这么肥的
中间世界的人类—阿伊从来没有过！

830　99 个大力士
被我打死了

为了成为被打死的第一百个，

真正的，有力量的玛塔

自己出现了。

你，大概，

是追寻新的足迹

自己亲妹妹的足迹而来？

她呀，

从三岁起命中注定是我的未婚妻，

840　从两岁起注定是我帐篷的女主人，

从一岁起注定是我的女裁缝！

既然你本人来了，

请你立刻告诉我，你把不把她嫁给我？

你把她嫁给我——我就会娶她，

你不把她嫁给我——我也会娶她！"

阿瓦希的儿子说。

我们的人，看了一眼他，

回答了那样的话，说道：

"基洛—基洛—基洛卡宁！

850　下界的阿瓦希的头目，

大力士尼亚尔古昌，

骑着小驼鹿！

首先问候你

然后开始谈话！

你应该猜得到

我来自哪个氏族，

你也知道自己的罪过！

你知道这些，

一切如你所想

860 　用你长着獠牙的大嘴巴抓住我。

　　　难道我就承受这些——

　　　要知道，我也是

　　　玛塔——也是勇士！

　　　大概你这样的阿瓦希的头目，

　　　也不能战胜，

　　　我这个埃文基人！

　　　你在哪看到过

　　　阿瓦希娶了

　　　人类—阿伊的姑娘为妻的？

870 　饲养过牲畜，

　　　生过孩子，

　　　开始生活？

　　　你，就像小偷，偷走了（我的妹妹）

　　　你竟还敢跟我说话？

　　　现在停住

　　　在那个位置上，

　　　不要动！

　　　我不害怕你

　　　用我射出的铜制的箭。

880 　这之后——

　　　结实地支起矛，

　　　相互刺入对方的黑色的肝脏！

　　　当这样比完之后，

　　　再赤手空拳决斗

　　　相互惩罚血液和肉体！

　　　在三界中两个都是平等的，

　　　我们相遇

是为了断送

其中一个人的呼吸——

890 　我们是那样的勇士！"

德沃尔钦勇士说着。

说完那样的话，我们的人

瞬间从右边的兜里掏出

银币并抛向他，说：

"变成银山"

它就变成了

银山。

他的敌人在海的后面。

900 　滚动

整块的岩石。（"海"的形象符合史诗对决的气魄）

"变成一座铁山！"——说完，

把岩石抛在自己面前。

岩石变成了铁山。

这之后，我们的人说：

"由于你的原因，我们的战役开始了，

你主宰着这片土地，所以，

你首先向我射箭吧！"

于是阿瓦希

910 　把90普特重的

巨大铁弓

从肩膀上卸下，

放上了9个棱的

巨大的铁箭，

瞄准了我们的人

穿过自己的铁山，

又透过银山，

那样说：

"罗威尔—罗威尔—罗威尔多！

920　90 普特重的我的巨弓！

让你的箭不要害怕石头，

不要被银山弹回！

落入黑肝的中间

中间世界的勇士

力大无比的勇士德沃尔饮，

不要毁掉我的名字，

不要让我的荣誉不清！

930　大力的勇士德沃尔钦！

即使你那么的有力量，挺住！

箭飞过去——谨慎些！"——

（阿瓦希）说。

那样说完，

他的箭穿过了

生铁的山和银山。

我们的人，

大力的勇士德沃尔钦，

没有中他的箭，

940　非常灵巧的他转了个身。

躲开了箭，

他掰下一半

铁网的墙，

从那里走出了他的妹妹。

抓住妹妹，

他把她放到了

右面的兜里。
然后转回身，
放上自己铜质的巨箭
950　　拉弓到耳朵旁，
说出了那样的话：
"基梅—基梅—基梅宁！
下界的阿瓦希，
尼亚尔古昌勇士，
骑着小驼鹿！
我绕过了你的
生铁的九棱的箭，
现在我自己射！
我们在对决中更加激烈，
960　　比我们原来再远一些！
箭飞过——要小心！
你不要说，我进攻
强大的人没有提前通知！"
这之后——
"我的铜铸的弓，
我的预言，
发自肺腑，
听入耳朵，
放入大脑！
970　　不要怜悯！
让你的箭不要害怕石头，
碰到银器不要弹回来，
你要刺穿射中
下界奥根加的儿子的黑肝，

不要让他的儿子阿嘉拉伊逃走!"——

我们的人说。

大力的勇士德沃尔钦说。

他的听话的手指发出了命令,

小指在尖叫——

980　射出的箭轰隆隆响了起来。

当阿瓦希的儿子

打算跳起来时——

六棱的箭到了,

射穿了他的膝盖。

那时,阿瓦希的儿子

说出了那样的话:

"罗威尔—罗威尔—罗威尔多!

穿着缝有绣花的衣服的大力的勇士德沃尔钦,

中间世界的勇士。

990　就像行走的云彩,

原来,不可被欺骗的并且狡猾的

就像奔跑的云彩,

非常阴险的,原来。

你用什么样的力量射箭,

他的话带来了不幸!

看看我,

他不怕用箭分开

我的白色的脚!

我流泪,我痛苦,

1000　我懊悔,我沮丧!

所有的这些

早就说过,

小伙子在自己的意识里，

不应该害怕任何的

石头，生铁。

所以，你，

不要狡猾，

走进来。

我们赤手空拳

1010　比试一下！"——

（阿瓦希）喊道。

我们的人

　收走了银山，

　把他变成了铜板，

　放回兜里，

　走到对手面前。

他们走到一起，

开始厮杀。

用 90 普特重的手杖，

1020　敲打对方的脑袋。

手杖只能打斗三天——

由于剧烈的打击

它们被变成了碎片。

他们扔掉了手杖，

拿起了致命的矛，

迎着对方猛冲过去，

目标对准

黑肝的中心。

还没到两锅冻肉

1030　煮好的时间

这些矛就变弯了，

好像没炼好的铁渣……

他们相互对掷。

在这之后——

他们用攥成拳头的十个手指

开始打斗，

他们吼叫着嘶喊着

相互痛打，

干枯的树震成了碎屑，

1040　繁茂的树撂倒在地上。

力量相当，仿佛鹿的两只犄角。

多少次

打成了平手，不知道，

当比拼脑门时候，

他们停了下来。

勇敢的德沃尔钦

说出了那样的话来：

"基洛—基洛—基洛卡宁！

下层世界的阿瓦希

1050　名为尼亚尔古昌—索宁格，

骑着年轻的驼鹿！

你已经坚持不住了，

我已尽力用双手和双脚擎住——

你这另一个世界的勇士。

那一天，我奋起反攻你的那一天

到来了。

不要怪我，

要怪你自己：

是你坚持不住了！

1060　你自己寻衅打架的——

现在你变成了一块生铁（由于撞击对手变成了铁块），

用你的血液擦洗我的致人性命的长矛！"——

我们的人说。

当他说这些话的时候，

他的对手

低低地蹲了下去，向他做出嘲弄的手势。

于是我们的主人公

猛然揪住他的前胸，

把他抛了出去——那个人脸朝下摔倒了，

1070　钉进了冻结的土地，钉进去了九庹深。

（德沃尔钦）从右边的靴筒里

拿出了自己锋利的匕首，

这是从他出生时就带在身上的，

刀刃有四指宽，

德沃尔钦用它切断了敌人的喉咙。

但是阿瓦希没有就此沉默，

他说出了那样的话：

"罗威尔—罗威尔—罗威尔多

中间世界的勇士，

1080　大力的勇士德沃尔钦，

穿着缝有绣花的衣裳，

非常狡猾的真正的凶狠的人，

他打死了我，

告别了可爱的故乡

告别自己的亲人

死去。

原来令人如此难过。

不知道这个，

同中间世界的勇士，

1090　我进入战役：

这就是

现在我要告别

亲爱的母亲和父亲

告别故乡的土地

永远地告别！"——

他那样说着并这样咽了气。

我们的人，战胜了下层世界的头目，

玩一玩他生铁般的头颅，

使它沿着冰上滚。

1100　他的小腿的骨头

倒下就像海里鱼的鳍，

把他的肋骨，

竖着放，能搭起埃文基的丘姆（帐篷）——

他那样地玩弄着它们。

（尼亚尔古昌）若是活着会这样想："我可是头目阿瓦希啊！"——

原来那也是白搭！

他可能还会想："我以力大而闻名。"——

原来想也是白想！

1110　我的人同那块营地的

所有阿瓦希的勇士们

比试力量，——

找不到任何人

可以同他比试。

然后我们的人

思考着，想与

上界的姑娘—阿伊见见面，

到她们住的丘姆里——

而她们已经飞走了，

飞向自己的上界，原来。

1120　那时，勇敢的德沃尔钦

决定看一看

女勇士—阿伊，

部落—阿伊，

将自己的妹妹名为索尔阔多尔

好好地安置在兜里

沿着这条向下延伸的小路，

逆向出发。

来时的路

他不得不再一次途经。

1130　沿着小路走，他到达

下层世界的出口。

自己变回了原身，

他还把妹妹也恢复了真身

并对她说出了下面的话：

"基洛—基洛—基洛卡宁！

名为索尔阔多尔的美人

辫子有九庹长

头发如丝绸般，

我的妹妹，亲爱的妹妹啊！

1140　我来到这儿，是按照你的痕迹一路追踪到了这里，

找遍了所有你到过的地方，

附录　衣饰华丽力大无比的勇士德沃尔钦

我在下层世界找你，
现在我要返回到自己的世界去。
如果你问，
我想干什么？
那么，我要回答：当我沿着你的踪迹来，
并且到达了下界的时候，
我打碎了四角的石头，
在石头上我找到了一些扣环——

1150　　他们特别适合我们的鹿。
当我收起了这些扣环，
从上面飞下来了三只白鹤，她们说：
'这是勇敢的德沃尔钦
从中间世界来
要偷走我们的饰环。'
还没等我说一句话，
它们就沉入奶白色的湖中。
我要跟随它们的足迹而去，
它们最初在那里。

1160　　我想同她们见面，
但是她们藏起来了。
所以，我必须
找到它们。
如果我拿到了她们的饰环
就能够像人类阿伊一样，同他们阿伊说话了。
你将要做什么去，我的妹妹，
是回到我们的大地，
还是和我一起去？
你先回到我们的大地，

1170　　开始在丘姆（帐篷）里生活，
　　　　照看我们的鹿群。
　　　　你自己决定吧！"——德沃尔钦这样说着。
　　　　作为对这些话的回答
　　　　美人索尔阔多尔
　　　　梳着九庹长的
　　　　丝滑般的辫子
　　　　用自己的十个手指
　　　　多次从这到那，从那到这的
　　　　不断地捋着辫子

1180　　好像在思考什么，
　　　　看一眼哥哥，然后说出了那些话：
　　　　"代格里—代格里，代格里莫伊！
　　　　衣饰华丽的力大无比的
　　　　勇士德沃尔钦，
　　　　哥哥，我的亲哥哥哟！
　　　　我说的话
　　　　你要听进耳朵，
　　　　放入大脑，
　　　　牢记于心！

1190　　你说得很对：
　　　　当然，我最好
　　　　回我们的中间世界。
　　　　如果你一个人去，
　　　　你就快些赶路。
　　　　磨磨蹭蹭的勇士
　　　　不能战胜
　　　　上界的勇士

他们都是真正的勇士。

你说的那些姑娘们

1200　是上界别甘达尔老人的女儿们，

这些姑娘在那里，

在她们中间

有你命中注定的女人。

出生的第一年她就是你命中注定的裁缝，

第二年就是你丘姆的女主人，

她的名字是

长着丝绸般秀发的美女基拉吉，

她是姐妹中最小的那个。

这些姑娘大概知道

1210　您所有的征程。

因此她们

领你去了下界。

但是她的兄弟们

从来不会轻易地

把自己的妹妹嫁给你。

如果你希望说服他们，

就到他们那里去。

我要返回自己的故乡。

你的命运同你在一起，

1220　我的命运同我在一起！

哥哥，我亲爱的哥哥！

犀利的语言不能驳倒你，

悦耳的诅咒不能战胜你！

不要在胸膛宽阔的人面前屈服，

不要输给两条腿的人！

告别的，长时间的告别！"——说完（索尔阔多尔）。

那样说完，

美女索尔阔多尔

梳着丝绸般的辫子

1230　三次旋转，

变成了白色鸟

并朝中间世界飞去。

这之后——

他的哥哥，

勇敢的德沃尔钦，

说了那样一些话：

"基洛—基洛—基洛卡宁！

名为索尔阔多尔的美女，

1240　梳着九庹长的辫子

秀发如丝绸般，

我说的话，

你要听进耳朵，

传入大脑，

牢记于心！

你要顺利地回到自己的家乡，

不要遇到阴险之徒！

回到自己故乡的土地，

支撑起住所—丘姆，

安置好灶火神，

1250　把驯鹿聚集起来，

就像我

没有从中间世界离开过一样！

不要为我担心：

我认为，我自己能保护自己，

年轻人注定要走的道路，

我会好好走过。

如果我命中注定的妻子

在上界，

我要找到她，娶了她，把她带回来。

1260　无论上界有多么强大的

勇士，

我都能够驯服他们，

我要和他们打成平局。

如果你在途中

不得已遇到了什么强盗，

那些狡猾的就像行走的云一样的人，

那些阴险的就像奔跑的云一样的妖怪，

你要让风

送过来自己的音信！

1270　无论我在哪里，都不会漏掉它，

我听见，就会去救你。

如果我的

宽阔的脊背变窄，

长长的思想缩短，

我也会把我的遗言

随风捎给你。

如果我命中注定很快返回——经过一年就回来，

如果不是很快，——过两年也会回来，

如果耽搁了，——过三年就会回来。

1280　到那个时候，你要好好活着，

久别！"——他说。

勇敢的德沃尔钦说完
变成了一只花斑鸟,
好像身上三个地方束上了带子,
他直朝上层世界。
向上面飞去
他飞过了很多块土地的上空,
那个被称为上界的地方,
原来是那么的遥远。

1290 在那个边界
遇到了危险的障碍,
承受着那样的旋风,
让人站不稳。
他到达了那样一个地方,
不能被他看到的地方,
而他一直飞,一直向前飞,
他到达了上界的地方
开始环视:
看不到边界——

1300 这个地方
是如此宽广的地方,
太阳的光线,
从来没有离开过这里,
他到了一个漂亮的地方,
这里长着
原封未动的树木和青草。
飞到了这个地方,
我们的主人公变回了真身,
直接朝向初升的太阳,

站立在

1310 上界中央，

他沿着平坦的路

出发。

硬的地方陷到膝盖。

他那样走，

面前是那样一条小路，

有一个人，骑着彩色的驯鹿，

戴彩色的帽子，

穿着彩色的衬衫，

1320 穿着彩色的皮袄

是一个玛塔在奔驰，

威胁着我们的人

用桦树手杖，

说着那样的话：

"里尔韦—里尔韦，里尔韦雅！

你生活在什么样的地方，有钱人，

你在灰色的驯鹿肉上吃的发胖，

你在白色的驯鹿肉上吃的肚子变大，

你在黑色的驯鹿肉上吃的浑身长满了脂肪？

1330 你是什么凶恶的强盗，

下流的小偷？

起开，你这个没用的废物！

如果你不起开，

我就用自己的桦树手杖

把你分成两半

左边这半抛向左边，

右边的那半抛向右边！

如果你不想走开，
就请你说出遗言，
1340　穿上丧服，
找到丧葬的驯鹿！"
那样说完，
他就用
桦树手杖打我们的人的头顶。
由于这种打击，
他的桦树手杖
折成了三节
没有伤到我们的人。
这之后——
1350　我们的人用长的半大的松树
做手杖
去打对方的头顶。
由于这种打击，
那个人
连同自己的彩色驯鹿一起被劈开。
他的右半身体掉落到右面的路上，
左半身体掉到了左面的路上。
在这之后，我们的人
继续向前走。
在哪儿也不敢耽误，
1360　进到别甘达尔老人的宽敞的院子里
终于抵达了这里。
他梦见一块块像石头一样的东西，
原来是牛群，
梦中见到的一垛垛干草，

原来是马群，

梦见的小白桦林，

原来是一群白色的被骗过的鹿，

梦见的河柳丛，

原来是灰色的鹿群。

1370 那么多的鹿

那么多的牛和马，

都是受人敬重的别甘达尔老人的。

我们的人走进了院子，

走到了十六角的

房子近前。①

停在了房门口

就开始说了一些心里话：

"基洛—基洛—基洛卡宁！

出生在上界的

1380 上界先生

巴扬·别甘达尔老人

巴扬·西贡戴尔老太太

我该叫你们一声祖父和祖母，

我该叫你们一声爸爸和妈妈，②

请给我开开门吧！

您同您的善良的思想，

连同你们令人愉快的容颜，

请接受我的问候！

---

① 上界的居民住的是四角的、八角的或者十六角的房子，房子角的数量与大地的几何图形标准相符，根据古老的世界多民族的观念构成了四角的、八角的或者十六角的房子，"角"指的是"太阳光线的方向"。

② 传统上对未来妻子父母的称呼，含有令人尊敬和敬仰的意义。

先开始问候!
1390 然后——谈话吧!
如果问我:从哪来的玛塔,
带来了问候和谈话,
你是谁,身上流的谁的血?
(我会回答):出生和长大在中间世界,
中间世界的勇士,
名字是大力的勇士德沃尔钦
穿着缝有绣花的衣服的人,
我孤身一人来到这儿。
如果问我
1400 有什么需求来到你的世界?
那么,我会回答:
海上的飓风赶着我来找您,
追寻您的名声,
就像野兽对待一岁的野生驯鹿。①
我经过很多地方,最终来到您这里!
您三个女儿中最小的那个,
叫基拉吉的那个美女,
长着发光的头发的那个,
从三岁起就是我命中注定的新娘,
1410 从两岁起是我帐篷的女主人,
从一岁起(是)我的女裁缝,人们都这么说。
听完这些话,
我走遍了很多地区和土地。
我亲自前来

---

① 德沃尔钦明显是指他来上界是顺路风促成的,说到对方的名声时,德沃尔钦则强调,老人的名声享有盛誉,此处用了比喻的手法。

追寻您的荣誉、您的声望，

如果您问我：

玛塔，你靠什么养活自己？

我会回答：在山区，在林中的烧焦空地上

我能猎获很多

1420　黑色厚毛的母熊，

在山岗顶上，

我能猎获肥美的驼鹿为食。

在长满了落叶松的狭窄的山谷里，

我这个埃文基的勇士能猎获

身上长满了厚厚的毛的

肥美的驯鹿，

您的小女儿，

一岁起就是我命中注定的女裁缝，

两岁起就（注定）是我帐篷的女主人，

1430　三岁起，就是我命中注定的新娘。

我来与您商量同她的婚事：

请您快点回答，

您对此还会有什么看法？

嫁出她还是不嫁？

请您不要迫使她的伴侣等待，

不要耽搁了朝圣的人！

如果您的女儿嫁给我，

我不会让她挨饿，

不会让她没有衣服穿！"——

1440　这个玛塔说。

说完这些，他开始等待，

门还是没有敞开。

谁也没回答他：好，

也没有人认为：有人在说话。

也没有人说：可以

没有人去关注：那些鹿怎么样了。

在这个房间里有人还是没人——

不知道。

这非常让我们的人

1450　感到委屈。

这之后——

当他站起来，

重复了上面的话，

从另一个地方的大海的对岸，

从河柳丛山的顶峰，

抵达到大地的密林，

渐渐地一个玛塔开始向他这儿接近。

认真地打量着他（德沃尔钦）：

那个人有几尺高，

1460　转向太阳，

宽广的脊背遮住了他。

那个勇士—玛塔

越来越近，

用 90 普特重的手杖威胁

差不多一半大的落叶松做的，

我们的人，

等他，想着：

"好，来吧，如果你想的话。"

进攻的人难道能够坚持住——

1470　马上跑近他，

说了那些话：

"林格基尔—林格基尔—林格基利埃！

中间世界的勇士，

大力的勇士德沃尔钦，

穿着缝制的绣花衣服！

开始接受我的问候，

然后进行谈话！

你从哪来，玛塔，抵达这里。

你身上流的是谁的血，

1480　为什么带着威胁的问候，

恶狠狠地说话？

如果你问，——

我会回答你，我的父亲——巴扬·别甘达尔，

我的母亲——巴扬·西贡戴尔，

我的名字——奥塔尼勇士，

从密林山顶来到这里。

你的话，玛塔，

非常的粗鲁，

像你这样的人，怎么

1490　还敢到我们这儿来？

你不知道自己犯了什么样的罪过，

出发来到这里，

你毫不费力地

就像劈开冻结的树一样，

把可怜的兄弟，可怜亲爱的兄弟劈成了两半

名为穿着五光十色的衣服，

骑着彩色的鹿，

博卡尔德勇士？

　　　　加上这里，
1500　你打算娶我的妹妹
　　　　想带她离开！
　　　　按照我的意志，我不会贡献出自己的妹妹——
　　　　给你这样的人
　　　　纵使的皮肤被撕裂
　　　　纵使我粉身碎骨！
　　　　纵使在我的身上
　　　　我们的血液流干，
　　　　纵使我们粗壮的骨头折断！
　　　　让我们狭窄山谷的河柳丛中
1510　见证一下命运吧
　　　　你不知羞耻想夺走我的妹妹
　　　　如果你想用力量抢婚，
　　　　来吧，试一试！"
　　　　——勇士说。
　　　　那样说完，这个人
　　　　不再等待：
　　　　用自己 90 普特重的
　　　　用冰冻的松木做成的手杖
　　　　竭尽全力地
1520　打我们人的头顶。
　　　　我们的人
　　　　由于他的打击
　　　　没有感觉到一点疼。
　　　　那个人开始认真地细看，
　　　　考虑："经受我这人的打击，
　　　　在哪个地方

附录 衣饰华丽力大无比的勇士德沃尔钦

　　裂开，打破
　　这个人的额头呢？——
　　由于我这人的打击？"——
　　但甚至没有找到红色的斑点
1530　类似缝合的伤口斑点也没有。
　　这之后——
　　他打算再来第二下。
　　而我们的主人公
　　狂怒的血液涌上了喉咙，
　　愤怒的血液开始奔向膝盖，
　　暴躁的血液冲击着心脏，
　　沸腾的血液在眼睛里闪耀，
　　由于极其愤怒
1540　他的腰差点断裂。
　　从十个手指中
　　涌出鲜红的血液，
　　从两边鬓角
　　冒出一束束火花。
　　他开始
　　捶敌人
　　用自己90普特重的手杖。
　　但是
　　他的90普特重的手杖——
1550　用还没煮完
　　三锅冻肉的时间——
　　手杖就敲断了，裂开了。
　　扔掉手杖，
　　他们准备用自己致命的矛

相互刺入对方的三块黑肝。

但是他们的矛没有

坚持到炖 7 锅冻肉的时间，

就变弯了，

就像软铁一样。

1560 他们把矛扔掉后，向上抛开，

抓起自己

7 庹长的乌特凯恩，

无论是脸，还是眼睛都不吝惜，

开始对砍。

但这也没够让他们用多长时间：

就像切割兽皮用的刮板，

剩下的只有背部，没有锋刃，

他们把它又扔开了，

这之后——

1570 他们赤手空拳

开始打斗，

打成平手，就像强健的公牛。

他们

不知道，

打了多久。

不知道，

打了多久。

一整月的所有的晚上

他们打了 30 个夜晚。

1580 这个对手

时而在这儿，时而在那儿，俯下身体用膝盖支撑，

时而在那儿，时而在这儿，站起来，就像鹿一样，用四

肢着地。

而我们的人

每一个回合都占上风，

每一次打击都会还回来，

克服了这些困难，勇敢的德沃尔钦，

不再拖延时间：把那个人抛出去，

直接插到地里

七丈远。

1590　撇完他，

他把对方的头发缠手上三圈

并把它拖到山中峡谷处。

用山中峡谷的河柳

狠狠地抽打他，

用红色的河柳

把他的肉从脊柱上抽下来。

那个人坚持不住了，

他宽阔的脊背变窄，

长长的思想在缩短，

1600　他的死期到了，

他开始说了那样的话：

"灵格吉尔—灵格吉尔—灵格基里伊艾！

中间世界的勇士

大力的勇士德沃尔钦

穿着缝有绣花的衣服

你这就把我了结了。

我的死期来了，

谁来救我？

可能，我的弟弟，亲爱的我的弟弟？

1610　出生在松树林

伊莱弗林德勇士，

我的小弟弟，

我的遗言，

进入自己的大脑，

听进耳朵，

发自肺腑

救救我的呼吸！

如果你问：同那个勇士发生了什么事，

为什么我必须这么做？

1620　那么我会回答：

原来，出生在中间世界的这个勇士

比我更有力量。

危险的强盗

名字是大力的勇士德沃尔钦，

到达我们这里，

这就是——这就是

他打死了你的两个兄弟！

快点来，

试着和他打一仗！"

1630　在这之后——

马上，没有耽搁

从远处的山上，盖着落叶松的山上，

开始赶过来一个人

就听到被折断的冰冻的落叶松的噼啪声。

他推倒了长成的树，

将干枯的树劈成碎屑，

竭尽全力地

跑向德沃尔钦

这个勇士，

1640　比原来的那个勇士更有力量。

甚至没有相互问候，

什么也不说，

他径直跑向德沃尔钦

用90普特重的手杖

由冰冻的桦树制成

开始打他的头顶。

这是我们的人

也不再拖延——

也开始还手。

1650　他们厮杀着，叫喊着

他们打斗着，呐喊着！

在这个上层世界，

在令人尊敬的别甘达尔老人的院子里

连绒毛毯子般的地面

也没剩下一处他们没碰过的地方——

战斗如此激烈。

在上层世界

繁茂的青草枯萎了，

繁盛的树木凋萎了，

1660　繁殖的畜群没落了。

孩子不再出生——

这些勇士打斗得那么残酷和激烈。

这些勇士一直打斗着，

他们打斗了90个昼夜，

我们的人又开始占上风了。

　　　　他的对手
　　　　没有禁得住冲撞。
　　　　不知道叫谁，
　　　　来拯救他的呼吸。
1670　　勇敢的德沃尔钦勇士，
　　　　我们的人战胜了，
　　　　不再宽恕他，不再耽搁——
　　　　在故事里是那样的——
　　　　抓住他的肩膀
　　　　用自己的手
　　　　打入冰冻的土地
　　　　九尺深
　　　　然后带着他，
　　　　就像对他的哥哥那样，——
1680　　用山中峡谷的河柳
　　　　无情地猛打他，
　　　　红色的河柳
　　　　把他的肉从脊柱剥下。
　　　　那个人的血
　　　　流淌的血
　　　　汇集成红色的云彩，
　　　　他黑色的血在天上
　　　　汇流成黑色的云彩。
　　　　他的长长的思想开始缩短，
1690　　他的宽阔的脊背变窄。
　　　　在这之后——
　　　　勇士伊莱弗林德
　　　　说出了那样的话：

附录　衣饰华丽力大无比的勇士德沃尔钦

"艾利尔—代利尔！艾利尔—代利尔！

中间世界的勇士

大力的勇士德沃尔钦

穿着缝制的华丽衣饰！

我的话

发自肺腑，

1700　深入大脑，

用头思考。

我不能顶住你的反击。

你聪明绝顶！

你力大无穷！

不要白费了自己的名誉，

传播你的响亮荣誉。

两条腿的人用力量无法战胜你，

两只手的人用力量不能打败你。

谁也不能和你打成平局。

1710　在从前，

过去的年代里，

在深远的黑夜里

我没有追踪过你长长的足迹，

我从来没有得罪过你。

我从来没有

挡住你的宽广道路。

不要掐断我的呼吸。

你最好从我最珍爱的三个美女中

随意挑选——不一定是最小的那个。

1720　让她成为你命中注定的妻子，

从第一年就是你的女裁缝，

从第二年就是你帐篷的女主人,
按道理带走她。
更亲近地了解你之后,
我再也不会与你吵架、
给你许诺。
如果你不听我的话,
你要打死我,
自己的无辜的名字
1730　自己要受到屈辱,
你自己也会感到沉重!"
——那个人央求道。
那时我们的人说:
"的确,如果我
人—阿伊,
但不会爱惜人—阿伊,
那么的确是不好的",——
那样说完,他让求饶的人坐下,
拉起他的手;
1740　他的脸由于血液和污垢
用水清洗和擦干。
当时,这个人
眼睛亮了起来,脸上有了血色,
变窄了的脊背又慢慢变宽,
缩短了的思想又慢慢变长。
相互了解并和好之后,这些人
出发去了更加广阔的拉伊达(лайда,田野、空地、开阔的地方)
他们消除了以前的仇恨,
摆脱了相互之间创造出的恶果。

1750	他们用人类语言中最好的话语
	交谈
	三天三夜
	尽情地说个够，
	玩一玩，娱乐一下（意思是比一比射箭和打仗）。
	然后到尊敬的老人巴扬·别甘达尔
	的房门前，
	走近他的房子，
	勇敢的德沃尔钦
	说出了那样的话：
1760	"基洛—基洛—基洛卡宁！
	上层世界的首领，
	老人巴扬·别甘达尔
	老太太巴扬·西贡戴尔！
	开始接受我的问候，
	然后进行谈话。
	如果在我这儿您问：从哪里来的玛塔，
	你就这么说话？——
	中间世界的勇士
	力大无穷的勇士德沃尔饮
1770	穿着绣花与衣服——
	我的名字。
	是力大无比的勇士
	我来到您的土地，
	但是，最初
	同您的三个儿子
	我没有屈服我们没协调好。
	当我来到这儿时，

　　　　　开始尝试同他们这些勇士挑战

　　　　　无情地打了他们。

1780　　不吝惜与他们为敌，

　　　　　当我进入这个土地时，

　　　　　勇士的名字博卡尔德，

　　　　　骑着七彩的上界驯鹿，

　　　　　没有祝福，

　　　　　也没有说自己的名字，

　　　　　就用沉重的桦树手杖，

　　　　　开始打击我的头，

　　　　　我作为回答

　　　　　也用自己的手杖打了他——

1780　　并且，博卡尔德被劈成了两半。

　　　　　然后我就继续出发了，

　　　　　出现在您这里，

　　　　　想跟你们说，

　　　　　但是没有人回答我

　　　　　于是我就想：这里是否有人或者是根本没人？

　　　　　这之后——

　　　　　名字为奥达尼的勇士

　　　　　从那个时候隐藏了对我的仇恨

　　　　　沿着浓密的山间峡谷来了——

1800　　我自己也不知道。

　　　　　他跑近我

　　　　　就开始用手杖打我。

　　　　　要知道，我也是勇士

　　　　　谁也没有让我

　　　　　受过委屈——

我是那样一个人—玛塔。
我们开始打仗，
战斗了 90 天，
并且我（一直）都坚持。

1810 这之后——
他叫出生在松树林的勇士
伊莱格林德，骑着
野生秋天的驯鹿的勇士。
同这个勇士
我也打了 90 天，
经受到命运的考验，
并且又一次取得胜利了。
那时他决定，
停一些时间说：

1820 说：'你娶走命中注定的妻子，
以前的那些最后都一笔勾销，'
领我到这儿来。
你们对此回答些什么，
请说一说，您想什么！
不要迫使行路人等待，
不要耽搁了同路人！
我到这来，
是为了娶自己命中注定的妻子
返回家乡！"——这个人说。

1830 在说这些话的时候，门开了，
走出一位老太太，
那样说了一些箴言：
"基迈—基迈—基迈宁！

中间世界的勇士，

大力的勇士德沃尔钦

穿着缝有绣花的衣服，

美丽的外表，

接受问候，

开始问候，

1840 然后进行谈话

如果问我'你从哪里来，

老太太，你是哪儿的人，身上流的谁的血？'

我会回答：我是

出生在上层世界的

巴扬·西贡戴尔老太太。

你的话

那时说的话，我就很喜欢了，

现在说的话，也让我很喜欢，

而这些个勇士，

1850 都白指望了，

他们力气很大，很勇敢，

但有白费了，

他们觉得这个世界很窄。

开始想：这是从远处来的人"——

他们自己先出的手，

开始的战役。

干扰了我们的谈话。

不要再进行这样的战役，

婚礼的宴请已经准备好了。

1860 我亲自这样考虑：

为什么不让你

带走自己的女朋友呢？

你大老远地来，

顺便到我的房子，休息一下，

直到准备好婚礼的宴请，

直到邀请完

从各处来的亲人，

直到聚齐了所有受人尊敬的

生活在其他地方的老人。

1870 你好好地休息，

住在近处的居民，

我用铃声叫到一起，

住在远处的人，

坐着驯鹿赶来。

为了两个年轻人的婚礼，相互平等，

你，强壮的人，

而基拉吉是

长着发光的头发的美女

为了庆祝你建立令人尊敬的家庭

1880 密林深处会挤满通古斯人，

河谷弯会坐满了科多戈伊人，

转眼间我们就能叫来所有的人。

小伙子们就像长腿的鹤，

要来来回回地走着，

姑娘们就像白鹤，

骄傲地仰着头，跑来，

开始玩各种游戏，

勇士们在角斗，

快腿的人开始相互追着跑，

1890 　　大嗓门的人开始唱——
　　　　我们看到了最大的盛会"① ——
　　　　老太太说。
　　　　那样说完，西贡戴尔老太太
　　　　领着儿子和女婿
　　　　的手
　　　　把他们领到了自己的房子里。
　　　　勇敢的德沃尔钦
　　　　吩咐睡在
　　　　发光的床上②

1900 　　带着四个爪的床
　　　　那个人坐上去，
　　　　就把床坐穿了。
　　　　扔掉了透亮的床，
　　　　她带来了个银质
　　　　有着六个爪的床并说：
　　　　"坐到这来"。
　　　　我们的人
　　　　小心地坐上去，
　　　　轻轻地躺到床上。

1910 　　如果看一看，
　　　　他是怎么坐的，——
　　　　他看上去
　　　　比强壮的勇士——房子的主人还强壮得多。
　　　　匀称的外貌体型，
　　　　他凭借自己的外貌认为这是真正的勇士的标志——

---

① 婚礼上的各种游戏、舞蹈、唱歌还有比赛、射箭等。
② 此处表现西方文化，现代文明的侵入，闪闪发光的床又名波兰床，即钢铁的床。

他是那样的一个人—玛塔

看着他，

上界的勇士们都很吃惊：

在遥远的中间世界

1920　那样的勇士的外貌

原来，这才是玛塔。

他们边说边夸赞。

在勇敢的德沃尔钦面前

放着一个银质的四角的

大桌子，

马上就屠宰和煮上

一头肥壮的阉割过的鹿的肉，

养的肥胖脂肪的公牛，

上等的不产崽的母马，

1930　桌子上的肉分置。

我们的人，

从中间世界出发之后就

没看见饭，

开始大吃

端上来的食物：

一块黑色松鸡上的黑肉

他拿起放到了嘴里

就吞下了，

当想从黑色棒鸡上拿肉时，

1940　那个人停下来。

放到嘴里一块白色的整只

兔子的油脂，

他吞下了它，

刚刚那个人又停在了山鹑的旁边①。

没有体会到

公牛骨头的硬度

他就已经咯吱响地嚼烂了它们，

连肉带肋骨一起，

飞快地吞了下去，

1950 仿佛在填一口袋子，

他把桌上的一切都吃光了。

没有留下一丁点的小块。

大锅里的乳油

他也一次都喝干。

当用额头

闯到锅沿的时候，

他才明白，

东西吃完了。

这个人是那样的勇士。

当他吃完

1960 所有的宴席，

这些富有的人

为他准备好了床

为勇士睡觉用

用最好的兽皮

铺到床上；

为勇士的休息，

安置了软的床

---

① 德沃尔钦放在嘴里的是大块的肉，更容易吞咽。此处写那些小的东西：棒鸡比松鸡小，它选择了松鸡，而山鹑比兔子小，它选择了兔子。意味着，勇士德沃尔钦的强大不仅体现在战斗中，还体现在吃饭的时候。

　　　　在这个软的床上
　　　　我们的人睡着了。
　　　　这个人睡了
1970　　30个昼夜，
　　　　一次也没醒来过。
　　　　当他睡觉的时候，
　　　　邀请远近的客人
　　　　来参加婚礼。
　　　　密林深处挤满了通古斯的人，
　　　　河谷旁坐满了科多戈伊人，
　　　　所有的人
　　　　都聚集在一起，
1980　　备着婚礼的盛宴。
　　　　给新娘着上盛装，
　　　　叫醒了女婿，
　　　　12个昼夜持续着婚礼，
　　　　宴请了这些勇士。
　　　　酒宴丰盛而又美味，
　　　　那里有人们想要吃的所有食物。
　　　　德高望重的老人们谈天说地，
　　　　来做客的歌手唱着动听的歌曲。
　　　　四面八方来的勇士们
1990　　聚在一起竞技：
　　　　善于角斗的人摔跤，
　　　　臂力大的人相互拖拉，
　　　　跑得快的人赛跑，
　　　　善于跳跃的人用一条腿跳跃，
　　　　这些勇士中的任何一个人，

在任何方面都赢不过
我们的主人公
勇敢的德沃尔钦。
"中间世界的勇士中
2000　怎么会有这样一个
有力的灵敏的勇士！"——
他们用最真挚的赞叹来说我们的人
在上层世界不能再找到一个
能和我们的人相比的。
这之后——
又过了 12 天。
所有的人都吃够、吃足，
都玩够、玩到累了，
出发到我们自己世界的日子也就来了。
2010　那时我们的人
坐在妻子母女的对面
说出了那样的话：
"基洛—基洛—基洛宁！
上层世界的勇士们，
所有聚集的客人在这里，
而你，巴扬·别甘达尔老人
连同巴扬·西贡戴尔老太太
听我的话！
我的故乡非常遥远。
2020　长翅膀的鸟
要生三次蛋才能飞到那里。
快腿的野兽要生九次崽
才能跑到那里。

在中间世界，

我留下了自己唯一的妹妹。

沿着中间世界的河谷

放养我的鹿群

一个年轻的姑娘

不能胜任，很多地方到达不了。

2030　为什么要推迟

与长着发光头发的美人基拉吉

开始我们共同的生活呢？

要知道智慧的老人们说：

'年轻的人，带走你的新娘—我的姑娘，

就应该把她领回自己的故乡。'

于是我想，

我们该出发回到我们的故乡"。

"你们对这点还要说些什么？"——他问。

那些人能对此回答什么？

2040　"从远古时起

人类就有了这样的风俗，

你的话没有错误。"老人们赞同地说。

这些富有的老人们，

这些献出自己女儿的老人们，

开始给女儿准备上路（的东西）。

他们送给了女儿

500头上等的马匹，

它们出生时都是带着银色的马鞍

和银色的笼头。

2050　女儿和女婿

骑上了马，

在生养她的院子里
领着它朝着太阳的方向绕了三圈。
这之后——
调转马头朝着中间世界的方向出发,
赶着马从鹿、马、牛群的
中间穿过。
一半的牧群
跟着女婿和女儿走,
2060 另一半留在原地。
我们的人,勇士德沃尔钦
说出了那样的话:
"基洛—基洛—基洛宁!
在上层世界出生和成长的老人们,
荣誉的巴扬·别甘达尔老人
巴扬·西贡戴尔老太太,
连同自己的年轻的亲戚们——
我的告别的话
传进耳朵
2070 是发自肺腑的,
深入大脑的,
你要用你的头(脑)思考一下。
你不要说,强大的人离开了
不要说告别的话!
我们出发到自己的地方,
为了在中界生活,
走是为了在中间世界上
按照埃文基人的方式开始生活。
我不知道,什么时候探望您,

附录　衣饰华丽力大无比的勇士德沃尔钦

2080　但是哪怕只有一次——我也探望。
　　　让任何一个玛塔
　　　都不会欺辱您，
　　　不会压低您。
　　　不要忘记您以前叫得响的名字，
　　　你的响亮的荣誉。
　　　让你们的年轻人
　　　建立起房子，
　　　分离出灶火，保持住畜群。
　　　让一代接一代
2090　生育越来越多的孩子。
　　　当您死的时候，
　　　您要把遗言随风带过来。
　　　无论在哪里，
　　　我们都会来，来拯救您的呼吸！
　　　不要让那些人追上您，
　　　阴险的人，就像奔跑的云，
　　　让他们不能触碰到您，
　　　狡猾的人，就像行走的云！
　　　您的命运和您在一起，
2100　我的命运和我在一起！
　　　久别了！"——他说。
　　　告别后，离开的人们
　　　朝向自己的遥远的路途出发。
　　　而老人巴扬·西贡戴尔
　　　跟在后面说出了那样的话：
　　　"基迈—基迈—基迈宁！
　　　女儿，我亲爱的女儿，

基拉吉—美女

长着发光头发的美女！

2110　中间世界的勇士

大力的勇士德沃尔钦

穿着缝有绣花的衣服，

女婿，我亲爱的女婿

我的话非常动听，

请你们用自己的两只

像秋天的两弯新月的耳朵倾听！①

传进耳朵

深入大脑

是发自肺腑！

2120　你们一定非常顺利

到达你们的大地！

愿你们在途中

没有阴险的人打扰，

愿你们

从上界来的强风吹不倒你们。

祝愿你们

下界海里的致命晨雾也不能触碰到你们！

你们一定能顺利到达你们的土地。

放好自己的帐篷，燃起自己灶火，

2130　生出孩子，放在摇篮里摇动他，

繁殖你的牲畜，

成为有功勋的家庭！

弘扬你的名誉，

---

①　因为秋天的天气好，秋天背景衬托下的月亮显得特别美。

为了让

来自远方的外地人

都能知道你们！

让部落中的男人们尊重你！

让我的话成为对你的祝福！"——

她说。

2140 跟在出发的人的后面

延伸着的是鹿群、马群和牛群。

在途中的马，

不沉默，它们在嘶叫，

有角的牲畜，

不沉默，哞哞地叫，

鹿儿们，

不沉默，哧鲁哧鲁地叫。

再过九十年

这些人的畜群

2150 踩出的小路不遗失。

在那里，他们经过的地方，

在软的地方，人陷下去到腰身，

在硬的地方，人卡在膝盖。

走了多久，不知道，

走了不多久，也不知道。

一直向前走，向前走。

原来，中间世界如此遥远。

这些人

下雨才知道是夏天，

2160 下雹子才知道是秋天，

下雪才知道是冬天，

根据毛茸茸的柳絮漫天飞舞才知道是春天。
所有的人一直向前走。
就这样一个跟着一个地走着，
他们碰到了垂直的悬崖，
这里被称作上界和中间的边界，
既上不去也下不去，
既没有蹄印，也没有爪印。
他们走到悬崖前，
2170　再无路可走。
这些人把自己的鹿、马和牛
留在悬崖顶上，
然后长着发光头发的
美女基拉吉
打算说话，这之前
她从中间撕开
自己的三角丝绸头巾。
她把一半头巾
抛到了白桦树上，
2180　另一半向上挥动了三次，
同时说道：
"古列—古列！
大山—老太太，受人尊敬的祖母，
被叫作上界和中界的边界！
不知道你的灵魂—主人是谁！
您的名字源远流传。
开始接受我的问候，
然后开始谈话，
谈话不要被忘记祈求的人！

2190 你出生在哪里，血液里流的是谁的血，
从哪里来，姑娘，为了同我相遇？"——
如果您问我，——
"我的父亲是巴扬·别甘达尔老人，
我的母亲是巴扬·西贡戴尔老太太，
我是姑娘—阿伊，名字是
基拉吉—美女长着发光的头发。"
如果问我："出于什么需要
你找我带着预言，
和智慧的话语？"——

2200 "在中间世界泥土的大地
目前正生活着一些埃文基的勇士。
从一出生，我就命中注定是他的女裁缝，
从两岁起，我就"注定"是他帐篷的女主人，
从三岁起，我就"注定"是他的妻子。
我这个姑娘
来到中间世界的大地上
搭起帐篷，在那里燃起灶火，
建起牲畜圈，生育孩子。
让在中间世界住满了人。

2210 我，姑娘，前往。
请您为这个河谷
铺一条路，
让我们的鹿群、马群和牛群
通过，
让人类—阿伊
以后可以通过这条路来往！
在以前的年代里，

在过去的日子里，
当我为要干死的树
念咒语
2220　从树根到树梢
为它祝福，
它就会慢慢变成一棵
嫩绿的、刚刚发芽的落叶松。
当我对活着的树木
从树梢到树根念咒的时候，
它就会立刻干枯。
如果我对枯萎的草念咒，
它就会复活并长出绿叶。
如果我对茂盛的草念咒，
2230　它就会立刻枯萎。
所以我的预言，
听入大脑。
挤入耳朵！
让我们上路，
荣誉的我的祖母！"——姑娘说。
她刚一说完，
从这个地方，他们刚刚站立的地方，
铺上了一条美丽的河谷。
并沿着这条小路，他们
2240　同自己的畜群鹿、牛和马们
到达了中间世界
的边界。
勇敢的德沃尔钦在这里
进入了自己古老的中间世界。

纵使这个国家是宽广的，
他们想快点到家
就继续向前走。
在故事里耽搁是没有的：
马上就走近了勇敢的德沃尔钦的
2250　故乡的宽广的河流。
难道这些人（被）阻隔在
通往这条河流的路上了吗？——
他们停在了树墩旁，
停在了树的旁边，
当时是被德沃尔钦砍下来的树，
找到了大量的鹿的痕迹。
到达了故乡的田野，
看见自己古老的乌特恩（住所），
没有被任何人碰过，
2260　非常的漂亮。
当勇敢的德沃尔钦看见乌特恩时，
他说了
那样的话，
"基洛—基洛—基洛宁！
故乡，我的中间世界，
整个的自己的辽阔世界
接受我的问候！
而你，妹妹，我亲爱的妹妹，
索尔阔多尔—美女
2270　长着九拃长的丝绸般的辫子，
也接受我的问候，
开始问候，

然后开始谈话！
如果问我：
从哪来，玛塔，你是谁，流的谁的血？
我回答：我是中间世界的勇士
索宁格，名字是
大力的勇士德沃尔钦
穿着缝有绣花的衣服！

2280 我走过了整个三个世界，
完成了所想的事，
不想白白地走：
我赶着鹿群、牛群和马群
来到这里。
我绕遍了很多国家，
遇见了很多勇士，
我的征程是成功的。
而您，我亲爱的，我的帐篷，
妹妹，亲爱的妹妹。

2290 你生活的怎么样？详细地讲给我听！"——
他说。
这些话说完之后
他的故乡的空地上
挤满了鹿、牛和马的群。
牲畜开始向四处奔跑。
这之后——
索尔阔多尔走了出来
长着丝绸般头发的美女
中间世界的人们

2300 那样的见面。

在中间世界的空地上

归来的人与亲人相见。

这些人抵达自己的家园，

高兴地手挽起手。

为了重逢想设宴畅饮，

他们宰杀最好的骟过的鹿，

最肥的没产过崽的母马，

还有最大的公牛。

他们把食物放到四角的桌子上，

2310 　开始分享美食。

三天三夜

他们一直在畅谈，

说天说地，无所不及。

这之后——

他们吃饱喝足，

夜晚来临便躺下睡觉。

躺到由珍贵的毛皮铺的床上，

九天九夜没有醒，

来的人都这么睡了。

2320 　此间，索尔阔多尔美女

正在训练鹿、马和牛在一起和平共处。

有时把它们追赶到自己的圈里，

圈像 44 个游牧区那么大，

有 4 个木桩那么高，

有时也把他们赶出去。

这之后——

走进帐篷，又

开始准备煮饭。

来的人睡醒了。
2330 清洗了自己光亮的脸，
清洗了衣服，
好好地吃饱食物。
所有的这一切
都说完和谈完之后，
也吃完了。
它们决定了，
我们两个人出生的帐篷
开始变得窄和旧了。
那时，德沃尔钦开始建
2340 四角的房子——住所。
来到中间的姑娘
从自己真丝上衣的两个口袋里
掏出一块块毛皮
摞成三堆，
它们变成了三排驼载的袋子。
里面的东西和衣服
数也数不清
开始越来越多的财富。
这些人，
2350 他们的东西都开始充足，
他们不知道，
那样过了多少年。
他们那样生活着，然后，原来，基拉吉美人
长着发光头发的美人，怀孕了，
三个昼夜后，
就已经是三个月的状态，

六个昼夜后，
就已经是六个月的状态，
九个昼夜后，
2360　就是九个月的状态。
在第九天早晨，基拉吉美女
对自己的丈夫勇敢的德沃尔钦
说出了那样的话：
"基迈—基迈—基迈宁！
中间世界的勇士
名为勇敢的德沃尔钦，
穿着缝有绣花的衣服，
我的朋友被叫作朋友，
我的先生被叫作先生！
2370　我的牙齿像石头，
我的银色的心脏，
我的黑色的肝脏，
都在剧烈地疼痛！
我的长长的思绪开始变短，
我的宽阔的脊背开始变窄，
如果问：为什么？——
那么，我会回答，我们的儿子，
马上就要出生了，
所以你要准备好，时刻警惕着！
2380　听说，勇士英雄的儿子，
出生时就强壮有力、筋骨健硕
如果他试图跑开，
你要制止他！
我有一个银质的匣子，

里面装有

银色小鸟的

翅膀、尾巴和羽毛，

在那里面有

我们儿子的灵魂。①

2390　请把这一切都放在我儿子的旁边，

包在鸟的羽毛里。

如果有人问：为什么？

就回答：

他是上界保护神老人们

的孙子，

老人——巴扬·别甘达尔

老太太——巴扬·西贡戴尔。

现在鼓起勇气，像男人应该的那样，

聚集力量，

2400　在门口等待。

但是首先你要打开

所有锁着的锁头，

解开所有系好的结。②

砍下 3 棵白桦，

订入结实的纽结，

---

① 按照埃文基人的观念，还没有出生的孩子的灵魂生活是以鸟的形式留在的地方，叫作涅克达尔（词与埃文基有共同的根，词根是"平静的"或者"死去祖先的灵魂"）。在东部埃文基人的民间文学中词语"奥米"意思是"灵魂"，甚至叫作山雀，因为在山雀那儿锁着孩子的灵魂。由于这些概念，在埃文基人那有这样一条忌讳，不能打死小的鸟。按照文本中的解释，看来，反映了产前的一些仪式：利用鸟的模型，保存要出生的婴儿的灵魂。

② 在古代，产妇生孩子要在专门生产的丘姆（帐篷）中进行。产妇要跪站着，腋窝支撑着台架，用绳索将其稳固起来。

　　　　　请你屠宰一匹小马，①

　　　　　不要割断它的筋，

　　　　　要把它的皮整张剥下，

　　　　　按照关节把肉割开。

2410　　然后你将马皮带到林中空地去，

　　　　　把皮扔到3棵白桦树的树尖上

　　　　　晾干，

　　　　　用马尾和马鬃上的一束束马毛

　　　　　装饰7棵相邻的白桦树。

　　　　　所有这些都要

　　　　　尽可能快的

　　　　　彻底完成！

　　　　　这就是，马上这个小男孩

　　　　　就要跳起来了，跑起来了！"——她说。

2420　　看到这一切

　　　　　大力的勇士德沃尔钦

　　　　　穿着缝有绣花的衣服

　　　　　开始这儿跑，那儿跑，

　　　　　开始一会儿抓这个，一会儿抓那个，

　　　　　所有都做完了，

　　　　　就像刚才所说的那样做完了。

　　　　　然后在门旁边开始等待。

　　　　　而小孩子，

　　　　　好像思考检验父亲一样，

2430　　他的囟脑门直接摔到

---

① 在新生儿顺利降生之后，通常要宰杀一头年轻的小鹿，用新鲜的肉来喂养新生儿的母亲，让她喝新鲜的汤汁，有丰盈的奶水。基拉吉请求宰杀一头小马，而不是鹿，大概是因为她是来自上界的外族人。

丝绸般绿草做的垫子上，
头撞到地上的声音很大，
他缩回双腿
没让人抓住自己，
接着很快坐了起来，
然后就往外跑。
他跑到门口，撞见父亲，
从父亲身边离开后，绕着炉子奔跑起来。
但是，父亲是有力的玛塔，

2440　难道会让他溜掉？
跟在他后面绕着炉子跑了三圈后，
小心地抓住孩子，
勉强能稳住他。
然后把他转过来，
抓住横过一抱，
并用自己的身体压住。
直到他稳住儿子，美人索尔阔多尔
拿来了鸟的银质的，带有孩子灵魂的羽毛
把孩子包好。

2450　这之后，——
为了孩子的顺利降生而举办了宴会，
为了自己的灵魂的庇护者，
宰杀了最好的骟过的鹿，
最好的母牛，
最壮的公牛。
准备够了食物，
吃了个饱。
这之后——

　　　　过了三天。
2460　在第三天早晨基拉吉美女
　　　　坐在自己丈夫的对面
　　　　并开始那样说预言：
　　　　"基迈—基迈—基迈宁！
　　　　中间世界的勇士
　　　　大力的勇士德沃尔钦
　　　　穿着缝有绣花的衣服
　　　　我的朋友被叫作朋友，
　　　　我的话
　　　　传进耳朵。
2470　发自内心深处！
　　　　转眼过了三年
　　　　我们来到这个世界
　　　　来自父亲巴扬·别甘达尔
　　　　来自母亲巴扬·西贡戴尔。
　　　　在这段时间里
　　　　什么坏事也没发生过。
　　　　我们应该
　　　　把我们的第一个儿子送给他们。①
　　　　老人自己会给他一个响亮的名字
2480　和很大的荣誉。
　　　　你，能够很快地骑去，
　　　　能把孩子送去，并去拜访一下他们。
　　　　请说一下，你想这个了吗？"——
　　　　她说。

---

① 这里可能反映了某种习俗，按照这个习俗，出嫁离开的妇女生出的第一个孩子要送给自己的父母来抚养。

勇敢的德沃尔钦回答这个。
"成为一个父亲，我将不会变慢，
我现在就走！"——他说。
那样说完，勇敢的德沃尔钦
立刻向外起身，
2490　跑过了所有的自己的河流，
翻过了自己的银山，
没有错过任何一个，
所有的山都跑遍了，
找到并带来了
自己的五光十色的
上层世界的鹿，
出生时就带着银色的笼头
和银色的肚带子。
2500　做好了的一个银色的盒子，
把包在鸟的羽毛里的儿子
放到盒子里，
德沃尔钦本人
像黑色的松鸡一样敏捷，
他跳上自己的驯鹿
朝别甘达尔老人方向疾驰而去。
出发时，对自己的妻子
美女基拉吉
长着发光的头发，
说出了那样的话：
2510　"基洛—基洛—基洛宁！
基拉吉—美女
长着发光的头发（的美女），

我的女朋友被叫作女朋友，

我现在出发

去遇见我的老人

老人巴扬·别甘达尔和

巴扬·西贡戴尔老太太。

在途中我不会耽误，

过9天9夜，我将能到。

2520　返回将变成白色的鸟

将会更快些。

我们的七彩驯鹿

将成为我们的第一个儿子的驯鹿

按照这个鹿我们给儿子（取）一个名字。

而你平静的生活，

直到我返回，

愿下层世界谁也不要来，

愿上层世界谁也不要突然到访！

让我们的鹿、马和牛们

2530　每天都在增肥和增加！

如果

过了两个九天九夜

我没返回来，

你要明白，

我可能遇上了阴险的对手，

用各种狡猾的能力。

如果他们不打扰我，我就不会耽搁。

告别！"

说完这些话，他抓起了

2540　自己七彩驯鹿的肚带坐了上去。

荣誉的上层的驯鹿，

驰骋，驰骋向前，

他铲平了一块块

绒毛毯子般的大地。

他踏平了丘陵，

填平了低地，

推倒繁茂的树木，

把干枯的树木打成碎屑。

当出发离开的时候，基拉吉美女

2550　长着发光头发的美女

开始说出

那样的话：

"基迈—基迈—基迈宁！

中间世界的勇士

大力的勇士德沃尔钦

穿着缝有绣花的衣服

我的朋友被叫作朋友！

我的话也是

传入自己的耳朵，

2560　订入大脑，

发自肺腑！

自己的路

好好走！

让任何一个地方

也没有阴险的妖魔鬼怪打扰你，

让那些

使用各种诡计的人

谁也不会让你烦恼

让谁也不会碰到你！

这个行程是我们完全预知的

2570　任何一个其他的勇士也不应该干涉。

只是我们要

完成这个征程！

还有，转达父亲和母亲

我的请求。

他们说过，在他们的地方

他们有九个兄弟姐妹。

让一个老太太到

这个地方来，

要知道在中间世界

2580　完全没有老人。

而这里需要老人：

我们生了儿子，

我们将看守畜群。

应该带着

孩子

应该

照看鹿、马和牛。

而我这里只有妹妹，

她年轻的姑娘，

2590　她不能比我们先老。

谁也不知道，

在哪个地方

能够找得到

她的未婚夫。

可能，今天就走了，

　　　　无论是我还是你
　　　　谁也不会阻止这个。
　　　　年轻的姑娘
　　　　属于其他氏族的人（史诗中的一种传统、习俗。姑娘属
　　　　于别的氏族人），
2600　是这么说的。
　　　　所以，让他们给我们派来一个
　　　　老的祖母，
　　　　帮助家里的年轻人！"——
　　　　她说。
　　　　这就，出发的人离开了。
　　　　剩下的人留在
　　　　自己的大地上，
　　　　姑娘们稍微修一修院子
　　　　为鹿、马和牛修正一下圈，
2610　按时完成工作，
　　　　尽量去照看畜群，
　　　　它们的一切都很好。
　　　　如果问，他们的畜群生活得怎么样，
　　　　那么，原来，
　　　　从他们的鹿那生出了小鹿，
　　　　母牛生出了
　　　　牛犊，
　　　　母马生出了
　　　　马崽。
2620　中间世界的拉伊达（田野—空地等）
　　　　每天都变得越来越宽阔，
　　　　永远都是绿的

附录　衣饰华丽力大无比的勇士德沃尔钦

没有被碰过的草

每年都在变得越来越美丽。

山谷，畜群吃草的山谷，

每年都变得越来越绿。

所以，

俗话说："小伙子的

命运一半

2630　取决于姑娘"——每天

都向前进。

当勇敢的勇士德沃尔钦

一个人生活时，

他有的是力量，

但是没有用，

没有一只鹿、马和牛

到他这来，

在这里生息繁殖。

当他没有妻子的时候，只是知道，

2640　在中间世界

去狩猎野兽。

吃饱了不饿，

有衣服穿就不冷——

就那样活着。

他的庞大的土地，

宽阔的院子，

带炉灶的房子，

变得更大、更富有。

对于生活在中间世界的新生命

2650　他开始同家人一起生活——

要知道这是在故事里进行的。

大量的亲戚

和智慧的老人，

非常高兴，

勇敢的德沃尔钦那样安置生活。

不知过了多久，

不知过了不多久。

财富在日复一日地增加，

吃得饱饱的。

2660　这之后——

是不是两个9天9夜多了？

指定期限的夜里来到了，

到达的日子赶到了，

难道有什么

阴险、狡猾的人，

看见中间世界的勇士

勇敢的德沃尔钦，

在途中迫使他停了下来？

德沃尔钦在途中任何地方也不耽误。

2670　从遥远的亲戚那里返回家的时候，

变成了身上带有花斑纹的苍鹰，

像是白色的头巾

在三个地方被系上了黑色的带子，

他飞着，那么有力地挥舞着翅膀，

以至于两个翅膀的骨头

都有些发痒。

在自己的拉伊达（大地）中间，

在宽广的院子里，他落了下来，

变回了自己，
2680 看姑娘们料理家务，
他高兴地笑了。
这之后——
他走进房子
就开始那样说起了箴言：
"基洛—基洛—基洛宁！
我的女伴被叫作女伴，
基拉吉美女
长着发光的头发！
亲爱的妹妹，我故乡的妹妹
2690 名字叫作索尔阔多尔
长着丝绸般的小辫！
开始接受问候，
然后开始谈话！
如果问我，去的怎么样，
我会回答：我回来了，
为了去的目的，
完成了一切。
老人巴扬·别甘达尔和
老人巴扬·西贡戴尔，
2700 预先知道关于我的到来，
在三个昼夜内给我
铺好了床
用长青的丝般的上层世界的草。
上面铺上猞猁狼皮，
为我们的儿子所做的
垫子是由一些

最好的溢出来的毛做成，

然后，自己的院子中间

放置一个在没有月夜的黑天能发光的

2710　银质的白色的

拴马桩。

原来，这个拴马桩

是为我们的儿子准备的驯鹿。

这之后——

老人和老太太

把这个出生时就带着银色马鞍，

带着银色毛的短缰绳的

七色驯鹿

领到这个拴马桩，

2720　按照鹿的外貌

给儿子起了个名字。

如果问

他的铃声般

大的荣誉的名字，

我会回答：他的名字是

骑着出生时就带有银色的鞍子、

银色的编织的缰绳的、

跳一下就能走过

九天路程的、

上界的七彩驯鹿的、

2730　上界的勇士胡尔科克琼。

这之后——

他们对你说的请求，

进行了深入的思考。

老太太的姐妹将会在

第二个孩子出生前到达。

没说她的响亮的名字和名誉，

要求转达，

派出的人自己想跟随我们来。"

——德沃尔钦说。

2740 这之后——

他们进了房子，

就像以前一样，准备好了饭—阿伊。

谈话和游戏

长达九天九夜。

仿佛那儿有很多很多人。

他们生活，不知道，

不知道是黑夜还是白天。

那样生活：晚上开始

躺下睡觉。

2750 他们

用草给自己做褥子

并睡得踏实。

睡完之后，他们就醒了，

准备食物、吃饭，

很快地料理家务，

这之后又生活了一段时间，

不知道过了多久，

白天和晚上分开，

年和年相互汇合，

2760 而他们不知道，生活了多久。

这之后——

基拉吉美女

长着发光的头发，

像上次一样，

到了怀孕九个月的状态。

当孕期结束的时候，

上面的黑色的云变得稠密，

白色的云增多了，

红色的云飘走了。

2770 从那里到这里

到处猛烈地吹着热风，

开始刮起了大风，

开始下起了大雨，

响起了轰隆隆的雷声，

出现了刺眼的闪电，

升起了旋涡。

这之后——

倾盆大雨在

日落前离开。

2780 这之后——

晴朗的天空放亮，

然后，从上面

出现了一个白色的鸟，

三次飞旋在我们的上空

按照太阳的步伐

雄伟地坐在门旁。

转了三圈

从头到脚都穿着带毛的，

并且是丝般光滑的衣服，

2790　这样一位老太太出现了。

随后

她开始说了那样的预言：

"海得—罗戈伊，海得—罗戈伊！

中间世界的勇士，

大力的勇士德沃尔钦

穿着缝制的华丽衣服的

我的女婿被叫作女婿！

你的帅气，

你的力量

2800　我向你9次问候！

这之后——

妹妹，我亲爱的妹妹，①

基拉吉—美女

长着丝般的头发！

开始也问候

你的荣誉的外表，

然后开始谈话！

如果问我：

你的名字和尊称？——

2810　我出生在上界

巴扬·别甘达尔的

最小的妹妹

奥纽多尔老太太，

力量上没有与我相等的人。

这之后——

---

① 基拉吉父亲的妹妹，也就是她的姑姑，根据埃文基的亲属称谓，姑姑把侄女叫作妹妹（见2812行）。首先，基拉吉把姑姑叫作姐姐（见2856行）。

如果问：你来有什么需要？——

我来到我的妹妹这里，

基拉吉美女长了发光的头发，

我顺利地到达。

2820　被叫成女婿的我的女婿所在的地方

勇敢的德沃尔钦都走遍了，

留下了一条宽阔的痕迹，

并且再过九十年这个痕迹也不会消失，

它们成了人类—阿伊的道路，

所以我顺利地到达了。

而现在，孩子们，

快些在房子里收拾收拾

要知道那样的一天来到了，

祖母来到后的日子，

2830　小男孩也就出生了。

我们好好地迎接他，

我们开始好好地生活。

勇敢的德沃尔钦！像以前一样

为你孩子的出生做准备，

一切还是那样做！

我喜欢照看

新生儿！

你要准备一切

需要的东西！"——

2840　奥纽多尔说。

勇敢的德沃尔钦走出来，

作为回答

他拉着她的手问候，

坐进了房子，
同老人并排坐着的是
基拉吉美女
长着发光头发。
一切都是像之前的
第一个孩子出生时那样做了。

2850 完成这些后基拉吉—美女
说出了那样的一些话：
"基迈—基迈—基迈宁！
上界出生的
老太太奥纽多尔，
力量上没有人能及，
姐姐，亲爱的姐姐，
开始接受我的问候，
然后开始谈话！
然后

2860 勇敢的德沃尔钦
被叫作我的朋友的朋友，
像上次一样，
在门口等待！
等待孩子—小男孩的
时间到来。
从我的抽屉里拿到
三个上等的
貂皮。
在另一个盒子里
2870 有石头的摇篮，
拿到它，并把它献给

产婆—老太太。

然后在那个摇篮里

一面放置一把

铜质的弓，

另一端

放入一支双刃箭，

2880　银色的小马鞍子下

在小孩的头旁边

将放上一个银色的马笼头。①

用500匹马的鬃毛丝做成的球②

也放到摇篮里。

这些准备好之后，小孩就会出生，

要竭尽全力地捉住他！"——

基拉吉说这些话之后，

大家就知道

谁该做什么了。

2890　当准备结束的时候，

小男孩，好像明白，

一切都准备好，马上

就带着轰隆声落了下来。

老太太助产

扑向他

三张精选的貂皮

压住了他。

---

① 反映了埃文基的一个风俗，与孩子的出生有关系的风俗，放到新生儿的摇篮里的物品根据他的生活预期指定，是打猎还是战争，就像预先祝愿的那样，在小的时候有助于形成他相应的品质。弓、箭、鞍子、笼头等是基拉吉要求放到孩子的摇篮里，这些对于他（孩子）长大成为灵活的、有力的勇士和勇敢的骑手是必需的东西。

② 一种游戏的用具。

而小孩，没有看到她，
在后背上带着老太太
2900 跑到门边。
勇敢的德沃尔钦扑向他
捉住了他。
把他带到炉灶后
用自己的身体把他压到床上。
拿来了
石头的摇篮，
大家把孩子放到摇篮里，
就像说过的那样，
让儿子在摇篮里睡觉，
2910 给他锁上了锁头。
这就是小孩留在了
锁着的摇篮里。
这之后——
他们宰杀并熬炖了
330只阉割的鹿之中
最大的那只，
990只养肥的公牛之中，
最肥的那只，
880头不产崽的母马之中
2920 最好的那只。
为了孩子的出生
盛宴9天9夜。
他们不睡觉，坐着
愉快地谈话，
没有比这更好的盛宴。

这之后——

畜群繁衍出新的畜群，

人生育出人，

日子来了又去，

2930　一年又一年啊，如同翻越山岭般来而又去，

这些人不知道

他们生活的时间是很久，还是不久

他们这么生活着。

像以前一样，

他们的财富越来越多，

堆积如山，

以前那样可不是榜样，

他们那出现了很多老的助产婆，

很多孩子出生，

鹿群、马群和牛群越来越多。

2940　荣誉的中间世界

开始看上去完全是另外的样子，

孤儿勇敢的德沃尔钦

开始了同家人的生活，财富再积聚。

他们的生活怎么不应该更好，

而他们出生的孩子

经过一昼夜——就像一岁的娃了，

经过两昼夜——就像两岁的娃了，

经过三昼夜——就像三岁的娃了，

经过四昼夜——就像四岁的娃了，

2950　在家里、在院子里——

他到处跑，

什么也不错过，——

那样活蹦乱跳的小孩

每天这个小孩

一直在长啊长啊。

他是个永无休止的淘气的人，——

是那样的小孩。

他追赶

野兽和鸟。

2960 这个孩子一大清早离开，

直到天色昏暗

他才回来。

他非常熟练，

哪怕一只鸟

也不能从他那飞走，

任何一个跑得飞快的野兽

也不能从他那跑开。

勇敢的德沃尔钦想：

"我就是那样的，像他一样，

2970 现在，足可以行走三界了，

这就是我的生活。"——他想。

长时间地看着儿子，

并且吃惊。

看一看——那个人

沿着远处的山峰跑，

还有一次看到——那个人

沿着近处的山峰跑，

是那样的一个小男孩。

有一次这个孩子

2980 握住它两只前爪放在自己的背上，

他跑回了家

把肥壮的熊扔到砍伐树木的地方。

这之后，

用一只脚站在帐篷里，另一只脚在外，

这个小孩

说出了那样的话：

"古吉尔—古吉尔—古吉罗伊！

中间世界的勇士，

2990　大力的勇士德沃尔钦

穿着缝有绣花的衣服，

父亲，亲爱的我的父亲！

基拉吉—美人

长有发光的头发，

母亲，我亲爱的母亲！

请倾听我的话！

我在大地上跑了很多路，

看见和打死了很多野兽，

而今天

3000　无论是阿瓦希，还是野兽

落入我的手，我都能打死他并带回来。

如果这是野兽，

那么这野兽叫什么？

或者这是从另外的世界来的

阴险的妖怪？

我跟在它后面，

追踪着它的足迹。

他没有像其他野兽一样跑走，

仿佛在说：

3010　　'让我们打上一架吧'
　　　　走到我这来。
　　　　我和它交战，
　　　　先是打成了平手
　　　　还没超过煮两三锅冻肉的时间，
　　　　我就打死了它。
　　　　在打死它之前，
　　　　我让它说出遗言。
　　　　他鼻子发出呼哧呼哧的声音，
　　　　好像是在嘲笑，

3020　　'我对没有名字的你什么也不说，'
　　　　所以，我的父母，
　　　　请给我一个响亮的名字
　　　　给我这个显赫的荣誉吧！
　　　　要知道，我
　　　　将要走遍
　　　　三个世界
　　　　会遇到强大的勇士，
　　　　没有名字是不行的。

3030　　所以，请尽快
　　　　给我名字吧！"——他说，
　　　　说完这些话之后
　　　　他们出去看了看，
　　　　儿子把那个阿瓦希
　　　　扔到了哪里。
　　　　原来这是一只四岁大的母熊。
　　　　"这不是阿瓦希，
　　　　这是野兽——熊，"

走进院子的母亲说。

3040 "所有的三个世界的边界
你的父亲走遍了,
让他给你个名字"。
父亲回道:
"让在人们中长大的母亲,
给你起个名字吧。
除了狩猎,我什么也不知道
也不能做这件事。"
紧随其后
母亲说:"是否好,还是不好,

3050 但我尝试着给你个名字。"
那样说完,
他坐在儿子对面
并开始说:
"基迈—基迈—基迈宁!
小男孩,我的儿子!
是好,还是坏,
这就是我试着给你起个名字,
如果好,你就说'好',
如果你不喜欢——请说'不好'。

3060 再让你的父亲——勇敢的德沃尔钦给你名字。
我那样叫你:
中间世界勇士
大力的勇士德沃尔钦
穿着缝有绣花的衣服
和基拉吉—美女
长着发光头发

这样两个人的儿子，

骑着带有斑点的年轻的小马，

出生时就带有银质的鞍子，

带有银色的缰绳，

3070　中间世界的勇士

名字为

勇士杜古伊昌·代莱钦！

还有：

当那样的一年和一天到来，

你畅行三界的所有

边界，

你将有

自己特有的箭

将会有所有其他的东西。

3080　我还要说：

你要成为勇士，不要忘记

你在中间世界有个什么样的名字。

成为真正的人——勇士，

比你的父亲强壮一倍，

中间世界的

索宁格勇士，

勇士杜古伊昌·德沃尔钦，

有着结实胸膛的人，不会打倒你，

身体强健的人拦不住你，

3090　两条腿的人战胜不了你，

让你的名字享有盛誉，

让你的荣誉传遍四方！

如果这个名字你不喜欢，

就换另一个!"——
听完这些，
小孩高兴起来：
"母亲，我亲爱的母亲！
到哪能给我找到
3100　比这更好的名字，为什么我
不喜欢这个呢？
现在我有那样荣誉的名字：
名字为
勇士杜古伊昌·德沃尔钦，
骑着带有斑点的年轻小马，
出生时就带着银质的鞍子，
银质的缰绳的玛塔！"——
他那样说着，非常的骄傲。
这之后——
3110　父亲走出去，
把儿子带回来的野兽，
麻利地剥着皮，心里想：
"为了庆祝儿子猎获野兽
应该举办盛大的宴会。"
他从野熊的脖颈子上
割下油脂，
宰杀骟过的最好的雄鹿，
宰杀没下过崽的最好的母鹿。
他们所有人又重新坐好，
3120　为了儿子的猎物
开始高兴地设宴庆祝。
这些人煮了那么多食物，

三天三夜
都不能吃完这些食物。
所有这些都过去了。
宽广的中间世界，
每天都在变得越来越宽，
长大、繁荣
比以前更好。

3130 中间世界德沃尔钦的
一切都越来越多。
他的财富白天黑夜地长，
好像满水的河流。
他们生活得很好。
不知道生活了是否久，
不知道生活的是否不久，
从那时到现在
响亮的名字
轰动了亲爱的中间世界，

3140 巨大的荣誉使它传播，
一辈一辈我们增加它，
我们生活在中间大地上
一直到现在。

参考文献

一　中文著作类

阿地里·居玛吐尔地:《口头传统与英雄史诗》,中央民族大学出版社2009年版。

北京师范大学中文系编:《中国民间文学史》(上、下),人民文学出版社1958年版。

迪木拉提·奥玛尔:《阿尔泰语系诸民族萨满教研究》,新疆人民出版社1995年版。

鄂伦春族简史编写组:《鄂伦春族简史》,内蒙古人民出版社1983年版。

鄂温克族简史编写组:《鄂温克族简史》,内蒙古人民出版社1983年版。

傅朗云、杨旸:《东北民族史略》,吉林人民出版社1983年版。

关小云:《鄂伦春族风俗概览》,黑龙江省民族研究所1993年版。

韩有峰、孟淑贤:《鄂伦春语汉语对照读本》,中央民族学院出版社1993年版。

韩有峰:《鄂伦春族风俗志》,中央民族学院出版社1991年版。

胡亚敏:《叙事学》,华中师范大学出版社2004年版。

黄任远、黄定天、白杉、杨治经:《鄂温克族文学》,北方文艺出版社2000年版。

黄任远、那晓波：《鄂温克族》，辽宁民族出版社2012年版。

黄任远、刁乃莉、金朝阳主编：《伊玛堪论集》（上、下册），民族出版社2013年版。

林树山、姚凤：《西伯利亚民族学文集》，吉林文史出版社1997年版。

刘晓春：《鄂伦春乡村笔记》，中国社会出版社2007年版。

吕光天：《北方民族原始社会形态研究》，宁夏人民出版社1981年版。

吕光天：《鄂温克族》，民族出版社1983年版。

马学良、梁庭望、李云忠主编：《中国少数民族文学比较研究》，中央民族大学出版社1997年版。

满都呼主编：《中国阿尔泰语系诸民族神话故事》，民族出版社1997年版。

孟淑珍整理：《鄂伦春民间文学》，黑龙江省民族研究所1993年版。

秋浦：《鄂伦春人》，民族出版社1981年版。

秋浦：《鄂伦春社会的发展》，上海人民出版社1978年版。

仁钦道尔吉、郎樱编：《阿尔泰语系民族叙事文学与萨满文化》，内蒙古大学出版社1990年版。

任国英：《满—通古斯语族诸民族物质文化研究》，辽宁出版社2001年版。

色音、乌云：《内蒙古草原的民俗与旅游》，旅游教育出版社1996年版。

斯钦巴图：《蒙古史诗从程式到隐喻》，民族出版社2006年版。

托汗·伊萨克、阿地里·居玛吐尔地、叶尔扎提·阿地里编著：《中国〈玛纳斯〉学词典》，中央民族大学出版社2017年版。

汪立珍：《鄂温克族神话研究》，中央民族大学出版社2006年版。

汪立珍：《满—通古斯诸民族民间文学研究》，中央民族大学出版社2006年版。

王红旗、孙晓琴编著：《中国古代神异图说》，现代出版社 1995 年版。

王士媛、马名超、白杉：《鄂克族民间故事选》，上海文艺出版社 1989 年版。

王宪昭编著：《中国各民族人类起源神话母题概览》，民族出版社 2009 年版。

王宪昭：《中国民族神话母题研究》，民族出版社 2006 年版。

王宪昭：《中国神话母题 W 编目》，中国社会科学出版社 2014 年版。

王宪昭、李鹏主编：《文学的测量——比较视野中的文学母题研究》，中国社会科学出版社 2015 年版。

乌热尔图：《述说鄂温克》，远方出版社 1995 年版。

乌云达赉著，乌热尔图整理：《鄂温克族的起源》，内蒙古民族大学出版社 2018 年版。

许昌翰、隋今书、庞玉田：《鄂伦春族文学》，北方文艺出版社 2000 年版。

杨乃乔：《比较文学概论》，北京大学出版社 2005 年版。

叶舒宪选编：《神话——原型批评》，陕西师范大学出版社 1987 年版。

张寰海等主编：《苏联地名辞典（西伯利亚与远东地区）》，黑龙江人民出版社 1984 年版。

张寰海主编：《苏联领导人论西伯利亚》，黑龙江人民出版社 1986 年版。

张岩：《图腾制度与原始文明》，上海文艺出版社 1995 年版。

赵阿平、郭孟秀、何学娟：《濒危语言：满语、赫哲语共时研究》，社会科学出版社 2013 年版。

赵复兴：《鄂伦春族研究》，内蒙古人民出版社 1987 年版。

赵复兴：《鄂伦春族游猎文化》，内蒙古人民出版社 1991 年版。

赵晓彬：《普罗普民俗学思想研究》，黑龙江人民出版社 2007 年版。

赵志忠：《中国少数民族民间文学概论》，辽宁民族出版社 1997 年版。

中国民间文艺研究会黑龙江分会：《黑龙江民间文学》（第 5、6 集），黑龙江省文联铅印室，1983 年。

中国民间文艺研究会黑龙江分会：《黑龙江民间文学》（第 11、12 集），黑龙江省文联铅印室，1984 年。

中国民间文艺研究会黑龙江分会：《黑龙江民间文学》（第 17、18 集），黑龙江省文联铅印室，1986 年。

钟敬文编：《民间文学概论》，上海文艺出版社 1980 年版。

二　中文译著类

［俄］А. Ф. 阿尼西莫夫：《西伯利亚埃文克人的原始宗教（古代氏族宗教和萨满教）——论原始宗教观念的起源》，于锦绣译，中国社会科学出版社 2016 年版。

［俄］В. А. 季什科夫：《民族政治学论集》，高永久、韩莉译，民族出版社 2008 年版。

［俄］Е. И. 杰烈维扬科：《黑龙江沿岸的部落》，林树山、姚凤译，吉林文史出版社 1987 年版。

［俄］弗拉基米尔·雅可夫列维奇·普罗普：《故事形态学》，贾放译，中华书局 2006 年版。

［俄］弗拉基米尔·雅可夫列维奇·普罗普：《神奇故事的历史根源》，贾放译，中华书局 2006 年版。

［俄］梅列金斯基：《神话的诗学》，魏庆征译，商务印书馆 1990 年版。

［俄］梅列金斯基：《英雄史诗的起源》，王亚民、张淑明、刘玉芹译，商务印书馆 2007 年版。

［俄］Р. 马克：《黑龙江旅行记》，吉林省哲学社会科学研究所翻译组译，商务印书馆 1977 年版。

[俄] 史禄国：《北方通古斯民族的社会组织》，吴有刚、赵复兴、孟克译，内蒙古人民出版社 1985 年版。

[法] 克洛德·列维－斯特劳斯：《结构人类学》，谢维扬、俞宣孟译，上海译文出版社 1995 年版。

[法] 列维·布留尔：《原始思维》，丁由译，商务印书馆 1985 年版。

[美] 阿尔伯特·贝茨·洛德：《故事的歌手》，尹虎彬译，中华书局 2004 年版。

[美] 约翰·迈尔斯·弗里：《口头诗学：帕里－洛德理论》，朝戈金译，社会科学文献出版社 2000 年版。

[英] J. G. 弗雷泽：《金枝——巫术与宗教之研究》，汪培基、徐育新、张泽石译，商务印书馆 2013 年版。

[英] 马林诺夫斯基：《文化论》，费孝通译，中国民间文艺出版社 1987 年版。

郭燕顺、孙云来译著：《民族译文集》（第一辑），吉林省社会科学院苏联研究室内部刊物，1983 年。

孙云来编译：《黑龙江流域民族的造型艺术》，天津古籍出版社 1990 年版。

乌热尔图主编，纳·布拉托娃副主编：《西伯利亚鄂温克民间故事和史诗》，白杉译，内蒙古文化出版社 2009 年版。

[苏] 伏·阿·图戈卢科夫：《西伯利亚埃文基人》，白杉译，呼伦贝尔盟文联选编，呼伦贝尔盟电子激光排印中心（海拉尔市河东中学路）2000 年版。

三 中文期刊类

[俄] 李福清：《国外研究中国各族神话概述——〈中国各民族神话研究外文论著目录〉序》，《长江大学学报》（社会科学版）2006 年第 1 期。

［俄］安娜·阿纳托利耶夫娜：《鄂温克人的伊玛堪：民间口头创作体裁及其在文学作品中的反映》，程红泽译，《黑龙江社会科学》2012 年第 4 期。

朝克：《论俄罗斯的涅基达尔语、埃文语与埃文基语》，《满语研究》2002 年第 2 期。

陈伯霖：《黑龙江流域渔猎民族星辰知识试析》，《黑龙江民族丛刊》2003 年第 3 期。

陈见微：《谈清代北方民族的狩猎信仰》，《北方文物》2000 年第 2 期。

程绍华：《鄂伦春民间文学的生态主题解读》，《大连民族学院学报》2013 年第 4 期。

方征、海日：《鄂伦春族非物质文化遗产的保护与传承——以摩苏昆为例》，《佳木斯大学社会科学学报》2012 年第 1 期。

付江明、栗延斌：《试论鄂温克族火神话及火崇拜》，《戏剧之家》（上半月）2013 年第 8 期。

高福进：《日月神话及其寓意探析——原始神话的世界性透视》，《思想战线》2001 年第 5 期。

贡觉、才旦曲珍：《中国少数民族民间文学学科浅论》，《西藏大学学报》（社会科学版）2013 年第 1 期。

海日、朱林：《我国鄂伦春族研究综述》，《哈尔滨市委党校学报》2012 年第 3 期。

韩有峰：《鄂伦春民间文学挖掘工作中的一个重要发现》，《黑龙江民族丛刊》1997 年第 3 期。

胡琦、日晨、坤新：《鄂伦春族伦理思想综论》，《黑龙江民族丛刊》2013 年第 4 期。

胡绍财：《鄂伦春族萨满教的特点》，《边疆经济与文化》2012 年第 7 期。

黄任远、黄永刚：《山石树木神话和自然崇拜意识——黑龙江三

小民族的神话比较之二》,《佳木斯大学社会科学学报》2004
年第1期。

黄任远、王威:《泥土洪水神话和原始思维特征——黑龙江三小
民族人类起源神话比较》,《佳木斯大学社会科学学报》2003
年第4期。

黄任远、闫沙庆:《伊玛堪与摩苏昆——赫哲族与鄂伦春族说唱
文学之比较》,《黑龙江民族丛刊》2000年第2期。

黄任远:《论鄂温克文学脉络及特点》,《满语研究》2000年第3期。

黄任远:《通古斯—满语族英雄神话比较》,《满语研究》2000年
第1期。

纪悦生:《俄罗斯学者关于那乃人历史文化的研究历程》,《满族
研究》2010年第3期。

李昌武、张慧平:《鄂伦春族自然崇拜与生态智慧刍议》,《北方
经济》2012年第4期。

李长中:《空间的伦理化与风景的修辞——以当代人口较少民族
文学为中心的考察》,《社会科学家》2013年第6期。

李颖:《北方跨境民族赫哲—那乃射日神话比较研究》,《内蒙古
民族大学学报》(社会科学版)2017年第5期。

梁小平:《略论东北少数民族的树木崇拜》,《黑龙江史志》2011
年第7期。

刘晓春、关德明:《开发鄂伦春族民俗文化旅游的特殊意义》,《民
间文化》2001年第2期。

刘志忠:《中国少数民族文学研究的新开拓——〈鄂温克族文学
研究〉评介》,《内蒙古大学学报》2012年第5期。

吕净植:《鄂伦春萨满歌舞发展及神歌特征》,《科教导刊》(中旬
刊)2011年第18期。

吕薇:《中国少数民族文学史编写中的学科问题与现代性意识形
态》,《民族文学研究》2001年第1期。

满都呼：《阿尔泰语系民族熊传说的文化内涵》，《民族艺术》2003
年第1期。

满都呼：《论蒙古与通古斯熊传说的有关习俗内涵》，《满语研究》
2001年第1期。

孟慧英：《父系氏族公社的萨满教》，《青海民族学院学报》2001
年第1期。

孟慧英：《萨满教的人熊关系》，《黑龙江民族丛刊》1999年第4期。

孟慧英：《萨满文化中的风神》，《民俗研究》2000年第3期。

孟慧英：《狩猎经济活动与萨满教》，《青海社会科学》2000年第
4期。

孟淑珍：《鄂伦春民间文学艺术主要形体名称及其语源、语义》，
《黑龙江民族丛刊》1990年第4期。

孟淑珍：《鄂伦春语摩苏昆探解》，《满语研究》1991年第2期。

孟淑珍：《论鄂伦春民间文学的科学汉译与整理》，《黑河学刊》
1991年第2期。

孟淑珍：《鄂伦春族萨满祭祀竞技盛会及其多重功能与作用》，《黑
河学刊》1992年第4期。

孟淑珍：《鄂伦春民间文学四十年概观》，《黑河学刊》1993年第
3期。

孟淑珍：《摩苏昆韵律》，《黑龙江民族丛刊》1994年第2期。

孟淑珍等：《鄂伦春民间说唱"摩苏昆"雅林觉汗与额勒黑汉》，
《满语研究》1996年第2期。

那木吉拉：《阿尔泰语系诸民族图腾神话形态追寻》，《百色学院
学报》2013年第1期。

彭谦：《使用驯鹿的人——鄂伦春族》，《神州学人》2000年第12期。

齐海英、齐晨：《比较视阈中的满族说部与鄂伦春、赫哲、达斡
尔族说唱艺术》，《满族研究》2012年第3期。

曲娜、李思东、张娜：《黑龙江省民俗旅游资源开发模式研究》，

《东北农业大学学报》（社会科学版）2012年第4期。

色音：《阿尔泰语系民族萨满教神话探微》，《民族文学研究》1999年第3期。

斯钦朝克图：《祖先崇拜与生殖器名称》，《民族语文》2001年第4期。

孙运来：《埃文克民族史志概述》，《东北史地》2004年第2期。

汤洋：《鄂温克民族艺术探析》，《中南民族大学学报》（社会科学版）2013年第6期。

唐戈：《文化圈理论与萨满教文化圈》，《满语研究》2003年第2期。

田青：《论鄂伦春族口承文学对民族形象的构建》，《呼伦贝尔学院学报》2016年第4期。

宛景森：《神话视野中的北方民族火神信仰及功能研究》，《大连民族学院学报》2012年第2期。

汪立珍：《论我国通古斯诸民族神话传说中的动物崇拜》，《满语研究》2001年第1期。

汪立珍：《鄂温克族萨满教信仰与自然崇拜》，《中央民族大学学报》2000年第6期。

汪立珍：《鄂温克族萨满神歌的文化价值》，《满语研究》2000年第1期。

汪立珍：《论鄂温克族萨满神话与传说》，《黑龙江民族丛刊》2001年第1期。

汪立珍：《论鄂温克族熊图腾神话》，《民族文学研究》2001年第1期。

汪立珍：《论山林鄂温克族民歌的思想内涵》，《中央民族大学学报》2001年第5期。

王丙珍、敖长福：《鄂伦春族当代文学与狩猎文化——鄂伦春族第一位作家敖长福访谈》，《内蒙古民族大学学报》（社会科学版）2013年第2期。

王丙珍：《鄂伦春族文学研究的发展历程》，《前沿》2013 年第 5 期。

王丙珍：《鄂温克族当代文学的生态审美意蕴——维佳诗歌〈我记得〉和〈无题〉的文化解读》，《名作欣赏》2013 年第 3 期。

王丙珍：《全球视域下少数民族生态审美文化的建构——以鄂伦春族文学为个案》，《前沿》2013 年第 7 期。

沃斯克博伊尼科夫：《论埃文克人的宇宙传说》，孙运来译，《黑河学刊》（地方历史版）1987 年第 2 期。

吴桂华：《满—通古斯语族民间文学的奇花异葩——赫哲族的伊玛堪与鄂温克族民间传说比较》，《民族文学研究》2001 年第 4 期。

吴天喜：《鄂温克族民间文学简述》，《黑龙江史志》2013 年第 15 期。

夏明晶、庞伟建：《最后的萨满》，《中国民族》2001 年第 5 期。

闫沙庆：《鄂温克族民间文学初探》，《黑龙江民族丛刊》2004 年第 5 期。

伊兰琪：《关于鄂伦春民间文学中的鸟崇拜》，《呼伦贝尔学院学报》2017 年第 1 期。

于晓飞：《一部填写中国少数民族文学史空白的学术力作——评〈鄂温克族文学史〉》，《黑龙江民族丛刊》2001 年第 9 期。

张嘉宾：《黑龙江流域的通古斯人及其传统文化》，《黑龙江民族丛刊》2003 年第 2 期。

张娜、王雪梅：《中外学者的埃文基民族文化研究》，《广西师范学院学报》（哲学社会科学版）2016 年第 1 期。

张松：《黑龙江下游诸民族中的孪生子祭祀与熊祭》，《北方民族大学学报》（哲学社会科学版）2013 年第 3 期。

张一凡：《试论萨满文化与鄂伦春族文化艺术的融合》，《哈尔滨工业大学学报》（社会科学版）2001 年第 4 期。

邹莹：《鄂伦春族非物质文化遗产保护与传承研究》，《华文文学》2013 年第 3 期。

左岫仙：《黑龙江省少数民族文化产业开发的现状与反思》，《满语研究》2012 年第 1 期。

四 外文著作类

Bemerkugen einer Reise im Rbssischen Reich in jahre 1772. -St-Petersburg, 1775.

Dit lungusische volksliterftur and ihre ethnologische Ausbeute//изв. АН. -СПб. -Т. 14, Р3.

Анисимов А. Ф. Религия эвенков в историко-генетическом изучении и проблемы происхождения первобытных верований. Л., 1958.

Булатова Н. Я. Говоры эвенков Амурской области. -Л., 1987.

Березницкий С. В. Гаер Е. А. и др. История и культура нанайцев (историко-этнографические очерки) СПб., 2003.

Варламов А. Н. Игра в эвенкийском фольклоре. Ула-удэ, 2006.

Варламов А. Н. Игра в эвенкийском фольклоре. - М.: Спутник, 2007.

Варламова Г. И. (Кэптукэ) Эпические традиции в эвенкийском фольклоре (очерки). -Якутск: Северовед, 1996.

Варламова Г. И. Эпические и обрядовые жанры эвенкийского фольклора, Новосибирск: Наука, 2002.

Варломова Г. И. Обряды и обрядовый фольклор эвенков. Наука, 2002.

Варламова Г. И. Роббек В. А. Тунгусский архаический эпос (эвенкийские и эвенские героические сказания). Якутск, 2002.

Варламова Г. И. Варламов А. Н. Сказания восточных эвенков. Якутск, 2003.

Варламова Г. И. Мировоззрение эвенков. Отражение в фольклоре. Новосибирск: Наука, 2004.

Варламова Г. И. Мыреева А. Н. Типы героических сказаний эвенков, Новосибирск: Наука, 2008.

Варламова Г. И. Женская исполнительская традиция эвенков: (по эпическим и другим материал фольклора). -Новосибирск: Наука, 2008б. – 230с. - (Памятники этнической культуры ко-ренных малочисленных народов Севера, Сибири и Дальнего Востока; Т. 19).

Васильевич Г. М. Эвенкийско-русский словарь. Гос. Изд-во иностр. И нац. Слов. , 1958.

Васильевич Г. М. Раннее представление о мире у эвенков. Исследования и материалы по вопросу первобытных религиозных верований//ТИЭ. TI. , 1959.

Василевич Г. М. Эвенки. Историко-этнографические очерки (XVIII - начало XX в.). Наука, 1969.

Воскобойников М. Г. Эвенкийский фольклор. -Л. , 1960.

Воскобойников М. Г. Фольклор эвенков прибайкалья. Улан-удэ, 1967.

Воскобойников М. Г. Современные устные рассказы и предания эвенков. //Этнографический сборник. -улан-удэ, 1969. вып. 5.

Воробьев М. В. Чжурчжэни и государство Цзинь. Исторические очерки Издательство: Наука, 1975.

Гумилев Л. Н. История народа хунну. Институт ДИ – ДИК, 1998.

Гэсэр. Бурятский героический эпос/Ред. Л. Осипова. - М. : Художественная литература, 1973. – 398с.

Г. М. Васильевич. Живай старина. -СПБ. -Вып. 1.

Джангар: Калмыцкий народный эпос. /Пер. с калм. С. И. Липкина. -5-е изд. - Элиста: Калмыцкое книжное издательство, 1989. – 363с.

Дулин буга Торгандунин-Торгандун среднего мира/Сост. А. Н. Мыреева. -Новосибирск: Наука, 2013.

Жирмунский В. М. Народный героический эпос. -М. , 1962.

Жирмунский В. М. Тюрский героический эпос. -Л. : Наука, 1974.

Исторический фольклор эвенков (сказания и предания) /Сост. Г. М. Василевич. -М. ; Л. , 1966.

Кэптукэ Г. Двуногий да поперечноглазный черно волосый человек-эвенк и его земля Дулин буга. Якутск, 1991.

КэптукэГ. Эвенкийский нимнгакан. //миф и героические сказания. Якустк, 2000.

Кэптукэ Г. Роббек В. Тунгусский архаический эпос (эвенкийские и эвенские героические сказания) . -Якутск: Изд-во ИПМНС СО РАН, 2001. –210с.

Ксенофонтов Г. В. Ураангхай-сахалар: Очерки по древней истории якутов. -Иркутск, 1937. -Т. 1.

Лебедева Ж. К. Эпические памятники народов Крайнего Севера. -Новосибирск, 1982.

Лебедева Ж. К. Архаический эпос эвенов. Новосибирск, 1981.

Мазин А. И. Традиционные обряды и верования эвенков-орочонов. -Новосибирск, 1984.

Материалы по эвенкийскому (тунгусскому) фольклору./ Сост. Г. М. Василевич. - Ленинград, 1936.

Мыреева А. Н. Н. Г. Трофимов (Бута) -эвенкийский сказитель// Тез. докл. конф. фольклористов Сибири и Дальнего Востока. -Улан-Удэ, 1966.

Мыреева А. Н. Сказительство в условиях якутско-эвенкийского двуязычия//Эпическое творчество народов Сибири и Дальнего Востока. -Якутск, 1978.

Мыреева А. Н. О запевах эвенкийских сказаний//Вопросы языка и фольклора народностей Севера. -Якутск, 1980.

Мыреева А. Н. Эвенкийские героические сказания//Эвенкийские героические сказания. -Новосибирск: Наука. Сиб. отд-ние, 1990. –392с.（Памятники фольклора народов Сибири и Дальнего Востока）.

Мыреева А. Н. Обрядова поэтия и песни эвенков. Новосибирск: Наука, 1990.

Мыреева А. Н. Эвенкийско-русский словарь. -Новосибирск: Наука, 2004.

Мазин А. И. Традиционные верования и обряды эвенков-орочонов （конец XIX-начало XX В.）-Новосибирск: Наука, 1984. 201с.

Мазин А. И. Таежные писаницы Приамурья. -Новосибирск: Наука, 1986. –260с.

Малых П. П. Несколько слов об ороченах и их фольклор// Материалы по эвенкийскому（тунгусскому）фольклору/ Сост. Г. М. Василевич; под ред. Я. П. Алькора. -Л., 1936.

Мелетинский Е. М. Происхождение героического эпоса. Ранние формы и архаические памятники. -М.: Изд-во вост. лит., 1963.

Нюӈун нюӈунтоно Нюӈурмок—ахаткан-куӈакан = Шестипрядевые косы имеющая шестикосая Нюнгурмок—девочка-сиротка/РАН, Сиб. отд-ние, Ин-т гуманитар. исслед. и проблем малочисл. народов Севера; ［сост.: Г. И. Варламова, А. Н. Мыреева, А. Н. Варламов］.—Якутск: ЦИКЛ, 2015. –184с.

Нанайский фольклор: Нингман, сиохор, тэлунгу./Сост. Н. Б. Киле. Новосибирск: «Наука». Сибирская издательская фирма РАН, 1996. –478с. -（Памятники фольклора народов Сибири и

Дальнего Востока).

Обрядовая поэзия и песни эвенков. /Сост. Г. И. Варламова, Ю. И. Шейкин. Отв. ред. Т. Е. Андреева. -Новосибирск: «Гео», 2014. –487с. - (Памятники фольклора народов Сибири и Дальнего Востока. -Т. 32).

Окладников А. П. Неолит и бронзовый век Прибайкалья. – М.; Л., 1955.

Путилов Б. Н. Методологие сравнительно-исторического изучения фольклора. -Л.: Наука, 1976.

Путилов Б. Н. Героический эпос и действительность. -Л.: Наука, 1988. –224с.

Путилов Б. Н. Эпическое сказительство. Типология и этническая специфика. -М.: «Восточная литература»РАН, 1997.

П. Г. Смиловича. Материалы по эвенкийскому (тунгусскому) фольклору. – Л.: Изд-во Ин-та народов Севера ЦИК СССР им. П. Г. Смиловича/Под ред. Я. П. Алыкора.

Романова А. В. Мыреева А. Н. Фольклор эвенков якутии. Л., 1971.

Суслов И. М. Материалы по шаманству//айЭ. Кн. оп. 1. №28.

Сравнительный словарь тунгусо-маньчжурских языков. /Отв. Ред. В. И. Цинцинус. Т. 2. -Л.: Наука, 1977.

Таксами Ч. М. Некоторые общие черты летних средств передвижения у народов Нижнего Амура и Сахалина//Материальная культура народов Сибири и Севера. – Л., 1976.

Типы героических сказаний эвенков/сост. Г. И. Варламова, А. Н. Мыреева. -Новосибирск: Наука, 2008. – 228с. - (памятники этнической культуры коренных малочисленных народов Севера, Сибири и дальнего Востока; Т. 20).

Фольклор эвенков Якутии/сост. А. В. Романова, А. Н. Мыреева.

-Л. , 1917г. —330с.

Цинциус В. И. Сравнительный словарь тунгусо-маньчжурских языков. /Отв. Ред. Т. П. -Л. , 1977.

Цинциус. В. И. Негидальский вариант сказаний восточных тунгусов. // фольклор и этнография. -Л. : Наука, 1986. С. 54.

Цинциус В. И. Негидальский язык. -Л. , 1982.

五　俄文期刊类

Бурыкин А. А. Тунгусские шаманские заклинания XVIII в. в записях Я. И. Линденау//Системные исследования взаимосвязи древних куль-тур Сибири и Северной Америки. СПб. , 1997. Вып. 5.

Бурыкин А. А. Первая запись эвенского эпического сказания [вве-дение, транскрипция, перевод] //Олонхо в контексте эпиче-ского наследия народов мира: материалы конф. (7 – 8сентября 2000 г.). Якутск, 2000. Бурыкин А. А. Судьба рукописных материалов по фольклору эвенов в записях.

Бурыкин А. А. Первое собрание образцов фольклора эвенов Якутии (к 135-летию издания) //Acta Linguistica Petropolitana. СПб. , 2007. Т. III. Ч. 3.

Г. М. Васильевич. Раннее представление о мире у эвенков. Иссл-едования и материалы по вопросу первобытных религиозных верований//ТИЭ. TI. – 1959.

Мыреева А. Н. О запевах эвенкийских сказаний//Вопросы языка и фольклора народностей Севера. Якутск, 1980.

Новикова К. А. Савельева В. Г. К вопросу о языках коренных народностей Сахалина//языки и история народной словесности монгольский племен. -Л. , 1953.

Н. П. Ткачика (1905 – 1944) //Лингвистика в годы войны: Люди, судьбы, свершения: материалы Всерос. конф., посвящ. 60 – летию Победы в Великой Отечественной войне. СПб., 2005.

Путилов Б. Н. Эпос народов Сибири и его историческая типология// Вопросы языка и фольклора народностей Севера. Якутск, 1972.

Пухов И. В. Якутское олонхо и калмыцкий «Джангар»//Проблемы алтаистики и монголоведения. Элиста, 1974. Вып. 1.

Пухов И. В. Эпос тюрко-монгольских народов Сибири. Общности, сходства, различия//Типология народного эпоса/отв. ред. В. М. Гацак. М., 1975.

Пухов И. В. Фольклорные связи Крайнего Севера (эпические жанры эвенков и якутов) //Типология и взаимосвязи фольклора народов СССР. Поэтика и стилистика/отв. ред. В. М. Гацак. М., 1980.

Программа фундаментального научного исследования по теме: «Народы Севера России и Сибири в условиях экономической реформы и демократических преобразований»//Народы Севера России и Сибири в условиях экономической реформы и демократических преобразований-М., 1994.

С. И. Шарина, А. А. Бурыкин. Эпос восточных эвенков... Электронная библиотека Музея антропологии и этнографии им. Петра Великого (Кунсткамера) РАН.

Соколова А. Б. Народы Севера России в условиях экономической реформы и демократических преобразований//Народы Севера России и Сибири в условиях экономической реформы и демократических преобразований-М., 1994.

Шарина С. И. Бурыкин А. А. Сохранение культурного наследия на-родов Якутии и проблемы издания эвенского эпоса (позиции исследова-телей) //Феномен социализации в этнической культуре：материалы Одиннадцатых Санкт-Петербургских этнографических чтений. СПб. , 2012. Эпос охотских эвенов. В записях Н. П. Ткачика. Якутск，1986.

Цинциус В. И. Негидальский вариант сказаний восточных тунгусов//Фольклор и этнография/отв. ред. Б. Н. Путилов. Л. , 1970.

Яковлева Маргарита Прокопьев：специфика эвенкийских героических сказаний в творчестве сказателей рода бута. Диссертация филологических наук. Сибирское отделение российской академии наук институт гуманитарных исследований и проблем малочисленных народов севера. 2009.

六 档案文献

С. И. Боло. Хрестоматия по историческому фольклору народов Якутии. /Арх. бывш. НИИЧЯЛИ. С. 190. -Якутск.

Гарпарикан богатырь（Гарпарикан-сониг）：Фонозапись на эвек. Яз. -Архив ЯНЦ，ф 5，оп. 14，ед. Хр. 177.

Тургандун Средней земли（Дулин буга Торгандунин）：Эвенкийское героическое сказание. /Сказатель Н. Г. Трофимов. Запись，расшифравка，перевод на рус. яз. А. Н. Мыреевой. -Архив ЯНЦ，ф. 5，оп. 14，ед. хр. 140.

七 硕博论文类

傅垚：《鄂伦春族"摩苏昆"的英雄叙事研究——以〈英雄格帕欠〉为例》，硕士学位论文，哈尔滨师范大学，2015年。

李娟：《俄罗斯学者的埃文基人研究》，硕士学位论文，黑龙江大学，2015年。

李娜：《鄂温克民族生活的再现》，硕士学位论文，中央民族大学，2013年。

李颖：《俄罗斯人口较少民族埃文基史诗研究——以〈衣饰华丽力大无比的勇士德沃尔钦〉为例》，博士学位论文，中央民族大学，2019年。

娜敏：《鄂温克族狩猎故事研究》，博士学位论文，中央民族大学，2012年。

邱冬梅：《〈尼山萨满〉满文本与鄂温克族口承本比较研究》，硕士学位论文，长春师范学院，2012年。

孙云天：《鄂伦春歌谣及其民俗文化研究》，硕士学位论文，哈尔滨师范大学，2015年。

田梦：《莽盖形象研究——以鄂伦春鄂温克达斡尔族民间散体叙事文学为例》，硕士学位论文，中央民族大学，2016年。

王丙珍：《鄂伦春族审美文化研究》，博士学位论文，黑龙江大学，2014年。

王莉：《鄂温克民族文学的神话原型探究》，硕士学位论文，内蒙古大学，2012年。

王雪梅：《俄罗斯埃文基民族文化及保护研究》，硕士学位论文，中央民族大学，2016年。

吴迪：《鄂伦春族说唱音乐"摩苏昆"的考察与研究》，硕士学位论文，延边大学，2011年。

杨金戈：《鄂伦春族神话研究》，博士学位论文，中央民族大学，2016年。

伊兰琪：《鄂温克族史诗研究——以〈宝日勒岱莫日根〉与〈力大的索达尼勇士〉比较研究》，硕士学位论文，中央民族大学，2016年。

张文静：《从神圣到世俗——主题学视域下的鄂伦春族"摩苏昆"》，硕士学位论文，中央民族大学，2015年。